核铸强国梦

——60位核科技院士专家访谈录

孙勤 主编

中国原子能出版社

图书在版编目（CIP）数据

核铸强国梦——60位核科技院士专家访谈录/孙勤主编.
——北京：中国原子能出版社2014.12

ISBN 978-7-5022-6496-3

Ⅰ.①核… Ⅱ.①孙… Ⅲ.①访问记—作品集—中国—当代 Ⅳ.①I253

中国版本图书馆CIP数据核字（2014）第311760号

核铸强国梦——60位核科技院士专家访谈录

出版发行	中国原子能出版社（北京市海淀区阜成路43号 100048）
责任编辑	蒋焱兰
责任校对	冯莲凤
装帧设计	马世玉
技术编辑	丁怀兰
印　　刷	保定市中画美凯印刷有限公司
经　　销	全国新华书店
开　　本	720×1020　1/16
印　　张	29.75
字　　数	360千字
版　　次	2015年1月第1版　2015年1月第1次印刷
书　　号	ISBN 978-7-5022-6496-3　　定　价　65.00元

网址：http://www.aep.com.cn　　E-mail：atomep123@126.com
发行电话：010-68452845　　　　　　版权所有　侵权必究

原第二机械工业部部长、百岁老人刘杰于 2014 年 9 月为本书题写书名

《核铸强国梦》
——60位核科技院士专家访谈录

编 委 会

主 编
孙 勤

副主编
杨长利　刘仓理

委 员
张昌明　陈　宁　范启莉
朱向军　李　涛　李　丽
杨　东　申立新　叶　娟

前　言

"实现中华民族伟大复兴，是中华民族近代以来最伟大的梦想。这个梦想，凝聚了几代中国人的夙愿，体现了中华民族和中国人民的整体利益，是每一个中华儿女的共同期盼。历史告诉我们，每个人的前途命运都与国家和民族的前途命运紧密相连。"2012年11月29日，习近平总书记在参观《复兴之路》展览时，第一次阐述了"中国梦"的概念。这一指导思想自提出以来，在社会上引起了热烈而广泛的影响。

谁没有梦呢？每个人都有自己的梦想与追求。"中国梦"凝聚着亿万人民对美好生活的向往和对民族复兴的希冀。习近平总书记强调："中国梦归根到底是人民的梦，必须紧紧依靠人民来实现，必须不断为人民造福。"因此，实现"中国梦"，必须具体落实到我们每个人的"个人梦"上来。

2015年1月15日，是中国核工业创建60周年。甲子一轮，梦想成真。60年来，从"两弹一艇"的强军之梦到中国大陆核电"零"的突破的核能之梦，再到实现"做强做优、世界一流"的中核梦，核工业人以顽强的斗志和拼搏的精神，将"个人梦""中核梦"和"中国梦"联系在一起，用"个人梦"汇聚成"中核梦"，用"中核梦"助推"中国梦"。他们用逐梦征程上实现的非凡业绩和彰显的人格魅力为我们作出了榜样，我们有必要让更多的人了解、学习、传承并弘扬核工业人的精神，践行社会主义核心价值观，努力实现对核科技、核事业未来发展的美好期望。

秉承着这样的希冀，我们中核集团公司组织采访60位从事核科技领域工作的在岗院士专家，以院士专家的兴核强国梦为主线，抒写核科学家在逐梦道路上所取得的非凡业绩及彰显的人格魅力，特别是通过院士的兴核强国梦，展望我国核科技、核事业未来发展的美好愿景，教育、鞭策、鼓励、激发核工业系统广大干部职工献身核事业，创新发展核事业的激情与活力，为实现"中国梦"作出更大贡献；希望能让读者感受到核工业人一直以来的精神源泉——"两弹一星"精神和"事业高于一切、责任重于一切、严细融于一切、进取成就一切"的核工业精神；能让读者学习到如何树立目标，完善自身，充实自我，如何把实现自己的梦想与实现"中国梦"紧密地连在一起。

本书共分为五个篇章，来展现如何将"个人梦"汇集到"中核梦"，如何用"中核梦"助推"中国梦"。第一部分"理想与信念"，主要讲述核科技院士专家们把国家、民族和个人的命运紧密地联系在了一起；第二部分"敬业与奉献"，主要讲述核科技院士专家们兢兢业业、辛勤付出；第三部分"科学与务实"，主要讲述各个领域的核科技院士专家们脚踏实地、求真务实；第四部分"探索与创新"，主要讲述科技工作者积极传承、努力创新；第五部分"光荣与梦想"，主要讲述新时期核工业人更不负光辉过去，敢于梦想、勇于开拓。

谨以此书，作为《核铸强国梦——见证中国"两弹一艇"的研制》一书的姊妹篇，献礼中国核工业创建60周年，愿新一代的核工业人能够继续努力，再创辉煌！

目录

理想与信念

个人的奋斗离不开国家。正是无数人把自己的梦融入"中国梦",正是一代代人执着坚韧地接续"中国梦","中国梦"才有今日之荣光。苟利国家生死以,岂因祸福避趋之?老一辈科学家将个人的理想与信念同"中国梦"紧紧联系在一起。

山花今烂漫　何须绘麟阁
　　——中国科学院黄祖洽院士口述实录 …… 2
愿为国家和民族事业献出一切
　　——记中国科学院于敏院士 ………… 8
言有易　言无难
　　——中国科学院李德平院士口述实录 … 16
国家的需要就是个人的梦想
　　——记中国科学院胡仁宇院士 ……… 23
中国梦　首先是中国教育梦
　　——中国科学院杨福家院士口述实录 … 30
一颗爱国心　事业心
　　——中国科学院王乃彦院士口述实录 … 35

感恩百姓　回报社会
　　——中国工程院彭士禄院士口述实录 … 42
要做就做最先进的技术
　　——中国工程院朱永䞛院士口述实录 … 50
咬定青山不放松
　　——记中国工程院潘垣院士 …………… 55
以民族振兴为己任
　　——中国工程院杜祥琬院士口述实录 … 62
为保卫祖国作贡献是我最幸福的事
　　——记中国工程院傅依备院士 ………… 68
矢志国防铸核盾　甘付年华逐紫烟
　　——记中国工程院徐志磊院士 ………… 75
把一生献给国防科技事业
　　——记中国工程院孙承纬院士 ………… 84

敬业与奉献

　　"中国梦"的实现离不开辛勤的汗水，离不开恒久的努力。焚膏油以继晷，恒兀兀以穷年，老一辈科学家以数十年如一日的坚持与奉献，为我们作出了榜样。奉献是平凡中的点滴，有着感召人心的精神力量。

生命的钤记
　　——记中国科学院张兴钤院士 …………… 94

科学求真知　人文尽善美
　　——中国科学院陈佳洱院士口述实录 … 103
在被动的选择中踏实前行
　　——中国工程院阮可强院士口述实录…… 111
丹心一片追点火
　　——记中国科学院贺贤土院士 …………… 117
责任与坚守
　　——记中国工程院武胜院士 …………… 127
认真做好手头的事
　　——记中国工程院樊明武院士 ………… 136
深爱核事业
　　——记中国工程物理研究院蒙大桥研究员
　　　　………………………………………… 143
位卑未敢忘忧国
　　——记中国工程物理研究院赖新春研究员
　　　　………………………………………… 152
执着铸就希望　实干创造辉煌
　　——记中核集团铀浓缩技术
　　　首席专家王黎明 ……………………… 161
用信念唱响核动力之歌
　　——记中核集团首席专家刘承敏 ……… 168
研制中国自己的核燃料组件
　　——记中核集团核燃料元件技术
　　　首席专家焦拥军 ……………………… 176

一世真情　痴心核武器事业
　　——记中国工程物理研究院乔怡研究员 … 183
在时代的赛道里　加速　极致　宽广
　　——记国家千人计划特邀专家吴郁龙…… 189

科学与务实

空谈误国，实干兴邦。科学与务实，就像是马车的两个车轮，是奋斗者的根基，在通往成功路上留下两道深深的车辙。老一辈科学家们不吹嘘，不浮躁，不慕名利，求真务实，默默地为实现"中国梦"铺就了一条通往美好未来的康庄大道。

不做唯一　要做第一
　　——中国科学院陈子元院士口述实录…… 198
将产学研相结合
　　——中国科学院刘广均院士口述实录…… 204
加强自主开发　探索先进反应堆发展之路
　　——中国科学院王大中院士口述实录…… 210
梦不是想　是做
　　——中国工程院周永茂院士口述实录…… 218
见得　思得　值得
　　——中国工程院胡思得院士口述实录…… 224

志驰核物理　情寄四〇一
　　——中国科学院张焕乔院士口述实录……234
安全环保　更需要一种全民意识
　　——中国工程院潘自强院士口述实录……243
实现中国人的科学梦
　　——中国科学院李惕碚院士口述实录……252
世纪之光　跨越之绩
　　——记中国科学院王世绩院士…………258
扎扎实实地从一件件小事做起
　　——中国工程院陈念念院士口述实录……268
对科研要有一种踏踏实实一丝不苟的精神
　　——中国工程院张金麟院士口述实录……273
30余载追逐梦想　30余年倾情奉献
　　——记中核集团铀资源勘查技术
　　　首席专家张金带………………280
地浸采铀是我一生坚持的事业
　　——记中核集团铀矿采冶技术
　　　首席专家苏学斌………………290
平淡中的坚持
　　——记中核集团核与辐射安全技术
　　　首席专家刘森林………………300

V

探索与创新

路漫漫其修远兮，吾将上下而求索。科学是没有止境的。老一辈科学家那种不畏艰难的探索与创新精神，需要新一代的研究工作者们继续传承下去。为攀登科学上新的高峰，实现科学上的"中国梦"，还需要继续努力，敢想、敢做、去想、去做！

降低成本是机型不断改进的目标
　　——中国工程院钱皋韵院士口述实录…… 310
为核矢志不渝数十载
　　——记中国工程院孙玉发院士………… 316
新型混合堆是最有希望的持久能源
　　——记中国工程院彭先觉院士………… 326
核材料研究的历史跨越
　　——中国工程院李冠兴院士口述实录…… 333
艰辛探索　科学强国
　　——记中国科学院陈式刚院士………… 338
让氢弹轻起来
　　——记中国工程院张信威院士………… 346
逐鹿世界激光聚变研究
　　——记中国科学院张维岩院士………… 355

奋斗青春　成就梦想
　　——记中国工程物理研究院
　　　宋海峰研究员 ………………… 365
献身高技术　追梦863
　　——记中国工程物理研究院
　　　范国滨研究员 ………………… 374

光荣与梦想

　　千里泻，黄海黄，润我祖国，千秋万岁，历史之荣光。老一辈科学家辛勤谱写的光辉过去，让我们每个人都能够自豪而大胆地说："我有一个中国梦"。这句话，发自肺腑，掷地有声，雄心勃勃，震聋发聩。

光辉而无悔的岁月
　　——中国科学院王方定院士口述实录 …… 382
花甲痴翁　志探龙宫　惊涛骇浪　乐在其中
　　——中国工程院黄旭华院士口述实录 … 389
圆中国核电梦
　　——中国工程院欧阳予院士口述实录 … 395
助力核电产业化自主发展
　　——中国工程院叶奇蓁院士口述实录…… 400
一股不服输的劲儿
　　——中国工程院于俊崇院士口述实录…… 406

让核能可持续发展

  ——记中国工程院徐銤院士 …………… 414

梦想之花绽放核工业沃土

  ——记中核集团总工程师雷增光 ……… 421

走自己的路

  ——记中国核建研究员级

   高级工程师祖斌 ………………… 429

因责任而坚守　为梦想而前行

  ——记中核集团先进核电站设计

   建造技术首席专家邢继 …………… 437

完善目标　超越梦想

  ——记中国工程物理研究院

   莫则尧研究员 …………………… 444

创新成就梦想　进取铸就精彩

  ——记中国工程物理研究院翁继东研究员

  ………………………………………… 451

后　记 …………………………………… 460

理想与信念

　　个人的奋斗离不开国家。正是无数人把自己的梦融入"中国梦",正是一代代人执着坚韧地接续"中国梦","中国梦"才有今日之荣光。苟利国家生死以,岂因祸福避趋之?老一辈科学家将个人的理想与信念同"中国梦"紧紧联系在一起。

山花今烂漫　何须绘麟阁
——中国科学院黄祖洽院士口述实录

黄祖洽院士

我希望我们国家对基础科研能更加重视，更尊重科研教育。

1924年10月2日，我出生在湖南长沙市的一个小四合院。祖父自幼清贫读书，曾考中秀才和举人，是一位"优贡"，但"殿试"未被录取。他曾在武昌短时间做过知事主管司法，后离职还乡，以教书、文墨为生，在长沙小有名气。我父亲在旧制中学毕业后，从祖父命，入法政专科学校学习并在司法界谋生。但他性喜数学，购有不少中、英文数学及科普书籍，在业余时间里自学。我出生时，父亲任长沙地方检察厅书记官，晚上还为来我家的亲友子弟补习英语、数学等课程，增加一些收入。1926年北伐军到长沙，成立县法院，父亲任书记官并在晚上做家教。以后曾先后在长沙、衡阳、湘潭、邵阳及江西河口等处的地方法院任"书记官长""学习推事"及"推事"等职，一贯业余兼做家教或在当地中学兼职。父亲是我人生中影响我最深的人。

小时候，我认识了一些字后，就喜欢把叔叔、哥哥们以前看过的《儿童画报》《儿童世界》《小朋友》之类的书翻出来看着玩。上小学后，每学期开始都领到一些新课本，拿回家，包好书皮，就迫不及待地翻看，找书中有些什么吸引人的内容。不过，新课本毕竟太少，满足不了看书的"瘾头"，我只好满屋子找别的书来看。有一天，无意中发现家中另外一个平常不让孩子们打开的木箱子里，竟装着许多石印袖珍本的绣像绘图旧小说，什么《薛仁贵征东》《水浒传》《镜花缘》等。发现了这一箱"宝贝"，也不管看得懂看不懂，只是一本一本拿出来看着玩，爱不释手。看了这些小说倒是使我的文字阅读速度和理解能力有了不少长进，同时对其中人物的忠奸、好坏、善恶有些敬佩、同情或鄙视厌恶的认识，潜移默化间培养了同情正义、鄙视邪恶的感情。但是，看小说着迷也耽误了学其他功课。父亲给我讲了着迷看小说的害处，还推荐我看一本刘薰宇编写的《趣味数学》。看了这本书之后，我的兴趣就转到了数学上。从小学四年级开始，我的数学成绩就一直是全班最好的。

从湘潭第一高小毕业后，父亲就让我去当地一个私塾读了半年书。念过半年私塾后，我随家迁回长沙，进入平大中学。可惜的是，我的中学时代，正值国家战乱，其后因各种原因辗转了好几所中学，直至考入西南联大物理系。

考上西南联大物理系后，我就搬进了新校区的宿舍。那是抗战期间联大在昆明成立后，因陋就简盖起来的一排排茅草房。当时宿舍的分配有相当的随机性，一般只按报到先后，不按院系分配。所以同宿舍的同学中，可以不同系，甚至不同院。这样有一个好处，可以使我接触面更广，促进不同学科的交流，扩大每个人的眼界和知识面。那个时候，联大同学很多都到青云街的茶馆去，一边喝茶一边自习。我自习一般都上图书馆，很少自己去茶馆，因为在图书馆借书方便，也不用花钱。

1946年10月1日，清华大学在原校址清华园复校开学。我们大三选的专业课有热力学、光学和物性论，分别由王竹溪、余瑞璜和叶企孙教授授课。王先生讲热力学使用的教材主要是他自己编写的英文讲义，他也指定一些在校图书馆可以借到的参考书。上课时他在黑板上书写笔记，同时还口头解释。1948年我大学毕业，这时已是新中国成立前夕，北平的政府机构和有钱人纷纷南迁，市场萧条，就业困难。要好的同学不是已经或准备去解放区，就是回南方的家中等待时局演变去了。我不愿放弃物理，又没能在北平的学校或研究机构找到合适的工作，唯一的选择就是考研究生，因为考上清华研究院的研究生，既可以继续物理学的钻研，又可以继续申请贷金，解决生活问题了。我就找到王竹溪先生咨询，他告诉我，钱三强先生已经从法国回国，并且应聘在清华大学做教授。他建议我报考钱先生的研究生，进行核物理方面的研究。于是，我就报考了钱先生的研究生。

1949年5月，彭桓武先生由昆明来北京，在清华大学任教授。钱先生忙于学术组织管理工作，社会活动比较多，又知道我对理论物理感兴趣，便征求彭先生和我的同意，让我改跟彭先生做理论物理方面的研究生。那时彭先生刚34岁，已是国际物理学界的知名学者。当时彭先生一个人寄居在叶企孙先生家里，找他请教和讨论问题非常方便。有时他干脆让我跟他在清华园里一边散步一边讨论。讨论的范围很广，从对他在国外学习生活的回忆到对有关学术问题的看法都有。有时散步误了食堂用餐时间，他就慷慨做东，请我到工字厅旁的小馆吃一顿，吃过饭再继续讨论。我与彭先生虽是师徒，也胜似朋友，可谓亦师亦友。彭先生的生日在10月6日，我的生日在10月2日。我们在晚年时，有一次在10月4日一起出游，算是共同过生日，彭先生就此写下了"廿月师徒，多年战友，逢时顺势同行走"的诗句。

从1950年分配到近代物理研究所，直到1980年调离核武器研究所，我和原子能打了30年的交道。大体来说，前15年做的是为和平利用原子能服务的反应堆理论研究和设计工作，后15年做的是有关核武器的理论研究和设计工作，其间也做过一些有关中子输运理论和临界安全评估的研究。

20世纪50年代后期，我在原子能研究所理论室带领一大组年轻人从理论方面研究各种类型的反应堆。60年代初，为了加速核武器的研制，在核武器研究所集中力量研制原子弹的同时，按照有关领导的指示，在原子能所成立了一个由我带领着10来个年轻人所组成的"轻核理论小组"，来承担氢弹的预研工作。不久，何祚庥从苏联杜布纳研究所回来，参加了这个小组；再后来，本来带领另一组年轻人做核理论研究工作的于敏也转过来和我们一起工作。于是我们便有了在当时来说力量相当强的一组人，齐心协力地进行着氢弹原理的探索。当时正值三年困难时期，但是我们都风华正茂，意气风发，为了祖国的尊严，为了尽快打破霸权主义的核讹诈，大家夜以继日地从各个角度分别探索思考，还不时在一起讨论着突破氢弹的途径。1961年底，为了加强原子弹和氢弹预研工作的联系，我被要求用一半时间到核武器研究所兼职工作。一方面参加研究原子弹研制中所需的"状态方程"，探索中子源部件结构的设计；另一方面，仍然继续参加氢弹的预研，被大家称为"半导体"。这样的工作安排虽然加重了我在体力、脑力两方面的负担，但的确有利于加快核武器研制工作的进展，所以我精神上是很愉快的。

1965年1月，原子能所的"轻核理论小组"被合并到核武器研究院，我也和小组中大部分人一样，被正式调到这个所。合并后，大家协作，发挥各自的长处，在原有对原子弹研制和氢弹预研认识的基础上，共同探索实现氢弹的途径。果然，只经过一次含有热核材料的加强型弹核爆的实验，便在1967年，成功地爆炸了我国第一颗氢弹。那些年，许多参加这项工作的同志们都是一心一意、废寝忘食扑在工作上的。正因为有了这些人的努力奉献，我国原子弹、氢弹相继成功爆炸。

受父亲的影响，一直以来我都希望自己能成为一名教师，教书育人。1980年，我因参与氢弹的理论研究与设计，被选为中国科学院院士，也正好在这一年的5月，我有机会从核武器研究院调到北京师范大学低能核物理研究所任教授兼所长，那一年我56岁。

1969年，在领导完成一种新型号氢弹的设计后，我被送到河南上蔡县的"五七干校"进行"学习改造"。在那里，我播种、收割、养猪、种菜，还干过建筑小工。也就在那段时间，我开始反思自己过去的工作。在过去的时间里，我虽然尽力完成了应当完成的任务，但在培养年轻人方面却做得不够，"文革"也造成严重的"人才断层"问题。那个时候，我就在想，如果有机会，我希望能培养更多的人才，解决中国核科技人才断层问题。

黄祖洽院士（右）和他的导师彭桓武先生亲切交谈

在北京师范大学任教期间，我不仅仅带研究生，也为本科生讲课。平日里我除了给研究生、本科生讲课，也很关心我国中小学生的科学教育。我个人以为，中小学科学教育要使孩子们在知识方面、学习习惯和学习方法以及对科学精神的理解方面都打好一个坚实的基础。所以，启发和培养学生的学习兴趣应该是教育者们首先注意的事情，科学教育更是如此。学生对科学有兴趣，才会真正钻研。从小培养孩子们对自然的爱好，要从一点一滴积累做起。科学研究是一项艰苦的事情，如果一个孩子从小就对科学感兴趣，认为科学研究能带来精神愉悦，是人生的一种要求，那么他必然献身科学。教育的另一个目的，就是培养孩子如何面对人生，面对自然，面对社会，怎么解决人生困惑。前不久我回了一趟中国原子能科学研究院，如果说现在我还有什么期望的话，我希望我们国家对基础科研能更加重视，更尊重科研教育。

注：在本书策划出版期间，我们有幸采访到了黄祖洽院士，但遗憾院士于2014年9月不幸仙逝。

愿为国家和民族事业献出一切

——记中国科学院于敏院士

于敏院士

我们国家没有自己的核力量，就不能真正地独立。面对这样庞大的题目，我不能有另一种选择。一个人的名字，早晚是要没有的。能把微薄的力量融入祖国的强盛之中，便足以自慰了。

于敏是当代中国的杰出科学家,"两弹一星"功勋奖章获得者,是我国核武器理论研究和设计的主要组织者、领导者之一,为我国核武器事业作出了不可磨灭的历史性贡献:在氢弹研制工作中,组织领导攻关小组发现了实现氢弹自持热核燃烧的关键,找到了突破氢弹设计制造难题的技术途径,提出了从原理、材料到构型完整的氢弹物理设计方案;在基础研究中,解决了热核武器物理中一系列基础问题,为核武器基础理论研究作出了开创性的贡献。

1999年9月18日,中共中央总书记、国家主席、中共军委主席江泽民授予于敏院士"两弹一星"功勋奖章

开启科研生涯

1951年1月,新中国组建近代物理研究所(今中国原子能科学研究院和中科院高能所),于敏的导师胡宁把于敏推荐给了所长钱三强。而胡宁则到近代物理所兼职,继续指导于敏的毕业论文。25岁的于敏来到近代物理所,开始了他正式的科研生涯。

一到研究所，于敏就被分在了彭桓武领导的原子核理论研究组。当时我国在核物理理论这一领域基本处于空白，对国际上的研究也知之甚少。于敏便一头扎进文献堆里，除了阅读文献外，又仔细地钻研了物理学家费米的名著《原子核物理》等图书。在这次调研中，他基本上掌握了国际上核物理的发展情况和研究焦点，同时养成了重视调研的工作方法。当时基本粒子研究还无大的进展，普遍认为，原子核基本上是由中子、质子组成，于敏把原子核理论的力学基础看成是多体问题，把原子核理论大致分成三个层次：即实验现象和规律、唯象理论以及理论基础。在平均场独立粒子运动方面发表了《关于重原子核的壳理论》《关于原子核独立粒子结构的力学基础》等高水平的论文。在1960年玻尔等提出原子核内具有能隙现象之后，于敏与张宗烨、余友文等就提出了核内的核子在短程力的作用下，喜欢两两配成自旋为零的对，这就是核内超导对。由于抓到了超导对的本质，不久，他们又提出相干结构理论，指出核子除了喜欢配成自旋为零的对外，还可以具有一个共同的角动量，配成总角动量为0和2的对，称为"相干对"。后来他们又进一步把这种相干结构扩展到三个和四个粒子相干的集团，成功地描述了16O附件的轻核结构，发表了《一个具有等间隔能谱的费米系统》《原子核在短程力下的相干效应》等研究成果，位居国际前列。和颇具盛名的日本核物理学家A. Arima后来发展的相互作用玻色子模型十分相似，从物理图像和数学表达形式上都毫不逊色。

1959年暑假，于敏的原子核理论小组与北京大学物理系核理论组在成都举办了一期原子核理论培训班，由于敏和北京大学杨立铭教授担任主讲，两人各讲一半。后来出版社将他们的讲稿编成书，取名《原子核理论讲义》，作者署名夏蓉（取夏天在成都，即蓉城之意）。该书成为我国第一部原子核理论专著，也是之后20多年里唯一出版的一部原子核理论教材。

钱三强曾充分肯定于敏在核物理理论方面的工作，评价说："于敏填补了我国原子核理论的空白。"彭桓武认为："于敏的工作完全靠自己，没有名师，因为当时国内没有人会原子核理论，他是开创性的，是出类拔萃的人，是国际一流科学家。"日本物理学家、诺贝尔物理学奖获得者朝永振一郎称于敏为"中国土专家一号"。丹麦物理学家、诺贝尔物理学奖获得者玻尔称赞他"出类拔萃"。

牵住氢弹的"牛鼻子"

1961年1月12日，正当于敏和同事就原子核结构的理论研究下一步开展什么内容的工作进行讨论时，钱三强把于敏叫到办公室，非常严肃地对他说："经所里研究，并报请上级批准，决定让你作为副组长领导和参加'轻核理论组'，参加氢弹理论的预先研究工作。"

于敏从钱三强的谈话中感觉到，我国在原子弹研究获得突破之后，将要开展氢弹研究。氢弹虽以原子弹为基础，但其理论基础和材料结构等必定比原子弹复杂得多。时年34岁的于敏，带领他的原子核理论研究小组正处在有可能取得更大成果的关键时刻，却面临着"转行"。

于敏回忆说："我毫不犹豫地表示服从分配。决心停下手头原子核理论基础研究，全力以赴转而摸索氢弹原理。钱先生的这次谈话，改变了我从事基础研究的夙愿，成为我终身奉献核武器研制的开始。"于敏调入轻核理论组后任副组长。他深知这项工作的重要意义。他说："核武器是保障国家安全的一种手段。作为一个年轻的大国，中国不能没有自己的核力量，我愿为国家和民族的事业献出自己的一切。"这种朴素诚挚的爱国心，一直是他的精神动力。为了尽快研制出中国自己的氢弹，于敏废寝忘食，昼夜苦读。很快，他便进入"角色"，显示出杰出的才能。于敏"善于抓主要矛盾"去解决问题的特点得到发挥，他的"物理的直观"是极其明晰而深入的。面对复杂纷乱的现象，于敏总能理出头绪，找出物理上的原因，从复杂的计算中找出其中的物理内容，使认识不断深入。他不断地发掘问题，提出问题，分析问题，解决问题。他和黄祖洽、何祚庥一起，领导轻核理论组，在4年中做了大量研究工作，包括氢弹中多种物理过程的探讨和研究、氢弹作用原理和可能结构方面的探索等内容。后来的发展说明，他们发现的一些物理现象规律和机制是可靠的，所做的工作是氢弹理论探索初期所必需的。

1965年1月，黄祖洽、于敏等原子能研究所轻核理论组的31位科研人员携带着预先探索研究的所有成果和资料，来到了二机部第九研究院理论部，与我国核武器研究主力会合。于敏被任命为理论部副主任。为了突破氢弹原理，理论部分兵作战，多路探索。邓稼先、周光召、于敏、黄祖洽等部主任，带领有关研究室的人员分别攻关夺隘。

国际上真正意义上的战略核武器都是指氢弹。我国在原子弹研制工作取得突破后，面临突破氢弹的迫切需求。然而，氢弹设计远比原子弹复杂，与氢弹相关的武器物理是一门十分复杂的、具有高度综合性的应用理论科学。美、苏两个核大国对与氢弹相关的信息都绝对保密。

于敏等从复杂现象中抓物理本质，归纳出热核聚变所必需的基本条件，厘清氢弹原理背后的高能量密度物理现象机制和辐射流体动力学、核反应和中子物理过程等关键要素。

1965年9月，作为理论部业务领导，于敏率领13室的部分成员去上海，任务是利用每秒运算5万次的J501计算机完成百万吨加强型原子弹优化设计。他们于9月27日抵达上海，群策群力，不但完成了任务，而且开创了创造历史的"百日会战"突破氢弹理论设计。

于敏在计算机房和宿舍里，埋头于输出纸带卷中仔细分析计算结果。他从众多的计算模型中挑出三个用不同核材料设计的模型，进行了深入细致的系统分析。10月13日，于敏开始了他在上海持续约两周的一系列报告的第一讲。他从炸药起爆开始，将加强弹的全过程分为原子阶段、热核爆震阶段和尾燃阶段，并对其中每一阶段进行分析。经过计算和研究，攻克了实现氢弹自持热核燃烧的关键难题，通过过程分解和物理现象分析，计算验证了能驾驭原子弹能量设计出百万吨级氢弹的可行性，形成了从原理、材料到结构完整的物理方案，使我国在短时间内独立掌握了氢弹原理，牵住了氢弹理论设计的"牛鼻子"。

于敏在回忆中说："首先试算了两个模型得到十分满意的结果，继续进行系统工作，发现了一批重要的物理现象和规律，通过这段工作形成了一套从原理到构型基本完整的物理方案，大家兴奋的心情难以描述。"

1966年12月28日，中国进行了氢弹原理试验。1967年6月17日，中国第一颗氢弹试验成功。沉寂的戈壁大漠上空，瞬时升起了一颗极为神奇壮观的，比一千个太阳还要亮的"人造太阳"。

从第一次原子弹爆炸到氢弹试验成功，美国用了87个月，苏联用了75个月，英国用了66个月，法国用了102个月，而我们只用了26个月。中国的速度是世界上最快的。

在氢弹武器化过程中，理论部领导带领科研队伍完成了核装置的理论设计，在提高比威力、降低过早"点火"概率、提高初级辐射输出效率、提高核武器生存能力等方面作出了优化设计。经过冷、热试验，证实了理论设计是成功的，定型为我国第一代核武器并装备部队。

为此，朱光亚评价说："于敏组织领导的小组率先发现了实现氢弹自持热核燃烧的关键，找到了突破氢弹的技术途径，形成了从原理、材料到构型的完整的物理方案。于敏在其中发挥了关键作用。"

武器化研究立新功

第一代核武器尺寸和重量较大，要与导弹适配，核装置还必须高比威力小型化，发展第二代核武器。20世纪80年代初，于敏被任命为核工业部第九研究院副院长兼北京九所所长，全面负责领导突破二代初级和次级原理。核武器的小型化包括初级和次级的小型化，中央根据国情，提出发展核武器的"有限目标，先进技术"的方针。于敏作为主要技术领导，带领大家反复讨论，谨慎选择技术途径，主持研究并解决了一系列的关键问题，试算了许多物理模型，终于发现了一条新的改进初级的技术途径。经过试验，证明该技术途径是正确的。又选择了另外的技术途径，大幅度提高了比当量，为次级研制奠定基础。

中子弹试验于1988年9月29日取得圆满成功，实现了我国核武器发展史上继原子弹、氢弹和二代武器以后的又一次重大突破，标志着我国已掌握中子弹设计、制造技术。

1992年美国做完了最后6次核试验后，就向联合国大会提出进行全面禁止核试验的谈判。1996年，全面禁止核试条约签署。

正是邓稼先、于敏他们的建议书提前规划了我国核试验的部署，党中央作出果断决策，为我国争取了宝贵的10年热核试验时间，做完了必须做的热试验。该建议为提升我国核武器的水平，对保障我国大国地位的确立，推动核武器装备部队并形成战斗力发挥了非常重要的前瞻性作用。

针对全面禁止核试验，于敏提出一定要把以往经验的东西上升到科学的高度，用经过实验校验的具有高科学置信度的精密计算机模拟来保证库存核武器的安全、可靠和有效，并提出了由精密实验室实验等4个方面支撑禁试后核武器研究的设想，该建议被采纳并演化为我国核武器事业发展的4大支柱，至今依然是我国核武器事业发展的指导思想。

早在20世纪70年代初，于敏就独立提出并设计了黑腔靶。在当时国际上公开讨论的只是直接驱动方式的情况下，他指出间接驱动是用惯性约束聚变进行核武器物理研究的主要技术途径，和王淦昌一起规划组织了LF-12号装置上的间接驱动内爆出中子实验研究，实现了间接驱动内爆出中子。与王淦昌、王大珩等共同提出了加速发展我国惯性约束聚变研究并列入国家"863"计划的建议，提出了我国惯性约束聚变研究的"目标明确、规模经济、技术先进、物理精密、道路创新"20字方针，力促惯性约束聚变研究与核武器物理研究"接轨"，提出了"性质相同、量上逼近"的技术思路。编写了《等离子体动力学理论讲义》《等离子体粒子云方法讲义》等讲义，引领、组织并培养研究队伍，推动了我国在这些高技术领域的发展。

于敏在推动核武器相关基础理论的发展方面也作出了杰出贡献。在内爆动力学方面，揭示了武器核反应内爆过程的运动规律；在辐射输运及辐射流体力学方面，对辐射与物质的相互作用、辐射波与冲击波的传播规律等问题进行了深入研究；在数值计算方法及数理方程方面，建立了反映武器中极其复杂的运动规律的偏微分方程组及其近似计算方法。这些核武器理论科学研究，从多个角度揭示了核武器动作过程的内在规律，为我国氢弹的爆炸成功，为我国第一代核武器的设计定型，为我国第二代核武器的研制奠定了理论基础。

于敏说："我们国家没有自己的核力量，就不能有真正地独立。面对这样庞大的题目，我不能有另一种选择。一个人的名字，早晚是要没有的。能把微薄的力量融入祖国的强盛之中，便足以自慰了。"

2015年1月，中共中央总书记、国家主席、中央军委主席习近平在北京人民大会堂向获得2014年度国家最高科学技术奖的中国工程物理研究院于敏院士颁奖。

言有易　言无难

——中国科学院李德平院士口述实录

李德平院士

在我们这个行业里，安全问题是生命线，我们也不可能做到绝对不出错，但我们要不断地科学求新，探索追求，保障安全，从事核技术的人应该天生知道这种责任。

1925年，清华大学增设"国学研究院"，语言学家赵元任与梁启超、王国维、陈寅恪被聘为导师，期间，赵元任为一位学生的语言学论文写下一句批语："言有易，言无难。"而这句批语成为赵先生一生的治学格言。"言有易，言无难"，同样，这也是我对待核安全问题的科学态度。我们要知道，我们所从事的这个核科学是一个特殊的行业，在其他行业里出现一次安全问题或许不是太大的问题，而在我们这个行业里，安全问题是生命线，我们也不可能做到绝对不出错，但我们要做到不断地科学求新，探索追求，保障安全，从事核技术的人应该天生知道这种责任。

首当其冲，与时俱进

我是完全在国内培养成长的。如果确实够得上一个合格的科学工作者，那首先应归功于师长的教导与熏陶。我出生于北京，幼年在清华园度过。1944年入西南联大物理系。1948年毕业于老清华。任助教至1951年初，后调中国科学院近代物理研究所。当时的师长均为著名学者，他们的科学成就与造诣很高，却又把大量精力用于培养青年与推动科学在祖国生根。他们有的已是老师的老师的老师……对年轻一辈，不限于工作关系，无不关心备至。

在校中，我曾在孟昭英先生的无线电实验室学习一段时间。连我3个助教（后均被选为学部委员），有空就去干，略有"心得"，就随时到黑板前讨论一番。同学陈篪理论功底深厚，王竹溪先生留他为助教，却安排他和实验能力最强的同事金建中筹建热学物性实验室。他们新主意很多，我也常去凑热闹。尽管后来陈因工业缺人去了鞍钢，这段工作对造就一位理论实验全才的铁人是起了重要作用的。更大的挑战是普通物理实验。国内原本很少生产仪器，进口又受到封锁，器材无来源。而学生人数剧增，只好几个助教全力扑在上面，制造简单仪器或一仪多用。力图使实验充实，还编写了新实验讲义。同事间，遇事不管分内分外，总是一起商量，大家都出主意，干得很热闹。当时工学院的同事还开发了照相纸算尺以应学生需要。系里常开学术报告会，总有深入的讨论。还鼓励青年教师自己开讨论会。

到了近代物理研究所，我先分在钱三强先生组内。他对我们启发鼓励多，工作上放手让我们去做，但让我测量一医用镭源时，一定要看到我备好防护工具与屏蔽措施，才给我镭源并亲自演示操作。所内第一次开同位素瓶前，王淦昌先生跑遍各组寻选并组织复制可用于防护的仪器。后该组扩大由戴传曾先生任组长。组内也组织讨论会和讲专业课。已有的理论也要评论一番，甚为活跃。在计数管工艺与机制研究上均作出成绩。（此组已出4位学部委员）。当时还常到别的室组去串门，有时也插手帮帮忙，他们有新鲜事也常叫我去看，很长见识。

1964年我被调到太原中国辐射防护院，是当时的需要。那个时候矿山困难比较大，希望得到卫生部的支持，卫生部反应很快，派了一个副部长来抓工作，成立了安防局，也要成立研究所。二机部、卫生部分别抽调人员组建队伍，以后逐步增加了环保方面的骨干。现在看来，我们当时成立这个队伍对国家的意义就是填平补齐。也就是说这个学科、这门技术在西方国家早有了，而我们很少，需要建立一支队伍来完成这项任务，但我们那个时候条件有限并没有作出什么重大贡献。我希望现在的这支队伍能下工夫，做出点漂亮活来。

听说七所的结构原是去苏联考察后，大抄小改建成，通过实践考验，参照国际的经验，大家共同努力，逐步发展为现在的结构。开始是着眼工作人员的防护，逐步扩大到保护公共环境，动员了大量人力作现场调查，开展环境研究。七所成立后，先在401南区医务所楼工作，对以后的学术空气是有好处的，得到401试验工厂协助,仿制了英式动电容,试制了采样泵(后都推广到工厂)。

开始时,我只把辐射防护视作实验者的自我保护本领,慢慢在工作中才理解辐射剂量学也是辐射测量的一个重要方面,就比较关注有关的知识。实则所知有限。而又不吝与人共享,不知"谦虚""隐讳",写书、授课、开班,遇到这方面的任务也就都贸然承担下来。

后来,才知不但要充分运用已有的(医学、卫生、化工等等)对待有害物质的办法,还要进一步提高。不仅要在工作场所严密控制有害物质,还要运用气象、水文、生物诸多方面的知识来判明泄漏到环境中的有害物质的去向与环境影响。

李德平院士 1984 年 11 月陪同 IAEA 辐射防护调查组在临时实验室

得知矿山有困难时,把原来的气测量组立即转向氡气及其子体测量,我也开始研究氡气子体测量。

辐射防护的基本要求是使收到的照射"合理能达到的尽可能地低"。随着科技的进步,耗费同量的资源能达到的照射水平总是不断降低的。而且在不同的厂址环境也是不同的(所以要选址)。要求采用普适的统一的数值未必合理。环境条件差的厂址，力争与有利厂址同样受到"平等待遇"实为幼稚。有些法规与强制性标准，只能设定一些不准超过的数值。这是不等式。各项主要指标只能勉强达标的产品，实为最差产品，毫无竞争力。加上安全要求与环保意识的提高，法规与标准也将变严（例如当前为治霾调整工作布局就是例子）。设计中不考虑这些因素或不留下改进或补救的余地，难免要遗憾或遗患几十年。

我对核安全的思考

前苏联的设计院对苏联的工业建设的贡献极大，也形成了以后的基建与运行都必须遵守其设计意图的习惯。这原是正确而极为重要的。要想把事情办好，设计部门的责任就很重大，它必须充分吸取建设与运行方面的已有经验，还要在建设与运行过程中，与这些单位共同解决原未想到的问题，得到实践的反馈。更重要的是，随着实践经验的积累，技术进步与国际标准与国家法规的加严，营运方总要在设计部门的支持下对部分工艺与部分设备、仪表作适度的改进与更换，有所前进。如不能合理地划分职责与安排人力物力资源，这些方面都会落空。设计单位有其强项也有其弱项，很难说一项设计绝无改善余地。在切尔诺贝利事故后，苏方曾声称是操作员作了6个绝不容许的操作，有些专家就觉得奇怪，为何都没有安全连锁？看来好像又不够重视与尊重安全连锁的情况。前述的做法，如果太绝对化，做得太死，也会有意无意放松对营运部门的技术能力的要求。前述事故的当班副总就认为既然你们进此堆出事故的概率非常小，停闭部分安全设施几个小时有什么关系？在一些国际间的讨论中，使人感觉到当时操纵室里的计算机还是用电传打字机显示结果的（我没有到苏联参观过，可能不对，但已建成的厂，难以更新设备是易出现的）。

如果设计部门没有强大的科研开发能力，就必须善于依靠科研开发部门。在第一个商业核电站苏联采用了管式水冷石墨堆。其中传热的水也起了部分慢化中子的作用。如若堆内某处的水突然气化，降低了水的慢化作用。有可能使该处的局部功率升高而不稳定。但有人认为只要大量的吸收棒同时落下，总能把堆停住。后来又建了多个此类核电站。不幸设计者又在吸收棒下加了一段石墨柱，在紧急停堆时先用石墨挤去水而后才增加吸收截面。（那位当班副总认为是在按了紧急按钮后爆炸的）。事后，苏联有几个单位的计算表明是能够达到瞬发临界的。作为整体，他们有足够能力来处理这些问题，但由于有些人过于自信，自我感觉过于良好，忽略了这方面可能危险。

另一方面，前苏联的严格的隔舱式保密要求，也限制了同行间的经验交流。流风所及，我也见到在国内某一系统中曾改用了一个错误的方法，经过一段时间发现错误又全部改回。而另一系统又在更大的程度上犯了同样的错误，经指出还拖延了多年。

切尔诺贝利事故的导因是想做一个在停堆后，利用发电机旋转的动能来参与驱动冷却剂，以提高堆的安全性。问题在于过早地进行全规模实验。又未做过细的安全分析。在高功率运行后停堆过程中，未能稳定在预定做实验的功率上而降到更低功率，又企图提升功率，但此时堆的反应性变化急剧，提升功率非常危险，终于闯了大祸。

在苏联专家撤走后，我国设计部门善于取得国内各方面的协同帮助，建立起超越苏联提供的水平的整套核工业。我也曾参与几次设计方与营运方的争议讨论，最终得到共同提高的过程。希望能延续发扬这种风格。特别是充实一些已知的较薄弱的方面。

当前设计任务紧张，但也要在安全方面考虑得更周到一些，为用户多想一些，也要坚决拒绝用户的不合理或不现实的要求，前述的改错又改回就是有人不愿亲临现场，不想跑路造成的。我们要警惕到前苏联的僵硬习惯对我们工作的感染。

安全文化与公共沟通

核安全文化还需要一个社会基础，在公共沟通这件事情上，我倒觉得我们核事业刚刚开始时，将这项工作做得很好。

《钱三强与中国原子能事业》一书第156页中写到：毛泽东主席主持会议，开宗明义，"今天我们这些人当小学生，就原子能有关问题，请你们来上一课。"李四光拿出一小块黄黑色的铀矿标本，说明铀矿资源与发展原子能的密切关系（我国1954年上半年，第一次在广西发现了铀矿资源）。领导人一个一个传看这铀矿标本，对它那神话般的巨大能量感到新奇。我汇报了几个主要国家原子能发展的情况和我国近几年做的工作。为了加深直观印象，我把带去的自己制造的盖革计算器放在会议桌上，把铀矿石装在口袋里，然后从桌旁走过，计数器便立刻发出"嘎、嘎、嘎"的响声，这时全场都高兴地笑起来。有的领导人兴趣正浓，还亲自做了实验，每人提出这样、那样的问题，询问国内国外的情况，气氛十分活跃。

那时，参加科普宣传的人员都是正副研究员。赵忠尧、何泽慧、杨承宗主编《原子能远离与应用》一书，领导助理研究员分担编写。其中，安排我写探测器一章大部分，防护章由我与关景素合写。当时还有一部电影，由杨澄中任顾问。片中请人大教师由明哲来讲核武器效应（因为，广岛原子弹爆炸时，由明哲正好在广岛）。

核安全文化还应该是一个核科学整个产业链的文化，我们国家现在最大的精力都放在核电站自身上，而我觉得保障核能安全，要从整个产业链出发，包括基础研究、核燃料、后处理等多层面来考虑问题和作好保障。核事业是一个千秋万代的事业，不是一代人，也不是几代人的事业。

国家的需要就是个人的梦想
——记中国科学院胡仁宇院士

胡仁宇院士

除了能源以外,在非动力的核技术应用方面,包括工业、农业、医学和科学研究领域,我国与世界先进国家存在着相当大的差距,希望大家能够正视这个现实,迎头赶上,希望更多的年轻人能投入到这方面的实际工作中去。

个人前途紧系国家命运

胡仁宇于1948年考入了上海交通大学电机系。在长达百年的岁月里，我们国家饱受外部强敌侵略、内部混战之苦，民不聊生。

胡仁宇当初所以报考交大电机系其实谈不上有多远大的梦想，只是想通过读大学能够为个人找个比较稳定的工作，维持以后的生计而已。

1949年新中国成立，全国革命建设的高潮，让青年人看到了国家未来的希望，胡仁宇发现自己的兴趣并不在工科，也许念理科更有利于今后的发展。于是在大学二年级，他便申请从电机系转到了物理系。1950年春天，清华大学在南方招生，也招插班生，考场就设在交大，那时他的哥哥已经在清华物理系念书了，会时不时给他写信交流清华学习的情况并寄回来一些清华校园的照片，令胡仁宇心生向往，且从没离开过南方家乡的他对北方也十分好奇，想去北方看看。于是，他怀着试一试的想法，报名参加了清华的插班生考试，很顺利地就被清华物理系录取了。

在清华的学习生活虽然只有短短的两年，却对胡仁宇今后的人生产生了深刻影响。其间，国家决定抗美援朝、保家卫国，他和同学们随着革命潮流投入到了抗美援朝的宣传。1952年初，"三反""五反"运动轰轰烈烈地开展，胡仁宇有机会第一次参加这样声势浩大的社会活动。通过这些社会活动的历练，让他逐步认识到一些革命道理和共产主义思想，首先是必须把个人的想法融合到国家需要中去，只有国家强大了，个人的前途也才有希望。其次，学校里的整个风气十分宽松民主，老师们不但都对专业有很深的造诣，而且对学生也十分和蔼可亲，悉心教导。同学间的相处也十分友好，无论思想、学习、生活都能互相帮助。这两年，他感到心情很愉快，

胡仁宇院士工作照

在学习中也是求学生涯中最努力的两年。此外，清华十分重视体育锻炼，特别是马约翰等先生言传身教，学校又在执行劳动卫国的制度，加上同学们的支持与鼓励，从那个时候开始，他便养成了锻炼身体的习惯，此后的60多年中一直都坚持了下来。也使得他在以后承担了繁重的任务和巨大的压力下，仍能保持良好的身体状态和充沛的精力。

　　胡仁宇生于国家和民族生死存亡的时代。他出生不到两个月，就发生了"九一八"事变，不到半年，"一·二八"事变中日本强盗把他父亲供职的上海商务印书馆夷为平地，他们全家不得已只好到乡下老家避难。后来，他父亲好不容易在金华中学找到一份历史教员的工作。全家过了几年稍微平静的生活，但"七七"事变后不久，日军又轰炸金华，他们全家只好逃回老家避难，生活每况愈下。只有在新中国成立后，才看到祖国新生的曙光。在党的教育、同志们的帮助下，对比解放前国家受尽侵略、人民惨遭杀戮欺凌的悲惨境遇，加之在清华的教育学习，胡仁宇逐步认识到只有在共产党的领导下，通过全国人民的艰苦奋斗，才能把贫穷落后的旧中国改造为美好的新中国，每个有志青年都应该努力学习，全心全意地投入到祖国建设中去，祖国的需要就是自己的岗位。当时，他只有一个单纯的想法，自己的前途始终要和国家的命运联系在一起，至于毕业以后到底做什么，一切都服从国家的需要。

无愧于核武器事业

毕业时，胡仁宇所在班上30几名同学，只有四五个人分配到科研单位。胡仁宇被分配到中国科学院近代物理研究所。至今他也搞不清楚，自己是怎样分配到这个岗位的。

应该说，分配到中科院近代物理研究所工作是他人生中第一个重大转折，开启了他从事核科学研究的大门。这一干，就是60多年。

由于当时在学校里课程涉及核科学的内容很少，更不知道怎么开始这方面的研究工作了。为了让新参加工作的青年人员很快地投入工作，研究所领导挤出时间给他们补原子核物理、电动力学、量子力学、统计物理等课程，还安排相关的实验课。胡仁宇从这时才开始真正接触核科学。之后，胡仁宇分到实验组，开始第一次接触核试验，由杨澄中、戴传曾两位科学家带他从事小电离室和闪烁计数器方面的研究工作。胡仁宇说，他是一个很幸运的人，杨澄中、戴传曾两位老师都很认真，对待青年人既能热心指导，又是严格要求。在他们的带领下，胡仁宇逐渐掌握了做科学研究的方法。一直以来，胡仁宇深切地感受到，除了遇到好老师以外，周围较为年长的师兄也曾给他很大帮助。当时，他心里学习的榜样就有黄祖洽、于敏、李德平等，打算要努力工作若干年，做到能和他们那样比较得心应手地开展科研工作。

1958年8月，胡仁宇遇到了工作中第二个关键节点。那时，他奉命调入了二机部九局（后来更名为二机部北京第九研究所、二机部第九研究院、核工业部第九研究院、中国工程物理研究院），从此一生就与核武器事业紧密联系在了一起，再没有离开过。

胡仁宇表示这以前他从来没有梦想，至于能参与如此重大的工作，只是机遇刚好碰上。他当时的想法很简单，就是国家叫你干什么就干什么，就老老实实地干，尽力把交下来的工作做得好一点。

调到二机部九局工作，也是非常突然的。那时，他被派往苏联学习，两年之后的1958年7月，他回国体检，即将返回告辞时，向二机部副部长钱三强报告。钱三强就告诉他：不要再回去学习了，马上到九局报到。

调到九局时，吴际霖副局长接待他，告诉他其任务是和王方定一起接收苏联交来的原子弹教学模型和相关资料。这时，他遇到了参加工作后最大的困难。他自己当时研究生都没有毕业，没有完整地做过一个比较重要的科研题目，现在却要担负起筹建实验室，包括建立队伍与创造实验条件等艰巨任务。为了保质保量保进度，完成重大国家任务，在中子物理和放射化学方面到底要开展哪些研究工作？需要掌握哪些技术和设备？如何选拔、培养专业人才？这些问题一直困扰着他，唯恐有负国家重托，做不好这项任务。

1959年6月，苏联撕毁中苏两国政府签订的《国防新技术协定》，拒绝向我国提供原子弹教学模型和资料。我国政府毅然决定，自力更生研制原子弹。这年秋天，朱光亚调到九局任科技负责人。朱光亚的到来给胡仁宇带来了莫大的鼓励和信心，胡仁宇经常向他请教。

朱光亚对怎么才能完成筹建实验室的任务，提出了一些方向性的意见。第一，要认真阅读国外解密的资料，尽力掌握大体架构；第二，通过完成当前的任务不断摸索，善于总结；第三，发挥集体的智慧，把这方面的科技骨干组织起来，定期讨论工作，加强决策的科学性与民主性。

经过几年的实践，三室的领导集体向二机部北京第九研究所党委提出了"七厂区几个实验室的建设与任务"的意见，得到了所党委的肯定。胡仁宇很庆幸，这一辈子遇到的科技领导和行政领导都是很善良、很勤奋、很敬业的好人。亲切的领导、宽松的环境、平等的交流，是"两弹"获得突破的条件之一。

在朱光亚、王淦昌、何泽慧等老科学家的指导下，胡仁宇和王方定、赖祖武等同事一道，以满腔的工作热情、严谨的工作态度和细致的工作方法，带领一批年轻大学生夜以继日地投入到科研工作中，用较短的时间，较低的成本和较高的效率，建立了中子物理和放射性核素测量室，圆满地完成我国第一颗原子弹试验前这个领域应该承担的任务。在以后的几十年里，无论是原子弹、氢弹，还是后来的历次核试验，九院这个领域的研究工作都是根据国家的需要，保质保量按进度完成的，无愧于党和国家的重托，无愧于国家核武器事业。

核科技前景光明

60多年来，胡仁宇始终对我国核科学和核事业的发展有很高的期望。他认为，核科技今后无论在国防、能源和其他工农业、医学和科学研究领域里都有很广阔、很远大的发展前景。

从能源领域看，石化能源总有资源枯竭的一天，太阳能也是难以完全满足人类日益增长的能源需求的。几百年后，人类赖以生存的能源看来只可能是核能了。而核能特别是核聚变能的应用是一项相当复杂、庞大与昂贵的科学工程。当前基本上还处于科学可行性的研究阶段，因此应该重视并抓紧这个领域的研究工作，尽快解决技术、工程可行性和安全、经济的可行性问题。这就希望能吸引更多年轻人投身到这个领域的研究中来。只有大家坚持不懈地努力，才有希望在不远的将来在地球上实现持续可控的核聚变，为人类长远的生存与发展提供足够的能源。

除了能源以外，在非动力的核技术应用方面，包括工业、农业、医学和科学研究领域，由于历史原因，我国与世界先进国家都还存在着相当大的差距，希望大家能正视这个现实，迎头赶上，希望更多的年轻人能投入到这方面的实际工作中去，充分利用现在的条件，采取切实有效的措施，努力使我国在这个领域的工作能在不长的时间内赶上世界先进水平，为国民经济的发展，人民生活水平的提高作出应有的贡献。

中国梦　首先是中国教育梦
——中国科学院杨福家院士口述实录

杨福家院士

中国梦，首先是中国教育梦。在这个梦里，各类学校以培养合格公民为首任，为培养"三百六十行，行行出状元"而尽心尽力；在这个梦里，育人为先，学生为中心，师生互动，敢于争辩，"吾爱我师，吾更爱真理"。

1936年6月11日，我出生于上海，但我原籍是宁波市镇海区，那里人杰地灵，人才辈出，两院院士就有数十位。1991年，我与哥哥杨福榆同年当选中国科学院院士。

童年的我很淘气，曾被学校勒令退学。但母亲很民主，一点都没有责备我，还为我换了一所学校。对我一生起到很大影响的便是我的中学——格致中学。这所中学对我最大的影响就是树立了我正确的人生观和点燃了我热爱知识、热爱科学的"火种"。

时至今日，我还记得在格致中学里，老师让我读《钢铁是怎样炼成的》这本书，那个时候我明白了，人不能虚度时光，要对社会有所贡献。

1954年，我从格致中学考入复旦大学物理系，从此与物理科学和复旦结缘。在复旦大学对我影响至深的老师是卢鹤绂教授。那个时候卢先生教我们原子核理论课程，七章七节。有一次课堂上我觉得卢先生讲的内容有一点问题，课堂上我没有敢提出。课下我去找卢先生的助教问是不是我理解错了呢？没想到，卢先生知道后让我去他家里，我一进门，卢先生就对我说："我考虑欠妥了，你是对的。"那次去卢先生家里，我离开的时候，卢先生亲自把我送到楼下，他还说是顺便散散步。

到我做论文课题的时候，卢老师让我做当时最前沿的课题——核壳层结构的基本理论。这个课题是当时两位科学家已经推理出来的理论，卢先生想让我用另外一种方式推出。我刻苦了3个月，一直推不出来。我清晰地记得有一天，我推算到了凌晨3点，仍然算不出来。

第二天我找到卢先生跟先生说："我知道这理论的奥妙，但我不可能用其他更好的方法推算出来。"卢先生说不要紧，你学到东西就可以了。1963年，这两位科学家因这个理论获得诺贝尔奖，卢先生正是通过让我对课题的攻克，使我理解到核壳层模型新理论的无穷奥妙，学习最前沿的知识。

那个时候，我体会到这才是真正的大师！

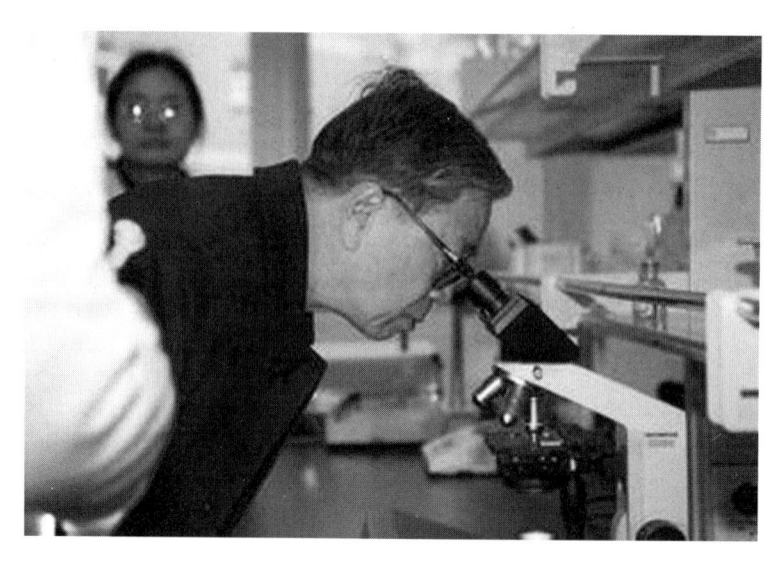

杨福家院士工作照

1958年，我从复旦大学物理系毕业留校。当时的党委书记王零对我影响很大。过了两年，学校破例任命我为新成立的原子能科学系副系主任。成立之初，困难重重，记得有一天深夜，王零书记看到我们半夜12点还在实验室不睡觉，推开实验室的门问我们为什么不回去休息，我跟王零书记说我们有很多问题解决不了。没有想到，第二天早上，王零书记召集了相关部门的负责人，和我们一起商量办法，解决问题。我就是在这样负责任的领导的帮助下迅速成长的。

1963年，晋升为讲师；1978年，升为副教授，并被任命为系主任；1980年，晋升为教授。

1963年，丹麦物理学家尼尔斯·玻尔的儿子奥格·玻尔来中国访问，与中国科学院订了交换学者计划，欢迎两位中国留学生去丹麦访问。先从全国选拔了5位学者，我是其中一位。然后再从我们5人中选拔两位去丹麦。先让我们去北京外国语大学，与一批被选为赴西方国家进修的学者一起，集中培训半年，然后参加国家考试。我还记得一到北京，就参加了一次英语面试，考官是许国璋先生。那个时候我们的英语并不算差，看得懂英文文献，但口语不好。许先生一听我们的口语，说就我们这样的英语水平要想通过考试，至少得两年。也就是从那个时候开始，我和后来担任北大校长的陈佳洱成了好朋友。我和陈佳洱商量，从第二天开始，我们每天互相交流时，只讲英语不讲中文。苦练了半年后，我们俩都顺利通过考试，他去了英国，我去了丹麦。

1963年，我荣幸地被委派到丹麦哥本哈根大学理论物理研究所做访问学者，从事核反应能谱方面的研究。这个研究所后来改名为尼尔斯·玻尔研究所。在1913年，玻尔发表了3篇文章，奠定了量子理论的基础。丹麦当时还没有物理学教授的位子，而英国、美国、德国等国都邀请他去工作，但玻尔却选择了留在丹麦。他决心在一个不到500万人口的小国家建立起了被世界所认可的物理学中心。这个研究所吸引了大量的科学工作者去交流访问，形成了哥本哈根精神。我以为，玻尔的这个举措对他祖国的贡献不亚于他在量子理论上的贡献。我在玻尔研究所访问期间被他的这种爱国情怀深深感染，玻尔常引用安徒生的一句话："丹麦是我出生的地方，是我的家乡，这里就是我心中的世界开始的地方。"我也时常在想，如果将丹麦换成中国，那这句话也便是我的人生哲学："中国是我出生的地方，是我的家乡，这里就是我心中的世界开始的地方。"他的精神大大地鼓舞着我，使我满腔热情、夜以继日地做研究。一年后，奥格·玻尔教授对我访问期间做的研究成果很满意，就向我大使馆提出，希望我再工作一年，于是我在1965年才回到了祖国。

在丹麦访问期间，除了被玻尔先生的爱国情怀所感动，也真正地理解了哥本哈根精神。我开始懂得了科学是扎根于讨论的道理，也体会到了"吾爱吾师,吾更爱真理"这句话的深意。我觉得这才是真正的科学精神。

回国后不久,"文革"开始,我无法安心地做科研,一直到20世纪80年代。所幸,我这一生,命运给了我很多机会。1980年,我晋升为教授。后来,担任了复旦大学研究生院院长,中国科学院上海原子核研究所(现为:中科院上海应用物理研究所)所长,复旦大学副校长、校长。

1993年起,我被任命为复旦大学校长后,开始深入地关注教育。在1998年10月5日,联合国教科文组织在巴黎召开"迎接21世纪的高等教育"会议,各国教育部长率领代表团参加,我作为国际大学校长协会的代表参加会议。在闭幕会上,大会主席在总结发言中讲到:为迎接21世纪,高等教育必须国际化;每个公民应该有终身受教育的权利;学校必须以学生为中心。他还讲了4L:学以增知,学以致用,学会思考,学会做人。后来又加了两条:学会提问,学会与人相处。而这6条也是我目前所倡导和期望中国教育能做到的博雅教育的体现。

"中国梦",首先是中国教育梦。在这个梦里,各类学校以培养合格公民为首任,为培养"三百六十行,行行出状元"而尽心尽力;在这个梦里,既有大楼,更有大师,还充满着大爱;在这个梦里,育人为先,学生为中心,师生互动,敢于争辩,"吾爱我师,吾更爱真理";在这个梦里,研究大楼夜夜灯火辉煌,年轻研究生在一流导师指导下日夜奋斗,探索未知;在这个梦里,没有浮躁与功利,学者们可能花几年甚至几十年时间为攻克世界难题,而默默无闻地艰苦拼搏;在这个梦里,毕业后的学生能深刻体会到"几年的学校生活改变了我的一生",他们脚踏实地,努力工作,回报社会。

"中国梦"是如此,核科学、核事业梦亦是如此!

一颗爱国心 事业心
——中国科学院王乃彦院士口述实录

王乃彦院士

我希望国家能够给予核技术应用方面更多的关注和支持。

1985年，我重返阔别多年的故乡，接待的领导问我有没有什么心愿。我说我唯一的心愿就是去找一下我曾经就读过的小学。可惜的是，在当地民政局工作人员的帮助下，几番查找，还是没有找到，终未了愿。记忆里，我所在的小学，条件简陋，曾是乡里的一座庙。

我上小学的时候，正值抗日战争，我们全家跟随父亲从福州退回到沙县的一个乡。乡里只有一所小学，两位老师。一位是校长，另一位就是校长的妻子。可那两位老师，对我们的教育却是多元化的。不光教课本知识，还教育我们要爱国和如何做人。

在一次中法讨论会上，我跟一位法国人讲，我是先知道马赛后知道巴黎的，他听后觉得有些奇怪。我跟他讲，我在不知道巴黎的时候就会唱《马赛曲》，是我小学老师教的。法国人听了很惊讶，觉得我的老师很了不起。老师不光教我们唱歌，还组织我们排演话剧《抗日参军》。到今天我还记得话剧里的台词："你看那参军的男儿说话有劲又有力，你看那娘儿模样不卑也不亢。我今投军杀敌去，你在家中把田耕，这才是中华民族的好榜样！"现在想想，那个时候，我们在潜移默化中接受着爱国主义教育。

男孩子童年时期都很淘气，我也不例外。当时，学校条件差，各年级的学生都在同一个教室里。老师上课进来的时候，手里提一个马蹄表，指定好下课的时间，时间到了就让我跑到教室外去敲钟，就算下课了。那个时候，我在班里个子比较小，坐在第一排，老师又很喜欢我，敲钟一事就交给我了。当时我很淘气，会趁老师不注意把马蹄表调快一些，好早点下课。老师发现后把我叫到身边跟我说："同学，你不要淘气，做人要老老实实的。"

一直到现在我都觉得那所小学是世界上最好的小学，是因为我幸运地遇到了这两位好老师，好老师是一个学校的核心和灵魂。

少年时代，血气方刚的我，理想是当一名军人。1950年，抗美援朝开始，学校里悬挂着的横幅上写着："同学们，响应祖国的号召去参军。"当时我是班里的团支部组织委员，带头签字，号召全班同学去参军。不想几天过后，学校又通知所有的团员干部留下来，参加土改工作。我又积极地投身到农村的土改工作中。

在农村，我吃了很多苦。现在想来很值得。一年多的锻炼，使我具有更强的生命力。所以我觉得年轻人应该到农村去锻炼锻炼。更幸运的是，我遇到了一位好领导，他的名字叫孙作青。在他的领导下，我学到了很多正确的工作方式。

我记得，当时计算土地面积多少是用算盘。到了晚上，我和领导在煤油灯下打算盘。我年轻，喜欢打瞌睡，总出错。孙领导就对我说："小王，工作中不能粗枝大叶。"有一次，一位农民跑来跟我讲，他家有多少亩地，我就信以为真。孙领导听了后，让我去落实调查。后来发现那个农民跟我讲的并不是事实。孙领导对我说："工作中，头脑不能简单，要学会调查落实。"还有在土改中对待农民的态度，孙领导总会跟我说："任何时候对人都要平和，要学会保护他人。"

而我能走上科研这条道路，要感谢的第一位恩师，就是这位孙领导。土改工作结束后，我被评为一等功臣，福州市委领导希望我留在市委工作。孙领导给我留言："回到学校去，好好学习，带领青年们，攻克科学堡垒！"

回到福州一中后，同龄人已经上到高中二年级了，我落下一年的功课。参加土改工作前，我还很叛逆，有些功课底子打得很不扎实。那个时候，我们有一位教英语的女老师很时尚，穿旗袍、穿高跟鞋、涂口红，同学们都看不惯。另外，受抗美援朝影响，我们幼稚地觉得英语是美帝国主义的语言。我是班里的组织委员，我跟团支书一块带领全班同学英语考试交白卷。现在想起来觉得可笑也后悔。实际上，那个英语老师教得非常好。

好在当年福州一中教各门功课的老师都很优秀。对我影响最大的是一位叫林童雀的物理老师。这位老师讲物理，从来不按照书本讲，他会根据物理现象来讲物理知识。所以引起了我很大的兴趣去探索、钻研物理学。林老师对我的影响太大了，以至于我们全家大多搞化工，而我却选择了学物理。林老师不仅影响了我一个人，可以说，他影响了整个班级。1952年，我们班上，有5位同学一起考上北大物理系。这一年开启了我的核科学梦想。

1952年，正值全国院系调整，原北大、清华、燕大三校物理精英合并，建成新的北京大学物理系。这里聚集了一大批领军人物，我幸运地赶上了这个鼎盛时期。1955年，国家作出了建立和发展中国原子能事业的战略决策。1956年，我作为首批毕业生，幸运地被分配到原子能研究所钱三强先生小组，开始了我的科研工作。在我工作的道路上，钱三强、王淦昌、朱光亚、周光召等先生给了我极大的帮助与影响。

钱老了解到我在大学的时候相比实验更偏爱理论，所以他让我做的第一件事就是推导一个公式。我用两个礼拜的时间推导出来后，钱老让我开始做实验，并对我讲了一句话："苏联第一个反应堆的首个操纵员是一位院士。一个科技工作者，不仅要注重理论，更要重视实验。"

潜心科研、工作三年后，钱老将我的资料推介到苏联杜布纳联合核子研究所。但是我的资料竟被退回来，附言写道："请派有学位的人来。"钱老坚持自己的决定，再一次将我的资料寄过去，苏方同意接收了。我去苏联前因钱老工作繁忙未能有机会相见，何泽慧先生代钱老跟我说："要给中国人争气。"我牢牢记住了这句话。后来，钱老去苏联开会参观我所在的实验室，问我的室主任——诺贝尔奖获得者费朗克院士我的表现怎样，室主任这样回答："我很满意，但你们满意不满意，等他回国后你们就知道了。"

1965年，我们一批人从苏联回国后，朱光亚先生从名单中指定了部分同志去九院工作，其中一个就是我。我与光亚老师的相识是在北京大学，1955年我就读北大技术物理系，光亚老师为我们讲授核能谱学课程，他讲课，物理概念非常清晰，逻辑性强。在之后的科研工作中，我虽与光亚老师接触不多，但每次汇报工作，光亚老师都是认真听取每一位同志的讲话，他很少讲话，总是一边听一边做笔记。事后会发现，需要他解决的问题他都会一一去解决、落实。在光亚老师身上我得到一个启发，那就是做事情要三思而后行。他总跟我们讲的一句话就是："思考、思考、再思考，发展战略、思考蓝图。"

到九院后，我就到位于青海的金银滩二二一厂去搞科研。我的工作任务是核武器试验中近区物理测量工作。王淦昌先生是我们的分管领导。我与王老的缘分还要追溯到1959年。

王乃彦院士（右）与王淦昌院士

1959年，我到了苏联杜布纳联合核子研究所后，领着我去见实验室主任的人正是王老。没想到的是，那一次的带领，竟让我与王老结下了一生的师生缘。

在九院工作期间，王老一直是我的分管领导。1978年，王老因工作调动从九院到原子能院，当时王老向组织提出了唯一的要求，将我作为他的助手一起调到原子能院。此后，我开始了粒子束和氟化氪激光聚变的研究工作。

跟随王老这么多年，让我受益最深的是王老对他人的关怀及对学生的爱护。他总是对我说："小王，我对你比对我儿子还好。"这句话确实是真心话。在苏联的时候，王老的夫人经常在我们中国人开业务讨论会时，煮鸡蛋给大家吃，非常关爱我们。在原子能院，王老喜欢早起，我有时候睡得晚起不来，王老就每天早上5点半，亲自来敲我寝室的门，一边敲一边还喊着："lazy bone, lazy bone。"起床后，我陪着王老锻炼身体，从南区步行到北区上班。在这个时段里王老会给我讲很多的知识和人生感悟。有一段时间，他知道我在学习英语，为了提高我的英语水平，他就用英语跟我对话。1987年，我在医院做眼睛手术。手术当天，他老人家亲自坐在手术室外面，临进手术室之前，他握着大夫的手说："拜托您了，这只眼睛就是我的眼睛啊。"大夫忙说："给您眼睛做手术，我压力可大啊，您就放心好了。"后来王老身体不好，住在医院，他总不放心我们，让我带着实验室的学生们一起去病房向他汇报工作。护士看到后批评我们不懂事，王老笑着说："这个可比吃药管用啊。"一直到王老已经不能言语，他还让我们去汇报工作，他觉得对的地方他会点头，不对的地方他会摇头，我们离开病房的时候他还会跟大家作揖致谢。他去世后，我很悲痛也很怀念，他留给我最宝贵的"遗产"就是早起与勤奋，直至今日，我都是5点半准时起床。

说到我与王老的师缘，我还要感谢一位师兄，那就是周光召先生。我去苏联学习，当时他是杜布纳联合核子研究所中国方的支部书记。我到了苏联后,光召跟王老说:"请你带王乃彦同志去见研究室主任。"

光召作为支部书记,对大家要求很严格。那个时候,我们的工资都很高,但他规定大家不能乱花钱。他总对大家说:"我们不能来享受人家苏联友人40多年的社会主义成果,我们要拿最低的工资,做最大的贡献,要在苏联一心一意地读书、搞科研。"所以在苏联的那几年里,大家都没有买什么东西。从苏联撤回来前,我们都想买一件礼物带回来,他才同意大家去买一件东西。王老和我都买了一部照相机,光召原本什么也没买,在我们的劝说下他才买了一辆自行车。

光召留给我印象最深的还不是他对我们的严格要求,而是他扎实的演算功力。我在北大读书的时候,他是我们的助教。课上,教授有时候算到一半发现演算有错误,会让作为助教的光召重新推导,他总是很快就能演算出结果。我当时就很佩服他。对于一位物理科研工作者来说,数学演算是很关键的。

20世纪70年代后,我的研究工作在数学计算上有一些困难。1978年,全国科学大会召开,我有幸作为九院的6位代表之一参会,会上与周光召相见。我把困难跟周光召讲后,他很热情地说:"你拿过来,我来帮你演算一下,看问题出在哪里。"在开会的几天里,他一有空就埋头演算,最后竟然把最关键的几步推算出来了。光召这几步关键的演算对我的科研突破带来非常大的帮助。

对于未来核事业的发展,我希望国家能给予核技术应用方面更多的关注与支持。这些年,我国核技术应用方面有了很大的进步和发展,不过大多数还是在民营企业和一些学校,国企相对要落后一点。关键还是领导不够重视。民营企业之所以能发展起来,归根到底是民营企业的老板以市场经济为主,注重技术创新突破,也就重视人才、尊重人才、重用人才,民营企业的一些人才很多是从国企里挖过去的。

感恩百姓　回报社会

——中国工程院彭士禄院士口述实录

彭士禄院士

做任何事业都会遇到困难，我希望核工业人在未来的时日里能秉承核工业人的精神，克服各种困难，敢于提出问题，敢于拍板，敢于担当，再创辉煌！

我父亲彭湃，1896年出生于广东海丰县一个大地主家庭。祖父很重视对他的教育，1917年父亲东渡日本留学，去寻求救国救民的真理，在日本接受了马列主义和许多进步的思想，并经历了"五四运动"。1921年，父亲从早稻田大学毕业回到家乡后，曾经致力于办教育、办报纸，但后来决心放弃无谓的笔战，而下定决心到农村去开展实际的革命运动。1922年7月，父亲成立了海丰县第一个农会，还烧掉了自家的田契，将家产分配给农民。1928年，父亲奉命调到上海先后出任中共中央农委书记、中共江苏省委军委书记。1929年8月由于叛徒出卖，父亲被捕就义。

母亲蔡素屏与父亲结婚后，在父亲的鼓励下，剪掉缠脚布，识字学文化，冲破封建枷锁。从此，母亲成为父亲从事革命活动的好帮手和贤内助。她不但支持父亲烧契分田，还卖掉陪嫁的金银首饰，把钱捐出来作为农会的活动经费。1928年，海陆丰农民运动失败，母亲被捕牺牲。那一年，我只有3岁。

我3岁的那一年，苏维埃政权失败之后，国民党要斩草除根，到处抓人。那时候我还小，只是依稀记得，在一个黑夜里，我被奶妈背着离家逃难。我们先是逃到了一个牛洼里去，待了一晚上。奶妈觉得离家太近不安全，就背我到了一个小树林里。之后，我们又在一个爷爷家里住了几天。还是担心不安全，奶妈又把我背到了一个村子里，在一个姑姑家里住了几个月。

这之后，我被从香港回来的七婶带回香港，到澳门与祖母会合。在澳门，一家人很困难，靠糊火柴盒维生。七叔那个时候已经是共产党员、地下工作者。1931年，他要去南山苏区工作，就把我从香港带回到汕头，准备把我送到中央苏区瑞金，交给党组织。到了汕头一个镇里的寺庙里（那里是红军的一个据点），七叔说他要去上厕所，让我在庙里等着他，结果他就再没有回来。那个时候我才五六岁，和红军战士在一起年纪太小，就被送到村里住在山顶的阿妈家里。阿妈的家是孤孤单单的一间房子，只有我们两个住在一起。我跟着她种菜、种地、捡蘑菇、拾鸟蛋。待了几个月后，一天下山的路上，我们看见了一个死人，阿妈觉得我在山上不是太安全，就把我送到山下村子里的一个阿爸家里了。这个阿爸姓什么，叫什么我都不记得了，我只记得他是打鱼的。但这个阿爸对我很好，他带着我打鱼，我看见旁边人家种着潮州柑，嘴馋，阿爸便拿着打来的鱼去跟人家换柑给我吃。

在阿爸家待了几个月之后，有一天，突然来了一个年轻人，又把我带走了。这个年轻人就是陈永俊哥哥，是个红军。他原本想让去苏区瑞金开会的两位同志把我带到瑞金，结果由于半路上出了事情，那两位同志被捕牺牲了，我又被送回到陈永俊哥哥家里。在他家里我待的时间最长，有一年。他让我叫他妈妈为姑妈，他还有一个三妹在家里，我叫她姐姐。他总是一个月回来一次，给我们带些吃的东西回来。我在家里就跟着姑妈和姐姐过。陈家很穷，但姑妈对我特别好，那么穷还让我读了半年书。过年的时候，姑妈让我吃肉，让姐姐啃骨头。这让我真正体会到老百姓太好了，我不是她的亲生儿子，她能对我这样真不容易。所以我感到很温暖。

1933年阴历的七月十五日那天，也就是鬼节，国民党的宪兵队把陈家包围，我和姑妈被捕入狱。那一年，我8岁。出狱后我几经辗转一直到1940年底才到了延安。从4岁成为孤儿到延安，我在几十位老百姓家里住过。到每一家里，百姓都对我特别好，再穷也不会让我饿着肚子，所以这点对我而言是终生难忘的教育。那么穷苦的老百姓在那么困难的情况下，还那么保护和爱护着我这个孤儿。这段经历的确是我受到的最大的教育，让我感觉好像工作一辈子、几辈子都还不完这个恩情。

1933年，我和姑妈被捕后被押到潮安监狱。因为年龄小没有人照顾，就干脆把我搁到女监房里，跟姑妈在一起。我们一到女监房，发现山顶阿妈也在那里。当时为了保密，害怕相互连累，彼此就只是点点头笑笑。在监狱里，有一个红军姐姐对我特别好，经常给我讲故事、教我唱歌。大家看我穿的衣服很破烂，就凑钱买了两块布，一块是红格子布，另一块儿是蓝格子布。红军姐姐为我做了一套衣服——一件蓝裤子，一件红上衣。

　　过了几个月后，突然有一天，我被国民党一个军官押走了。一般来讲，把一个人单独押走不是好兆头，要枪毙的。我被押到汕头的宪兵警备司令部，那里有很多被他们抓来的红小鬼，我在里面是最小的一个。因为不满18岁，不可以枪毙，他们就把我们又押到石炮台监狱。在石炮台监狱很苦，吃的饭里都是沙子、虫子。另外，我满身都是虱子，也没有被子盖，就盖一个破麻袋。在那里过了半年多，后来又把我们这些红小鬼从汕头押到广州，到广州感化院受感化一年。在感化院的时候我差点就病死了。那时候，不知道得了什么病，全身都瘫痪，站不起来。不能走路就爬着走，上厕所的时候爬着去也爬着回来，差点病死。在感化院认识了一个红小鬼，我们两个非常要好，他老给我讲南山的红军故事，我就是从他那里听说我的七叔彭述牺牲了，哥哥陈永俊也牺牲了。

　　在感化院待了一年后，我们这批红小鬼就被遣散了。我回到汕头当了乞丐跟着二婶乞讨为生。不久，我又被抓了，再次送到潮安监狱。这时我已经11岁了，就住进了男监房。之后，我被祖母认领出狱，又几经辗转直到1940年底才到了延安。

　　到延安后我就住进了中组部招待所。然后分配我到青年干部学校学习，学习之后，青干少年班的人就都到乡下去做宣传演节目了。当时正好有苏联的飞机到了延安，要把一些干部子女送到苏联去。

其中就有我，他们去找我，听说我到了乡下去演出，青年干部学校马上派人骑着毛驴到乡下，等我们回去人家都已经走了，我这次就没去成。当时组织找我谈话，说这次没机会了，等下次有机会再送你到苏联去。你现在就在延安好好学习吧。

在延安的时候蔡畅同志特别关心我，蔡妈妈、贺妈妈还有帅妈妈，他们几个妈妈就经常过问我的事情，学习怎么样了等等，很关心我的事情。但我比较内向也不善于跟人打交道，别的孩子放学后或者礼拜六、礼拜天都跑了，我就老老实实在那里劳动、学习。在延安什么都得自力更生，窑洞得自己打，得自己纺毛线、棉线，还得自己打草鞋等等。劳动锻炼了我自力更生的精神，我身上自力更生精神纯粹是从延安学来的，什么都自己动手不要靠别人。到了礼拜六人家都会去跳舞，我那时候年轻，见到女孩子脸就红，也不会唱歌、跳舞，那怎么办啊？我得选一个，我就当吹鼓手，自己做二胡拉二胡，自己做三弦弹三弦，自己做提琴拉提琴，我学会了拉二胡、弹三弦、拉提琴。到礼拜六我就不孤单了，我就给大家当吹鼓手去。

延安锻炼了我自力更生、艰苦奋斗的精神，这一点对我一生都有影响。

1961年，国家遭遇严重的自然灾害，苏联已撤走全部专家，我国核潜艇研究处于最困难的时期，国家决定"缩短战线"，集中力量先搞原子弹、氢弹。这一年，我被调到二机部原子能研究所反应堆工作设计室（12室）潜艇动力设计组任副组长。1962年，一些从事核潜艇研究的科技人员被抽调到大西北搞原子弹工作。核潜艇动力设计组缩编为"47-1"室，人员减少至60多人，我留任该室副主任。这些留守人员是今后核潜艇工作重新启动的骨干力量，他们留下来并继续开展一些力所能及的预研工作。1963年，中央专委决定核潜艇正式"下马"。由于留下来的同志只有6个人懂核动力,其余人的专业有搞机械的,有搞化学的,有搞电力的,对核技术不熟悉,研究所的领导就要求我们留下来的人要"坐下来、钻进去、入了迷",以积极的态度抓紧读书学习,进行必要的预研,做好核动力的技术储备工作。当时正赶上生活困难时期,伙食很差,不少人因营养不良而全身浮肿,每人每月的办公费才几元钱。那时候大家都很有志气,怀着为国争光的信念刻苦自学核专业。为了能看到更多的外国资料,我们这些学过俄语的人又开始补习英语,早晨五六点钟就起床背单词、啃书本,上厕所时也不例外。

在核潜艇"下马"的那几年里,我们积极开展调查研究和学术交流活动,互帮互学,使核动力的研究工作"细水长流"不断线,人员不流失,为以后核潜艇正式研制打下了技术基础。

1964年,我国原子弹爆炸试验成功后,加紧研制核潜艇的任务又被提到了日程上。1965年,中央专委批准正式研制核潜艇,并要求1970年建成潜艇陆上模式堆。我当时是技术负责人。保留下来的那些同志也都有了用武之地,大部分都投身于核潜艇核动力装置的研制中。

在设计潜艇核动力模式堆的时候,条件较差,一无像样的技术资料,二无必要的试验设备和现代化的计算工具,大量的计算工作都主要靠人工完成。借助台式计算机完成一种方案需要好几个人连续工作一个多月。当时我们主要参考的是苏联"列宁"号核动力破冰船、德国"奥托汉"号核动力矿砂船和美国"希平港"核电站的一些照片及零星的相关报道。我们凭借着学到的知识硬是靠自己钻研,终于在1965年7月将核潜艇动力堆的陆上模式堆设计方案上报中央专门委员会,并很快获得批准。当时有人在技术问题上提出一些疑问,特别是有一次设计中出现物理计算失误,造成反应堆控制棒的数量不够，这将会造成反应堆在冷试条件下控制困难，如再重新设计，势必要影响整个工程进度。有人说："彭士禄设计的反应堆会爆炸，不安全。"这时我们果断地在反应堆内采取补救措施，增加了可燃毒物棒的数量，彻底解决了这个问题。

1967年，在正式提升陆上模式堆功率之前，我们研究对比国际上10几个模式堆的运行经验，大胆修改不合理数据，凭着学到的知识，敢于承担必要的风险，及时地解决了许多技术问题，确保了陆上模式堆的试验运行安全。

在陆上模式堆前，周总理两次听取现场人员的汇报，并提出了明确的要求。在核潜艇试验试航过程中周总理也亲自过问。中央采取的一系列紧急措施和所作的重要指示对核潜艇建设起到了十分重要的作用。我至今难忘1970年7月我向周总理汇报陆上模式堆运行前准备的情景。那次汇报后，我感到自己的责任更大了。这次汇报一直激励着我做好核动力工作。

就在陆上模式反应堆建成并顺利达到满功率运行的1970年，我国第一艘核潜艇艇体也顺利建造完工下水。

大家都知道核潜艇设计从零开始，问题是方方面面的，随时都要有人站出来对问题作出决断。但我并不是盲目地拍板，对一些试验、运行中的主要数据，我都要亲自计算。我敢于拍板的基础有4点：一是概念清楚，二是定义确切，三是数据准确，四是为了给国家争气要无私无畏。我经常对大家说："干对了是你们的，干错了我负责任。"但大家要拿数据跟我讲话。因为我的这种工作作风，所以大家都愿意跟我一起工作。但我也有拍错板的时候，比如有一件事，就是核潜艇字码头试验时，反应堆的循环泵密封出现泄漏，我拍板决定改为新的密封结构形式，结果由于认识不够，失败了，后来又回到原来的结构上去，稍加修改就解决了问题。但我的原则是，拍

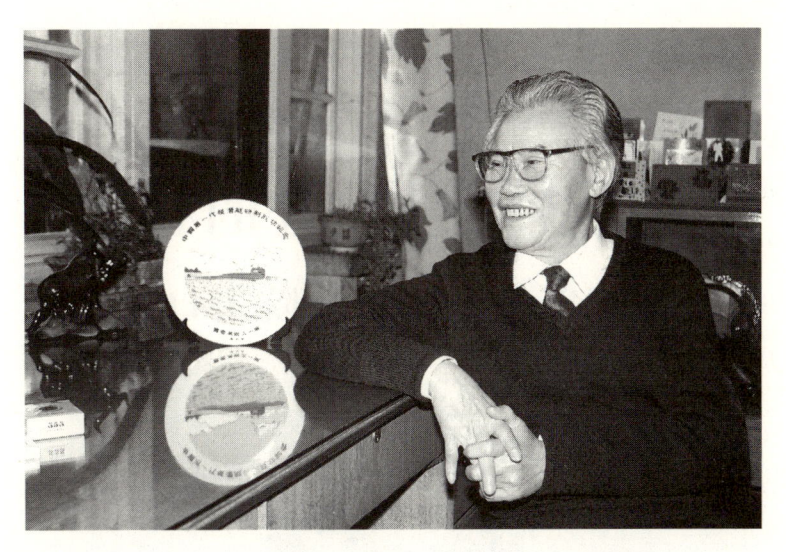

彭士禄院士在中国舰船设计院谈第一代核潜艇研制工作

错了立即改过来，将损失减少到最小。在技术上我是敢干的，敢于负责的，我提倡技术讨论甚至争论，这样可以发现问题，减少失误。

　　做任何事业都会遇到困难，我希望核工业人在未来的时日里能秉承核工业人的精神，克服各种困难，敢于提出问题，敢于拍板，敢于担当，再创辉煌！

要做就做最先进的技术
——中国工程院朱永䶮院士口述实录

朱永䶮院士

我觉得我们国家要定一个核能长远发展的规划，不要跟随西方发达国家的发展模式，我们真正要走一个节能节约的路。

我考上清华的时候，是1947年，我当时报考的是清华大学电机系，却因电机系名额已满，转入化学系。我出生在上海，受上海浓厚的商业气息影响，觉得电机系毕业后好找工作，便报考了电机系。那个时候并没有什么所谓的梦想，只是想学一门专业，出来有一个能养家糊口的工作。

然而考上清华后，这种想法就全然不一样了。清华大学是一个学术气氛很浓的学校，刚刚从西南联大复校回来，云集了很多大师，受这些大师们的影响，入清华园后不久，我就开始对学术研究有了一种向往，再不是简简单单地只为找到一份谋生的工作。

当时，清华大学的老师们都很清苦，然而他们却心甘情愿地做学问、带学生。很多老师都是在国外科研上有所建树，却为了祖国的建设，不远万里放弃外国的待遇回国。如钱三强先生1948年从法国回来，在清华为我们讲普通物理。在清华大学里，这些老师们的那份事业心、爱国心对我影响至今。

1951年，我从清华大学毕业留校当老师，教普通化学。当时我们国家刚刚解放，正值建设发展时期，很多人毕业后愿意参加国家建设，是不大愿意留在学校里当老师的。又正好赶上1952年院系调整，清华大学化学系被一锅端到北大，留几个老师在清华教普通化学。我是愿意教书的，又是组织安排，这也是国家的需要，所以我就留在了清华大学教工科普通化学课。那个时候，我并没有想到，我们国家会在10多年以后成功爆炸原子弹，更没有想到我这一生会与我国核科学、核事业结缘。

就这样，我在清华大学教普通化学。1955年，公共基础课的领导找我谈话，说调我去参加工程物理系的建设。1955年冬天，清华要建工物系，让我筹备放射化学课程。这次调动，是对我一生的改变。那个时候我很高兴，知道我们国家要搞原子能科学了，清华还让我参加这门学科的筹建工作。虽然那个时候，一切从头开始，脑子里没有任

朱永䁱院士在清华大学100号反应堆介绍分离超铀元素照

何概念，也没有什么实验设备，但我在摸索中做这一切工作的时候是开心的。在筹备过程中，除自学外，我到北大去听课，也到近代物理研究所杨承宗先生那里去进修请教。我记得清华第一次给学生上放射化学课，是请杨先生亲自来讲的，我做辅导。那个时候，做实验很困难，没有放射源，我们就开动脑筋，跑到协和医院，要来废氡管，从里面抽取微量的天然放射性核素。就这样在困难中前行着，更重要的任务又一次降临。

1958年，清华要建工程化学系，筹办天然放射性物质化学工艺学、人工放射性物质化学工艺学、轻同位素分离3个方向，滕藤和我负责人工放射性工艺学的筹备工作。1960年，我任人工放射性物质工艺学教研组主任，这个时候，我的任务是讲课、科研、带队伍。在一个学科刚刚起步的时候，决策是很重要的，也就是说要把这个学科带向哪个方向。我们派留学生出去学习，真正的核燃料后处理技术苏联根本就不让学，欧美就更没有办法学到，所以只好找来书本自己学习，下定决心自己搞。当时世界上最先进的技术是萃取法，我们就下决心要做就做最先进的，没有条件，创造条件也要做。当时也没有科研队伍，有的只是学生。好在那个时候，蒋南翔校长提出要让学生们"真刀真枪"做毕业论文和实验，不能只念书，要实践，我们就把毕业班和高年级的学生组织起来，师生一起做实验。

做实验，遇到最大的困难就是铀钚分离的验证。中国国内当时弄不到钚，我们想办法通过中国进出口贸易公司订钚-239，通过同位素渠道对外国同位素公司发订单，结果等了两年才等到。当时给两个国家发订单，一个是苏联，一个是英国。英国不给我们，苏联给了1克。太不容易了，等了两年，1959年秋，学校突然通知我们说来了1克钚，听到这个消息，我们太激动了，这来之不易的1克钚，对实验成果至关重要，也是清华核化工发展中关键的一步。

1963年，机会来了，二机部开会提出要采用萃取法，经过调研后，1964年决定跟清华合作。我就是在那一年与我国核工业结缘。先在原子能所和清华200号做热实验，然后四〇四厂建中试厂，很快就出了产品，1968年为我国氢弹试验提供了装料。在那个时代里，一穷二白，我们还要研究先进的科学技术，大家为的是什么？就是为了中国也能掌握国际上先进的技术，人家国家有了，我们国家也要有，为了我们国家在国际上的地位。当时条件很艰苦，在200号做实验时，有核二院和四〇四厂大量人员参加，多达200来人，一个大屋子里住30个人。交通不方便，一个星期回一次家，其实大多数是一个星期也不回去。一个月有8块钱的保健费，大家也不怕做实验对自己的身体不好，能成功靠的全是大家一个精神——全心全意为国家建设努力工作。

核燃料后处理发展到今天，我觉得当前政府对这方面的科研支持力度不够，重视不够。目前，我们把更多的精力放在核电发展上面，但我觉得核能要长远发展，要全方位地发展，而不仅仅只是重视和研究一个核电站堆型，要从后处理核燃料循环等整个产业链，全面规划和发展。

我是支持我们国家发展核能的。20世纪中叶有科学家反对核能，如美国J. Conant（曾任哈佛校长）说核能要失败，因为它产生如此大量的放射性。事实证明，他的预言是不对的。核能发展到今天，全世界有那么多核电站，证明核能发展的第一个阶段是成功的。虽然在核能发展的历史上也有过三次大的核事故，但我相信随着技术的不断突破，核能的安全发展是可以做到的。现在核能发展进入了一个新的阶段，我觉得我们国家要定一个核能长远发展的规划。不要跟随西方发达国家的发展模式，我们真正要走一条节能节约的道路。资本主义先进国家经过了资本掠夺，经过那么长时间的发展，现在走着一条很浪费资源的道路，我们发展中国家为什么要再走弯路呢？既然我们要走中国特色的社会主义道路，那我们就应该创造出一个低消耗、和谐、舒适的社会。

目前，我们国家核能的发展要有一个更高层的长远决策，要做就做最先进技术，我们是有这个科研基础的。国家要想真正的发展，就应该有自己国家原创性的技术，而不是跟在西方先进国家后面，购买人家的技术。创新的先进技术不是讨论出来的，也不是引进来的，而是自己动手实验研究出来的。

我们国家核工业走过60年，第一代人为我们打下了扎实的基础，那是一个辉煌的过去。走到今天，我觉得我们的下一代科研工作者也有很强的技术攻关能力，希望他们能够把我们国家的核能科技当作毕生事业，全心全意为我们国家的富强专心致志地工作。

咬定青山不放松
——记中国工程院潘垣院士

潘垣院士

在核废料处理方面，除了利用快堆之外，也应该重视利用加速器处理核废料，这是比较现实的做法。

穿过梧桐树掩映下的林荫大道，华中科技大学的院士楼就坐落在开满荷花的池塘边，在这座绿树围绕的白色二层小楼里，我们见到了中国工程院院士、磁约束聚变技术和高功率脉冲电源技术专家潘垣。已经81岁高龄的潘垣院士谈起话来思路却十分敏捷清晰，对细节的记忆甚至让我们这些年轻人都自愧不如。随着他的回忆，一个矢志报国、永不言弃的形象渐渐浮现在我们眼前。

一心报国，投身科研

1938年，日寇侵占武汉后，宜昌危在旦夕，就在这年，年幼的潘垣随家人逃往乡下。祖母和姑姑在逃亡途中相继去世，只剩下母亲带着年迈的祖父和他在战乱中辗转逃亡。1942年鄂西会战爆发，日寇沿清江进犯恩施，战场扩大，逃亡变得越发困难，一家三口被逼进了一座雷公庙，随后又从后门逃进了竹林，"我躲在竹林里，日本人走路的声音都能听得清清楚楚。"入夜后，他们偷偷进了山，与当地农民一起在山洞里住了一个多月，靠野菜果腹。逃难的生活一直持续到1945年的深秋，他们才得以回到已是一片废墟的家乡宜昌。

颠沛流离的童年生活，侵略者的残忍、路边惨死的百姓和满目疮痍的家乡，在潘垣年幼的心灵中留下了深深的烙印，使他认识到没有国就没有家，坚定了为祖国强盛贡献毕生的决心。进入中学后，成绩优异的他被老师讲述的三峡电站宏伟蓝图所吸引，树立了为国家建设电站的梦想。怀抱这样的梦想，1951—1955年他先后进入武汉大学和华中工学院（现华中科技大学）电机系学习，并在毕业后进入武汉电管局中心试验所工作，两年后就成为了高电压组组长。

正当他向着梦想努力奋进的时候，1958年8月，一纸调令把潘垣调到了原子能研究所，从此他与核科学结下了不解之缘。到达后不久，所里通知潘垣去听一场苏联专家的报告会，主讲人是苏联著

潘垣院士向国家副主席李源潮介绍磁约束聚变研究所

名物理学家库尔恰托夫的学生,内容是受控核聚变。说到这里,潘院士笑了起来:"当时副所长梁超就坐在我旁边,结束后问我感觉怎么样,我说很有意思,但没有完全听懂。"当时的潘垣并没有想到,这个从没接触过的前沿科学领域会成为他一生追求的事业。

报告会后,潘垣被分入14组(14室前身),开始了磁约束核聚变的相关研究。他参与研制了代号"雷公"的直线箍缩装置。1964年作为主要负责人完成了代号"小龙"升级改造为"小龙－2"的设计改造,1966年又主持制定了代号"凌云"的仿星器装置的工程物理方案与技术设计。在这个过程中,他受到了王承书、李正武、钱皋韵等多位院士和忻贤杰、左湖等老一辈科学家的指导和影响,为他最终走上科研之路指引了方向。"我印象最深的就是彭桓武先生说过,'搞科研最重要的就是方向和选题,题目选对了就成功一半'。这句话对我影响极深,现在我也这样教导我的学生。"谈起那段日子,潘院士满怀感慨,"王承书、李正武、忻贤杰、钱皋韵等几位老先生对我很好，我从他们那里学到了很多。"

对于潘垣来说，在原子能研究所工作的日子为他一生的科研工作打下了坚实的基础。当时担任所长的钱三强先生对所里的年轻人要求很严格，入所5年后要进行考试，内容包括两门外语和物理方面的基础课、专业课。为了通过考试，本身不是物理专业的潘垣自学了苏联物理学家塔姆的《电学原理》；一节不落地听了胡济民先生、王承书先生等讲解的《等离子体物理》，并做了详细的笔记；学习了忻贤杰先生讲授的《核电子学》，他还一字不漏地抄写了忻先生的全部讲稿，保存至今。这段学习经历不仅让潘垣的个性越发坚韧不拔，还使他养成了勤奋好学的习惯。他在工作之余阅读了大量书籍和文献，不断拓宽自己的知识面，除了自己的专业之外，对历史和地理也有很浓的兴趣。

585大会战

1969年11月，潘垣奉命调赴三线，参与创建585所。在那里，他完成了一生中最自豪的工作——"中国环流器一号"。他也是我国最先提出采用托卡马克途径研究受控核聚变的人。

585所是我国第一个专业聚变能源科研机构，在对核聚变发展规划进行讨论时，李正武先生主张研究磁镜装置，他的夫人孙湘先生偏爱环形角相收束装置，潘垣则坚持要研究托卡马克装置。当时的李正武先生已经53岁了，研究核物理、受控核聚变等方面超过30年，夫妇二人都是美国的物理学博士，潘垣则只有36岁，半路出家，接触这一领域满打满算只有11年，还受过李正武先生的教导。对潘垣来说，李正武先生是权威、是老师，也是领导，但即使如此，他依然坚持自己的思路，决不放弃。经过反复讨论，585所确定了三个方向同时开展研究，进入20世纪70年代后期，另两个方向遭遇瓶颈，便把所有力量转向了托卡马克装置的研究。

1972年初，潘垣作为代表赴京向二机部副部长李觉和科工委汇报，钱学森、朱光亚两位先生听取了他的汇报，同意将"中国环流器一号"的研制纳入第四个五年计划，定名为"451"工程，即国家第四个五年计划一号工程。李正武先生被任命为"451"工程总体组组长，潘垣是第一副组长，负责总体电磁工程，后来又负责脉冲电源和控制系统。

为了联系厂家制造设备，1972年下半年，潘垣开始了在全国各地奔波的生活。买不到卧铺就坐硬座，最远的一次从四川乐山一路坐到上海，遇到有急事时也坐过飞机。旅途的劳累自不用说，还遭遇过几次惊魂时刻。一次，潘垣乘飞机从上海返回成都途经重庆，降落时飞机轮子却无法放下来，只能在空中盘旋。"当时机长都通知我们写遗书了，有的女同志吓得直哭，结果转了不知多少圈之后飞机又成功降落了。"说起这段经历，潘院士满脸笑意，但在他轻松的语调背后，我们可以感受到当时危急的气氛。当问及他当时的心情时，他只是笑着说"牺牲就牺牲吧"。看似平淡的话语展现出了为祖国的发展将生死置之度外的豪迈气势。

在研制"中国环流器一号"的过程中，潘垣创造性地提出了多项新颖方案，解决了许多重大技术难题。在研制脉冲电源时，他提出采用六相双Y相移30°的脉冲发电机方案，避开了整流引起的谐波对电机的影响，从而省去了大型整流变压器，为项目节省了大量经费。他还提出了中国第一个交流脉冲发电机的设计方案，并指导年轻人完成了设计制造。在受到封锁的70年代，他们既无外援也无参考资料，却在三线艰苦的环境中完全靠自力更生研制出了达到当时国际先进水平的成果，至今仍在我国核聚变研究领域发挥着重要作用。1987年，"中国环流器一号研制"获得国家科技进步奖一等奖,"这大概也是我当院士的主要成果吧。"他半开玩笑半认真地说。

贡献我的知识给人民和祖国

在潘垣的科研生涯中,研究方向并不局限于受控核聚变,而是从国家的实际需求出发,尽一切努力解决国家面临的问题。"我最想做的就是贡献我的知识给人民和祖国,只要我还活着,就要不断探索。"

1983年,他调入中科院等离子体物理所,先后应邀在欧共体的大型托卡马克JET和美国德克萨斯大学聚变研究中心的托卡马克TEXT-U上从事研究工作。回国后在聚变研究中,他先后提出了电场漂移电子注入和等离子体电流调制等新思想,并在高温等离子体领域获得了第一个自然科学重点基金。然而他发现要实现磁约束核聚变还有很长的路要走,为了尽快得到国家可以应用的成果,他毅然把研究方向转向国民经济和国防。1986年,他成功研究出我国独创的高能氧化锌非线性电阻灭磁技术,并应用于许多大中型电站,为保证我国大中型发电机组乃至电力系统的安全运行起到了重要作用。随后,他转向电磁炮研究,1988年完成了303EMG实验电磁炮的研制与发射实验,标志着我国在电磁发射技术方面开辟了一个重要领域。为此,获得中国科学院科技进步奖一等奖。

1997年,潘垣当选为中国工程院院士,第二年进入华中科技大学从事教育工作。在他的运筹下,华中科技大学超过众多竞争对手,承担了"神光"-3脉冲电源和电磁炮电源的研制工作,获得了教育部一等奖。此外,他还带领团队研究了具有自动均流/限流功能的特大容量断路器、智能化开关等多项新技术,引进了一批高水平人才,构建了包括国家重点实验室在内的先进学术平台。

与此同时,他也没有放弃对受控核聚变的研究,一直关注着国际国内的研究进度。国际热核实验反应堆(ITER)计划提出后,在国内引起了是否参加 ITER 计划的争论，潘垣给当时的中央领导写信，力主抓住机会学习国外高新技术。2003 年中国加入 ITER 计划，他又作为中国的专家组成员积极参与论证工作。当得知美国得克萨斯大学的托卡马克 TEXT–U 由于资金问题即将停运时，他大胆决策，果断利用访问研究时的人脉将其无偿引进，改装成了中美联合 J-TEXT 核聚变实验装置。"我们是教育部里唯一拥有中型托卡马克装置的单位，美国在 80 年代末建造时花了 2000 万美金，现在无偿转让给我们，让我们捡了个大便宜。"他不无得意地笑着，像个炫耀自己心爱玩具的孩子。利用这个装置的脉冲大电机，在他的倡议下，建成了脉冲强磁场国家科学中心，成为世界四大脉冲强磁场实验室之一，跻身世界先进行列。

由于年龄的关系，现在的潘院士主要关注的是学科的发展方向和选题，解决研究中遇到的困难，具体操作则由团队中的年轻人来做。同时还和他的学生（现已是副教授）一起给本科生讲授《电磁场与波》。现在，他最关注的问题是我国的水资源和能源。针对我国西北缺水的现状，他提出了电场催化人工降雨新技术，并成功在大型气候室中实现了降雨/降雪。在能源方面则研究大规模可再生能源并网新技术。

谈及我国核工业未来的发展，潘院士认为应该更加重视铀-238 的开发和利用，尽快解决核废料的处理问题。"在聚变能实现之前，核能光靠铀-235 是不够的，从资源的保障角度出发，要充分重视铀-238 的开发使用，因此快堆是很有前景的。在核废料的处理方面，除了利用快堆之外，也应该重视利用加速器处理核废料，这是比较现实的做法。"

一路走来，对祖国的热爱和对科学的追求支撑着潘垣渡过了一个又一个难关，他常说，一个科学家最重要的就是韧性，如果坚信自己的思路是有科学依据的，那就不要放弃。"我这个人有个特点，只要认准了，就像板桥先生诗里写的那样，'咬定青山不放松'。"

以民族振兴为己任

——中国工程院杜祥琬院士口述实录

杜祥琬院士

对于现在的中青年科学工作者，我希望他们应该在市场经济中有一个核心的价值观，将自己的兴趣、利益、价值跟祖国的强大、民族的复兴结合在一起，即使做不到崇高，也应该靠近崇高。

我们那个年代不讲做梦，那个时候叫理想，我最初的理想是想从事天文学的科研。我在中学的时候最感兴趣的是天文学，总是跑到阅览室去看一本杂志《知识就是力量》里有关宇宙、天体的相关知识，晚上还会看星空。高中毕业后，我报考的是南京大学天文学系，却因全省选拔两名学生去苏联留学，我被选中，天文梦破灭，但直到现在始终保持着对天文学的爱好。转入核科学领域后，很快就培养起了对其的兴趣。一百年前，1913年玻尔提出了原子的核式结构理论，爱因斯坦称赞玻尔提出的原子模型是"思想领域中最高的音乐神韵"。1932年，英国物理学家查德威克发现了中子，同年，海森堡和伊凡宁柯分别独立提出了原子核由质子和中子组成的模型。1938年，哈恩和斯特拉斯曼等发现了核裂变。后来又发现了核聚变，以及原子核结合能随原子量变化的规律和质量亏损的概念。这一个个历史性的重大发现与爱因斯坦提出的质能守恒方程式（$E=MC^2$），都是科学技术极美、重大的创造，是科学技术史上的辉煌篇章，对世界文明进程带来了多方面的、深刻而长远的、战略性的影响。

但在苏联学习核科学知识的时候，我并不知道回国后要干什么，真正比我还敏锐的感知我以后回国要干什么的是一位苏联同学。我还记得，当时我在做毕业论文，答辩前的一个中午在食堂吃饭，一个苏联同学问我："杜，你学习原子核这么尖端的科学，回到中国有啥事儿可干呢？"那个时候苏联人想象中的中国是很落后的，是男人留着长辫子、女人裹着脚的落后封建社会。我没有正面回答他提出的问题。又过了几天，我们国家第一颗原子弹爆炸成功。我们每天睡前都听莫斯科广播，那天广播里就一句话：中国成功爆炸原子弹。第二天早上报纸上也只一句话：中国成功爆炸原子弹。就是这么一句话，那个同学跑过来兴冲冲地跟我说："杜，祝贺你！我知道你回去以后要干什么了，你回国有事情要做了。"也就在那一刻，我突然感觉到中国这么一个具体的进步，在海外引起这么强烈的反响，这是我始料未及的，听到广播，看到报纸，我们国家成功爆炸原子弹了，我作为一个留学生很激动，但我发现海外人比我们国家的人还激动，那个时候，我感觉到国家的一点强大，在国家地位上的一点进步，那我们这些留学生被人尊重的程度就大大的进了一大步。这一点，让我感到：人，要是能做这样的工作，能做对强国强军的工作，对国家的意义重大。于是，在那个年代，我将民族复兴、强国梦植根于自己的内心。

回国后，我分配到二机部的九院，刘杰部长见我们，跟我们说要集中力量突破氢弹科研。刚到九院的科研楼就看到楼的两侧有三老、四严的标语："做老实人、说老实话、办老实事"；"严肃、严密、严谨、严格"。我很幸运的是一回国就分配到这样的科研院所，有一大批科学家带领、指导我们工作。王淦昌、彭桓武、邓稼先等他们这批科学家，在国外的基础理论原理上已经有所建树，事实上是可以在前沿科学的基础研究上有更大的成就，但他们为了祖国的建设，放弃在国外的一切，毫无保留的全身心投入到原子弹、氢弹等核武器的科研上。王淦昌先生所言："我愿以身许国"，就一句话更是一辈子的承诺。邓稼先夫人给我讲过，邓稼先受命那天，回到家里没说话，若有所思，夫人问他怎么了，你好像有心事，他说我要去执行一项重要的任务，夫人问他什么任务，他告诉夫人不能说，要到很远的地方去，夫人问他到哪里也不能告诉说吗，他说是，后来夫人问他那能写信吗，他说恐怕不能，谈到这里，两个人就没话说了，过了一会儿，邓稼先蹦出一句："这件事情很重要，就是为它死了也值得。""文革"的时候，彭先生已经被靠边站了，有一天，他遇到我，问我最近在研究什么，我说我们在啃弹塑性呢，彭先生就说要不要我给你们讲一讲啊，我就说那太好了。然后就召集了一屋子人在办公室听彭先生讲，他不看稿子，拿着粉笔在黑板上推算弹塑性的方程式，给我们讲得清清楚楚。他们这代人，是大科学家，有真才实学又平易近人，很简单，很真实，就那么实实在在、潜移默化地影响着我们。

原子弹突破后，如何突破氢弹，大家都不知道。氢弹产生聚变，如何造就高温高压这个条件，一点线索都没有，美国、苏联绝对保密，但当时有一个特点就是科学民主、学术民主。我们叫"鸣放会"，也就是百家争鸣、百花齐放。大家在一起讨论，确定了思想后，分几路队伍分别研究。我当时是跟着于敏先生在上海研究，那个时候计算机跟现在的不一样，那个时候计算机计算会打印出很多纸带，其中有从最中心到外面的每一点的温度、压力、速度等物理量每一个时刻都要打印出一张纸，不一会就要打印出一大摞，我们叫作"纸带"。你得时刻盯着这种变化，于敏先生很厉害，他有本事能从纸带的这一刻变化跟下一刻的反常来发现机器故障。有一次，于敏发现了纸带上的物理量有反常变化，就先让物理组检查参数对不对，又让编程序的人员检查程序是否对，最后检查完都没有问题，那就让搞计算机的人员来检查，通过运算，发现计算机里的一个小元件坏掉了，元件一换，这个量马上就正常了。我们跟着于敏先生在上海通过几个月先推算出了原理。当时邓稼先在北京听到后，就立即准备氢弹原理试验。试前，让我们做试验诊断理论计算的3个人先从上海到北京，再跟着朱光亚的专机到基地。我们先在21基地停了一下，再到罗布泊。到了那边，我才知道那边的条件那么艰苦。住在帐篷里，睡大通铺，晚上特别冷，喝的水都是咸水，拉肚子。但那个时候，大家都憋着一口气，要把氢弹搞出来。那个时代，大家都有一种信念那就是以民族振兴、强国强军为己任。

核能发展到今天，开始进入了一个新的时期，可以把它称之为新常态。在这样的一个时期里，无论是国外还是国内，人们对核能发展的思维，应该说是比较分散。社会上仍然存在着对核能发展的质疑、担心，包括国际上有些国家也提倡弃核的观念。在这样的时期里，如何使大家以一个更超脱的视角，从核能科学发展的历史，甚至哲学的高度，冷静又理性地作出判断尤为重要。从历史发展的角度来看，对核能的和平利用，是人类文明史的一大进步。煤炭、石油等化石能源的发现和利用，使人类由农耕文明进入了工业文明阶段，现在是人类从工业文明向生态文明迈进的时期。那么，人类靠什么进入生态文明，要靠非化石能源（包括可再生能源和核能）。所以，人类不可能放弃和平利用核能。那么，对核能发展，最根本的办法只能是驯服，而不是放弃。只有驾驭核能才是核能源安全的根本之道，也只有驯服核能，我们才能进入一个核电发展的自由王国。我认为驾驭的主体应该是企业，从事这一行业的企业是实际工作者。当然，政府和科技工作者也应有各自的担当。各企业作为科技企业，首先要从人类科学发展的历史观出发，站在国家利益的高度，而不是只从企业本身利益出发，核行业内部各企业要增强合力，更好地统筹、协调、配合，和谐发展，使我国核能科学技术逐步走上国际先进乃至领先水平。我国核能发展到今天，存在的问题是原创性差。创新有很多种，基础研发是创新，引进、消化、吸收、再创新也是一种创新，我们国家目前基本都是应用型创新，基础研发较弱，中国这么大一个国家，缺乏知识产权，光靠应用规模还是不行的。企业有企业的优势，但也有它的局限性。解决这个问题，我想应该产、学、研结合，并有一个更超脱企业、学校的科研单位或研发中心，来集中全力搞基础性科研会更好一些。去年我一直在推动一项工作，就是科普。一年下来，我发现，不能只把公众当成科普的对象，还应当让他们参与进来，不仅要让公众在科学上长知识，还要让公众切实地成为核能的利益共同体。核电项目立项的最初酝酿、沟通和论证阶段，就应该让公众代表来参与，在这个过程中企业对公众讲清楚这是个什么项目，项目的利益是什么，风险是什么，如何防范风险等等这些问题，公众也可以在研讨中提出有哪些担心或不同意的地方。只有这种参与，才会让公众真正明白，发展核能对他们自己、对当地、对国家、对人类有益。公众参与的意义在于，从根源上让公众感觉到他们是利益的分担者，而不是后果的承受者。

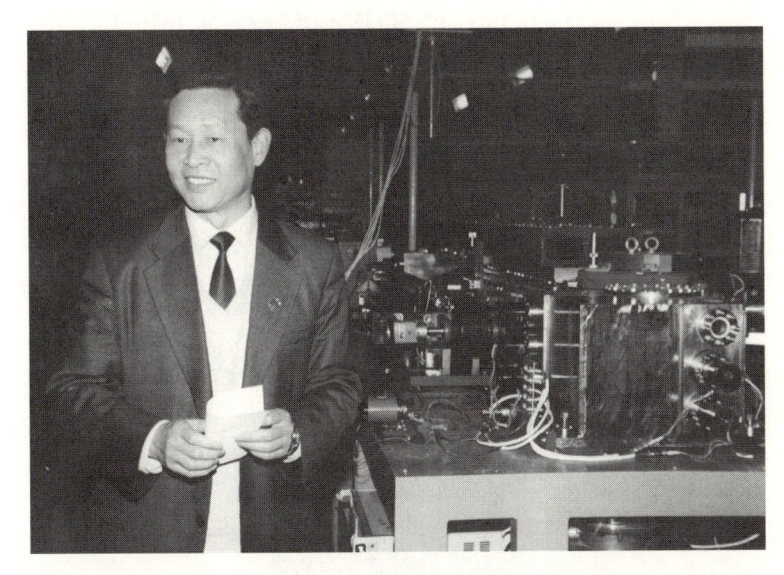

杜祥琬院士在中物院应用电子学研究所自由电子激光实验室

对于现在的中青年科学工作者，我希望他们应该在市场经济大环境下有一个核心的价值观，将自己的兴趣、利益、价值跟祖国的强大、民族的复兴结合在一起，即便做不到崇高，也应该靠近崇高。从品行端正做起，在实践中积累成绩，提高素质，追求卓越。我以为我们老一代科学家们身上有一种崇高的精神，那就是以民族振兴为己任。一个国家的希望在年轻人身上，如果年轻人只关心个人眼前利益，那这个国家又怎么能有希望呢？这个现实的社会有不同的价值观，但一个国家有希望，必然是每一代人里面都会有一批人选择崇高的价值观，为这个国家、民族的发展而努力工作。我还是很相信核工业有这样的一批年轻人，痴迷于科学研究，为国家的富强而奋斗的。

为保卫祖国作贡献是我最幸福的事
——记中国工程院傅依备院士

傅依备院士

能为保卫国家作出有用的贡献，就是我的梦想。选择核科技事业，我就能够为国家出力气，做一些保卫国家的事情，我觉得是最幸福的，人生才能有价值。这就是我人生最重要的梦想！

傅依备院士，著名核化学家，1929年4月4日生，湖南省岳阳县人，2001年当选中国工程院院士。几十年来，傅依备长期从事放射化学诊断、同位素化学、辐照材料改性等学术研究，为我国核武器研制、生产和库存管理作出了重要贡献，也对我国核科学技术的发展作出了贡献。傅依备院士一直在核科技领域从事教学、科研和科技管理工作，其学术功底深厚，科学作风严谨，创新思维活跃，处世态度豁达，艰苦奋斗，刻苦攻关、吃苦耐劳，意志顽强、善于组织协调，公正民主，平易近人，赢得了干部职工的广泛赞誉。

个人命运和国家前途分不开

1948年，傅依备刚上大学，那个时候梦想是最实际的，那就是为未来找个饭碗。

新中国成立前，傅依备既生活在国民党政府时期，又经历了日本侵略者的野蛮奴役，"为了生存而活"，在那样的环境下，是大多数中国人的基本选择，最现实的就是让自己"活下去"。通过大学教育，他逐渐明白一个道理，就是一个人命运前途是和国家的命运分不开的，没有国家的前途就不可能有个人的前途。现在的青年人很难理解这一点，因为没经历过民不聊生、被人奴役的惨痛生活。

新中国成立前，整个国家的地位很低，国家很贫穷，人民也很贫穷。在这样的情况下想法就不一样了，要使自己能够走出去，要使老百姓能够走出去，必须推翻腐败政府，所以在这样的情况下，傅依备参加了革命活动，反蒋、反内战。1949年，新中国成立了。傅依备对国家寄予很大希望，对共产党寄予很大希望，从个人而言，就是让祖国尽快强大起来，科学技术尽快追赶上发达国家。当时，他在一篇文章中提出很多希望，其中最重要的一点就是努力学习科学技术。因为国家要强盛，必须要学习、掌握先进科学技术，才能推进社会发展，提高国家经济水平。

在他的一生中，共产党的教育对他影响最大。他认为，这个教育是集体教育，不是哪一个人对他的教育。他从共产党的奋斗历程中找到自己的人生道路，就是像共产党员、革命先辈一样走那样的路，做那样的人。

新中国成立之初，全国人民按照党章提出的口号"向苏联学习"。傅依备想得比较客观，应该向实践学习，向工人学习。作为一名知识分子，就是要成为一个在科学上有作为的人。这个想法在当时是最重要的，"如何向苏联学习呢"，首先要掌握俄文。参加工作不久，他参加留苏考试被录取，后来到了苏联，经过努力获得副博士学位（副博士学位相当美国的博士，苏联的大学是6年，大学毕业后就是工程师），圆了大学梦想，当然，这个梦想是很初步的。

留苏期间，傅依备按照国家需要开始学习原子核物理专业。当时核物理专业是保密专业，在苏联也是保密的，一直到1955年才对中国开放这个专业。1955年，国家派出一个代表团同苏联谈判，开放核物理专业。在这种情况下，国家决定从留苏联的研究生、大学生当中抽调部分学生学习该专业。傅依备成为一个"幸运儿"，他原来在列宁格勒大学（今圣彼得堡大学）学习，1956年春，转入圣彼得堡列宁格勒工学院（今圣彼得堡工学院），在第五系学习，当时该系是个保密系，还有一个系也是保密系，是搞常规炸药的。第五系是搞核能，他感觉到是一个很重要的研究方面，责任重大啊！因为当时国家十分需要，周边的人也很愿意帮助他，所以学起来还是比较顺利的。这是他人生的一个重要转折点。

留苏拿到副博士学位回国后，傅依备可以到北大或者清华任教。当时，清华大学工程化学系主任专门找到他，傅依备选择了清华大学化学物理工程系，不久提拔为系教研室副主任。当时系里有三个

傅依备院士工作照

教研室，代表三个专业方向。傅依备从此正式转入核科学领域，主要从事两个工作，带研究生，承担当时最重要的一门功课《核燃料后处理》。那时（1960年），在国内是很稀缺的，也最需要的，而且很少的，也就是原子核物理。国内在 1958 年以前还没有这样的专业，我国的核科学发展是比较晚的，国际上 1942 年以后核科学才成为学校里一个学科方向，我们国家到 1958 年以后才有所发展，所以核科学在我国发展得很晚。

追逐核科技梦想

在傅依备一生中，最大的一个转折点，莫过于直接参与我国核武器的研制工作。他从清华转到二机部第九研究院，开始了他人生梦想中一个重要阶段。在我国唯一的核武器研制单位可以更好地发挥他的作用，能为保卫国家作出更大的贡献，这是他最大的梦想。

"因为我能够出力气，我能付出代价，能够有效地去保卫国家。"傅依备动情地说，这就是他人生最重要的梦想，因为能够为国家做些有意义的事情。

虽然参加"两弹"研制这一伟大的事业，但傅依备一直认为他的一生还是很平凡的一生，遇到一些好的成长机遇和工作机遇，是很幸运的一生。他说："我是一个简单的人，没想得太多，担任中国工程物理研究院核物理与化学研究所所长时想得最多的是怎么把工作做好，没为个人、家庭、子女想过什么、做过什么。"1972年，傅依备担任所副总工程师。1975年，担任副所长。1982年，主持工作当所长，一直到1991年才从领导岗位上下来，而且是他自己要求下来的。纵观几十年来傅依备科研攻关、科技管理和为人处世，他总是用"严格"二字要求自己。记得当时，有些人找他帮忙调动家属工作，这些事情是很难办的，特别是当时的一些工人，家属是农村户口，国家都有政策。有些人找他"走后门"，跑到家里送钱、送酒、送肉，都被他拒绝。有的人说："不要白不要。"傅依备坚决予以制止。"如果符合国家政策一定帮你办；如果政策不允许一点也不会做。"他说，这些事情现在想来是问心无愧，很自豪，不仅没拿公家的也没拿老百姓的。

在傅依备奋进的一生中，有一种信念在支持着他。那就是，人类随着历史的发展在前进，人在不断地为社会作贡献，不断地升华前进，不管是文化、文字、科学技术都是在螺旋形地上升，上升的力量来自于每个人的贡献，人类是一个集体，集体本身就是一种力量。他说："什么力量？我总觉得这个是一种生存的力量，水必然下流，就像人必须要上进一样，我在小的时候就有这个思想。"在农村，他看到那些很贫穷很苦的人的时候，就觉得不能走这样的路，一定要摆脱这种现状。小时候的这种愿望推动他前进，努力学习，靠自己努力改变自己的命运。这是本能，本能慢慢变成了一种自觉，但也不是为了个人，是为了大多数。

1955年1月15日，党中央、毛主席决定发展我国的原子能工业。近60年来，我国核科学技术在发展的道路上取得很大的成绩。如果说过去是"还账""打基础"，那么，现在我们在过去打好的基础上就是"添砖加瓦""锦上添花"，不断在科学领域去造福人民。

傅依备认为，要把造福人民放在首位，同时组织一定的力量去探索一些高、精、尖的最前沿科学技术。如何去造福人民？如何去获得更大效应？如何让更多的人去享受这些成就带来的好处？这是他一直在思考和探索的事情。近年来，军用核技术的发展为我国核科学技术打下了很好的基础，特别为新的能源技术的发展奠定了很好的基础，我们要加以拓展，使之成为一个更宽广的科学基础。这样，整个核工业、中物院就能够作出更多的、更好的、更新的成绩来。

瞄准"中国梦"

"未来是什么样子看不准，通过怎样的路达到未来也看不准。"傅依备坦言，但只要有一颗上进心，不要满足现状；只要瞄准中华民族伟大复兴的中国梦奋力力争，一步步地向前，总会达到想要达到的梦境。

什么样的梦境呢？在傅依备看来，应该是更高的、更理想的、更美满的一个环境、一个境界。因为梦想是无止境的，到了一个境界以后还有更高的境界在等你，因此要继续不断地去攀爬、去努力，永远处在一个追逐梦、享受梦的时光里面。

傅依备院士已是 86 岁的耄耋老人，但依然希望能够看到我们国家真正地成为世界第一。因为只有成为世界第一，国家的安全才更有保证；如果不成为第一，我们还有可能面临国破家亡的局面。

"我希望我的有生之年能够看到这一天。我们国家成为世界第一是全世界人民的福音，因为我们中国不是一个欺弱的国家，在历史上也不是，从我们现在制定的政策，对未来的设想，也不是以强凌弱的国家。"他动情地说，现在我们走的路是支持、帮助人家，党和政府经常提出的"与邻为善、与邻为伴"的政策是很好的。人就是应该这样，一个国家也应该这样，应该去帮助人，而不是去损害他人。到了那一天，我们国家的强盛是世界的强盛，是世界人民幸福的福音，这个梦我们一定要实现。只有这样，我们才能永立于不败之地，就能保证我们中华民族、中国人民，包括我们国家的每一个家庭长久地过上幸福生活，这是中国梦最高的境界。"现在看来，我们国家是能够实现的，很有希望，因为我们国家经济、建设一年一年在发展，人民生活水平一年一年在提高。特别是农村，我是从农村来的，我经历过新中国成立前和新中国成立后的农村生活，我看到了我家乡的变化，我看到了农民生活水平的变化，现在党和政府千方百计想让他们尽快富裕起来，用城镇化来提高他们的生活，这个路走下去，就能够实现我们中华民族的梦，我的梦就是这样的梦。"

矢志国防铸核盾　甘付年华逐紫烟
——记中国工程院徐志磊院士

徐志磊院士

希望中国的核武器科技事业不断发展，充当中国和平发展的坚强后盾。希望中国的核能科技持续进步，核能早日替代化石能源，为国家能源安全、生态文明建设作出贡献。

徐志磊，杰出的机械工程设计专家，中国工程院院士。在半个多世纪的岁月里，徐志磊一直从事核试验用原子弹和氢弹的工程设计研究和核武器的研制工作，在我国核装置新原理突破中作出了重要贡献。作为我国第二代基本型核武器研制工程设计的主要技术领导之一，在武器化攻关阶段，全面指导了新型核装置结构的设计与制造，倡导综合集成设计，不断提升产品整体集成工程的研究水平，推行从产品研制全寿命周期实施质量管理，将核装置的研制带入一个质量系统受控的新阶段，使核装置的小型化及轻量化达到一个新水平。他曾获国家科技进步奖特等奖2项，国家科技进步奖一等奖1项、二等奖3项，国家发明奖三等奖、四等奖3项，部委级科技进步奖10多项。1996年，他获首届中国工程科技奖。

少年怀揣科学梦

1930年9月23日，徐志磊出生于上海，他的父亲是上海电话公司小职员。刚上小学不久，日本人就攻占了上海，他亲眼目睹了日军的暴行，亲历了日本侵略者带给中国人民的深重灾难，童年的徐志磊十分憎恨日寇，盼望自己的祖国强大起来，盼望做一个堂堂正正的中国人。中学阶段，徐志磊就读于上海沪新中学（今上海中学），课余时他与几个年长的同学创办了文学团体"曙光社"，油印刊物《曙光》。为了读到更多心爱的图书，他学习爱迪生卖报纸，和两个同学摆书报摊赚点钱买书看。他如痴如醉地读书，非常崇拜外国的发明家，梦想成为一个发明家。他按照书上的知识，同爱好无线电的同学一道，动手组装矿石机和电子管收音机。从此，他养成了善动脑、勤动手的良好习惯，每学习一种知识都要去尝试实践一下，在实践中不断地改进提高。

1948年，徐志磊考入上海大同大学，学习机械制造专业。教授们渊博的知识、生动的讲授，把他带入一个崭新的天地。大学里，徐志磊继续保持着浓厚的读书兴趣，他向往着有自己的创造发明，梦想有自己的实验室，自己能够动手搞研究。青年时期的徐志磊养成了博览群书的习惯，知识面很广，梦想成为科学家。

磨床设计筑功底

1953年，徐志磊进入第一机械工业部上海机床厂设计科工作。他第一次设计的图纸是大型铸件机床床身，科里的老工程师审核后，指出了100多个问题，并逐一改正，这种严细的工作作风给年轻的徐志磊以很大启迪，决心向他们学习。业务上孜孜不倦地追求使他强烈地感受到知识的不足，为提高机床设计能力，他报名到上海交大去旁听机床设计等课程，以提升自主开发设计的能力。业余时间埋头自学数学，以补大学时学习的不足。为了看德文资料，晚上他又进入业余德文补习班。老工程师的言传身教和自身的刻苦努力使徐志磊的设计技术一步一步走向成熟，设计出来的图纸就很少出现问题了。为了拓宽自己的知识范围，他拿到工资后除留下生活费，剩下的钱几乎全买了自然科学、机床等专业书籍和期刊。一到星期天，就上图书馆，中文的、外文的一一借来精读。从此，国外先进的技术发展态势就像一幅幅多彩的画卷展现在他的面前。一直以来，他都能如数家珍地说出国外磨床的发展现状和水平。他孜孜不倦地学习，总是手不离卷，坐车时拿着书，吃饭时看着书，上厕所时看书，他的一颗门牙也是吃饭看书时被沙子崩断的。

那几年，徐志磊一面学习，一面全身心地投入到平面磨床、花键磨床、齿轮磨床等十种磨床的设计工作中。1953—1958年，他曾得到苏联专家的指导，并有苏联图纸的借鉴。仿制的这段经历使他熟练地掌握了机床设计的基本知识，很快就成为优秀的机床设计工

徐志磊院士工作照

程师。当苏联专家撤走后，他作为主任设计师每年要校对、审阅1000多份图纸，充实、饱满的工作经历使徐志磊受到良好的锻炼，心中充满了自主创新的冲动。1957年，他担任我国首次自行设计M7120A平面磨床的主任设计师。1960年，又负责对东德设计的齿轮磨床进行改进设计，徐志磊不分白天、黑夜，跟工人们在一起工作。他体验理论与实际相结合的真实过程，不断提高设计水平，依靠自己的勤奋与智慧，与同事们协同攻关，提高了磨床的精度。为此，他获得1963年上海市先进生产者称号。组织上的信任、同事们的认可激励着徐志磊更加扎实地工作，决心进一步提升磨床设计的水平，尽早研制出世界先进的机床设备。

核武研制担大任

1958年，二机部遵照中央确定的方针，决心凭借自身的力量完成原子弹研制任务，并向中央请调优秀工程技术人员参加原子弹的研制。1963年8月，徐志磊调入二机部北京第九研究所（后更名为二机部第九研究院，今中国工程物理研究院），从事核武器研制工作。调入九院后，他聆听了科学家朱光亚、邓稼先、陈能宽、龙文光的报告，拜读了原子弹的理论方案及核装置的设计方案，被一批杰出科学家的风采及九院光荣而艰巨的核事业深深吸引，立志在核武器事业这一领域里施展自己的聪明才智。

刚到九院不久，徐志磊就担任了核装置设计组副组长。他很快熟悉了原子弹的结构，参与了第一颗原子弹的核装置外层部件工程设计并把自己掌握的工程知识融入到核装置设计过程中。1964年10月16日，我国第一颗原子弹成功爆炸。试验结果表明，该核装置的理论设计与结构设计都达到了较高水平。为尽快将核试验用核装置转化为武器用核装置，九院人进行了系统攻关，并完成多次核试验。徐志磊是核装置武器化攻关的主要成员，参与了每一次试验用核装置的设计。经过艰苦努力，他成功地设计了无间隙同步起爆结构，解决了不同材料热膨胀率不同的补偿难题。在设计组对飞行环境及核装置承载能力作了系统论证及地面环境模拟试验后，1966年他参加了"两弹结合"飞行试验，随后又参与了氢弹试验用核装置研制、第一代核武器的研制及进一步提高核武器比威力和小型化的技术研究。

正当徐志磊满腔热情辛勤耕耘时，"文化大革命"来了，他受到了不公正的待遇，1970年被下放到河南五七干校劳动，停止工作三年多，直到1973年底才回到四川902基地参加工作，担任二机部九院总体部设计室主任。他非常珍视这失而复得的工作机会，决心把失去的时间追回来，白天参与设计，晚上苦读文献资料。当时多种型号研制任务齐头并进，一部分人主抓型号定型，一部分人侧重核试验。徐志磊配合型号总师谢家祺带领一批工程技术人员，解决了我国第一代核武器的核装置在作战使用中的环境适应性问题。同时，他协同有关专家带领技术骨干，完成了武器化新的拼合设计、聚焦元件设计。这些首创结构成功地用于核试验核装置结构设计。

有着丰富核装置设计经验的徐志磊，凭着出色的工作，从众多工程技术人员中脱颖而出，从研究室主任到设计部副总工程师，再升任九院副总工程师。20世纪七八十年代，在第二代基本型核武器研制工作中，他主持并直接参加核装置及其关键系统的工程方案论证、工程结构设计及研制试验工作。在一代武器转入二代武器研制过程中，遇到了如何提高核武器性能的难题，邓稼先院长经常召集陈能宽、于敏、胡仁宇等专家讨论问题，徐志磊也参与其中，探求解决问题的良策。在武器化攻关阶段，新原理的核装置需要研制新结构、新材料及新工艺。核装置结构设计受到理论设计、爆轰设计及战标要求的严格约束。结构件受到总体布局所允许的狭小空间的制约。工程设计人员为了减轻1克重量、缩小1毫米尺寸而绞尽脑汁，有时通宵达旦地反复计算。徐志磊指导技术人员广泛调研、反复试验、方案对比，最终确定新型核装置设计方案。在设计新型结构的同时，要选择合适的材料，只有某特种钢才能保证设计要求。当时国内没有这种钢材，他就与技术团队在消化吸收文献、资料的基础上，提出了研制系列特种钢及其应用研究的总体需求，与中科院金属研究所、长城特殊钢厂共同组成跨行业的课题组，开展联合攻关。同时，在中物院创建了材料环境专门试验室，大力支持材料及从材料到结构件的试验技术研究。经过课题组通力合作，历时10年，先后研制出了三档不同强度具有国际先进水平的特种钢，成功用于核装置的核心部件，并从工程技术上解决了特材金属与特种气体严重不相容的难题，该项目获国家科技进步奖二等奖并被评为优秀协作项目。

在徐志磊和其他领导主持下研制的核战斗部经过各类试验考验，结果表明，产品工程结构设计确保核装置物理和爆轰性能满足要求，核战斗部的性能满足战标的要求，其综合性能上了一个新的台阶。

在"两弹元勋"邓稼先生命的最后阶段，邓院长把担子交给物理学专家胡仁宇，他希望徐志磊在工程领域当好胡仁宇的助手。

1989年，59岁的徐志磊升任中物院总工程师。他带着老院长临终嘱托，新院长的深情厚望，全身心投入核武器研制工作。徐志磊创造性地指导了将核武器物理要求、爆轰要求、环境适应性要求转化为工程技术指标。他根据已积累的研制工程经验和已掌握的技术贮备及可预见的技术发展，科学地选择技术方案。他根据武器的需求背景，从全院众多学科中将工程关键技术进行分解、归纳、提出预研课题，促使研究工作系统化，促进研究成果转化为实用的工程理论和设计技术。为确保核武器生产质量的稳定和再生产能力，徐志磊大力推进武器的先进制造技术及工艺技术能力建设，保证产品的先进性、可靠性及质量的稳健性。

徐志磊在任院副总工程师、总工程师期间，曾10余次作为核试验技术负责人或总负责人参加核试验，负责解决研制中出现的技术问题，并对参试产品质量全面把关，为我国核武器事业的发展进步作出了重要贡献。

老骥伏枥书宏志

2001年，徐志磊当选为中国工程院院士。他没有半点懈怠，仍然活跃在核武器研制工程领域里。多年核武器的研制实践使徐志磊清楚地认识到，核武器在装备部队长期服役的贮存条件下，必须具有持久保持性能的能力。为此，徐志磊特别重视核武器的材料性能研究。他力主开展核武器的环境适应性、可靠性及其技术基础的研究，其成果已逐步应用到实际工作中，创造了巨大的社会效益和经济效益。

同时，他怀着对先进科技领域的浓厚探索兴趣，始终关注着世界工程科学发展的新动向，不断思考着武器工程的发展方向。2002年，徐志磊了解到先进国家已开展建模与仿真模拟对核武器性能符合性的研究，以期在实践中直接采用数值预测结果进行重要工程决策。他深入到科研室，具体了解数值模拟的应用情况，他和有关领导倡导和推动在中物院工程领域开展计算机数值模拟的研究，量化和提高复杂系统数值模拟的置信度，核装置设计领域已开展CAD、CAM、CAE集成设计。基于技术发展及数值模拟准确度的提高，进一步推动了设计方法的技术进步。这种创造性的工程实践活动极大地推进了核武器的研制进程。

为了推动设计技术的不断进步，他不遗余力地研究与推广设计集成、优化等方法。为了推行先进的设计理念，他无数次到中物院各研究所、大学和工程协会作报告，宣传新技术、新方法。

进入耄耋之年的徐志磊仍然没有停下脚步，因为"国家利益高于一切，责任重于泰山"是他一生坚持的信念和人生准则，在他的心里始终铭刻着保尔·柯察金的名言："当一个人回首往事时，不因虚度年华而悔恨，也不因碌碌无为而羞愧。"作为一名优秀的设计专家，徐志磊深深感到我国的设计能力，特别是自主设计能力还相当薄弱，与世界上先进国家相比还有较大差距，而要把我国从制造大国发展成为制造强国，提高自主设计能力是当务之急。因此，近两年，他认真学习习近平总书记关于科技创新的重要论述，积极实践国家创新驱动发展战略，努力推动我国自主创新能力的提升。目前，他与路甬祥、潘云鹤等院士一道承担了工程院咨询课题："中国的创新设计战略研究"，期望通过自己和其他专家的共同努力，推动中国的自主设计能力大幅提高，希望中国的产品走向世界，希望童年时期期盼祖国强大的愿望早日实现。

回首走过的人生岁月，徐志磊十分欣慰。他庆幸自己有机会参与我国核武器研制事业，找到了实现自己梦想的最好平台，也成就了自己人生引以为豪的事业。作为中国核科技事业的参与者和见证人，徐志磊对我国核科技事业充满了无限深情，他不仅希望中国的核武器科技事业不断发展，充当中国和平发展的坚强后盾，而且希望中国的核能技术持续进步，核能早日替代化石能源，为国家能源安全、生态文明建设作出贡献。

中国正在崛起，徐志磊童年时希望祖国强大起来的梦想正在变成现实。

把一生献给国防科技事业

——记中国工程院孙承纬院士

孙承纬院士

能做些力所能及的事情,为我所热爱的科技事业略尽绵薄之力,这就是我的心愿。

这是一位年逾七旬的睿智老人，一位亲眼见证了新中国的成立，亲身经历了新中国的发展壮大，亲自参与了新中国的建设，并在其所从事的国防高科技研究领域立下赫赫战功的科学家——他叫孙承纬，是我国著名的爆炸力学专家，中国工程院院士。

追逐梦想　科技报国

1939 年，孙承纬出生在上海的一个普通职员家庭，当时的上海正处于"孤岛时期"，身为教师的父亲经常悲愤地谈起沦陷后受列强欺凌的情景，希望孩子们努力学习，将来能够报效国家。"落后就要挨打""天下兴亡，匹夫有责"，这些道理深深地烙在了孙承纬幼小的心里。

孙承纬 5 岁入学接受启蒙教育，天资聪颖的他虽并不用功，但学习成绩一直名列前茅。到了中学阶段，学校采取的是苏联式教学，主张课堂消化吸收，这使得课堂学习的效率很高，放学以后，孙承纬就把大量的时间和精力放在了自己感兴趣的课外活动上。他先后参加过船模、航模和无线电兴趣小组，学到了许多实用的知识和技术。他经常流连忘返于学校图书馆，翻阅和借阅大量的书籍。那些文艺作品、科幻小说、《大众哲学》《形式逻辑》《知识就是力量》等等五花八门的书籍开阔了他的眼界，更激发了他对未知世界探求的强烈欲望。有些科幻小说的故事情节他至今难忘，比如说：《康爱齐星》描绘了人类进行宇宙航空、移民其他星球的幻想故事；《伽林的双曲线体》讲述的是科学家发明了一种双曲线体装置，当点燃放在装置前面的蜡烛时，就会有一缕很细的强光束射出，它可以切割铁门、墙壁甚至开挖地球深处橄榄石层中的金矿……当时激光尚未发明，人造卫星也未上天，谁能想到这些奇思玄想竟在多年之后成为现实，更想不到几十年之后竟成为孙承纬奋斗一生的目标。

1957年，孙承纬高中毕业，带着探索物理力学神奇自然规律的兴趣，带着对科技兴国的美好愿望，如愿以偿，以优异的成绩考入北京大学数学力学系。然而，世事难料，北大6年的学习生活，恰逢"反右""反右倾""大跃进""三年自然灾害"接踵而至，各种政治运动和劳动锻炼占据了一半的学习时间。尽管如此，北大爱国、民主、科学的优秀传统和严谨求实的深厚学风仍然深深地影响着他。当时，北大的教学秩序和纪律比较松散，不少课程被删减，大反"白专"道路。在那样的环境里，出于对知识的渴求，孙承纬养成了自觉自励、独立思考的习惯。

20世纪60年代初，各项运动逐渐平息，科学终于迎来了久违的"春天"，国家急需各类科技人才，一些单位看中了北大毕业的孙承纬。1963年，刚跨出大学校门的孙承纬最初拿到手的派遣通知上写明要他到北京果子巷报到，可派遣通知刚拿到手就被组织收回去了。原来，对于这个品学兼优的学生，组织上另有考虑。当时，我国第一颗原子弹研制攻关正如火如荼，国家在全国范围内挑选出了一批优秀的大学毕业生充实到核武器科研队伍。然而位于青海高原的核武器研制基地条件十分恶劣，这对于从小生活在大都市的孙承纬来说无疑是一种严峻的考验。"到祖国最需要的地方去"，没有过多的犹豫，孙承纬背起行囊，来到了金银滩，投入到这秘密历程中的神圣事业。

潜心事业　铸造核盾

青海湖、金银滩，风景如画，可长期生活在这里却并无诗意。这个新成立不久的单位，厂房、宿舍、道路等基建尚未完成，生活条件异常艰苦。草原上天寒地冻、交通不便、供应困难，可是聚集在这里的一大批来自五湖四海的著名学者、国内名牌大学生和国外学成归来的留学生，让茫茫草原充满了神秘感。

初来乍到，孙承纬被安排参加由陈能宽指导的关键起爆元件课题。初涉苏联译著《爆炸物理学》，他被里面的知识深深吸引了：原来炸药还有爆速，爆速还可以计算。孙承纬感到学校所学到的东西远远不够。他白天工作，晚上就捧起书本如饥似渴地补充知识。从此"让炸药更加有效、准确、安全地为武器做功"成为他锲而不舍地研究爆轰的目的。

那个时候，不论是国内有名的专家，还是刚出校门的学生娃娃，在技术面前人人平等。大家心中揣着一团火，抱着一定要尽早造出我国第一颗原子弹的坚定信念，边干边学。在经常开展的学术讨论中，大家争相发言，各抒己见，民主的学术环境促使孙承纬迅速地成长起来。1967年，年仅28岁的孙承纬在尖端武器某关键部件的设计中，创造性地提出设计和计算的新方法，并成功地应用于实验，为原子弹的武器化作出了重要贡献。

正当孙承纬在自己所从事的事业中踌躇满志、"越干越热爱"时，一场史无前例的"文化大革命"的风暴席卷了整个中国，科技界也不例外。正常的科研生产秩序被打乱，孙承纬作为反动"白专"受到关押，工作陷于停滞。动荡的岁月中，许多专家学者都受到了不同程度的迫害，孙承纬同样未能幸免，甚至在他身患急性肝炎时仍然被拉出去"拉练"，使他的身心遭受到极大摧残。那些年，孙承纬对参加政治学习并不积极，"文革"中没有什么书可看，于是他一有空就抱着本英语词典"啃"，争取一切汲取知识的机会。

后来，在王淦昌等专家的大力支持下，1973年，孙承纬和同事们开始积极筹建激光引爆实验室。从项目申请、可行性论证到立项、规划、建设，他付出了大量的心血。对国内外这一领域技术以及研制情况都了然于胸的他，一直用学者的敏锐捕捉着这个领域的动向。

在激光技术应用研究的关键时刻，他担负起科研组织者的角色。这个工作既让他如鱼得水，也让他感到了巨大的压力。当实验室从梦想变为现实，并开始做出很多开拓性的工作时，孙承纬的心中充满了成就感。1978年，他的团队成功实现了百路激光雷管同步起爆，达到当时的国际领先水平，此项技术在1985年获得了国家发明奖三等奖。

孙承纬院士在中物院流体力学研究所做激光试验

1982—1984年，孙承纬作为访问学者到美国华盛顿州立大学物理系深造，这是国外唯一开展爆轰和冲击波物理实验研究的大学。两年的研究生活给他提供了系统钻研爆轰和冲击物理文献、理解改造计算编码以及深入思考一些理论问题的大好机会，也有力地推动了他后来的学术进步。

从1986年夏天论证国家"863"计划起，孙承纬先后担任该计划某专题组长直至领域委员会的成员、顾问。在爆炸磁能量压缩技术方面，他提出的技术路线，使爆磁压缩技术在"863"计划中得到了应用和发展。

20世纪90年代后，为了开展核武器物理实验室模拟研究，孙承纬领导建立了电磁内爆实验设施，用于模拟武器组件内爆过程。

21世纪初，他又敏锐地看到国外进行金属和轻材料等熵压缩实验的深远意义，提出建立电容器组小型装置开展实验的建议。他不但具体指导实验，而且在理论分析和磁流体力学编码方面做了大量卓有成效的工作。他所指导的团队相继建立了系列装置，工作扩展到激光和炸药内爆研究途径，开拓了我国高能量密度动力学的新方向。

专心做事　简单生活

"把主要精力投入到研究工作中，从工作中去品尝乐趣，去寻找人生价值。"这是孙承纬一贯的主张和态度。他行如其言，几十年来保持着思想上的宁静淡泊，视学问和事业为生命中之最重。

下班回家，他总是吃完晚饭看一会儿电视新闻就坐到电脑桌边了，爱人说他"一辈子就只知道看书"。孙承纬的家摆设很简单，最显眼的就是成堆成堆的各类书箱。在四川北部大山沟工作时，家里房间小，孙承纬就把书柜做得和房间一样高，整个书房除了临窗的一张小写字台和靠墙摆放的一张单人床外，其余的空间全部做成了一直顶到屋顶的书架。单位搬迁到绵阳之后，家里房间多了也大了，但书也更多了，仍然是充满了房间的四壁，他爱人无奈地说："我们家搬家就是搬书，把书搬空了就没什么东西了。"

孙承纬书架上的书里总夹着这样那样的小纸条，上面写满了密密麻麻的小字，是他看书时所作的批注。长期执笔书写，使他的右手手指变形，食指和中指总是微微弯曲着，握笔处还结上了很厚的老茧。

爱看书，工作又忙，孙承纬对时间总是很珍惜。他是一个大忙人，不仅是所里资深的专家和主要技术负责人，还曾是国家"863"计划某领域专家组成员，国防科工委电磁发射专家组成员，中国力学学会、空气动力学会、兵工学会的组长或成员，四川省学位委员会学科评议组成员，《强激光与粒子束》《宇航学报》《爆炸与冲击》等期刊的主编或编委。同时，他还是中科大力学系、中科院力学所、国防科大理学院兼职教授和兼职博导。最忙的时候，他一年之中差不多有三分之一的时间在天上"飞来飞去"。每逢出差开会，汽车上、火车上、飞机上，孙承纬总是在看文献，他要把被各种会议占去的时间赚回来。

为了挤时间看书、写东西，他经常中午下班不回家，在办公室里用电热杯煮包方便面了事。其实，在研究所的大门口就有一个小食堂，但孙承纬觉得排队打饭挺浪费时间，有同事知道后，建议让食堂的师傅把饭送到他办公室，他马上拒绝了，说"不要给别人添麻烦"。

成天与书本打交道，孙承纬总是有许多的文稿需要打印，许多长篇论文或书稿需要一改再改、一校再校。他觉得拿到打字室去打印不但工作量大，而且修改起来也不方便，还太麻烦人家。于是，同在所里上班的爱人陶洁贞就成了这位老专家的兼职打字员和秘书，打字、校对、联络成了陶老师额外的工作，每逢节假日甚至午休时间，都经常看到他俩在办公室加班。为此，孙承纬很感慨地说，爱人陶洁贞是他工作中的好帮手，生活中的贤内助。

认真严谨　堪为表率

作为一名科技工作者，孙承纬身上有着一种非常可贵的精神——"永远站立在潮头"。他思想活跃，观察敏锐，熟悉国际学术动向，善于把握科研发展方向，对新事物、新理论、新知识、新信息，有一种近乎本能的、特别敏锐的洞察和捕捉。

一辈子搞科研，他充分认识到现代科研工作是集体的成就，不是哪个天才就能完成的，但技术骨干的德识和才学又是科研事业成败优劣的决定性因素。在卸去了所有的行政职务之后，他甘为人梯，致力于人才培养。他的原稿、笔记、程序、幻灯片和下载的资料，统统都毫无保留地与自己的学生和身边的科研人员分享。

孙承纬的认真和严谨是出了名的。研究所里一位外语专业毕业、从事情报资料收集工作的女同志，曾经翻译了一部英语专业著作，请他校阅。结果，孙承纬不仅帮她校阅了全书，还从头改到尾，基本上等于重新翻译了一遍。他还善意地建议那位女同志多看一些理工类的专业书，进一步拓宽知识面。

孙承纬的学生都说他"严""要求高"，他们的论文送到导师手上，修改的结果往往都是"红字比黑字还多"，空白处注满注意事宜和必须搞清楚的问题。

由于孙承纬是院里爆炸力学方面的资深专家，院所的各类科研评审经常请他担任评委，有一次院里举办"邓稼先青年科技奖"评选，要求每位参选的青年科技人员都要进行15分钟的口头报告，他所在的流体物理研究所遴选了两名青年，带着各自的科研成果参加角逐。尽管他们所做的科研工作非常出色，但在作口头汇报时却显出了差距，一个过于简单，10分钟不到就说完了；另一个又过于啰嗦，时间过半了还没有说到关键点。坐在评委席上的孙承纬很生气，当时就找到刚做完报告的这两名青年严肃地指出：只会埋头苦干还不够，还要学会总结、学会表达、学会展示，这是参加学术交流活动最基本的要求，也是科研人员应该具备的素质。

一个时期以来，流体物理研究所的许多新的学科发展方向都是在孙承纬的倡导下建立和发展起来的，以他的理论造诣，出一二十本书都不成问题，可是，他的各种著作加起来没有超过5本。其中《应用爆轰物理》一书已经成为工程力学和爆炸物理研究领域的权威著作。书中有大量的插图，制作和处理起来非常麻烦，编排时，对每一幅图孙承纬都亲自把关，找人进行技术处理。这本书的编写和出版，经历了几易其稿的艰难和一些非技术原因的曲折，非常不易，也同时反映了他锲而不舍的性格。

2003年，孙承纬当选中国工程院院士，并获得全国"五一劳动奖章"。

如今，已经75岁高龄的孙承纬仍然忙碌于科研工作、课题研究、学生培养和培植新的科研方向。他常说："能做些力所能及的事情，为我所热爱的科技事业略尽绵薄之力，这就是我的心愿。"

"把一生都献给国防科技事业"，是孙承纬最真实的写照，也是他最大的梦想。

敬业与奉献

"中国梦"的实现离不开辛勤的汗水，离不开恒久的努力。焚膏油以继晷，恒兀兀以穷年，老一辈科学家以数十年如一日的坚持与奉献，为我们作出了榜样。奉献是平凡中的点滴，有着感召人心的精神力量。

生命的钤记
——记中国科学院张兴钤院士

张兴钤院士

要知道,金属材料并不冰冷,它也是有生命的,只有真正懂得它,才能驾驭它、使用它,实现让科学研究真正为人类造福的目标。

展开张兴钤九十年风雨人生的画卷,依次铺陈开来的是:

少年心事当拿云,

青年科海擎帆舞,

壮年铸甲甘寂寞,

暮年骐骥志不休。

一次次无悔的选择,一步步笃定的迈进,终于淬炼成他沉默而隐忍、坚硬而纯粹的金石人生。

濡染新学　信仰初立

1921年10月16日,张兴钤出生于河北省武邑县崔乡村。5岁时进入村里的念丰私塾开始接受启蒙教育,并早早显露出天资中的聪颖和讷言好学的性格特点。但命运给予少年张兴钤的只是一份深重的悲凉,小家庭在大家族中低下的地位,母亲的郁郁早逝,促使他萌生了以读书改变个人命运的动力。

1930年,张兴钤随父来到山东省烟台市崇正小学就读三年级。从这里起步,他开始接触到了数学、物理、化学、生物等近代自然科学知识。他就像一块纯净的、干燥的海绵,贪婪地吸吮着一切可以接触到的现代文明知识。风雨如磐、战火纷飞的时代背景,驱使他从烟台、天津向上海、武汉、乐山不停辗转。烟台崇正小学、养正小学、芝罘中学、天津私立河北中学、天津河北工业学院高职部、上海中学、内迁乐山的武汉大学,处处留下他孜孜求学的印记。

在辗转求学途中,国家贫弱被动挨打的现实、百姓流离失所的苦难、爱国运动的风起云涌,深深地唤醒了张兴钤的民族意识,国之不安,何以家为?他求学的精神动力由改变家庭命运上升为许身报国。"一二·九"示威游行、支援上海"八百壮士"的活动中都有他热血沸腾的身影。他中断学业奔赴延安寻求真理,一路上的所闻所见,既是磨难，也是财富。裹胁在逃难的人群中，民众的善良和侵略者的残暴形成了巨大的反差，救亡图存的渴望充盈在张兴钤的内心。

在烽火连天的流亡路上，张兴钤考入武汉大学，这是张兴钤学术成长中重要的一个阶段。明诚弘毅的校训，励精图治的师者，使得张兴钤虽在战乱之中却获得了人生中最可珍视的一段经历。他发愤勤勉，笃实刚健，培植了执着沉潜的科研品格，孕育了扎实的知识积累。在白色恐怖的高压下，他完成了自己政治生命的涅槃。1940年春天，在乐山城外的一棵大树下，张兴钤庄严地举起了紧握的右手，做出人生中最重要的一个抉择——加入中国共产党。

初窥管豹　结缘金属

1942年，张兴钤大学毕业，面临着人生的又一次抉择。重庆綦江电化冶炼厂应抗战之需设立，正契合他学以致用、报效祖国的志向。在邵象华老师的具体指导下，他全身心地参与到我国第一座碱性平炉的设计建造中。学校里学到的知识怎样与工作有机地结合？工作需要而学校未教的知识又如何补充？张兴钤在实践中的学习有了更强的针对性。1946年8月，张兴钤被紧急调配到资源委员会鞍山钢铁有限公司任职，重点参与修复战后收回的平炉。

在白色恐怖之中，张兴钤仍积极寻找着党组织，他得到组织的鼓励并顺利通过考试争取到赴美实习的机会。直至1947年5月张兴钤赴美前的5年中，他投身冶金行业第一线的生产实践，从师者身上学习科学研究的方法，体验了理论与实践如何结合并互为提升，并以窥斑知豹的态度，初步接触了金属研究领域，为他日后找到报国与兴趣两相契合的科研方向奠定了基础。

在底特律的福特汽车公司钢铁厂和大湖钢铁厂实习的经历，给张兴钤造成了极大的冲击，这便是中美之间无处不在的差距：钢铁行业本身的差距、技术工艺的差距、生产管理的差距，最重要的是自身掌握的知识与世界先进科技水平的差距。这些差距给他以巨大的压力，他也从内心里升腾起一股不竭的动力，对个人的学习与研究，他第一次作出主动而明确的规划：从普通工厂实习生调整为到大学进行系统的专业学习。

张兴钤满怀激动开始了他在凯斯理工和麻省理工的学习生涯，从此踏入金属微观研究领域，接受了严格的科学研究方法的训练，完成了从工程技术人员向具备一定研究能力的科研工作者的蜕变。

"二战"为金属材料的发展带来了强烈的需求背景，高温合金研究被提高到空前重要的地位。在麻省理工学院学习和研究期间，张兴钤在导师格兰特的指导下开始进入高温金属蠕变机制的研究领域。在夙兴夜寐的探索实践中，他创造性地建立了新的实验方法，通过对纯铝及其合金的蠕变机制进行研究，探明了晶界滑动和晶粒形变的协调形式，找到了晶粒形变的特点并给出科学解释，通过对晶界裂纹的形成和传播进行研究和分析，找到晶界断裂的机制。其8篇高水平论文的公开发表，奠定了从原子尺度到宏观尺度了解多晶材料力学作为研究的基础，为建立半定量或定量的关系式另辟蹊径，对发展高温合金及后来的超塑性和纳米材料具有重要的指导意义，是全球金属蠕变理论公认的基础性工作，其成果被广泛利用。

蠕变机理研究成就了张兴钤事业的第一次辉煌，但是声名鹊起、物质丰厚没有让他改变科技报国的初衷。万里归舟多延宕，美国政府的重重阻挠更加坚定了张兴钤等一大批学子归国的信念，他参与"留美科协"的各种活动，发起留学生集体签名的活动，接受美国媒体的访谈，将要求回国的公开信送到了周恩来总理以及美国总统艾森豪威尔那里。留学生们的一系列智慧勇敢的斗争，终于迫使美国政府妥协，在祖国的帮助和美国人民的支持下，1955年，张兴钤在阔别8年之后，终于踏上了祖国的土地。

回到魂牵梦萦的祖国，欣欣向荣的建设局面令张兴钤无比振奋，他很快便应北京钢铁学院柯俊教授之邀，投身到新中国第一个金属物理专业的筹建工作中。张兴钤被任命为金属物理教研室主任，从课程设计、专业教学、学制安排到研究活动的开展，充分展示了他的组织才能和科研特长。

但是对于一个新筹建的专业，很多内容都没有现成的教材，张兴钤大胆讲授当时最前沿但还不为学界接受的"位错理论"。为了不耽误教学进度，他常常是晚上准备讲义，早晨送去油印，上午在课堂上他瞪着布满血丝的眼睛给学生们授课。他带领教研组的年轻同事在讲义的基础之上，编写了我国金属物理专业最早的通用教材《金属和合金的力学性质》，相继被国内多所高校采用。因为在科教结合方面的突出特点和斐然成就，张兴钤和柯俊、肖纪美、方正知等 3 位教授被广大师生雅称为"钢院四大名旦"，声名远播。

1961 年，张兴钤（左一）在北京钢铁工业学院指导金属物理教研组老师进行金属分析

许身国防　铸盾立功

个人的命运永远也离不开时代的影响。1963年，就在张兴钤的教学事业顺利发展的时候，一纸调令改变了他的人生轨迹。

年轻的共和国面对世界强权政治和核讹诈的严峻挑战，果断地作出了研制核武器"以核制核"的战略决策。作为国家紧急征调进入二机部北京第九研究所的人才，张兴钤赴任二二一厂实验部副主任，他迅速克服青海高原艰苦环境带来的不适，以饱满的热情投入到这项全新的工作中。从金属微观领域研究到爆轰物理实验，完全是一个跨界的转变，过去既有的知识一时间好像找不到用武之地，张兴钤在一个崭新的领域里再次开始学习实践。中国第一颗原子弹的代号是"596"，在参战"596"的过程中，他带领的实验部先后成功组织了缩小尺寸、全尺寸等多次爆轰物理实验，为解决引爆弹设计中的关键问题和确定引爆弹的理论设计方案提供了重要的技术数据。

1964年10月，首次核试验成功后，已担任实验部主任的张兴钤又马不停蹄地投入到氢弹的攻关实验与原子弹武器化研究实验中。时间紧、任务急，作为实验部主要负责人，张兴钤经常披着那件蓝色的"棉猴"，穿梭在实验部的各个实验场地之间，平时就住在办公室，除了睡觉，几乎随时都在工作。他开创性地提出模拟装置放松公差实验，以出色的组织才能参与领导多次国家核试验，参与建立了飞行试验装置及为其服务的遥测技术，为判定核爆效果提供数据，为建立可靠的核物理和核化学测试方法奠定了基础。1965年5月，张兴钤作为分院副总工程师、实验部的负责人，在人民大会堂受到了周恩来总理等国家领导人的接见。

在参与我国核武器研制的过程中，张兴钤完成了从个人为主的科研模式到集体攻关的科研方式的转变，实现了在大的系统应用工程中科学实验与核科技应用的完美结合。

然而，命运好像总要给执着前行的人一些严峻的考验，正当张兴钤在核武器系统工程中的工作渐入佳境的时候，"文化大革命"的风浪却将他拍到了事业的谷底。作为留美归国的人员，"特嫌"是免不了的，他和一大批科技人员一起被勒令停止接触机密，接受隔离审查。这意味着在其后长达4年的时间里，张兴钤不得不离开他钟爱的科研一线，干校的辛苦劳作和无休止的批判、审查、学习没有让他动摇信仰，但离开科研工作却让他消沉失望，痛心疾首。

当"文化大革命"的嚣尘止息，时代又交给张兴钤一道选择题：是放弃还是坚守？华发已生的他再次将身体和灵魂交付给了关乎自我理想和信仰的国防事业，前往蜀山深处赴任副厂长、总工程师。

20世纪50年代起，迫于诡谲多变、严峻紧张的国际形势，国家建委提出国防建设要大分散、小集中，少数国防尖端项目要"靠山、分散、隐蔽"，我国核武器研制基地也开始了在"三线"地区的布局建设。张兴钤到任时，"三线"厂面临着建设无序、方向不明，职工思想混乱的局面，张兴钤、李英杰、宋家树、何文钊等新到任的领导以立足长远的战略眼光，坚持科学规划做好未来发展的顶层设计，在国家相关部门的支持下，重新修订设计任务书，确定了"边建设、边生产"的工作思路。他们力求宏观着眼、微观入手，敏锐找准厂子的发展定位，勾勒了建立国家级核武器相关技术研究中心的蓝图，具体设计了实现战略目标的战术路径。更重要的是，在建设之初，张兴钤富有前瞻性地运用"预防为主，保护优先"的环保理念作为建厂指导方针，避免了走"先污染后治理"的道路，确保了厂子的安全生产和可持续发展，以及厂区周边环境长期处于符合环保要求的、安全可控的状态。

善开风气　壮心不已

张兴钤善开风气之先。对于新的知识，他都保持着旺盛的学习兴趣，并善于在前人经验的基础上创造性地找到新的着眼点或突破口。

"三线"厂最初设计应使用已经定型的工艺，但按照这种工艺安排生产，一是材料利用率不高，二是对环境会有很大程度的污染。有人提出了理论上可行的新工艺路线，但是否更改已经定型的工艺？当时张兴钤要做的工作绝不仅仅是简单的科学研究，而是要以最快的速度使生产线建成投产。作为总工程师张兴钤的压力是毋庸置疑的。他面临着艰难的抉择，责任心和对科研工作的预见性，使他最终决策更改设计，支持采用新工艺；但素来谨慎的他，还是从最基础的工作做起，开始一系列新工艺的实验研究。这一工艺改进，比美国至少提前了几十年，为国家节约了大量的建设资金，更重要的是把对环境的影响减到了最小。早在国家层面提出核武器库存问题之前的10年，他就已经很有预见性地组织开展了模拟贮存实验，尝试探索新的检测技术，一系列富有开创性的研究攻克了科研生产中的多项难题。

他作风民主，善于营造自由平等的学术氛围以激发思维的火花，在潜移默化中将自己的严谨、求实的科研态度和作风传递给身边的每一个人。他虚怀若谷，从来不谈自己的经历和学术上的成就，反之，对于别人的意见和成绩总是予以重视和肯定。在四川"三线"工作的8年里，他住过的那间红砖青瓦的小平房就是科技人员讨论问题的乐园。

1980年，张兴钤在转战青海高原、西南"三线"18年之后，奉调至二机部九局（军工局）任总工程师。厂子按照他们的设计路线图继续发展，虽然在完成使命后，这个番号正式退出了历史舞台，但历史已将以张兴钤等老一辈科技工作者求实创新的足迹深深镌刻在中国的核武器发展史册里。

离开了一线，张兴钤仍然对核事业魂牵梦绕，他就任中国核学会核材料分会的副理事长，精心组织策划各种学术交流活动，为核材料研究领域打造交流平台。他积极搜集世界材料学领域的最新动态和加工工艺方面的最新成果，以高质量的供稿推动中国核武器研究院的内部刊物《先进材料研究信息》的创刊与发展。

1991年，因在金属物理领域和核武器研制事业中的突出贡献，张兴钤实至名归地当选为中国科学院学部委员（后称院士）。1997年7月26日，他又一次站在了美国大学的讲台上。几十年前，他在麻省理工学院以个人的身份介绍自己的科研成果。而这一次，他代表中国政府在斯坦福大学召开的"国际裂变材料保护研讨会"上，发表了题为《中国核材料保护现状》的讲话，向全世界的核材料专家报告了中国核材料的控制措施及实施情况，阐述了中国政府对于核裁军和核材料控制的立场及采取的措施，引起世界舆论的广泛关注。纵观张兴钤的人生经历，对于科学规律的追求，是他几十年近乎唯一的奋斗目标，虽逾古稀，仍勤奋不辍，带领一帮年轻人积极参与"NSAF"联合基金项目的申请和研究。

科学的旅程没有止境，对于年轻后辈，张兴钤总是寄予殷殷期望。他总是说，创新基于了解，年轻人如果想在金属材料领域有所突破，就必须要沉下心来深入了解材料的机理和性能。要知道，金属材料并不冰冷，它也是有生命的，只有真正懂得它，才能驾驭它、使用它，实现让科学研究真正为人类造福的目标。

科学求真知　人文尽善美

——中国科学院陈佳洱院士口述实录

陈佳洱院士

我觉得基础科研是高新技术的源泉，也是培养高素质人才的摇篮，还是高科技经济发展的保障。而基础科研的最大特点就是"厚积薄发"。所以我们国家应该对基础科研有长远规划。

我父亲陈伯吹先生是著名的儿童文学作家，我出生的时候，我们家里还过着小康生活。我是家里的独子，深受父母宠爱，感到很幸福。童年的记忆里，父亲经常给我讲故事。我曾写过一篇文章纪念我父亲，名字叫作《难忘的游戏》。这篇文章写了我父亲怎样给我讲解电的性质的故事。有一个礼拜六，他一直埋头写东西，但是那天下午天黑得可怕，我因害怕，就跑到他写作的房间里去了。突然闪电像一条金蛇在天空飞舞，耀眼的亮光，刺得我睁不开眼睛。紧跟着"啪啦啦""轰隆隆"震耳欲聋的巨响，把年仅6岁的我吓得"哇"的一声哭了起来。他一看我哭了，赶快停下笔来，把我搂在怀里。他说孩子别怕，你知道为什么会打雷吗？我说我知道啊，隔壁老奶奶跟我讲过，是雷公发火要劈不孝之人，天下有谁不孝，雷公就要劈他，所以就打雷了。我父亲听后笑了起来，摇摇头说不是这样。他说打雷是一些云带正电、一些云带负电，合在一起的时候就要放电。闪光和雷声都是放电引起的。为了让我容易听得懂，他伸出左手说比如这个手带正电，右手带负电，两手拍在一起时就响起了掌声。那么电又是什么呢？他在办公桌上这边放三本书，那边放三本书，找了一个玻璃板放在书上面，然后拿我的积木，上面包上一块绸布，叫我妈妈剪几个小纸人放在这个玻璃板下面。上面绸布与玻璃一摩擦，玻璃就带电了，电就把纸人吸上来，电中和掉之后，纸人又掉下去了。只要不停摩擦，纸人就一直在跳，爸爸管这个游戏叫"跳舞人形"。

接着我爸爸就跟我讲电灯也好，出行坐的无轨电车也好，都需要电来工作。他平常很爱科学，所以能把科学道理讲得这么生动。爸爸的"游戏"，在我幼小的心田里种下了一颗爱科学、学科学的种子，也是从那时起我开始了自己的科学梦。

我小的时候当然也想去当作家。我在家里面看爸爸孜孜不倦地编《小朋友》《常识画报》，写各种儿童故事等，于是也模仿他，自己裁纸订成小本，再写几句想说的话，就起名为《小小画报》。抗战胜利后，我爸爸回来了。为了训练我的英文，他找来一些适宜儿童学习的英文书籍让我阅读，还让我翻译。《华美晚报》曾发表过我的译作。那时候，他曾想培养我成为一个翻译家或者文学家。但是同时他又跟我讲，他之所以以写作为职业，是生活所迫。他真正最喜欢的是数学，假如条件许可的话，他最想上大学学数学，他相信自己一定能够成为一个好的数学家。所以，他也经常给我讲科学家的故事，培养我对科学的兴趣和爱好。

我上中学后，寄宿在学校里。但只要上映有关科学家的电影，他都接我去看。如《发明大王爱迪生》里演的发明电报和电灯的故事，到现在我还有印象。有一天下着大雨，他冒着雨带我到电影院看《居里夫人传》，看到居里夫人在非常简陋的条件下，历尽艰辛，用手工处理放在缸中的8吨沥青铀矿石渣。她经历了无数次的失败，经过5600次结晶，最后提炼出了0.1毫克的镭！曾有人劝她用她的发明，成为百万富翁，她坚决拒绝。她认为这样做违反科学精神。相反，她决定不从发现中获取任何物质利益，将研究的成果以及镭的制取过程毫无保留地告诉所有要求知道的人！这场电影非常令人感动！我父亲不断鼓励我要学习居里夫人，做一个对科学有贡献的人。

我就读的中学是上海市位育中学，当时的校长是陶行知的学生李楚材先生。现在想来，位育中学培养了我对自然科学探究的浓烈兴趣，使我走上了科学的道路。考大学的时候，受父亲的影响，我报了大连工学院的电机系。著名物理学家王大珩老师当时在大连工学院任教，他向学校工学院院长屈伯川建议，要办好工科，没有理科不行。工学院里应该建一个应用物理系，由他当系主任。学校同意了他的意见。王老师刚从英国回来，他对学生要求非常严格。他最擅长光学物理。那时候一做光学实验他就来了。做实验之前，他向每个同学提问，你准备做什么实验？为什么要做这个实验？这个实验你准备怎么做？都回答清楚了，并把实验的数据表设计好了之后，才让你进去做。做完了以后，所有的数据要经过他的审核，通过了以后才能走，而且还要打分。那时候实行5分制。他的分打得很严，想在他那里得到一个5分非常困难。那个学期我得了3次5分。所以同学们就选我做物理课代表了。

大学二年级时我有幸被学校选到大珩老师的应用物理系去学习。后来又因全国院系调整，去长春东北人民大学（今吉林大学）学习。1953年底我们开始写毕业论文，那时候朱光亚先生是我的论文指导老师，他教过我们原子物理。他的学风十分严谨，讲课也十分细致。他总是通过分析有关科学问题的历史背景，启发我们的思维。当时他是我们系最年轻的教授，29岁就当上了正教授。尽管年纪轻，他对我的要求却很严，每周都要我把阅读文献的笔记交给他审阅修改。在他的精心指导下，我通过论文研制出我国第一支能测量伽马射线的薄窗型核子计数管。

到了1955年初，中央决定要搞"两弹一星"，为此要建立培养原子核科学人才的教育基地，于是朱光亚先生先调到了北大。到了5月，教育部又下第二个文件要调我走，我相信这是朱老师要我去的。因为他指导过我的毕业论文，对我很了解。当时中央决定第一个原子核的教育基地设在北大，名称是"北京大学物理研究室"，并决定依托中科院钱三强先生领导的近代物理所来建。

物研室建立之初，只有6个人，主任是胡济民院士，副主任是虞福春、朱光亚教授和韩增敏书记，还有卢鹤绂教授，还有一个助教就是我。开始时没有办公室，就在钱三强先生的办公室办公，房间号306。那时候"北京大学物理研究室"对外是保密的，在近物所内我们叫"物理六组"，对外只能说在"546信箱"工作。

我去报到的时候，正好虞福春教授在值班，他是核磁共振领域的著名物理学家。他看到我年纪小，便说哪来的小孩儿，快走吧，我们这里要办公啦。等到他看到我报到的证件，知道我是朱光亚先生的学生，是来报到的，就十分高兴地接待了我。

那时，我还不足21岁，其他都是老教授，就我一个年轻的助教。后来，又陆续从物理系调来了孙佶，从化学系调来刘元方、孙亦樑，从浙大调来吴季兰，从北师大调来张至善等讲师。我调来之后，给我的第一个任务是招生，叫我到其他学校的大学三年级里面挑一些好的学生来。那时"全国一盘棋"，各个学校为支持我国原子核事业的发展都把最好的学生送来给我挑选。学生质量好很重要。1956年物研室第一届99位毕业生里面，后来有6位当选为院士。

我把学生招来了，朱光亚先生接着要求我在8个月之内，带领刚毕业分配来的4位助教，筹建好原子核物理的教学实验室，排出教学实验来。做实验首先需要有房间。钱三强先生就指定从中科院化学所腾出一层来给我们做实验室和教室。还要有好多仪器和器材，钱先生就让中科院近代物理所器材室给我们提供，只要他们有的就给我们领走。没有的，我们自己去买。

对于原子核物理实验，实际上我只在做毕业论文时学到一丁点知识和技术，绝大部分都不会做。当时虞福春先生就给了我一本英文的《实验原子核物理》。他说书上讲到的几个实验都是给学生打基础的，你就按照这个去筹备实验吧。

那时候大家都没有经验，只能摸索着干。我记得那时候我在实验室里放了一张床，一天到晚拼命干，经常干到凌晨三四点钟，实在困了，就躺一会儿，醒来后接着再干。经过大家奋力拼搏，大概搞了整整七八个月，终于准备出8个实验来。

1963年中国派往英国的第一批访问学者共有4人，中科院2人、高校2人。我是其中之一。新中国成立以来，国家派出的都是到苏联或东欧各国去留学的，还没有人派到资本主义国家留学。这是中科院张劲夫同志和英国皇家学会谈判争取来的名额。

到了英国后，驻英使馆的秘书用车子把我送到牛津大学的实验室里面，把我交给麦克·海德教授。他了解到我在国内搞过加速器，就叫我去参加他们正在安装、调试的串级静电加速器工作。

当时我曾写信回国汇报我在做些什么。系里让我学习做一种新的等时性回旋加速器。这在当时是国际最前沿的一种加速器，英国也只有卢瑟福高能研究所在做。所以系里要求我想办法到那里去工作。于是我请求威尔金森教授把我推荐给卢瑟福实验室。

我去了卢瑟福实验室以后，著名的聚变反应的"劳森判据"的发明人，约翰·劳森先生给我出了一个题目。他让我研究研究，为什么从离子源出来的离子束流90%都在中心区丢失了，最后加速出来的只有10%，这些离子到底飘逸到哪里去了？我一听这个题目就知道厉害了。这是一个极具挑战性的难题。他给我出这样的题目，既是对新中国培养出来的青年科学家的一种信任和期待，更是对我的科学素养和研究能力的一次重大考验。为了把情况搞清楚，我设计了一个微分探针，对从离子源出来的各种离子的运动轨迹，一圈圈地进行鉴别、测量。经过近一年的实验和分析计算，我终于明白，回旋加速器中心区离子丢失的机制，主要有两大方面：一是离子束的发散度与中心区的接受度失配，二是存在着当时国际上尚未从实验上证实的"越隙共振"。于是我在国际上首次提出了诊断越隙共振的实验判据，并发展了用可控的局域性一次谐波，有效地抑制越隙共振振幅增长的方法。把握了物理机制之后，经过多方面的努力，结果中心区束流传输效率提高了三倍以上，创造了当时的世界纪录。

英国的同事们也为我的研究成果高兴。甚至有人竖起大拇指说我是"等时性回旋加速"之王!

我在那里最大的收获就是明白了科学是什么。科学是人类对自然界客观规律的探索与认识。通过求真、求知来推动科学技术的发展是一个科研工作者应有的使命。

"文革"的10年,本该是我人生中最美好的10年时光,也应该是我创造力最旺盛的10年,但我却被扣了5顶帽子(黑帮分子、走资派、资产阶级反动权威、漏网右派、特务嫌疑),便成了我人生中最难熬的10年。难在哪呢?就是觉得委屈,精神上十分痛苦。但我还是有一种信念,就是相信党。我觉得我做人是清白的,我们的党一定会还给我一个清白的结果。"文革"期间,我被下放到汉中去劳动,修铁路、种地、养猪。当时我想到,这些本来也是国家、社会的需要,心情就好一些。于是我认真地劳动,觉得这也是一种对国家的贡献。

1977年,邓小平同志决定要召开全国科学大会,并制定科学规划。为此,钱三强先生把正在接受劳动改造的我,从汉中调回北京,住在友谊宾馆5号楼,负责制定原子核物理和低能加速器设施等的发展规划。我记得高能加速器(后来发展为高能正负电子对撞机)、兰州的重离子加速器装置、合肥的同步辐射光源以及北大的超导加速器等都在那时候的规划中。科学大会之后的一年之中,由教育部和中科院在北京大学

陈佳洱院士在北京大学办公室工作

联合建立的我国第一个原子能教育基地——北京大学技术物理系，经小平同志的亲自批准，由汉中搬回北京。

我和教研室的10几位同志就在这样的春天里不仅到上海先锋电机厂，与产业相结合，建造了我国第一台能量高达4.5 MV的静电加速器，还依靠海外同行的帮助，在短短几年里创建了第一台射频效率达到国际前列的螺旋波导聚束器和整体分离环型RFQ（射频四极场）重离子直线加速器、研制出我国第一只射频超导加速腔，并在牛津大学赠送的2×6 MV串列加速器的基础上建立了第一台面向用户的碳-14超高灵敏度质谱计，为后来的国家重大项目"夏—商—周断代工程"作出了重要贡献！

从1992年开始到2004年，我担任国家自然科学基金委主任。我很喜欢基金委"以科学家为本，为科学家服务"的文化。那个时候，我们很重视基础科研项目，我觉得基础科研是高新技术的源泉，也是培养高素质人才的摇篮，还是高科技经济发展的保障。而基础科研的最大特点就是"厚积薄发"。

所以我们国家应该对基础科研有长远规划。当然未来的希望寄托在年轻一代身上。我很希望今天的中青年科研工作者能树立先进的人生观和价值观，一个人活得有价值就要使社会上其他人因为你的存在而生活得更美好。我以为，科学求真知，人文尽善美。伟大的科学家爱因斯坦曾经说过："照亮我的道路，并且不断地给我新的勇气去愉快地正视生活的理想，是善、美和真。""真、善、美"同样应该引领我们和年轻一代人的工作和生活。

在被动的选择中踏实前行
——中国工程院阮可强院士口述实录

阮可强院士

> 我现在还有个期望，那就是快堆要快快发展。快堆经过了几代人的努力，中国实验快堆已成功并网发电。但事实上，我们国家快堆的发展还是慢了一些。

我们这代人，有一个特点就是思想单一，听从组织的安排，无怨无悔、踏实工作。从1956年毕业到现在，58年过去了，我一直都没有离开核工业。就是在事业的低潮期，最困惑的那几年，我也会坚持等待。我心里一直有信念，相信国家必然会大力发展核事业。自己也一直明白这辈子我就跟核事业结缘了，不会再去做别的。一路走来，我仍觉得核工业对我们国家的贡献是很大的。一个国家核武器的成功研制和核能的发展决定着其大国、强国的国际地位。所以对于这次的被选择，我不仅无悔而且还觉得很幸运。

我出生在上海。1942年日军占领了上海租界，我们全家从上海逃到老家慈溪。1942—1945年，我在老家度过了我的小学和初中时代。那个时候，上学交的不是学费，而是粮食。中学离家里也很远，需要经过一条河。1945年夏季，抗战胜利，我们从家乡返回上海，为了赶上开学的日期，母亲决定乘私人的海船回上海。这是一次有风险的航程，海上船颠簸得很厉害，大家都吐了，好几天没怎么吃东西。回上海后，我进入上海敬业中学继续中学的学业。敬业中学是有200多年历史的老学校，早年叫敬业学堂，教学质量很好。我至今还怀念高中时的数学老师王松龄。王老师教几何，在黑板上用手一比画，随手就画出一个很圆的圆。中学教育给我打下了很好的基础。1950年敬业中学毕业后，我考取了清华大学机械系。

我高中毕业填报大学志愿是1950年。当时我们国家刚刚解放，学生报考学校有两个思路：一个是报考东北老解放区的哈工大、大连工学院；另一个就是报考传统的清华、北大。当时社会上流行报考的专业也有两个：一个是航空系，另一个就是机械系。我还记得有一天我在报纸上看到，新中国成立后需要建设，机械很重要。我报国心切，就填报了哈工大的机械系和清华大学的机械系。高考后，哈工大先发榜，我是机械系第一名。不久，清华也发榜了，我是第6

名。我选择了清华大学的机械系。这是我一生中唯一的一次主动选择。这之后，我所有的选择都是被选择。在清华大学上了一年之后通知我去苏联留学；我在苏联留学7年回国后被分配到二机部；不久部里又派我到苏联改行学习反应堆；回来后在二机部大楼里工作了5年，然后到原子能院工作一直到现在。

进入清华大学后，对于我这样一个穷学生来讲，一下子进到了这么好的大学，有那么多的名师，还有那么好的图书馆，唯一的想法就是好好学习，拼命吸收知识。我在清华读书一年，只进过两次城。一次是国庆学生们游行，乘大车到西直门；一次是学校为抗美援朝捐的东西，由数学系的一位老师和我负责保管，我们进城里典当铺里问价钱。那两次进到城里，我都很开心。虽然我在清华只读了一年书就去苏联留学了，但清华大学的名师和校训对我影响至今。

在清华大学机械系上了一年之后，系里从整个年级3个班100多人中，选了两名同学去苏联留学。其中一名就是我，当时听到特别高兴。我事前都不知道，也没有参加考试。系里通知我第二天去北大集合。去苏联前，给我们留学生每人发了5件套。两个皮箱子、一件狐皮大衣、一顶皮帽子、一双靴子、两身西服。当时觉得一个小毛孩子有狐皮大衣穿，高兴得不得了。

1958年4月我从苏联莫斯科动力学院毕业回国，分配到二机部二局任工程师。刚到部里的时候，因当时国家原子能工业刚刚起步，工厂处于建设阶段，领导要我到原子能所参加实践工作，锻炼一下。我在短短的几年内，在莫斯科动力学院高水平导师的指导下做了高温气冷堆的毕业设计，一回国就参加了重水堆的临界启动，随后做了石墨水堆设计的消化吸收工作，参加了潜艇压水堆的概念设计工作。一个年轻的工程技术人员，在这么短的时间内，接触、实践了4种反应堆，的确是很大的锻炼，由此积累的反应堆知识，对我的业务成长有非常大的帮助，为我此后的工作打下了深厚的基础。

回顾这段经历，我深深体会到，只有在国家发展核工业的大背景下个人才能获得这么好的成长机遇，没有这样的机遇，个人成长要慢得多。

第一批核燃料工厂投产运行前，临界安全成为十分重要的问题。当时，苏联专家已经走了，工厂只建了一部分，留下"半生不熟"的局面，临界安全是需要解决的大问题之一。为此，必须从头到尾全面弄清楚问题，独立地在临界安全上作出结论。当时的要求是万无一失。刘杰部长极其重视临界安全问题，亲自抓这件事，钱三强副部长具体抓临界安全工作的安排和落实。钱副部长把解决临界安全问题的任务交给了原子能研究所。原子能所当时集中了最强的堆物理方面的力量，成立了临界安全小组，彭桓武任组长，黄祖洽为副组长，还有反应堆物理实验室的一批青年科技骨干，着手解决临界安全问题。我有幸被指定参加这项工作，并担任临界安全小组的秘书。

工作是困难的，苏联专家走后留下的资料很少。从国外文献获得的资料也不多，特别是结合工程实际的数据几乎没有。当时也没有做临界实验的条件。只能充分利用现有条件夜以继日地拼命干。第一批核燃料工厂启动前，部里要求彭所长（当时彭桓武先生是原子能所的副所长）带领临界安全小组到现场审查。刘杰部长告诫大家说："我

阮可强在中国原子能研究院
反应堆前介绍工作

们绝对不能是'跃进号'。"此前不久,我国第一艘万吨轮"跃进号"建造成功,首航从青岛出发去日本,发生触礁事故。首航就出事故,全国震惊。刘部长是指我国第一批核燃料工厂建成投产,决不能一投料就发生事故,要绝对避免临界事故。这个告诫是严厉而准确的,我至今还记得。

临界安全小组到工厂现场,工作十分认真。彭所长手中拿着设计图纸,要我用皮尺测量检查设备间距是否与图纸符合。如果不符合,在临界安全上就可能有隐患。彭所长是国际知名的大物理学家,为国家的任务,这样踏实、细致、高度负责,对我而言是极好的榜样。临界安全小组还与车间的技术人员,制定了每一个工艺岗位的安全操作量,建立操作卡。临界安全小组提交审查报告,部领导批准并下了工厂投产令。

1966年春,临界安全小组在黄祖洽先生带领下,审查一个新的核燃料工厂的初步设计。临界安全小组住在山下,上山要走约半个小时。我们每天早晨上山工作,晚上下山休息,整整工作了一个月,对设计的每一个工艺单元、每一个设备认真细致地进行临界安全审查,写出审查报告。每天早饭都有花生米吃,我们很高兴——多少年没有吃到花生米了,估计是老乡自己种的。

当国家要建造第二座后处理厂时,核二院是设计单位,但其中的临界安全设计由原子能所承担。当时彭桓武先生和黄祖洽先生已离开原子能所,到九院工作。所以这时领导明确临界安全小组的工作就由我负责起来。

我在二机部感受最深的就是"务实"二字。刚进二机部,宋部长就在一次会议中提出,要先写楷书再写草书。年轻人要先踏踏实实、规规矩矩学习,然后再消化、吸收、再创新。这句话一直影响我到今天。我们那代人,没有什么选择的机会。但我们都踏踏实实地走了下来。那个时代，确实培养出了一大批优秀的科研人员。今天的这个时代是更好的时代，年轻人有更多的选择机会，所以这个时代会培养出类似比尔·盖茨这样的人才。但我想，无论是哪个时代，无论选择怎样的道路，都应该务实。只要潜心踏实地坚持往下走，都会有出路。

  我现在还有个期望，那就是快堆要快快发展。快堆经过了几代人的努力，中国实验快堆已成功并网发电。但事实上，我们国家快堆的发展还是慢了一些。快堆技术从1965年开始提出，到如今已经将近半个世纪。1970年我国快中子零功率堆建成时，印度的快堆技术还没有起步，但是印度的发展很快。到明年印度50万千瓦的快堆核电站就要启动了，而我国的快堆核电站项目还没有立项。我想我们还需反思。国家也应该更重视和大力发展快堆。

丹心一片追点火

——记中国科学院贺贤土院士

贺贤土院士

> 国防科技事业需要一代代人的接力，需要一代又一代人的持续奋斗，核武器研究、ICF研究，都是如此。尤其是ICF研究，如今取得的成果，不过是一个序幕，高潮在后头！

"从 1963 年工作到现在，50 多年了，一半时间做核武器研究，一半时间做激光惯性约束聚变（ICF）研究。也一直坚持做基础研究，要让科学工程研究建立在科学规律认识基础上。"

2014 年 8 月，贺贤土院士接受采访，回忆起他半个多世纪的科研生涯，从第一颗原子弹过早"点火"概率研究、第一颗氢弹热测试理论研究、第一次地下核试验理论研究，到突破中子弹原理，领导建立我国独立自主的 ICF 研究体系、坚持不懈地进行基础研究，他的科学人生丰富而壮丽。

"两弹"研制立功劳

1962 年 11 月，浙江大学毕业后留校任教的贺贤土突然接到国家调令。从明媚秀丽的西子湖畔来到黄土漫天的北京郊区，经历了长达几个月的严格政审后，他进入二机部北京第九研究所。令他惊喜的是，接待他、和他作保密谈话的是著名科学家周光召。年轻的贺贤土感到莫大的荣幸与鼓舞。

那时，我国第一颗原子弹理论研制工作正在紧张进行。研究所里聚集了一大批著名科学家，如彭桓武、邓稼先、周光召等。1965 年 1 月，于敏也来了。整个研究所洋溢着学术民主、大力协同、攻坚克难的热烈气氛。

贺贤土特别珍惜向大科学家们学习的机会。给他印象最深的是科学家们在分析学术问题时能很快抓住要害的本领，他不断体会和学习科学家们的思维方式，逐渐形成了一套自己的思维方法，这对他以后的研究工作和学术成长起到了非常重要的作用。

他经常去请教彭桓武。彭先生指点他：一与三之比，三就是无穷大。贺贤土如醍醐灌顶，顿时豁然开朗。彭先生的数学运算技巧也很巧妙。一次，彭先生向贺贤土提起自己在英国留学时学过的一本数学书 A Course of Modern Analysis，建议贺贤土也找来学习。当时，他买不起原版书，便去旧书店淘来一本认真研读，做了书中的大量习题。

贺贤土入所后接到的第一项任务是研究原子弹爆炸后中子在大气中的深穿透问题。大半年后，他圆满完成了任务。当时正值我国第一颗原子弹爆炸前夕，领导们觉得这个小伙子表现不错，就给他加压：研究和计算原子弹的过早"点火"概率。

过早"点火"概率是原子弹研究、设计中的一个重要问题，以前有好几位专家在不同物理模型下进行过计算，但结果均不太理想。一开始，有老同志辅助贺贤土，后来很快便由他独自承担。虽初出茅庐，但他勇于另辟蹊径，在总结前人工作的基础上深入研究。经过近一年的时间，就比较透彻地理解和分析了相关物理问题，给出了物理方案，与搞数学的同志合作编写出计算机程序。此程序算出了比较精确的过早"点火"概率，不但在我国第一颗原子弹爆炸过程中得到应用，也在此后的核武器设计与试验中一直沿用。

后来，贺贤土又计算出含钚裂变材料核装置的过早"点火"概率。根据过早点火概率的限制，他还完成了材料杂质的控制等方面的研究。

原子弹爆炸成功了，氢弹理论也很快得到突破。贺贤土成为了我国第一颗氢弹热测试理论研究组的主要骨干之一，为核爆炸时的物理测量提供方案和量程，研究氢弹爆炸过程的物理规律及理论设计的可靠性。

他运用从彭桓武等大家那里学到的抓主要矛盾的方法，建立了多个物理模型，研究氢弹原理试验和大当量氢弹爆炸过程中子、伽马射线的产生及其在弹体穿透中能量慢化和被吸收的物理规律，并与数学专业的同志一起进行了计算机数值模拟。

工作中的贺贤土院士

贺贤土十分重视理论与试验的结合，多次亲往核试验基地，与同行讨论问题，因此积累了有关氢弹特性的大量数据，为深入研究提供了重要基础。他举一反三，深入探讨物理规律，多次解决了试验中的实际问题，深受试验人员欢迎。

1967年初，国家决定进行地下核试验，所内成立了第一次地下核试验理论研究小组，日渐成熟的贺贤土被任命为组长。

小组的研究任务包括两项全新的课题，一是负责理论设计地下核试验原子弹型的核装置；二是以实验测量解决氢弹作用过程中的若干重要物理问题。

贺贤土多次实地了解试验场情况，经过两年多的总体数值模拟研究，他领导研究小组完成了试验核装置的材料、构型和尺寸的理论设计模型，顺利提交工程设计和制造。

同时，他又组织组内其他人员进行氢弹作用过程物理因素的分解研究和计算，向负责试验的同志提供热试验测试理论方案。他自己也负责了一项重要子课题研究。他和组内人员不断往返北京与上海，利用嘉定的大型电子计算机进行数值模拟计算，同时又经常前往青海和新疆，与参试人员讨论试验方案。

1969年9月23日，中国首次地下核试验爆炸获得成功。贺贤土研究小组的设计圆满地完成了"不冒顶""不放枪""不泄漏"的"三不"任务。基地总结结束后，贺贤土又领导了第一次地下试验的物理实验和测试数据总结，为此后的多次地下核试验提供了准确的参数。针对第一次地下核试验数据受干扰影响严重的问题，他们做了清楚地分析，提出了预防与屏蔽的方案。到第三次地下核试验时，干扰问题就完全得到解决。

一次次成功，一项项成绩，一点一滴地积累起贺贤土对核武器理论研究，乃至领导多学科综合性大科学工程的经验与感悟。他迎来了自己40岁的黄金研究岁月，一项重大的历史性突破即将实现。

"对我来说，20世纪70年代是一生中创造力最丰富、克服困难最多、也是工作最有意义的时期。经验有了，研究方法和思维方法也成熟了，我和全组同志团结合作，发挥集体智慧，探索掌握科学规律，不断突破科研瓶颈，实现我们的科研梦想。"

20世纪70年代中后期，贺贤土再一次被任命为组长，率领10几人的研究团队，对中子弹原理发起进攻。

在探索原理过程中曾有过争论，有一种意见认为中子弹设计应该立足于传统认识和经验，坚持要贺贤土集中力量回归传统认识。而贺贤土研究小组通过大量分析研究认定，他们正在探索的新路子是完全靠得住的，因此坚定了信心。

1984年年底的中子弹试验进一步验证了其新的点火和自持燃烧

理论是完全正确的。至此，中子弹原理宣告获得完全突破。历史再次证明，中国人依靠自己的聪明才智，完全能够自力更生、自主创新研制先进核武器，打破核大国的垄断。

中子弹原理突破以后，贺贤土觉得自己应该接受新的挑战，开辟新的研究领域。1986年，已调任中科院副院长的周光召推荐贺贤土到美国做访问学者。1986年6月到1988年年底，贺贤土在马里兰大学吴京生教授的研究组从事空间等离子体物理研究，后又应物理系主任刘全生教授邀请，到他那里进行激光等离子体研究。

在美期间，他深深感受到美国科技的领先地位，不止一次地暗下决心，要学习发达国家先进的科学技术和科研管理，让祖国强大起来。他后来多次对年轻同志感慨："中国人并不比外国人笨，我们暂时落后是历史原因造成的，我们这一代人应该为改变这种现状身体力行，尽绵薄之力。"

激光聚变显声名

从美国归来后，贺贤土受命组织领导我国惯性约束聚变研究。

惯性约束聚变（ICF），是实现受控核聚变的一种重要途径，核聚变燃料可以广泛从自然界获得，不会产生放射性污染，是目前已知产生能量过程最干净、高效的一种能源利用方式。ICF研究的终极目标是解决人类发展的能源问题，目前可用于核武器实验室模拟研究和高能量密度物理等基础研究。

我国最早提出ICF研究的是王淦昌先生。他在1964年就独立地提出激光聚变思想及具体方案。但是由于种种原因，经过了二十多年，我国的ICF研究基础仍然十分薄弱。

贺贤土接手时最大的困难是没有足够的经费，同时缺乏一个长远的发展规划。他只好建议王淦昌先生上书中央，把ICF研究纳入国家"863"高技术计划。1988年11月，王淦昌、王大珩、于敏三位院士联名致信邓小平等中央领导。很快，李鹏总理约见了王淦昌、王大珩、于敏、邓锡铭、贺贤土5位科学家，听取了专门汇报，同意将ICF研究纳入国家"863"计划。根据李鹏总理的指示，成立了一个ICF总体规划和立项论证专家组，贺贤土任组长，并由他执笔起草完成了我国ICF总体发展战略报告。

1993年3月，"863"计划直属的ICF主题专家组正式建立，全国有1000多名科研人员参加了这一工作。贺贤土任秘书长，他协助首席科学家规划了ICF主题研究多个方面的主要工作内容。

从1996年开始，贺贤土全面负责ICF主题工作，1997年被任命为ICF主题第二任首席科学家。

在"九五"计划前后约10年的时间里，贺贤土领导大家一起努力，打破了西方对我国的封锁，在ICF物理理论和模拟、物理实验、精密诊断技术、制靶、高功率激光器（包括元器件技术）等5个方面，突破了大量关键科学与技术难点，取得了阶段性的重大成果，培养了一支人才队伍，在原来十分薄弱的基础上建立了我国独立自主的ICF研究体系，为进一步发展我国ICF事业奠定了基础。

除了组织领导ICF事业发展外，他还积极从事ICF物理的探索研究。

1993年，贺贤土建议了一个新的ICF点火模型，在国际上首次提出了从局部热动平衡（LTE）热核点火和燃烧发展到非LTE点火和燃烧的惯性约束聚变模型。

在快点火物理研究中，他提出了用圆偏振激光代替通常线偏振激光加热产生点火热斑的建议。他与合作者数值模拟研究了相对论电子束在高密度物质中的传输过程，观察到了很多重要特性，对快点火加热具有重要科学意义。

近年来，在总结美国ICF实验经验基础上，他又提出控制流体力学不稳定性通过做功点燃热斑的非等压点火模型，模拟表明了理想效果，受到了国际同行重视。

个人的突出成就，使得贺贤土在国际ICF和等离子体学界享有很高声誉，受到国际同行的尊敬。他在ICF国际会议上多次接受大会邀请报告，在国际上积极宣传我国ICF事业的进展。在他的组织领导和大力推动下，我国ICF研究在国际上占有了一席之地。

因为年龄的关系，贺贤土从2001年底就不再担任ICF主题首席科学家，进入新的领域专家委员会，成为ICF领导小组组长，他有更多时间思考我国ICF发展战略。在研究总结了美国发展ICF的经验与教训后，根据我国国情，他提出了很多发展我国ICF事业的新的思想和建议，为我国实现ICF点火的战略发展提供了重要思路。

"中国的ICF要早日实现点火成功！"

执着追寻"点火"的梦想，贺贤土坚持中国的ICF研究要走自己的道路。他的这一认识源于"两弹"突破时期形成的解放思想、科学分析、结合国情、准确判断、坚持国家利益、立足自主创新的根本经验，这是一代核武器人的深刻体验。

国家任务第一位

围绕国家任务这个不变的主题，贺贤土一直呼吁要从中提炼科学问题，加强基础研究，使大科学工程研究建立在深刻科学认知基础上；同时，通过基础研究，不断提高个人学术水平，拓宽研究领域，这也必然有利于国家任务研究。

在核武器发展的不同阶段，根据需要，他曾多次转变研究内容甚至研究方向。在完成各项工作任务之余，他身体力行，很注意提炼基础问题以寻求深刻的规律性认识。

除了核武器理论研究和 ICF 物理，他在高能量密度物理、非平衡统计物理和非线性科学方面的成果蔚为壮观，取得了多项有国际影响的成果：

——获得了电磁波在等离子体中传播时激发的自生磁场与电磁波的关系式，解决了国际上这一问题的多年争论，建立了相对论和非相对论自生磁场研究体系，开拓了大量后续研究；

——首次导得了立方-5次方薛定谔方程，并获得了这一方程的孤立波解；

——在斑图（Pattern）动力学研究中被国际同行评论为首次发现了近可积连续介质哈密顿系统的时空混沌；

——提出用圆偏振激光等离子体作用产生的自生磁场实现相对论电子磁共振加速理论，被国际著名专家评论为重要的发现；

——提出和指导学生完成的离子 TeV 能量加速理论模型，国际同行评论为一种重要的新型离子超高能加速机制；

——在高能量密度下温稠密物质特性研究中获得了多项重要成果；

……

改革开放到现在，他本人，或指导学生，或与他人合作，在《自然·物理》《物理评论通讯》《光学通讯》《等离子体物理》等杂志上公开发表了 200 多篇科学论文，完成了几十次国际会议大会邀请报告。但是很少有人知道，他在 20 世纪 70 年代和 80 年代初的许多研究成果都早于国外，他写的许多基础研究论文，由于单位的保密性质，均未公开发表，未被国际同行及时了解和引用。

人们为他丰沛的科研成果所折服，钦佩他始终保持着旺盛的科研热情。他倒是深有感触地说："我不太赞同兴趣驱动这个笼统提法，依我看来，应当是研究驱动兴趣。在研究工作中，积极思考，解决了问题后，阐发和挖掘出更多更深层次的问题，进而引发了更多解决问题的渴望。兴趣从哪里来？就是从研究工作中来。为了实现创新，在科研实践中要不断提出问题，多问为什么，绝不轻易放过值得思考的每一个问题。"

他以真挚的热情投入科研工作，同时，也热情地将自己对科研工作的经验与体会毫无保留地传授给年轻一代。20多年来，他培养了很多研究生，为我国的高科技事业输送了众多优秀人才，许多已在专业领域独树一帜。

"国防科技事业需要一代代人的接力，需要一代又一代人的持续奋斗，核武器研究、ICF研究，都是如此。尤其是ICF研究，如今取得的成果，不过是一个序幕，高潮在后头！"

年已77岁，依然神采奕奕、开朗自信的贺贤土，他的执着与激情，感染和带动着一大帮年轻人，在他的身上，深深镌刻着"两弹一星"精神的光辉烙印。

责任与坚守

——记中国工程院武胜院士

武胜院士

我的想法很简单，党和国家培养了我，这个事业这么重要，又需要我，有责任要干下去。说得高一点是热爱核事业，说透了就是责任心。

潜心求索　砥砺前行

1934年，武胜出生在黑龙江省哈尔滨市一户"闯关东"的贫民家庭，兄弟姐妹5人，既无地又无房，在日本帝国主义侵略时代生活非常艰苦，一家7口的生活仅靠父亲在水果蔬菜公司微薄的收入维持，即便如此，父母仍然坚持送武胜上学。1945年，日本投降后不久，家乡解放。从那时起到大学毕业，武胜的学费、生活费都是国家资助的。

国家的助学金对家境贫寒而又渴望学习的武胜犹如雪中送炭。1948年9月，武胜考入松花江省立师范中学部，他以优异的成绩和出众的组织能力数次获得"优秀学生""模范干部"称号。他说："没有国家的支持和党的培养，我不可能完成学业。"这种感恩之情坚定了他"永远跟党走、到祖国需要的地方去"的决心，高中二年级时，武胜光荣加入中国共产党。

武胜中学毕业获得留苏推荐。1954年9月，武胜在全国统考中以优异的成绩考入北京外国语专科学校留苏预备部，开始了为期一年的俄语学习。1955年9月，带着美好的向往和时代赋予的使命感，武胜踏上了前往苏联学习的旅程。在莫斯科有色金属学院，他以惊人的毅力和顽强的拼搏精神，克服语言障碍、生活习惯不同、基础知识不足等困难，把自己的青春和热血都投入到为祖国而学习的奋斗中去。虽然有些俄语基础，但武胜刚开始上课时，还是听不懂，数理化还好些，其他功课就觉得很吃力。课余时间，武胜就把苏联同学的笔记借来抄，笔记中的很多单词不认识，就查字典逐字逐句弄明白，当天内容力争当天消化。大学一年级，由于学习压力大，武胜每天的学习时间往往都在10几个小时以上，晚上12点以前很少睡过觉，加上吃不饱，营养不良，经常头疼，神经衰弱。那段时间虽然很困难，但武胜各门功课都学得不错，他说："国家送我们出来学习不容易，拼了命也要学好。"

1960年6月，武胜以优异的成绩从莫斯科有色金属学院毕业，怀着满腔的报国热忱，在毕业的第二天，武胜就迫不及待地来到中国驻苏联大使馆，申请回国。

使命在肩　屡克难关

回国后，武胜被分配到二机部北京第九研究所金属物理研究室（四室），参与第一颗原子弹某特种材料的攻关任务。得知自己的工作与核武器研制有关，武胜既倍感兴奋、心怀憧憬，又感受到沉甸甸的使命感和责任感。

当时，新中国的核武器研制事业刚刚起步，又恰逢苏联毁约停援，撤走在华专家，没有技术、没有设备，连一份像样的技术资料都没有，武胜与其他许多科技人员一样，连金属铀是什么样子也没见过，特种材料的加工工艺更是无从谈起。对武胜而言，这是一个完全陌生的领域，必须努力学习相关的科学知识。工作之余，武胜和同事们常常学习到很晚，不到深夜11点，没人回宿舍休息。通过大量的知识积累，在宋家树的带领下，四室20多名科研人员土法上马、自力更生创建简易实验室，进行模拟试验。特种材料放射性强，安全防护很重要，但当时安全防护条件极差，口罩、手套都很缺乏，直到1962年才配备了简单的防护服。但困难再大，也无法阻挡创业者前进的脚步。为了早日造出中国自己的"争气弹"，武胜与同事们凭着敢于牺牲的精神，以饱满的政治热情，群策群力，集思广益，协作攻关，有问题就聚在一起讨论，再通过不断的试验解决技术问题。到1963年年底，武胜和同事们攻克了特种材料的热处理工艺难题，为关键部件的制造奠定了坚实的科学基础。

1964年3月，武胜和同事们转移到二机部第九研究院（青海221基地），参加"草原大会战"。武胜任102车间三组组长，攻关某特种材料部件。在完全没有相关文献资料可供参考的情况下，宋家树和武胜作为技术组正副组长带领全组成员采用十分简陋的设备，甚至铝锅、铝勺都派上了用场，进行铸造成型试验。其中一个课题是如何消除铸件内部出现的裂纹、气孔、缩孔和偏析等缺陷，另一个课题是如何控制铸件表面局部变形、冷隔和表面粗糙等缺陷。他们先后进行了模具预热与浇铸温度、冷却方式和原材料对铸件质量影响的工艺试验和壳体成型的精密铸造试验。结果表明：改进浇注方法消除了冷隔等现象，保证了表面质量，也消除了内部缺陷。张爱萍和其他许多领导同志都观看过这个部件的铸造过程，对他们自力更生的攻关精神给予赞扬。他们创造了阳模上用螺旋管浇道技术及静水急冷法，探索了铸件的收缩规律，通过模具优化设计控制铸件尺寸。武胜和同事们日夜奋战，吃住都在车间，几个星期都没回宿舍，进行了几百次试验，实现了精密铸造成型，为原子弹原理试验提供了满足设计要求的部件。

1964年10月16日，我国第一颗原子弹爆炸成功，让国人沸腾，让世界震惊，武胜也沉浸在深深的幸福感中。但他还没来得及好好放松休息，二机部副部长刘西尧又给102车间下了命令："一年时间，把热核材料部件搞出来！"在技术负责人宋家树的领导组织下，武胜作为热核成型组组长承担氢（氚）化锂部件成型技术攻关任务。这是一项非常艰巨的开创性研究课题。

美、苏两国对于热核功能部件的工艺技术是绝对保密的，没有一点可供揣摩和推敲的信息。由武胜、许纪忠等骨干组成的攻关小组经过充分讨论，集思广益，缜密论证，决定用最短的时间进行多路工艺探索。根据试验结果最终按照部件的设计技术要求选用了相应的工艺路线。氢化锂是化学活性强的脆性晶体材料，其热膨胀系数大，而导热系数又非常低，致使成型性非常差。此外，还要有多专业科技人员协同攻关，建立与工艺试验相配合的从原料到成品的化学分析、质谱同位素分析、物理性质测试和无损诊断方法。此项攻关所要解决的技术问题包括：建立部件成型工艺状态控制和安全实验系统；设计和调整部件成型工艺装置结构；系统地研究工艺参数对制件显微组织、缺陷和相关性能的影响。朱光亚、陈能宽、龙文光、张兴钤等科学家经常深入 102 车间，在一些关键技术上进行决策和指导。热核成型组在宋家树、武胜等领导下，坚持专家与群众相结合，干部、技术人员、工人相结合，坚持学术民主、宽容失败，激发了职工的首创精神。通过数百次试验，攻克一个个技术难题，在不到一年的时间里，试制出合格的热核材料毛坯。与此同时，102 车间各组攻克了机械、加工、物理检验、探伤等技术难关，为我国首次氢弹原理试验提供了合格的热核材料部件。忆及当年攻关情景，武胜说："没有当时那种拼了命的精神，没有大家共同的合作努力，即使是放到现在，在那么短的时间内也做不出来。"

在上述攻关任务完成后，武胜又参与组织完成了多次核试验用不同功能部件研制，对成型工艺技术进行了不断创新，为武器化产品生产奠定了基础。由于事业发展的需要，1972 年，武胜从青海高原转战到四川深山峡谷某研究所继续进行特种材料的研究工作。1986 年起先后被任命为该研究所总工程师、科技委主任，全面负责特种材料的研究及其特种功能部件的研制工作。

武胜善于学习，不仅向书本学习、向专家学习，而且经常深入一线，向工人师傅学习，在特种材料物理冶金、腐蚀与防护、粉末冶金、真空冶金及特种精密焊接等专业技术领域，积累了扎实的理论知识与丰富的实践经验。他思想活跃、才思敏捷，往往能准确地抓住研究中的关键问题，并对学科发展方向有较强的把握能力。他善于合作，充分发挥科技领导集体（总工程师、科技委）的作用，对重大研制项目组织协同攻关，提出并主导对具有自主知识产权的9 MeV高能工业CT研发，为特种工程应用提供了强有力的检测手段，在国防工业和重型机械制造工业应用以及国民经济建设方面也有广泛的需求，其主要技术指标达到了国际同类型产品的先进水平，具有重大技术创新性。此外，他还组织开展了高性能铀合金研制及其应用研究、核材料表面改性研究、核材料相容性研究等工作。

坚守奉献　矢志不渝

武胜回国后被分到二机部九所，报到时，人事处处长说："你去的地方很可能连兔子都没有，你要做好思想准备。"武胜说："我当时并不理解到底有多艰苦，也没想太多，就觉得应该去，党和国家培养了我，祖国哪里需要我就到哪里去，哪里艰苦就到哪里去。"从那时起，武胜在北京工作了4年，在青海高原工作了7年，在四川的深山峡谷工作了35年，无论是工作、生活等各方面条件都非常艰苦，但武胜却以苦为荣，等闲视之，感恩报国的信念激励他克服诸多困难。

刚参加工作时，国家正经历"三年自然灾害"的非常时期。生活条件非常艰苦，物资匮乏，定量供应，由于工作人员的失误，武胜原本每月27斤的粮食，变成了21斤，饥饿感如同梦魇一样紧紧缠住了他，面呈菜色，身体浮肿。1964年初，武胜和同事们一道来到位于青海省海晏县金银滩的221基地。蓝天白云下面是一望无际的大草原，初到这里的人往往陶醉于草原美景。但长期居住在这里就要承受高原缺氧、强烈日照的考验，一天之内还可能经历"早春、午夏、晚秋、夜冬"的变幻。干燥的气候使人的呼吸道黏膜和全身皮肤异常干燥。由于气压低，馒头（主要是青稞面）蒸不熟，米饭夹生，很难消化；由于氧气稀薄，行走时会气喘吁吁；由于居住条件有限，宿舍里摆满上下床，常常挤着10几甚至20几个人。在这样的条件下，武胜和同事们按照预定计划圆满完成了原子弹、氢弹核装置中特种功能部件成型技术攻关任务。

1969年10月，"文化大革命"冲击221基地，特别是"二赵"造成的破坏更为严重，80%以上的车间、科室干部，90%的高中级技术人员，受到隔离审查和迫害。武胜也未能幸免，被遣送到青海多巴学习班学习，后又迁到西宁杨家庄学习，等候处理，武胜陷入莫名的惊恐中。为免遭冲击，在到达多巴的当天晚上，武胜就将自己的大学毕业证、留学时期的照片、资料等统统烧掉。1971年，"九一三"事件使林彪反党集团阴谋暴露，折戟沉沙。221基地开始拨乱反正，经历了这场政治劫难和腥风血雨，部分科研人员选择了离开。当得知"三线"急需像他这样的科技骨干时，武胜毅然来到了四川的深山峡谷，一待就是35年。

四川的深山峡谷气候阴冷潮湿、地势偏僻、交通不便，物质生活条件也极为艰苦。一年360天只有60天日照，从夏天到春节，几乎天天是毛毛雨，衣服洗了半个月也干不了。20世纪70年代，单位行政处每周到沟外拉三车蔬菜回来，由于职工、家属比较多，等武胜下班回来经常买不到菜。附近的场镇一周杀一头猪，附近的老乡和厂里职工全靠这头猪，当时每人每月一斤肉票，凭票买，有些人家就让孩子早上六七点去排队买肉，也经常买不到。"有一年大年三十，我们家就没买到肉，大人还好办，可两个孩子都才10几岁，心里确实挺不好受。"说到这里，武胜满怀心酸和愧疚。1974年的一天，武胜突发胃病，单位的医疗点设施落后，无法诊治，向附近的县医院求援，由于交通不便等原因，附近县医院大夫到达武胜所在单位已是第二天下午三点多，离他胃病发作已过了26个小时。经过

武胜院士在中物院材料研究所实验室

检查是胃穿孔，晚上7点做了胃切除手术。"好在那天什么都没吃，不然命都没了。"回想起来，武胜仍然心有余悸。改革开放后，随着国家战略方针调整，有一段时间单位不景气，社会上广泛流传：造原子弹的不如卖茶叶蛋的。分来的大学生基本上都留不住，原有的部分科技人员也想调离，武胜不为所动。时至耄耋之年，武胜家在北京，但他仍长期在四川工作，奋战在我国核事业的第一线。

不论身在何地，条件多么艰苦，武胜一直默默地奉献、坚守，献了青春献终身，躬耕于特种材料研究领域，成为我国核材料与工艺研究领域的领军人物，取得了一系列丰硕的科研成果。忆往昔峥嵘岁月，至今无悔。

为人风范　高山仰止

因在核材料与部件研制中作出突出贡献，武胜先后两次获得国家科技进步奖特等奖、一项国家发明奖和多项省部级科技进步奖。但是，对于自己取得的各项科技成果奖项，武胜强调："我个人的能力是有限的，这些成果都是科研团队集思广益、协同攻关的结果，我只是其中的一分子。"

武胜十分重视特种材料研究队伍高层次人才的培养工作。20世纪90年代初，武胜和秦有钧研究员开始筹建硕士学位授予点，先后建立了核材料（1998年改为核燃料循环与材料）专业硕士和博士学位授予点。作为硕士和博士生导师，武胜培养了一批研究生，这些研究生后来陆续成为核材料学科领域的骨干和学术带头人。

"敏锐、严谨"是武胜给学生们最突出的印象。谈到自己的导师时，学生们说，武院士对我们要求很严，他强调最多的就是"学习"。他说，做学问的态度首先是严谨，其次眼光要长远，要密切关注材料学科前沿动态，并结合工作实际大胆创新。他既这样要求学生，也这样要求自己。

武胜早期撰写的科研总结报告和相关论文大多是以研究小组名义署名，属于内部资料。当我们通过官方网站搜索武胜后期公开发表的论文时，发现几乎所有论文的第一作者都不是武胜，他的名字常常出现在第二、第三作者位置，有的甚至排在最后。受他指导的研究生或青年科技人员告诉我们："还有许多论文都不让署名，倘若没有武院士的指导，我也做不出这样的研究成果。"其实，不论是发表论文，还是科研成果报奖，武胜往往退而却步，他总说："我没有做具体工作，不要写上我的名字。"

谈到自己的贡献，武胜总是说："王淦昌、邓稼先、彭桓武、程开甲、郭永怀、张兴钤等九院老一辈科学家隐姓埋名几十年，为我国核武器事业作出了巨大的贡献，与他们相比，我还差得很远。"在他身上，我们看到了老一辈科学家"爱国奉献、艰苦奋斗、协同攻关、求实创新、永攀高峰"的两弹精神，看到了"淡泊名利、宁静致远、高风亮节"的高尚品德。在他的言传身教下，我们更欣喜地看到了这种精神和作风对年轻科研人员的深远影响。

认真做好手头的事

——记中国工程院樊明武院士

樊明武院士

核能是国家发展中不可缺少的，应该在保证安全的前提下尽量推进。对于核电站来说，关键是选好地质环境，加强安全意识和宣传力度。快堆是未来发展的关键一环，要加紧进行，后处理问题也要提上日程。

见到樊明武院士是在他的办公室里，坐在我们面前的樊院士比照片上清瘦一些，温和而健谈。"加速器是我一生的事业和梦想，希望核技术为国家、社会和人民带来真正的实惠。"伴随着这样的感慨，往事如同泛黄的书卷，在我们眼前徐徐展开。

从"换灯泡"开始的科研

樊明武小时候的理想其实并不是搞科研，而是成为一个画家，进入高中后又想和哥哥一样成为一个医生；但在班主任的坚持下，在高考前一周最终选择了工科，考入了华中工学院（现华中科技大学）。虽然并不是自己最喜欢的专业，但秉承着"做什么都要做好"的理念，他的成绩依然年年都排在前列，1965 年毕业后分配到原子能研究所（原子能院前身）工作。"那时的原子能院是保密单位，具体地址和要干什么都不知道，但能被选上还是很骄傲的。"带着同学们羡慕的眼光，樊明武和其他大学生一起，稀里糊涂地进了原子能院，开始了他一生为之奋斗的加速器事业。

进所不到一个月，新来的大学生们就被下放到河南信阳的农村参加"四清"运动。"我们睡在高粱秆铺成的床上，冬天时农民养的猪会跑到床下取暖，一下雪被子上就落满雪花，最大的梦想就是吃一顿饱饭。"他笑了起来，"但有了这段经历，我什么困难都不怕了。"

回到原子能院后，樊明武被分到 201 室的维修组，负责回旋加速器的检修工作，但当时的他根本不懂加速器，组长只让他在一旁看书读报。"清闲"的日子没过几天，樊明武就忍不下去了，他找到组长，要求承担一些任务，没想到组长说："快到国庆节了，你把灯泡换一下吧。"身为电机系毕业的大学生，换灯泡绝对是大材小用，虽然心里不乐意，樊明武还是扛着梯子默默去做了，换完灯泡还把周围擦得干干净净。严谨认真的工作态度得到了老师傅们的肯定，排电缆、设计配电盘等"高级"一些的工作也慢慢交给了他。就这样，樊明武逐渐得到了信任，开始接触加速器的核心技术。

1973年，苏联进口的第一台加速器要由固定能量改造为可变能量，需要设计制作极面调整线圈。这项工作从未有人做过，资料也很少，大家心里没底，谁都不愿接手。但当领导问到樊明武时，这个年轻人只是思考了一会儿，便接下了任务，"我做事爱动脑筋，即使别人没做过的事，只要觉得合理，也会去尝试。"为了完成任务，樊明武做了大小几十次实验，经常在晚上连夜攻关，终于定下技术方案，但只有大连的一个厂家有能力制造。那时他的大女儿刚上小学一年级，小女儿出生不到3个月，虽然放心不下，但为了任务，他依然去了大连，好几个月后才回来。

樊明武院士在指导工作

1979年，改造后的加速器开始调试，但是真空始终上不去，请来许多专家都找不到问题。"好多人就说，国外都没有的东西你们非要做，肯定是线圈的问题。"樊明武苦笑着说。当时的他已经得到了去英国进修的机会，但因为这件事，有些人提出暂时不能让他出国。

这时，研究室的书记李福恒站了出来，表示相信樊明武的研究成果，力排众议让他出国进修。"在我最困难的时候，李书记支持我、鼓励我，当时他说的话我一直记得。"即使现在，说起这段经历，樊院士的感激之情依然溢于言表。

虽然如愿登上了去往英国的火车，但这件事依然是樊明武心头挥之不去的阴影，甚至冲淡了初次出国的激动和兴奋。一路10余天，他的情绪始终低沉，到达英国后也一直盼着国内的消息。"那时我们在英国每月可以支配的钱只有40元人民币，买了邮票之后什么也做不成了。"即使如此，他依然省吃俭用给国内寄信，关心调试进度。圣诞节前，他终于收到了第一封回信，知道真空上去后欣喜若狂，问题的原因也查了出来，只是一个真空测量探头没有装好。就这样，加速器顺利实现了从固定能量到可变能量的改造，一直使用到1988年。"所以只要自己认定是对的，就要对自己有信心，坚持把事情扎实地做下去。"樊院士总结道。

"红专矢量论"指引一生

在原子能院的日子里，樊明武印象最深刻的是所长钱三强先生提出的"红专矢量论"。"当时钱先生说，'红'是你的方向，'专'是矢量的大小，只要方向对了，矢量越大，对社会的贡献越大。"樊院士回忆道，"在那个时候，这样说是需要胆量的，报告虽然很短，但对我的人生产生了极大的影响。"在之后的人生里，他始终贯彻钱先生的教导，在"知识无用"的浪潮中仍然坚持读书、做学问，在"崇洋媚外"的压力下仍然坚持学习外语，从而得以抓住机遇，实现梦想。

樊明武进入原子能院时正是"文化大革命"如火如荼的时期，他不喜欢跟着红卫兵贴大字报，也不怕被扣上"逍遥派"的帽子，时常自己溜到图书馆看书。"当时的很多专业书都是英语写的，可我学的是俄语，看不懂，所以我下决心要学英语。"

在当时环境下学英语可以说难于登天，更何况他没有任何英语的基础。但樊明武没有放弃，买了英文版的《毛主席语录》和毛主席的5篇哲学著作，理直气壮地学起了英语。"那时候每天早上8点到9点要学习毛主席著作，我就带着英文版去，造反派过来干涉却找不到理由，气呼呼地走了。"说到这里，樊院士笑得很开心。利用这两本特殊的英语教材，他对着字典一个单词一个单词地查找、背诵，掌握了大量词汇和语法知识。

1972年尼克松访华后，开始有了英语广播。在妻子的支持下，樊明武用家里全部的积蓄买了个半导体收音机，每天早上6点躲在被子里偷听VOA的广播，学习英语发音，凭着之前打下的基础，第二年还得以参加英语学习班。工夫不负有心人，1978年选送人才公派出国留学时，樊明武顺利通过英语考试，得到了去英国进修的机会。"其实我学英语时从来没有想过要出国，只是想看书而已。"樊院士笑了笑，"任何事只要踏踏实实做下去，机会自己会来找你的，所以人需要坚持。"

在英国，樊明武像海绵吸水一样吸收着新的知识，回国后研制出我国早期的电磁场数值计算软件包，受到了国内外同行的肯定。1986年，他应邀赴美工作，与两名美国科学家成功申请到了2100万美元的科研经费，用优异的表现赢得了美国人的好评。正当项目顺利推进时，樊明武却收到了原子能院请他回国的信函。这时的他在电磁场应用领域已达到世界领先水平，面对即将到手的成果和优厚的待遇，樊明武毅然选择了祖国。

归国一年后，我国决定建造一台30 MeV回旋加速器，樊明武毫无疑问成了主要负责人之一，废寝忘食地投入加速器的研制中，调试加速器时经常以方便面为晚餐，干到晚上10点钟左右。经过几年的艰苦努力，加速器终于成功出束，"束流强度比国外最好的纪录还要高，有370多微安，连靶都打穿了。"这一刻，樊明武流泪了，为他当作孩子般呵护的项目成功而激动、自豪。但他没有沉醉在成功的喜悦中，很快开始了新的工作，直到后来看到报纸，才知道成果入选了1996年全国十大科技事件。

管理与科研的循环

除了优秀的科研能力之外，樊明武在管理岗位也是游刃有余。1996年，他被任命为原子能院院长，"其实我只想做科研，但既然要做就要尽量做好。"当时的原子能院情况并不好，基础研究资金投入不足，设备老化，科技人员青黄不接。为了改变这种情况，樊明武确立了四大工程建设的发展目标，同时不断向中央和国防科工委领导反映情况、汇报工作，得到了中央领导的重视，使原子能院步入了良性发展的轨道。

2001年，樊明武成为华中科技大学校长，当时的华中科技大学远不是现在整洁美观的样子，教师、学生住房条件差，运动场"晴天满场灰，雨天一坑水"。回想起当年的情况，樊院士唏嘘不已："我刚到学校时，早上5点起床晨跑，看到学生为了找地方上自习已经在图书馆前排起长队，心里真的不是滋味。"因此，当学校在政府帮助下买下周边几千亩土地后，樊明武第一个建造的就是学生的教学楼。"虽然我们的办公楼比较简陋，但教学楼绝对是一流水平。"他自豪地说。之后，学校又新建了学生活动中心、学生公寓、教师小区、食堂，改造了道路，面貌焕然一新。2005年樊明武离任时，教育部审计的评价是："樊明武认真履行了校长职责，在任期间不仅使学校得到了快速发展，而且为学校今后10年到20年的发展打下了物质基础和思想基础。"

卸任后，樊明武再次投入了心爱的科研工作，"学校目前缺乏大工程经验，我们利用学校的人才优势，从加速器的虚拟样机研究逐步过渡到加速器实体研发，同时开展了非动力核技术应用。"为了改进电子束扫描技术，他提出非能动电子束扩散装置，用永磁把电子束扩散。这个技术世界上从未有人做过，论文投到国外期刊上都没人相信，但他认为自己的想法有科学根据，依然带领学生坚持研究，在无锡爱邦的加速器上实验获得成功，获得了国家发明专利。"创新精神非常重要，但一定要有科学根据，我就是比较喜欢做一些没人做过的事，成功时真的让人打从心里高兴。"他笑着说。现在，华中科技大学联合湖北科技学院成立了非动力核技术基地，用辐射的方法生产了用于环境保护的重金属吸附材料，大面积高频负氢离子源第一期获得成功；新的加速器厂房也即将竣工，开发的新型绝缘芯变压器电子加速器等将进入最后调试。

在樊院士看来，加速器在核技术应用上有很宽广的位置。核技术是冷加工，基本不会产生热量和核废料，可以在提高国民经济、提高人民生活质量和条件、改善环境等方面作出贡献。"核技术应用是朝阳产业，节能环保，附加值很高，我对这个产业很有信心。"

谈到核工业未来的发展时，樊院士也提出了自己的看法："核能是国家发展中不可缺少的，应该在保证安全的前提下尽量推进。对于核电站来说，关键是选好地质环境，加强安全意识和宣传力度。快堆是未来发展的关键一环，要加紧进行，后处理问题也要提上日程。"

当我们问到他工作多年的心得时，樊院士只是说："安心于本职工作，认真做好手头的事。"这话说起来非常简单，做起来却不是那么容易，而樊明武院士做到了。

深爱核事业
——记中国工程物理研究院蒙大桥研究员

蒙大桥研究员

既要艰苦奋斗，走自力更生之路，又要传承创新，做大国大器之人。如果你希望成功，当以寂寞为伴，以热爱为动力，以专注为友，以团结团队为伍，以不断学习为加油站，以追求科学为目的。

"我真的很爱我从事的事业。"2014年3月27日，当中国工程物理研究院材料研究所总工程师蒙大桥以这句平白朴实的语言结束个人专场报告时，台下掌声雷动，经久不息。国字脸，高大的身材，不怒自威，典型豪爽的西北汉子，似乎不会这样深情表达，但是，对于自己所付出了一生的国防事业，他毫不掩饰自己的挚爱。

自1980年参加工作，蒙大桥在核事业领域深耕细作30余年，从一名普通的技术人员一步步历练成长，历任研究室副主任、主任、所长助理、副所长、所党委书记、所长。现任所总工程师、研究员、博士生导师。他还是国防973项目首席专家、科技部ITER项目首席科学家、中物院首批"杰出专家"。

为什么，如此爱

1980年，蒙大桥来到中物院，在核物理与化学研究所当一名普通的技术干部，不久后又调到材料研究所。尽管当时的工作都是国家分配，个人并没有什么选择权，但他还是多多少少从报纸上了解了一些关于自己将要工作的地方，他很向往，也很期待在这个事业上有所作为。

远离故乡，远离亲人，到巴蜀腹地，入深山峡谷，是什么吸引着这个风华正茂的年轻人呢？蒙大桥说："吸引我的就是九院光辉的历史、民主的学术氛围、严谨的工作态度、一丝不苟的工作作风和一支能打硬仗的攻关队伍。"

中物院，一个卧虎藏龙的地方，造出原子弹、氢弹，诞生了那么多位院士，形成了"两弹"精神，光辉的历史自不必说。在一个个小小的山沟里藏有很多的"高手"，这些在"两弹"突破和武器化过程中作出过突出贡献的专家们共同的特点是没有架子、平易近人，任何人都可以在学术上自由地发表看法，这样一支队伍、这样一种风气对蒙大桥影响甚大。他说，从这些院士专家身上自己学到怎么做事，怎样做人。

蒙大桥说："早年我们弄了一个公式，用于精确的计算某压缩气体不同阶段的量，一个不太复杂的公式，连高等数学都不用，需要'三堂会审'，谁主审？陈能宽、胡仁宇、邓稼先都在，汇报完毕之后，时任中物院副院长的陈能宽院士就说，公式看上去没有什么问题，但需要把量纲也运算一遍，量纲也没有问题了，才能说明整个公式没有问题。这些大专家思维如此缜密、如此关注细节，给我留下了极其深刻的印象。"后来，在工作中接触了更多的专家、院士，无一例外，都很严谨。

有一次，蒙大桥和新任所长赖新春到张兴钤院士家里拜访，蒙大桥说现在新兴科技发展迅猛，自己岁数大了，学起来会有困难。张兴钤就很风趣地说："假设我从60岁开始学，到90岁还有30年，30年那么长，有什么东西学不会啊？"一番话说得大家都开心地笑，但笑的同时，蒙大桥的内心好像被重重一击，他不禁为老人好学上进的精神所折服。

蒙大桥说："像这样的事例还有很多，他们不仅严谨细致，而且淡泊名利，我们所的第三任总工程师武胜院士也是这样。他总是说，所有取得的成果都是大家共同努力完成的，自己只是做了一分子。有机会、有奖励他总是让给年轻人。"

这些身边的人和事的点点滴滴对他的影响，或许正是他如此深爱这项事业的根本原因。

已然爱，就深爱

蒙大桥对核事业的爱不仅真挚，而且深沉。

1980年刚参加工作时，他赶上的并不是一个国防核事业发展的好时机。邓小平同志在十一届三中全会后多次强调，"和平与发展是当代世界的两大主题""国防工业要以民养军，军民结合"。中央军民结合方针确定后，军工单位面临着严峻考验，任务下降，拨款减少，经费捉襟见肘。

就是在这样的情况下，从城市里来的蒙大桥依然选择留在了国防建设的"三线"。1983年左右，蒙大桥面临着与家人团聚和继续从事自己所喜欢的事业两难的选择。因为他的父亲生病，家人都希望他可以调回家乡去，并且家人已经帮他联系了陕西省环保局、纺织研究所等不错的单位。当时，他的爱人在陕西省气象局工作，这么多年两人一直过着两地分居的生活，回家可以就近照顾父母妻儿，把这些年亏欠的亲情好好弥补弥补。更重要的是，在国家政策的影响下，像中物院这样不占地利优势，对人才又缺乏吸引力的军工单位，新来的科技人员很少了，还有很多在这个事业工作多年的老科技人员也纷纷另寻他路，可以说，那是一个核武器事业人才青黄不接、新生力量极度匮乏的时期。据统计，1982年该研究所分来50余名大学毕业生，不到5年就走了40名。有一年只来了3名大学毕业生，不到一年又走了两名。当时有一个说法就是"搞原子弹的不如卖茶叶蛋的"。此时此刻，对于蒙大桥来说，一边是城市工作、舒适的生活和家人团聚的幸福，一边又是割舍不掉且深爱着的事业，经过激烈的思想斗争，他遵从了自己的内心，选择留下。这一留就是30多年。蒙大桥说："在这里从事这个工作，我有一种自豪感，感觉在为国家核力量做事，在做很重要的事。"

在那个人心都不稳的时代，有心思工作已属不易，要做出成绩更是难上加难。但是蒙大桥沉得下来，他要求自己凡事要多学多请教，从小事做起，做好简单的事情。

在1996年之前，核事业有过一段加快发展的历史。在这期间，蒙大桥更是沉迷于工作。为了某充气系统的设计、建设和投入使用，经常加班加点。有一次，设计某个过滤器，他一直琢磨，总是没有找到合适的方案，某个周日的晚上睡到半夜，忽然灵感来了，就直接起床设计、画图。这就是他的风格，就像当时还在室里当主任、后来任所长的吴东周说的那样，"这个年轻人比较愿意干，务实"。

有一次测试某气体产品时，气体的同位素杂质含量超过了要求，不管怎么测，都高出标准量那么一点点，怎么办？蒙大桥和组内成员扛着铺盖卷就住在工号里，想尽各种办法把杂质量降下来。由于工作场所距生活区还有一段距离，工作餐单一，一天三餐也不规律，实在没有"补给"了，他就打电话，叫爱人送些自己做得好吃的饭菜，买几包烟。就这样，在里面硬是住了一个多月，把问题给解决了。

1993年，蒙大桥被任命为副所长，开始着手于管理和组织协调工作。90年代中期，某车间要进行生产，生产过程既要有严格的防护，又要保证室内通风，没有通风是不能继续生产的。但是，在这个节骨眼儿上，这个几十年未使用的防护装置堵住了，必须组织人员进去疏通。这里面有多大的辐射？会对进场人员的身体造成多大的损害？如果出现问题怎么向他们的家人交代？一边是急需开展的科研生产任务，一边关系职工的安全健康，两难的选择摆在蒙大桥面前，他说："我带头，你们跟进。"他就准备换防护工作服，与大家一同进到防护装置里面。该车间主任李泽军和负责维修处理的8名职工不让蒙大桥进，说你要主持大局，一定不能进去。权衡再三，他只好在现场门口等着。等待过程更加煎熬，他守在门口，望着解决了问题的8名勇士一个个出来，他才长长地舒了一口气。

1996年禁核试后，核武器事业的发展又陷入低谷，面对不确定的未来和黯淡的前景，许多人选择离开，纷纷下海经商了。但是，蒙大桥从来没有想过离开，他喜欢这个事业，喜欢这里的点点滴滴。反倒是去读书了，想在这个领域再深入一步。1999年，他报考了四川大学的博士，用了1年多的时间修完43个硕博要求的学分。由于进校时已42岁了，读书的时候，他比别人更加努力，从进校到出校瘦了8斤。最艰难的时期是2001年在单位写毕业论文的时候，当时已经是所长了，既要主持所里的工作，还要完成论文，只有利用晚上的时间。当时已经是11月，很冷。有一天，住在前楼的一位老同志，原所副总工程师秦有均遇到蒙大桥，说："大桥，你这个当学生的可以啊！我看这段时间你早上起来很早嘛，早上5点多你家灯就亮了。"蒙大桥笑笑说："秦总啊，我那会儿还没有睡呢。"就这样，他利用业余时间顺利完成了学业。

当上所长后，更大的责任是思考和负责单位的发展战略和发展方向，面对关键和重大问题能够作出正确的决策。他的学生罗文华博士评价说："蒙老师看问题有大局观，能够把握全局和长远，再复杂的问题都能够抓住关键点。"他历经80年代和1996年后两次事业发展的低潮，深知人才对于事业发展的重要程度。他着眼于能力建设和人才队伍的培养，使材料研究所迎来了发展的春天。发展遇到了好时期，事业发展前景看好，蒙大桥和他的同事们都信心十足地准备利用好的机遇，充分调动各种力量，在确保高质量完成国家任务的同时，积极为单位的长远发展储备更多的人才力量和科研积累。

2008年，正当一切都朝着他们预想的方向发展时，一场突如其来的天灾又给了蒙大桥和他的团队一个巨大的考验。5月12日14时28分，四川汶川特大地震发生，所区与震中并不远，当时蒙大桥正在北京学习，得知地震的消息后，他心急如焚，雨夜兼程，千里返所。由于回所区的道路堵塞，蒙大桥只能步行在泥泞、破损的道路上，终于在5月13日傍晚赶回科研生产区，立即投入抗震救灾的组织指挥工作。那时，所里承担着紧急的生产任务。怎么办？需要蒙大桥再一次作出决策。什么时间恢复生产？当时，他考虑的比较多的是：厂房在地震中受损情况怎么样？有没有危房？如果遇到余震怎么办？生产设施受损情况怎样？人员能不能进去？压力之大，彻夜未眠。第二天，他当众宣布："一周内开始恢复生产，出现问题我担着。"在宣布决定的那一刻，他用这句话给所有人吃了一颗定心丸。蒙大桥说："那一刻我们所里的领导不能表现出一点的退缩和犹豫，我们就是要以自己的实际行动向全所职工传递力克艰险、战胜困难的坚定信念和同心协力、共渡难关的坚强意志。"

同时，面对新一代武器装备需要具有更突出的能力的国家需求，蒙大桥开始组织某材料表面氧化和腐蚀机理的研究、特种材料组合件连接技术研究和某气体工艺研究。因为他的卓越贡献，先后获得国家科技进步奖一等奖3项、二等奖1项，国家发明奖及部委级科技进步奖一等奖多项，发明专利3项等成果。

蒙大桥研究员2014年在国家科学技术奖励大会上

既然选择，就负责到底。既然爱上，就刻骨铭心。蒙大桥就是这样，在30多年的历程中，在不同的岗位，以不同的方式为这个事业作着贡献。

继续，爱下去

蒙大桥说："现在最大的愿望有三个。第一是从原子、分子水平更加科学地认识我们所取得的经验和面临的难题，推动核科技事业不断向前发展；第二是传承我院"两弹"精神，传承我所以张兴铃、宋家树、武胜院士为代表的老一辈科学家和科技工作者的优秀文化传统；第三是带着爱人在国内到处转一转。因为这么多年，她为我付出和牺牲了很多。"

关于第一个愿望，他已经付诸行动了。2012年左右，徐志磊院士与蒙大桥交流的时候说，他看到一本国外的书，对我们事业的发展很有益处，建议蒙大桥组织人手进行翻译，为我所用。于是，已经是所长的他依然很重视这项工作，立即组织人员进行翻译、出版，为今后从事这方面的研究提供了很有价值的参考。2012年，他卸任所长，任所总工程师期间，就所未来发展向所领导提交过两份材料，希望关注3D打印技术，做好库存研究，为所未来的科研生产服好务。

关于第二个愿望，他的学生感受颇深。他的学生、某研究室党支部书记兼副主任褚明福经历过一件事，当时他们一起商量着把某试验的方案都定好了，而第二天一早，蒙大桥给他打电话说："我想了一个晚上，要在细节上做一些修改。"力求细节科学、完美，这就是他的严谨、认真。同时，他还特别负责。由于平时忙于处理所里技术上的事情，经常出差。有一次，蒙大桥新带的博士研究生余慧龙有一个问题需要请教，蒙大桥周日就直接从成都赶回绵阳，找他面谈，帮他把问题解决了。

蒙大桥希望年轻人以科学研究支持技术进步，关注前沿，从基础研究上加强推动工程应用上的进步。他说："既要艰苦奋斗，走自力更生之路，又要传承创新，做大国大器之人。如果你希望成功，当以寂寞为伴，以热爱为动力，以专注为友，以团结团队为伍，以不断学习为加油站，以追求科学为目的。"他既以此鞭策自己，也对后来的年轻的核事业继承者们寄予厚望。

而今，这片青山里树木愈发苍翠，花草格外芬芳，群山之间，仿佛还在回响着蒙大桥那句朴实真挚的心灵独白：我真的很爱我从事的事业！

位卑未敢忘忧国

——记中国工程物理研究院赖新春研究员

赖新春研究员

无论身处何地，一直记得南宋诗人陆游的一句名言"位卑未敢忘忧国"，并以此不断鞭策自己。

赖新春，1969年出生，中国工程物理研究院最年轻的所长之一。英俊儒雅的外表，沉稳亲和的气质，透露出宁静与淡泊。作为全院最大一个研究所——材料研究所新一代掌门人，与这一身份相匹配的是他在科研学术上的斐然成就：20多年来，他先后从事武器材料表面分析与检测、特种材料表面和界面科学研究、武器工程技术研究和库存科学研究和能力建设，不断拓展学术技术新领域，推动着学科发展和基础研究，先后获得军队科技进步奖一等奖3项、二等奖6项、三等奖3项。2013年获得中国求是青年工程奖。

这些荣誉和成绩，见证了赖新春在国防科技道路上不惧关山层叠、百转千回、东流入海的坚定意志，也见证了他心怀天下、舍我其谁的奋勇担当。

科技新秀崭露头角

1987年，18岁的赖新春带着成为一名科学家的梦想，顺利考进了清华大学，就读于现代应用物理系学习固体物理专业。入校伊始，班主任一上来就告诫赖新春和他的同学：你们是国家的栋梁，要对国家负责。这句话让一群风华正茂的同学少年第一次感觉到了沉甸甸的责任。正是从这时候开始，赖新春的人生目标逐渐变得清晰，对于未来，他开始有了自己的规划。

在清华，赖新春感受最深的只有一个字——严。学校对学生严格要求，老师们对自身也同样严格。赖新春身边的很多老师常常在实验室干到很晚。这些外表普通，态度和蔼，和大家朝夕相处的老师，很多都是国内学术界有名的学者。这让赖新春对于清华自强不息、厚德载物的精神有了深刻的理解。正是在这种严谨求实的学风之下，赖新春练就了过硬的工程技术本领，打下了深厚的学术科研功底。用他自己的话说："在清华不仅学习到许多知识，最重要的是提升了学习能力，培养了对待工作的态度。这将让我受用一生。"

为学有所用，1992年大学毕业后，赖新春最终选择了中物院这个以撑起民族脊梁为己任的神圣单位。背着梦想的行囊，一路翻山越岭、跋山涉水，赖新春终于来到了工作地点。不少领导和同事纷纷到招待所看望新来的大学生，这让赖新春倍感温暖。初入713室，年轻的赖新春就在组里发现了他在大学期间就非常感兴趣的高温超导研究课题，他多么想加入这个课题团队啊！然而当室领导提出，希望他和同事们一起把新引进来的俄歇电子能谱仪用好，深入研究材料表面的各种反应机理，了解清楚特种材料在典型环境下的反应机理，为抑制和减缓腐蚀的发生提供参考和指导时，尽管有些遗憾，他还是抑制住内心的渴望，坚决服从了组织的决定。

这台俄歇电子能谱仪是在各方面经费都很紧张的情况下，所里下大决心花费700多万人民币引进的一套设备。由于表面分析技术在所里刚刚起步，毫无基础，也没有现成的经验可以借鉴，赖新春与组里的另外两位同事倍感责任重大，只有白手起家，从头做起。此时，自身的学习能力和对待工作的态度就发挥了重要的作用。他们一方面积极向清华大学专业老师请教；另一方面，集体观看原版英文操作录像带，讨论学习心得。除了吃饭、睡觉，全部时间都泡在了近一尺多高的英文说明资料中。将近一年，赖新春凭借扎实的科技英语基础，深入理解了仪器的操作说明、结构原理、技术参数和维修事项，并与同事们一起制定了详细的设备操作、安全操作规程，保证了设备的规范运行。让他倍感欣慰的是，这台仪器运行到现在已经20多年了，仍还保持着良好的状态，继续在为科研生产服务。

工作之初，组里做高温超导研究的几位老同志作出了很好的科研表率。尽管那时没人知道高温超导该走向何方，而且课题负责人是一位年轻同志，但团队里的每个人都怀着对工作和事业负责的态度，每周开小组讨论会，认真讨论，认真记录，严格制订科研计划，认真地做试验。这一幕引起了赖新春的深深思索：明知到退休可能都没有结果，还能这样认真地做研究！这在科学探索的路上，是一种怎样的"义之所在生死以之"的责任感？

此后，为开展关于某特种材料的表面研究，室里又交给赖新春一项新任务——负责调研引进一台光电子能谱仪。在当时，由于单机电脑非常稀少，资料调研、文献查阅、材料汇总是一件非常困难的事情，需要耗费大量的精力和体力。尽管这样，赖新春还是竭尽全力找到了几篇权威的中、英文文献，结合自己的理解撰写了调研报告。让他意外的是，傅依备院士、武胜院士都亲自来参加这个报告的论证。在与老先生们不断的交流中，赖新春深深体会到了前辈们对待科学问题一丝不苟、严谨求实，俯首甘为孺子牛的精神，这也深深地鼓舞和激励着他将全部精力投入到一轮又一轮的科学论证和资料调研中。最终，成功引进了一台光电子能谱仪，后来经过集成改造后运用到了特种材料的研究之中，直至今日状态都非常良好，做出了许多成果。

痴心科研　斩关破隘

1997年底，受单位委派，赖新春留学俄罗斯莫斯科工程物理学院攻读博士学位。那时，俄罗斯的社会经济状况不太好，不少有才能的科学家都远赴欧美。但就是在这种艰苦的条件下，赖新春却发现还有一批俄罗斯科学家在坚守。在冰天雪地的环境中，抛开纷乱，一个人静静地在实验室中，面对心爱的科学仪器，追求科学的真理。这让赖新春深切地感受到：科学研究是科学家本人的命运，更与国家的命运息息相关。1999年，美国轰炸我国驻南联盟大使馆，更让他深刻体会到肩上的使命与责任。在莫斯科学习期间，仅仅用了半年时间，赖新春就基本通过了俄语关，继续在表面科学的研究领域如饥似渴地吸收最新的养分。期间，他独立开展了金属原子簇的电子状态研究，并以优异的成绩，取得了物理数学博士学位。2001年底，他回到了阔别多年的工作岗位，后来被国防科工委授予国防科技工业"百名优秀博士硕士研究生"称号。

光阴流转，在此后10多年的工作时间里，赖新春无论是当研究室主任、科技处副处长，还是副所长，直至所党委书记、所长，他始终坚持在表面科学这个领域持续钻研、辛勤耕耘，越来越体会到这项工作的重要性、难度与挑战，也越来越对这个领域充满兴趣。所有的曲折反复和艰苦付出，在赖新春看来都是理所应当，甚至不值一提。然而身处科研生产前沿阵地，他仍然感受到了来自三方面的压力：

——筹建大型表面分析系统是一项庞大的集成工程，需要大量的经费投入。从最初的思路形成、筹建实施到最后的验收，往往历时数年，其任务之重，困难之大，过程之艰辛，外人难以想象。而且最终建成后的系统，设备之间能否毫无冲突地集成匹配，达到预期的建设目标，发挥应有的作用，实现预期的价值？作为负责人，必须为所有的问题寻求答案，而且为最终的结果负责。赖新春肩上的压力之大可想而知。

——由于表面分析材料的特殊性，如何既保证系统的可行性，又保证试验的安全性，杜绝由于材料的毒性和放射性对人员造成损害，这其中会出现很多前所未有的难题，也会产生大量具有挑战性和创造性的研究工作。因为，"安全风险"不仅是每个试验人员担心的问题，更是团队负责人头顶悬着的"达摩克利斯之剑"。

——无论是作为科研团队负责人还是博士生导师，赖新春始终有一个特别的担心，那就是为年轻人选择的研究方向是否合适。在他看来，这个问题如果仅仅针对自己还不成其为问题，失败了最多就算是一次尝试。但对于快速成长中的年轻科技人员来说，赖新春既希望他们能在比较前沿的研究领域、比较困难的科研任务中尽快得到锻炼，尽快做出成绩，同时又担心由于他提出的方向本身可能存在问题或是青年人自身能力不足，导致课题研究失败，而这些都是他难以把握的不确定因素。

大道至简，大爱无言。重压之下必须举重若轻，"沉下心来做！"就是赖新春破釜沉舟、永不言败的法宝。

因此，面对从未涉及的知识领域，面对开创性的研究，面对安全风险，面对错综复杂的问题，甚至是面对别人认为不可能完成的事情，只要目标确定，在强烈意志的推动下，赖新春率领团队成员从不吝惜行动，从不轻言放弃，勤勉务实，始终采取科学、稳妥的技术和手段，通过不断学习，不断论证，不断模拟，不断优化，不断创新，攻关夺隘，突破了一个又一个技术难题：

系统策划我国某特种材料的研究试验平台，全面开展某特种材料的化学老化研究工作，使我国特种材料的基础和应用基础研究工作全面展开，重点突破。率先在氧化腐蚀规律探索、氧化层厚度测试技术等方面展开系统研究，掌握了相应的科学规律，为部件工艺改进、贮存环境选择和可靠性评估提供了参考。

在轻锕系材料表面电子状态领域开展了系统的基础性研究，主持"某锕系合金氧化膜厚度测试技术研究""某合金腐蚀及其表面改性技术研究""某关键合金部件的贮存老化性能研究"等多个项目及专题，为评估武器库存条件、样品表面状态、评判部件有效性提供了技术支撑和基础数据，对改进我国目前武器的库存方法，减缓部件腐蚀速率，延长武器寿命具有重要的指导作用，带动特种材料表面改性领域达到国内先进水平。

……

锤炼团队　　创新奋进

当前，随着中物院三元战略的大力推进，材料研究所创新驱动科技发展的战略布局也在发生着广泛深刻的变革，正在从一个偏生产型的研究所向着生产与科研并重的方向演进，并稳步适度地拓展相关领域。

在演进过程中，面对科研生产战略谋划，提升学科优势，掌握核心技术，建立高素质人才队伍，打造核心竞争力，推进军民深度融合等重大问题，作为科技领航人和产业发展的决策者，不仅要高瞻远瞩，从战略高度上把握潮流，指引方向，还要立足客观条件和实际需求，扑下身子收集、回应各层级的意见和诉求，把战略转化为清晰的规划，把目标落实成有效的结果。无论工作顺利与否，与赖新春一起工作的同志，都体会到了他务实认真的工作作风，迎难而上、坚忍执着的精神意志；也体会到了他不囿于常规、勇于开拓的勇气魄力，大家备受鼓舞。

在创新发展中，战略方向确定以后，人才是决定因素。身兼所长、科技决策人的双重角色，赖新春更加注重发挥传帮带的作用。不仅针对他的研究团队，而且对于七所这个大团队，他都怀着一份责任。他经常鼓励"团队"成员：在对美、英等发达国家武器研制技术的研判中，我们既不能妄自尊大，也不能妄自菲薄。尤其是年轻人，要敢想敢干，要永葆一股永不言败的精神，相信自己能够做好。

另一方面，如何在核心人数总量适度的情况下，使材料所职工队伍更具科技创新活力与创新动力，赖新春倾注了大量的心血，不仅从如何引进和使用人才，从工程应用研究、学历结构调整等角度在人才规划上定思路，出决策，而且亲自到全国重点高校演讲，对博士生的引进亲自把关，吸引高素质、有潜质的人才投身国防事业。在人才的使用上他更强调不拘一格给平台、搭舞台，促使一大批有思想、有能力的人才脱颖而出。

作为博士研究生导师，赖新春先后培养了12名博士、8名硕士研究生，现在大都成长为相关学科的科技骨干。近年来，赖新春带领着一支平均年龄只有30岁左右的年轻科研团队，将科研方向引向了更为前沿、更为艰难的领域——f电子关联体系的研究。这是个世界性的难题，也是凝聚态物理学家感兴趣的研究方向，对于推动我国特种材料科研水平意义重大。

赖新春研究员（左二）与学生在实验室合影

为了在这个领域能够有所突破，赖新春组织筹集项目，集成了一套表面综合分析系统。他为团队成员规划了一张清晰的成长路线图：在强关联电子体系研究领域，根据学科背景，每个团队成员固定研究方向，以熟练掌握本学科研究方法为支撑点，广泛追踪各自方向的前沿研究，在广博的基础上从具体的研究课题切入，以点带面，逐步深入，使研究成果体系化、系统化，获得比较高的研究水平，成为某一方面的领军人物，从而能够为我们关心的武器研究作出贡献。下一步，在这套目前处于国内先进水平的表面科学研究系统之上，围绕各自的研究方向，再筹建一套高水平的实验系统，为科研生产多出成果打好基础，争取在世界科技舞台上大显身手。

　　站在事业创新发展新的起点，对于材料研究所的未来，在赖新春心里还有一张更大的梦想蓝图，那就是：

　　努力工作、同心协力，把材料研究所建设成为一个核心生产能力强、科技影响力强、军民融合竞争力强的科研生产机构。确保完成神圣使命，始终满足国家安全战略需要；全面提升整体科研水平，取得更多更好的成果，在国内外科技界具有显著优势；军民融合产业适度扩大，将技术研究优势辐射服务于国内的新材料、新能源等领域。紧贴研究所科技发展创新格局，打造一支与之相适应的高水平人才队伍。不断提高研究所的经济实力，建设良好的科研生产和生活环境，使全所职工安居乐业，为维护国家安全，促进国防科技进步和经济社会发展作出更大的贡献。

执着铸就希望　实干创造辉煌
——记中核集团铀浓缩技术首席专家王黎明

首席专家王黎明

核工业不仅仅是强国强军的需要，更是我国能源结构调整中新能源开发的需要。核事业前景光明，任务重大，我们责无旁贷要肩负起这个重任，要为实现中核梦助推中国梦而拼搏奉献。

教育世家，少年追梦

王黎明出身教师世家，家庭文化气息浓郁。年少时生活虽然艰苦，但父母从未放松过对他的要求，尤其是在学习方面更是鼓励他力争上游。正是这样的家庭环境让王黎明从小就与书结缘，在那个资源匮乏的年代，书成为了他了解世界、了解科学的一扇窗，使他养成了勤于学习、善于学习的好习惯，更使他从小就有比同龄人更宽广的视野和更卓越的见识。

王黎明上中学时，首次接触到了物理，他对这门新课程产生了浓厚的兴趣，"牛顿第一定律""万有引力""阿基米德原理"等等，这些科学知识把他带到了一个全新的领域，他深深被这些原理所吸引，物理课成为了他最喜爱的课程，下课他总是缠着老师询问一些课外问题，他对物理的热爱已经远远超过了完成学习任务的程度，那是源于内心深处对于知识、对于真理的渴望。因此，物理学相关的书籍也成为王黎明的最爱。一次，他在家中找到了父亲的一本核物理教材，正要翻看，他父亲看到说："这书你看不懂，我给你找一本你能看明白的吧。"王黎明问道："核物理是什么？"父亲笑着说："你们中学生学的都是物理基础知识，核物理可高深着呢，你要真是感兴趣，等你上大学时就选物理系吧。"正是父亲的这句看似玩笑的话，点燃了少年心中的一个梦。

1979年，刚刚改革开放的中国，正是人才紧缺的时候，虽然"科教兴国"这个名词还没有出现，但科学和教育已成为了我国社会主义建设事业不可或缺的重要组成部分。高考时王黎明如愿以偿地被清华大学工程物理系录取，开始人生梦想的里程。谈及自己的大学岁月，王黎明感受颇多，他说："清华的两个优良传统对我影响极大"。第一是追求卓越的精神。他记得物理学科的张三慧老师对他们这些英语水平有限的同学进行全英语教学，让他受益良多。张老师说："随便就能摘到的桃子不是好桃子，好摘的桃子早被人摘走了，所以你必须跳一跳。"这句话让他懂得容易得到的东西未必是好东西，只有努力提高自己才能够获得更好的收获。第二是严谨的精神。王黎明回忆，当时他们的老师都是国内顶尖的知识分子，在他们身上学到很多可贵的精神，其中有一件事让他记忆犹新。一次做激光分离实验，当时王黎明正在和老师讨论，不自觉地靠在实验桌上，于是老师就拽了他一把，当时王黎明并没有在意。过了不久，他又不自觉地靠在实验桌上，老师马上又拽了一下他，说："如果桌子动了，整个光路系统就需要重新调整。"这个小细节让王黎明感触颇深，他说从那以后他就非常在意细节，这虽然会多花费一些时间，却对之后的学习非常有好处。在老师严谨精神的言传身教下，王黎明牢牢记住严谨求实的科学态度，可以说对细节的注重对他事业的成功起到了非常重要的作用。

执着奉献，拼搏实干

1984年，王黎明毕业后来到天津核工业理化工程研究院从事自己喜爱的同位素分离专业。初到核理化院，王黎明不但专心科研，而且不忘自觉承担一些办公室的事务工作。工作一天劳心劳力，但王黎明依旧坚持每天晚上读书。他回忆说，初到院里，有幸能聆听王承书院士、刘广均院士等老专家的指导，使他收益颇多。一次，王黎明的实验报告写得比较匆忙，数据点出来之后直接用尺子连了线。报告交上去后，刘院士的第一句话是："实验曲线有没有这么大的折点？"王黎明连忙用曲线板重新拟合了一遍。后来院士审阅报告时，更是会将逗号、分号，"的""地""得"等出现问题的地方修改一遍。治学之严竟到了如此境界，老一辈科学家严谨求实的科学

首席专家王黎明在工作中

精神和科学作风深深地印在王黎明的心中。

王黎明入院的第一项工作是分离公式的推导与理论计算。核工业方面的计算十分复杂，但是他发挥自身计算机的特长，提高了计算程序的运算效率。这个方法后来被移植到大型应用软件并投入使用。当时正值核事业的低谷，国家对核事业不看好，核工作者又不能出去赚钱，许多做与核技术相关工作的技术人员都难以维持生计。在那个核事业人才大量流失的低谷中，有着计算机等其他方面专长的王黎明完全有机会离开，但他觉得自己的事业"有干头"，这是他一直热爱的核物理事业，因此他仍然坚持在自己的岗位上。从1979年开始学习同位素分离专业，35年来王黎明始终没有放弃自己的专业，始终没有放弃学习。现任院长的他除处理行政事务外，还依然活跃在科研一线，始终奋斗在他所热爱的岗位上，他和同事们为国家解决了核燃料发展上的重大难题，使我国核工业人挺直了脊梁。

他自豪地对我们说:"这是我第一个工作,也是我一辈子的工作,更是我一生的追求。"

在谈到自己的工作体会时,王黎明始终强调"实干"这两个字,一步一个脚印,踏实工作,绝不好高骛远。他说,要坚持,要耐得住寂寞,安心做事,先把今天做好才能有明天,才能有希望。在工作上,因为王黎明所从事的是世界尖端的科学研究,因此在科研工作中存在很多瓶颈需要打破。同时因为保密的原因,国际上对于这项技术的研究完全封闭,在国际交流少、国内研究匮乏的环境中,问题都需要我们自己解决。王黎明和他的团队,把大的难题分解为中的问题,再分解到具体的点,一个细节一个细节地抠,一点一点攻关克难。王黎明提到,除了科研问题,从科学研制到工业化生产的转化也是很艰难的挑战,现实工业化生产和试验预期总有差异,但工业化生产任务迫在眉睫,这都是靠着他和攻关组夜以继日、孜孜不倦地奋斗才最终完成的。他说:"院内老院士、老专家们传承下来的核工业精神是激励我们奋斗不息的动力源泉。"

展望未来,寄语青年

谈到核工业的未来,王黎明睿智的目光中充满了自信和坚定:"核工业不仅仅是强国强军的需要,更是我国能源结构调整中新能源开发的需要。核事业前景光明,任务重大,我们责无旁贷要肩负起这个重任,要为实现中核梦助推中国梦而拼搏奉献。"他表示,核工业的发展不仅仅在本领域内发挥着重要作用,更带动了其他领域的发展,例如航天事业、新型材料的研发等。目前美国核相关产业的年产值在几百亿美元,这是我国核相关产业远远达不到的,但更证明了我国核事业未来发展的潜力是巨大的。我们的核事业、核科学、核技术正在逐渐拓展到其他领域,为国民经济的发展和国民生活质量的提高贡献力量。

谈到寄语青年一代，王黎明不由地回想自己的青年时代："我曾是院团委委员，是院青年科技论文写作与报告活动的发起人，激情青春岁月是我们开启新的人生征程的重要时期，我们核工业青年人充满了希望，充满了期待，相信他们会创造核工业新的辉煌。"他表示，年轻人要明确自己的目标，追求卓越。有目标，我们才知道如何努力，不然功夫没少费，结果却南辕北辙。青年人要有理想，有追求，不能总是得过且过，安于现状，只有追求卓越才能做到更上一层楼。青年人要不断充实自己，社会的发展远远快于课堂。学习，不仅仅是学专业知识，更要涉猎其他知识，因为工作中出现的需求是多样化的，只有平时多积累，潜移默化才能提高自身的整体素质。青年人还要术业有专攻，专注是必胜的法宝。青年人要耐住性子，每个行业都有低谷和巅峰，我们为之奋斗的事业是因为你们的付出和努力而迎来一个又一个辉煌，不能因一时困难而放弃希望。脚踏实地、严谨理性是年轻人应该学习和坚持的优良作风。工作成绩的好坏，很大程度上取决于态度，青年人更要养成严谨理性的科研态度。做学术讨论时是没有上下级的，不论领导还是年轻人都要本着严谨理性的原则，积极发表意见，不能迷信权威。青年人也不要想一口吃成个胖子，急功近利，要学会脚踏实地，认认真真地做好自己的本职工作。谈话中王黎明反复强调着核工业精神。"事业高于一切，责任重于一切，严细融入一切，进取成就一切"短短的24个字生动描述了60年来核工业人的精神风貌。青年工作者要谨记这24个字，更要身体力行，从我做起，从身边做起，继承和发扬老一辈核工业人的优良传统，为核事业的快速发展拼搏奉献，为实现中国梦而奋勇向前。

执着追梦，王黎明用35载的时光向世人展现了他作为核工业人不屈不挠、艰苦奋斗的核工业精神。他的每一份成功都不是一蹴而就，他依靠严谨求实的科研态度，一步一步脚踏实地、披荆斩棘、勇往直前。王黎明以身作则，以传承核工业精神为己任，这是中核梦在他身上的真实写照，在他的带领下，核理化院这支甘于奉献、勇于创新的团队在不断攀登科学高峰，为实现中核梦助推中国梦而不懈奋斗。

用信念唱响核动力之歌
——记中核集团首席专家刘承敏

首席专家刘承敏

我最初的梦想与现在的工作基本不搭调。甚至连"核动力"一词都没有听说过。但一踏入核动力领域，我就深深地爱上了它，并为之奋斗了大半生，今后也会矢志不渝。

"我最初的梦想与现在的工作基本不搭调。甚至连'核动力'一词都没有听说过。但一踏入核动力领域，我就深深地爱上了它，并为之奋斗了大半生，今后也会矢志不渝。"中核集团首席专家、核动力院副总工程师刘承敏回忆道。

青 春 作 歌

1991年夏，刚刚从哈尔滨船舶工程学院（现哈尔滨工程大学）毕业的刘承敏被分配到位于四川成都的中国核动力研究设计院。当时，对刘承敏来说，在哈尔滨也有一个很好的工作机会。一边是东北熟悉的环境、优厚的待遇；一边是陌生的西南山区、崇高的事业，面对踏入社会的第一道选择题，这位陕北青年把实现自己人生梦想的舞台定位在了中国核动力研究设计院。

中学时期，正处在中国改革开放的20世纪80年代中期，"那时候，接触的东西太少了，知识面很窄。"当时刘承敏对机械技术很感兴趣，"将来当个工程师"。他很喜欢《船舶知识》杂志，期期不落，他设想自己将来要给国家造船，造大船。由此，刘承敏报考了哈尔滨船舶工程学院柴油机专业。在学校，接触的知识更多更广，从中了解到我国舰船核动力相关知识。于是他的兴趣点很快就转移到核科学这一神秘而又神圣的领域。"为国报效，首选核动力"，刘承敏的人生梦想在大学时期开始成形。

尽管他将要面对的是一个全新的专业挑战。没有考虑多久，他还是放弃了留在哈市的另一个更熟悉、条件更优越的工作机会。"因为那个梦想。"刘承敏对这个决定加以这样的解释。

梦 想 为 伴

实现梦想的机遇在刘承敏刚到单位时就赶上了。1988年，中国核动力研究设计院在国产化秦山二期60万千瓦核电站设计上中标。1991年,刘承敏刚到单位,就赶上了核动力院全面开展秦山二期核电站设计。这是我国第一座自主设计、自主建造的商用核电站,设计工作面临着巨大挑战,没有原堆型,整个系统的设计分析、计算等等都要从零开始;国内的资料和相关标准十分缺乏,一切都要在摸索中前进。刘承敏专业不是反应堆工程,他利用全部时间以饱满的热情投入到核电设计知识的学习中,不断提升业务能力。

当时,办公设备非常落后,30多人共用一台286计算机。刘承敏和同事们轮流上机学习计算机绘图和编制计算程序。这台286几乎一天工作24小时,办公室的灯也几乎没有熄灭过。为了攻克核电设计中的难关,刘承敏不仅到大亚湾核电站进行实地调研,还去国内外设计单位学习设计知识。几年下来,他画的施工设计图就达3000多张。通过几年的实践锻炼,刘承敏这个专业上曾经的门外汉,在边学边干中已成长为专业组组长。他满腔热忱地准备在核电事业上大展拳脚。

然而,命运的进程总是令人难以捉摸。90年代初期,国家在开启核电建设的同时,先进核动力技术研发重启,工程建设转入关键时期,急需技术管理人员。

组织上希望刘承敏去。当时的情况是显而易见的,核电建设正开展得如火如荼,工作中可以经常出国,津补贴较高,对年轻人充满了吸引力,而且他在熟悉的电站设计工作中已完成了初步设计和施工设计,顺利转入安装调试阶段,在核电设计上经过一个完整的核电建造周期,对自身业务能力提升大。

很多人都不愿去。"这条线留下的都是老弱病残",刘承敏自嘲地说。

刘承敏想为年轻人起个表率作用,"干重点工程"更有前途。作为专业组组长，他毅然决定去做这个"吃力不讨好"的事。

"人生的旅程是个漫长的过程，不能太计较个人得失。""因为那个梦想。"刘承敏对这个决定仍这样解释。

信念是鸟　总在黎明前唱出希望之歌

泰戈尔说过，信念是鸟，它在黎明仍然黑暗之际，感觉到了光明，唱出了歌。

从事先进核动力技术研发工作，没有任何资料可参考借鉴，只有自主创新，没有捷径。走这条路一定要有坚定的"为国效力"的信念。这信念，犹如黎明前黑暗之路中的火花，引领着刘承敏。

使他树立如此信念的，还有周边的老一辈核动力科技工作者。可以说，老一辈核动力科技工作者的人格魅力是刘承敏坚持梦想的助燃剂。

"赵仁恺院士亲切和蔼，总喜欢跟年轻人聊天，鼓励年轻人为国奋斗""周益年总师做事严谨，科学求实""闵元佑总师乐观奉献""孙玉发院士宽阔的胸怀和战略的眼光""于俊崇院士对科学的执着、严谨"。刘承敏每每说到这些时，充满感情，"是他们鼓励了我，影响了我。现在遇到的再大的困难，与老一辈核动力科技工作者创业时遇到的困难相比都不算什么。"

自主创新，就意味着这是一条曲折、充满荆棘的道路。刘承敏充分意识这一点。从他全身心投入到重点工程的技术管理工作开始，他就被各种压力和困难不断考验着。

在重点工程建设中，现场试验调试解决问题使刘承敏承受了很大的压力。一旦设备出现异常，现场方就要求很快拿出解决办法或原因分析，不能有丝毫懈怠。一次，一设备流量出现异常情况，一直找不出原因，现场有关方面都认为是部件卡滞造成的。如果真是那样，那就是对设计方案的否定，将会造成重大甚至无可挽回的损失。尽管专业和经验告诉刘承敏，他们的判断是不成立的，但自己一时又难以拿出让人信服的理由。

经过几轮检查测量、采集现场数据、分析原因之后，刘承敏更加确认问题绝不会是部件卡滞引起的，可有关方面仍不认可。他只好多次强烈要求检查设备接线情况。

首席专家刘承敏

刘承敏对自己的专业判断有自信。有一年，一控制设备出现了问题，刘承敏清楚地认识到，该问题如果不及时解决，不仅会损伤设备，影响该项目的试验工作进度，而且会影响产品的交付。仔细分析问题出现的特点之后，刘承敏提出在该问题没有彻底解决前，暂时降低运行指标，以保证设备安全和试验进度。随后的试验和分析发现，产生问题的原因是由于元件受到外部信号干扰所致。但干扰信号从何处串入，如何引起指令信号的突变，当时很难确定。专业人员提出采取加强抗干扰能力的改造方案，他没有同意，并且要求必须找到干扰串入的器件，并在现场确认后才能实施改造。随后，经过现场仔细排查，终于找到了确切的信号串入点，确保了试验的顺利进行。

科学的判断基于深厚的专业知识基础和丰富的实践经验。显然，这一次也没有例外。原因最终找到了，是总装厂将设备电源接错，又没有按核动力院的要求进行电机转向检查，才致使设备流量出现异常。只是安装工人一个小小的疏忽，让许多人付出了艰辛的劳动。

科技创新，每一步不仅要付出艰苦的努力，还要顶住巨大的压力。一次，试验过程中有系统出现了问题，运行转换过程中工作人员探测到一项指标异常升高。刘承敏警觉地意识到，由核动力院负责设计的部分存在着泄漏的可能。此时，距产品计划交付期只有两个月时间，还有两个试验没有进行。有人开始质疑，认为核动力院的原始设计有缺陷，甚至有意识地针对该试验加强考核。面对如此紧急的情况，刘承敏顶着巨大的压力制定了详细的应对措施：一边将现场情况及下一步工作计划及时向主管院领导进行汇报，一边立即安排相关专业技术人员进行计算分析。经过分析核查，发现原设计参数均能保持，证明了设计是没有问题的。之后，再从安装阶段设备状态观察到方位判断，才确认是其他原因引起的。

找到原因后，刘承敏如释重负。马上和现场相关人员一起，夜以继日地制定改进方案、检查和修复方案、试验验证方案，最终圆满解决了这一棘手问题，保证了产品的按时交付。

梦想，这只是开始

"把职业当成事业来看待时，你就能多些坚持，成就梦想了。"面对诸多困难，刘承敏很坦然。

他说："要把职业当成事业，这也是成就梦想的一个前提。随着年龄、知识的增长，能够在工作中迸发出活力和斗志。尤其在个人得失上，便不会像商人一样过多地计较。把个人的梦想与国家的梦想融合，才能目标清晰，工作起来就会有激情，就会对自己的工作充满自豪。"

最让刘承敏自豪的事情是在重大技术问题上的担当。

重点工程建设中出现问题时，上级要求立即决策，压力特别大。

特别是一次工程现场实验出现问题，需要迅速作出技术决策。情况紧急，如果停止实验，就意味着各方精心准备、耗费大量人力财力的实验宣告失败，将对国家造成无可挽回的损失；如果继续实验，将承担实验不当，出现更大问题的可能，后果将不堪设想。当时刘承敏身在基地，如果"聪明"一点的话，可以推托因不在现场，无法决策，但刘承敏顶住压力，通过简短的电话询问后，他勇于担当，凭借着深厚的技术基础和工程实践经验决策了处理技术方案，圆满完成了任务。"一切为了国家利益，在遇到问题时，我们首先想到的是解决问题，而不是回避和推诿。"事后多年，刘承敏总结道。

记得一位哲人说过，如果一个人能够把工作当成事业来做，那么他就成功了一半。

2005年，刘承敏荣立一等功。

2006年，被评为国防科技工业"511人才工程"学术技术带头人。

2007年3月1日，刘承敏受中共中央办公厅邀请，出席中央在人民大会堂举行的元宵节联欢晚会，受到国家领导人的接见。

春华秋实，潮涨潮落。转眼刘承敏在核动力事业的奋斗中已经度过了23个春秋。

随着国家科研单位的分配体制不断完善，越来越多的年轻人加入先进核动力技术研发的队伍中来。"我在事业上取得的成绩，离不了团队。"刘承敏认为，他们从事的是利国利民的大事业，有一个漫长的过程，在这里面团队的作用更突出。正是有着一帮从事核动力技术研究科技工作者的共同努力，才取得了现在的成绩。

2014年9月，坐落在成都的国家核动力研发基地的刘承敏办公室，阳光从宽阔明亮的落地窗洒进，铺满办公桌，金灿灿的。回顾过去，着眼现在，展望未来。谈到核动力事业，作为中核集团首家专家的刘承敏充满自信："我们现在的发展条件越来越好，我们的事业后继有人。"

刘承敏认为，梦想是分阶段的，早年求学时期的工程师的梦想早已实现；从事先进核动力技术研究的梦想也已达成。

"梦想也是随着20多年的成长在逐步转变"，刘承敏说，把我国的核动力发展到世界先进水平。要实现这个梦想，至少还要两代人为之付出艰辛的努力。

用核动力技术造福全社会，对于刘承敏来说，这是他梦想的再次启航。

研制中国自己的核燃料组件
——记中核集团核燃料元件技术首席专家焦拥军

首席专家焦拥军

凡事量力而行，踏踏实实做好自己的事情就行，洒脱、执着，对生活拥有一份宝贵的乐观和平常心。

温文尔雅，平易近人，脸上始终挂着笑容，没有丝毫架子，再忙再累也绝不影响工作质量，这就是中核集团最年轻的首席专家、集团重点科技专项"压水堆燃料元件设计制造技术"项目总设计师焦拥军，大家都很亲切地称他为焦总。

　　焦拥军，山西运城人，1993年毕业于哈尔滨船舶工程学院（现哈尔滨工程大学），同年进入中国核动力研究设计院设计所工作，先后任中国核动力研究设计院设计所反应堆结构设计研究室副主任，设计所换料技术中心副主任、主任，2010年获批成为中核集团核燃料元件技术领域的首席专家，任集团重点科技专项"压水堆燃料元件设计制造技术"（简称CF）总设计师。

青春抱负，为中国核事业铿锵前行

　　焦总说自己进入核领域完全是一个意外，中学时期自己的梦想是当一名光荣的人民警察，但命运的安排却让他上了哈尔滨船舶工程学院核工程专业。随着大学期间对核科学知识的不断学习，焦总对于核工程的兴趣愈发浓厚，在不知不觉中对核工业领域产生了深厚的感情。当时中国核电技术刚刚起步，一切都需要从头开始，国外技术封锁，国内专业人员又十分紧缺，想要发展自己的核电技术困难重重。但从国家的长远发展而言，核电又是我们的必然选择，在这样艰巨紧迫的环境下，焦总暗暗立誓：一定要认真学习专业技能，为中国早日拥有自己的核电技术贡献力量！正因拥有这种信念，他认真学习每一门专业课程，并广泛涉猎相关知识。同时，他也善于思考，深知"学而不思则罔，思而不学则殆"的道理，总是将思考和学习相互融合起来，出色地完成了自己的大学学业，也为今后的工作打下了坚实的基础。

　　1993年大学毕业后，焦总进入中国核动力研究设计院工作，从参加工作的第一天起，他就迈开了奋斗的脚步，铿锵前行，从无懈怠。满怀着"报效祖国，为中国核事业奋斗终生"的抱负一头扎进繁重而艰巨的工作任务之中，开始了自己的"核动力人"生涯。

落后就要挨打，必须发展属于自己的燃料组件

正当焦总满怀热忱准备在核电站换料事业上大显身手时，上级部门突然通知他，因国家核电自主发展的需要，要求他担任 CF 项目总设计师，牵头研发中国自主品牌的燃料组件。

自主品牌燃料组件研发之路无疑是一块难啃的硬骨头，但焦总毫不犹豫地听从组织安排，承担起了这一使命。因为他心里清楚，他所选择的事业，关系着中国自主燃料设计的希望。

当谈及为什么一定要发展自己的燃料组件时，焦总讲了两个亲身经历的事情：一件是 2008 年，在大亚湾参加的一个有关 AFA3G 燃料组件改进型格架会议。当时国内格架完全依靠从法国进口，会上法方代表在介绍完最新格架性能后，就直接很傲慢地表示暂时不向中方提供性能优良的改进型格架，将继续提供库存老格架。焦总问其原因，得到的答复竟然是："我们厂里库存量那么大，这些格架不给你们使用还能给谁。"这件事情深深地刺激了焦总。他切身体会到受制于人的滋味，感受到了"没有自主知识产权的燃料组件，我们就要处处受制于人，更谈不上在国际市场上竞争"的道理。这件事情焦总牢牢地记在心底，将其化成了为我国自主研发燃料组件的强大动力。这件事多年来一直激励着他奋斗在研制第一线，忘我地工作。

另一件事情是 2003 年韩国学者来中国核动力院进行有关燃料技术信息交流，当时我们与韩国都准备研究自主知识产权的燃料组件。时隔 5 年，该韩国专家再次来访介绍他们研制的新型燃料组件入堆辐照考验情况时，我们的燃料组件却因为种种原因，不能进入实质性实施阶段。当

对方问及我们的研究进度时，我们的领导只能很尴尬说道："Our plan is still on the papers."这件事情也深深刺激了焦总。他常常对同事们说："我们不能给自己找任何退缩的借口，别人能够做成的事情我们为什么就不能成功？"正因为有过这样的经历，每当项目面临困难时，焦总从不泄气，总能乐观地面对困难，并积极想办法解决。

最自豪的事情：CF系列先导燃料组件顺利入堆

2010年，焦总担任了中核集团核燃料元件技术领域的首席专家，同时又是集团重点科技专项"压水堆燃料元件设计制造技术"项目总设计师，此时他的目标更加清晰了，那就是带领项目团队研制出具有自主知识产权的CF系列燃料组件。

集团首席专家及项目总设计师不仅仅是一份荣耀和职务，更多的则是一份责任和担当，承担着实现中国核电燃料组件自主化设计和制造的艰巨任务，承载着几代燃料设计研究者的期望，这是一项同时拥有开拓性、紧迫性、挑战性的工作。任务繁重，责任重大，时间紧张，技术难度高，作为项目的总设计师，他必须面对各种困难，积极组织各参研单位，制订详细的工作计划，充分调动广大科研人员的积极性，认真开展设计研究。摆在他面前的是一条不能后退的路，是一条遍布荆棘的路，稍不留神就会跌倒，"只能成功，不能失败"是他对自己的要求，同时也是对中国核电燃料事业的承诺。

面对技术成熟度高、市场接受度广的美国、法国系列燃料组件，如何在其技术体系中突破知识产权的重重壁垒，创新性地设计出可与之并肩的CF系列燃料组件，是焦总始终冥思苦想的难题。为了按期实现专项的阶段目标，他的身影时常出现在原材料的铸锭车间、机加工的制造厂房、高低错落的试验台架和池边检查的核电厂房。在项目总结会上，时常可见焦总认真汇报和仔细分析，说到研制的

首席专家焦拥军在会议上

困难和付出的努力时，他黯然泪下；说到取得的成功时，他神采飞扬又不失谦虚；说到未来的任务时，他语气坚定，充满信心。经过广大科研人员的共同努力，2012年6月，两组N36特征化燃料组件入商用堆辐照。2013年6月，CF2辐照考验组件入商用堆辐照，这是我国自主设计的压水堆燃料组件首次入大型商用堆考验。2014年7月，四组CF3先导组件进入随堆运行考验阶段，这是我国核燃料技术自主研发进程中又一个重要里程碑节点。焦总和他带领的科研团队，以脚踏实地的辛勤工作，倾力打造属于中国的核能芯，顺利完成了CF系列燃料组件研发任务。面对着骄人的成绩，焦总显得很谦虚，他说："CF系列燃料组件的顺利入堆应归功于整个项目团队，成绩的取得离不开集团公司总体协调、中国核燃料有限公司的有力组织、各个参研单位的精诚合作和一线科研生产人员的勤勉工作。要感谢关心、帮助和支持专项工作的所有领导和同志。"

以身作则，为人师表

一方面是中核集团燃料专家、CF项目总设计师，另一方面也是换料技术中心主任，工作任务之繁忙不言而喻。为了培养出更多优秀的燃料设计人才，焦总还承担了研究生导师职务，同时指导着多名博士、硕士研究生。不管有多么忙，焦总总是想方设法出色完成自己的任务，印象很深的是他说过这样一句话："永远不做临阵退缩的兵，要么就不要接受任务，接受了任务就必须保质保量完成。"这是一句朴实无华的话语，是他个人工作态度真实写照。由于工作需要，他出差特别多，但作为项目总设计师，他需要审阅大量的技术文件和图纸，为了按时保质完成任务，他总是利用周末时间加班，熟悉焦总的人都戏称他是"7天工作制"。

作为研究生导师，焦总非常注重研究生的培养，他经常组织学生进行学术问题讨论，了解课题进展以及遇到的问题，并提出建设性意见和下一步工作的方向；对学生要求严格，每篇毕业论文、学术论文都仔细琢磨，反复修改。焦总的学生们说起焦总的时候，无不深有感触："焦老师的专业功底扎实，视野开阔，善于发掘专业领域热点问题，尤为重视科研方法与态度的培养。"焦总为人师表，勤奋、严谨的态度深深地影响着每一位学生。

向老专家看齐：好好学好一门技术，踏踏实实干一辈子

在与焦总的谈话中，我们得知工作中对他影响最大的人是燃料元件专家张凤林、田盛、张世权等老前辈。老一辈的那种默默无闻、甘愿奉献的精神深深感染了焦总。焦总谈到这些老专家时，言语中充满了敬佩之意。老专家们大学毕业之后就一直从事燃料设计工作，一干就是四五十年，现在都已经是70多岁的高龄，但仍然坚守在工作岗位上。尽管已经退休多年，但对工作仍然一丝不苟，尽心尽力，

不计报酬。他们把自己的一生都奉献给了祖国的核燃料事业，无怨无悔。焦总坦言，他自己时常被老一代人的那种踏实、严谨、默默奉献的精神所深深感染。焦总说："在当今社会，我们相对缺少的便是这种沉下心来认真做好一件事情的心态，像这些老专家们在组里一干就是一辈子，默默地奉献着自己的力量，这些都是值得我们学习的地方。"

寄语青年核工业者：坚持学习，好好生活

谈到对青年核工业人的寄语时，焦总说主要有两点：一是要坚持学习，对于年轻人应该在工作中坚持不断地学习知识，要能够认真地对待每一次学习的机会，千万不要白白浪费了珍贵的学习机会，等到最后需要的时候才后悔自己当初没有认真学习。

焦总的另一个建议是：好好生活，要保证工作、生活两不误。焦总希望青年一代能够在生活好的同时再努力工作，不能抛弃生活幸福而去谈工作，这两者需要有机地融合起来。只有这样，才能够提升青年一代的工作积极性，才能够更好地为祖国的发展贡献力量。

焦总很忙，但是面对忙碌的工作他总能够乐观面对，焦总常说工作需要调节，工作之余他会打打篮球，也喜欢看NBA，逛超市也是焦总的爱好之一。"顺其自然，稍加努力"是焦总对自己的评价。他坦言自己没有什么太大的追求，凡事量力而行，踏踏实实做好自己的事情就行。洒脱、执着，对生活、对工作拥有一份宝贵的乐观和平常心，这就是我们的焦总，中核集团最年轻的首席专家焦拥军。

一世真情　痴心核武器事业
——记中国工程物理研究院乔怡研究员

乔怡研究员

电子学跟中物院里面别的学科如力学、原子物理等比起来要特殊一些，就是它更新换代特别快。这就要求我们搞电子的人要保持一种创新不停步，活到老、学到老、干到老的心态。

同乔怡老人做访谈非常轻松，这位已届耄耋之年的老人思维依旧非常敏锐活跃，兴致勃勃忆起半个多世纪前那些往事，对于许多人名地名，甚至工作的细节，他都如数家珍，字里行间充满了对事业的怀念与热爱；而对于现在的事业发展、技术水平，他也尤为关心，频频询问，更让我们深切感受到他50年如一日，为核武器事业痴心付出的一腔真情。

到最艰苦的地方去

乔怡出生在河南省济源市，这里是传说中"愚公"的故里。在他的身上，也带了那方水土所特有的"愚公"般坚韧不拔的精神。他抱着"人生在世，事业为重，一息尚存，绝不松劲"的责任感和使命感，默默无闻、兢兢业业地在国家核武器事业上辛勤奋斗了38个春秋。从当年的血气方刚，到如今的白发苍苍，他用自己的青春和热血谱写了一曲无声的奉献之歌。

1958年，24岁的乔怡以优异的成绩从清华大学机电系毕业。那个时候，大学生毕业时要填一张志愿表，表明自己愿意到哪工作。这个从农村走出来的纯朴小伙子，想着百废待兴的祖国，想着这一身国家给予的学识，毫不犹豫地写下了"到最艰苦的地方去"几个大字。后来他被分配到了二机部九局（中国工程物理研究院的前身，简称九院、中物院）。从此，他的命运就与共和国神圣的核武器事业紧紧地联系在一起。

刚进九院的时候，整个核武器研制事业都是从零开始，乔怡他们一帮刚毕业的大学生，平时一边到北京市花园路二机部北京第九研究所的工地干活，自己建工作楼，一边拼命学习相关知识，极累极苦，但大家都有种"的确到了最艰苦地方"的得其所哉之感，从不以为苦。从1964年开始，因为第一颗原子弹试验要求，九院的主体工作从北京全部迁移至青海省海晏县金银滩草原二二一厂。乔怡也开始了从繁华都市，到辽阔草原、茫茫戈壁，再到莽莽山岭，最终集聚中国绵阳科技城的辗转，从此这一生作别繁华，远离都市，历经变迁与磨难，依旧痴心不改。

没有迈不过的坎

我们问乔老遇到的最大困难是什么。老人沉思半晌，说："要说工作上，所有的困难，都不是困难。当时的情形，就是必须要把这个东西搞出来，没有迈不过去的坎儿。"

事实上，核武器研制之初，几乎可以说是困难如山。1959年6月，苏联悍然撕毁协议，撤走了专家，对于当时的九院来说，简直就是两眼一抹黑，全部都要自己来。国家也全力支持，要人给人，要物给物。乔怡至今还记得，自己向组织推荐了清华的

乔怡研究员

两位骨干老师，没两天老师就来了。这种毫无保留的信任与支持，也让年轻的乔怡更加激发起攻坚克难、奋勇向前的豪情。

乔怡从事的是核武器电子学研究，主攻方向是核弹的引爆控制系统和地面测试设备研究。引控系统的安全可靠性直接决定着试验成功与否，是最受关注的部件之一，这让乔怡深感责任重大。他带着一帮人，憋着劲开始了艰苦的研发。没有成路可循，就自己拼命查资料，连资料都没有的，就凭着已有知识来推演、模拟，一轮轮

地学习、思考、讨论、验证，走不通了就学，走通了接着前行，一个一个坎儿地迈。那时，大家根本没有加班的概念，基本上就是除了吃饭和睡觉的时间之外，统统都是工作时间。就这样从最广泛的学习中逐渐提炼出最要紧的东西，摸索出最正确的道路。他与同志们夜以继日地奋战了一年多，研制出的引控系统和地测设备成功用于我国第一次原子弹空投试验。

乔怡研究员在查阅资料

然而，乔怡并没有因为一次试验成功就沾沾自喜、停步不前。他认为，电子领域的发展极为迅捷，不断引入更新、更可靠的技术应该是核武器电子学的发展趋势。在以后的地测设备研制过程中，他又提出了新的测量装置方案。经过几年攻关，他们终于研制出采用数字化延时显示的测试车和地测设备，用更加直观精确的显示方式替代了原有的示波器显示。从此，这套设备历经数次国家重大试验都圆满地完成了测试任务。

科学研究没有平坦的大道，只有不畏劳苦，沿着陡峭山路攀登的人，才有希望到达光辉的顶点。是的，"没有迈不过去的坎儿"，就是凭着这样的毅力，乔怡把那些艰难与崎岖都踩到了脚下。

创新永不止步

乔怡常说:"电子学跟中物院里面别的学科如力学、原子物理等比起来要特殊一些,就是它更新换代特别快。这就要求我们搞电子的人要保持一种创新不停步,活到老、学到老、干到老的心态。"

乔怡在工作中特别关注新技术的发展,从最早使用的电子管、晶体管电路这些模拟电路,到后来的小规模集成电路、大规模数字电路,再到单片机技术,这些变迁他都步步紧跟,而且力争走在前面。当然,每一次更新都会碰到很多困难,但乔怡就靠着坚持不懈的学习,而且是自己率先学习,再进行知识传授,让引控系统和地测设备的研制水平不断提升。

在计算机技术迅猛发展的20世纪80年代,乔怡深深地认识到,小规模集成电路的地测设备虽然比以往前进了一大步,但从体积和适应性方面来讲,还远远不能满足国防现代化的需要。当时地测设备的发展方向是什么?各方看法不一。在这种情况下,他综观世界先进技术发展潮流,提出了研制微机化地测设备的方案。此方案技术虽然先进,但难度非常大,他便主动请缨,承担了整个研制过程中最为关键、最为重要的全部软件的编制工作。他废寝忘食,潜心钻研,苦干了近一年,攻克了一道又一道技术难关,终于研制出了具有精度高、适应性强、通用性好的微机地测软件,使地测设备更加简化、更易于操作。此项研究成果获得了国防科技进步奖和国家科技进步奖,使我国核试验地测技术又上了一个新台阶。

1993年,乔怡离开科研室到所科技委担任副主任时,就把凝结着自己10几年心血的地测系统微机软件程序打印成册,装订完好,大约5厘米厚,全部移交给了年轻人。还将自己的设计思路、清单、技巧以及软件的修改、改进都一一地传授给他们,希望他们以此为基础，把创新这条路一直走下去。

就是这样几十年如一日呕心沥血地投入到科研工作，乔怡作为方案制订者和主要设计师，直接领导和参与研制了我国多代地测设备，他所确立的地测设备研制思想在今天依旧具有极高的参考价值。他也成为1991年全国"五一劳动奖章"获得者，多次被授予核工业部、四川省"劳动模范"和院所"优秀共产党员"称号。

而这些，乔怡都看得很淡、很淡。交谈中，他最关心的依然是现在地测设备使用了哪些新技术，引控系统有没有拓展新的发展方向。80岁老人的眼眸充满了深邃与智慧，闪烁着对祖国和事业一世不移的挚爱与拳拳之情。

在时代的赛道里
加速 极致 宽广
——记国家千人计划特邀专家吴郁龙

国家千人计划特邀专家吴郁龙

面对激烈的竞争，我能做的就是油门一踩，只想比别人更快。

上个世纪九十年代初，风靡全国的电视剧《北京人在纽约》里有一句经典的台词："如果你爱他，就把他送到纽约，因为那里是天堂；如果你恨他，就把他送到纽约，因为那里是地狱。"那个年代，美国是许多中国年轻人向往和追逐梦想的地方，吴郁龙也不例外。1989年，吴郁龙完成清华大学本科和研究生学业，在攻读热能工程专业博士期间，获得了罗伯特·格里斯奖学金赴美留学。

正如那句经典的台词一样，身在美国的吴郁龙，看到了纽约"天堂"的一面，也瞥见了纽约灰暗的一角。2001年美国发生"9·11"事件时，吴郁龙所经营的公司就处在华尔街，他亲眼看到飞机撞击纽约世贸中心后整个华尔街的面貌，感觉像个"坟场"，气氛很压抑。2002年，吴郁龙的外婆病重，他回国看望老人家。阔别13年后，再次回到祖国，吴郁龙惊叹于中国的变化之大。那一刻，他开始重新审视自己的人生与梦想。吴郁龙的那颗去美国追梦的心，在历经世事后，腾升起另外的一个心愿："清华大学培养了我十年，该是时候回来为祖国做点事情了。"恰好，2003年，清华大学自主研发的10兆瓦高温气冷实验堆建成发电，清华大学和中国核工业建设集团联合组建了中核能源科技有限公司，以合作推进高温气冷堆技术的产业化。当时，清华大学邀请吴郁龙回国担任这家新公司的总经理。于是，吴郁龙毅然放弃了在美国的成功事业，回国开始投入推进先进核能技术产业化的工作。

清华就像一个赛场，我只想比别人更快

我们习惯性地会把一个人的理想跟他的童年关联起来，似乎每一个中国的孩子都应该在小学阶段写过《我的梦想》这样一篇作文。然而，对于经历过"文革"的吴郁龙而言，他们那代人的理想应该始于1978年之后。

吴郁龙出生在上海的一个普通工人家庭，父母对他并没有过高的要求，只希望他能老老实实做人，踏踏实实做事。他中小学阶段赶上"文革"，在那个年代，很难去专心读书。恢复高考后，社会上流行着一句话："学好数理化，走遍天下都不怕。"吴郁龙的父母也从小就跟他讲："良田万亩不如一技在身"。那时，吴郁龙的心里梦想着将来当一位工程师。于是，他报考了"中国工程师的摇篮"——清华大学。

吴郁龙说，1979年他考入清华大学热能工程系时，他还并不确切地知道这个专业到底是干什么的。刚进清华大学不久，时任国家经委燃动局局长的朱镕基曾到清华大学演讲。朱镕基在讲话时强调了能源的重要性。煤炭和电力供应短缺是我国许多地区经济社会发展的突出瓶颈，而热能工程专业正好能够帮助解决实际问题。

走进清华园，是吴郁龙一生的重大转变。从那时起，清华不仅点燃了他对未来的梦想，还开启了他整个人生的加速赛。用吴郁龙自己的话讲："上了清华，就像进了赛场，面对激烈的竞争，我能做的就是油门一踩，只想比别人跑得更快。"

竞争，是清华大学留给吴郁龙最深刻、最真切的感受。吴郁龙从小就喜欢读书，虽然"文革"期间并没有多少书可读，但他还是找机会把能读到的书都读了个遍。吴郁龙"懵懵懂懂"地考上了清华，可当他走进清华校园后才发现，优秀的同学实在太多了。这种优秀，不仅仅是学习成绩，还包括见识志向、兴趣专长、言行举止等等一切。面对优秀、更优秀，他只能加速、再加速。那时候，整个宿舍的同学都在比谁起得更早。在吴郁龙的记忆里，每日早上6点广播新闻之前，宿舍里已经没有人了。而晚上，大家为了能多一点时间读书，直至宿舍熄灯后才借着楼道里微弱的灯光去洗漱。在清华园的赛场上，大家拼学习时间、学习效率、学习方法，想方设法地给自己加速。在清华园的 10 年里,吴郁龙就像海绵吸水一样,拼命地吸收科学知识。

除了竞争,清华大学留给吴郁龙的第二个感受便是热爱。吴郁龙说,在清华大学读书的 10 年里,最令他感动的是老师们对专业的热爱、对学生的热爱。烙在吴郁龙记忆最深处的一件事情,时至今日他再回忆起来依然温暖如故。那是一个炎热暑假的响午,吴郁龙和同学们正在午休,教他普通物理大课的老师推门而入,大声地问宿舍同学谁是吴郁龙。得知是因为自己那个学期的普通物理考试得了满分,老师竟然顶着烈日骑着自行车亲自到学生宿舍来祝贺、鼓励他,吴郁龙的心里无比的激动和温暖。老师如此热爱他的专业、热爱他的学生,吴郁龙至今都充满感激。

本科毕业后,吴郁龙顺利地考取了研究生。幸运的是,他的研究生、博士生导师,是我国著名的热工教育家、工程热物理学科的开拓者和传热学的学术带头人王补宣院士。上研究生以后,吴郁龙撰写的第一篇论文,王老师就亲自逐字逐句地给修改了 3 遍,当吴郁龙拿到老师改过的文稿时,密密麻麻的批注和修改意见已经让这篇论文"面目全非"了。如果说大学本科阶段培养了吴郁龙对专业知识的渴望与热爱,那么研究生与博士生阶段,在王补宣院士身边耳濡目染,则让吴郁龙受到了老师潜移默化的巨大而深远的影响。老师严谨、认真、负责的治学育人态度,让吴郁龙开始真正明白了该如何做科研、如何做学问、如何做人。

在美国:任何事情都要做到极致

1989 年,吴郁龙怀揣着他的梦想与一百美金,踏上了去往美国的征途。到了纽约机场已是晚上,没有人去接他,晚上住在哪里也不知道。最后他在机场附近的一个小旅馆住下,花掉了他身上一半的美金。如果不赶快安顿好自己，他就会身无分文。从那刻起，他意识到在美国一切都要靠自己。

在纽约城市大学，吴郁龙又是幸运的一个。他的导师 Sheldon Weinbaum 教授，是现在全世界 8 位身居美国三院（科学院、工程院、医学院）院士的著名科学家之一。刚到纽约城市大学不久，正值他的一位师兄进行博士论文答辩。师兄的论文是有关线性一次方模型的，导师就让他在师兄的论文基础上再进一步做个论文。于是，他满怀信心的将论文题目确定为线性二次方模型。结果导师对此并不满意。吴郁龙不解。他的师兄告诉他，老师不是让他再做线性二次方模型，而是希望他能做线性无限次方模型。后来，导师跟他讲，做科学研究，别人已经走出了第一步，你的目标就不是要紧跟着别人去走第二步，你要做的是，尽你所能地往前走出很多步，任何事情要做就要做到极致。这给吴郁龙上了印象极深的一课。

导师给他上的第二课，是告诉他做事情要想做到极致，首先要做到专业。最初在实验室里做实验，吴郁龙喜欢亲自动手去制作各种东西，一些需要购买的专业设备，他都能够一个一个自己做出来。导师问他："这些东西都可以去买，为什么你要自己做？"吴郁龙回答："自己做可以锻炼自己，还可以节约费用。"结果，导师并没有表扬他，而是告诉他："这个世界，任何存在皆有理由。你把别人该做的事情都做了，那别人做什么？何况，你做的并不见得就比别人的更好多少，你为什么不把别人做得最好的东西直接买来，省出时间专注于你的专业呢？每个行业都有它本身存在的理由，每个事物也都有它自身发展的规律。只有专注于自己所在专业的规律，才能将其做到极致。"

吴郁龙在美国纽约城市大学顺利拿到了流体和工程传热学专业的博士、并同时辅修取得了计算机硕士学位。之后，就开始了在美国长达十余年的职业经历，他从项目负责人一步一步做起，直到成为企业高管。吴郁龙先后担任过美国麦迪射流技术有限公司高级研究员和项目经理，美国通用信息技术有限公司副董事长和执行副总裁，美国全通企业有限公司董事长、总裁，积累了丰富的国际经验。

在职业生涯的历程中，也有着许多让吴郁龙念念不忘的故事。在美国刚开始工作时，吴郁龙得到了这家公司的一位常务副总裁的业务指导和鼓励帮助。后来吴郁龙离开这家公司自己要创办企业的时候，这位老板竟然慷慨地赠送给他一整套企业管理制度。他跟吴郁龙讲："你知道我为什么会亲自带你吗？不是因为你比别人更聪明、你的业务比别人更厉害，而是因为你的勤奋。我观察了你很久，公司里每天晚上走得最晚的人有两个，一个是我，另一个就是你。我在你的身上看到了我自己年轻时候的影子。你的努力打动了我，所以我愿意帮你。"

应召回国，将高温气冷堆产业化

在美国的十余年间，吴郁龙收获了学业、知识，两种文化的交融也培养了他的世界眼光。而且，他也创造了事业上的一片天地，在华尔街拥有自己的公司，是很多美国知名企业的供应商，这是令很多人无比羡慕的人生状态。然而当他2002年再次踏上中国土地之时，他的梦想开始悄悄地发生着改变。吴郁龙觉得是时候回来为祖国和母校清华做一点事情了。

吴郁龙年轻时骨子里不服输、追求极致的那股拼劲儿，令他的梦想在人到中年后溢出原本的堤岸，流向更宽广的地方。他开始意识到，梦想，不仅仅关系个人，还应该关系到国家；梦想，不仅仅关乎现实，还应该关乎未来与远方。于是，当他接到回国邀请后，并没有过多的顾虑和不舍，他决定回到中国，担任中核能源科技有限公司的总经理，推动高温气冷堆技术实现产业化。

高温气冷堆是由清华大学自主研发的具有第四代技术特征的先进核能技术，它具有固有安全性，它的设计方案保证在任何事故下，不借助能动安全系统，燃料元件温度不超过设计限值，不会发生堆芯熔化和放射性大量释放的严重后果。2006年，高温气冷堆被确定为国家科技重大专项。中核能源科技有限公司是该重大专项的牵头实施单位之一和工程实施主体，是高温气冷堆示范工程的核岛及其辅助设施的设计、采购、建造总承包商。高温气冷堆示范工程是这家公司成立11年来第一个开工建设的核电项目，2017年建成后，中国将成为世界首个建成高温气冷堆商业示范电站的国家。

中核能源科技有限公司成立时，核心团队只有7个人，发展可依托的资源有限，可以说是"百业待兴"。而吴郁龙就是在这样一张"白纸"上开始绘制公司的未来发展图景的。经过11年的发展，公司从最初的注册资本1个亿到现在身价翻了几十倍，公司的管理水平、人才队伍、工程总承包能力等都已经提高到了新的水平。"他的作用是无可取代的。"中核能源科技有限公司的员工这样评价吴郁龙的作用。

"这就好像做衣服。要是之前已经有人做过，你照葫芦画瓢就行；但是现在你得自己动手做一件出来，没有经验和先例可循，这就难了。"吴郁龙发挥自己融合东西方两种文化和多年国际化资源与经验积累的优势，推动高温气冷堆产业化工作不断创新。清华大学与中国核工业建设集团、中国华能集团、中国广核集团等国内的众多企业集团合作，建立起了产学研结合的创新体系。在这一体系中，吴郁龙积极带领中核能源科技有限公司发挥企业主体作用，促进了产学研各方的融合与紧密协作。"清华的理念好、技术先进，但与市场对接却并不是长项。企业的主体作用就在于能够为清华的技术与市场的需求之间搭建起一座有效的桥梁，并且通过资源要素的集成整合，把实验室里的技术转化成为客户需要的产品。"这也正是产学研结合体制的优势。与建设高温气冷堆示范工程一样，高温气冷堆产业化的体制创新同样没有什么先例可循。吴郁龙与他的合作团队共同理顺了这一机制，将企业和高校科研团队拧成了一股绳。

吴郁龙还专注于推动高温气冷堆技术的工程转化研究。从公司成立到示范工程开工建设的近十年时间里，中核能源科技有限公司在国家科技重大专项的支持下进行了大量的科研工作，先后承担了十余项重大专项科研课题，并且取得了一系列显著成果。比如，他们自主开发的高温气冷堆三维协同设计平台，已经成为用信息化手段支撑核电站综合布置等设计工作的重要工具；他们完成了高温气冷堆典型系统的模块化设计方案，"简单来说，我们能像搭积木一样拼接式组建核电站，这种模块化设计和建造的方法，能够大幅缩短高温气冷堆核电站的建造周期，同时降低建设成本。"

吴郁龙在清华大学学习了 10 年，在美国学习工作了 14 年，从美国回国到今天又已经 11 年了。2006 年，吴郁龙获得了"中国政府友谊奖"。2010 年，吴郁龙还获选为国家"千人计划"特聘专家。这些光环的背后，是他对事业的付出和贡献。这些光环，也丝毫没有减少他对工作的专注。吴郁龙回国后多年的努力现在都凝结在了高温气冷堆示范工程上。"全世界都在看。"吴郁龙信心十足地说，"这项先进核能技术在我国率先实现产业化，我们在该领域就能够继续保持世界领先水平。下一步，我们还将把高温气冷堆推向国际市场。以后用它来发电、炼油甚至制氢，前途无量。"

科学与务实

空谈误国，实干兴邦。科学与务实，就像是马车的两个车轮，是奋斗者的根基，在通往成功路上留下两道深深的车辙。老一辈科学家们不吹嘘，不浮躁，不慕名利，求真务实，默默地为实现"中国梦"铺就了一条通往美好未来的康庄大道。

不做唯一　要做第一
——中国科学院陈子元院士口述实录

陈子元院士

核技术应用是我国现代科学技术的重要组成部分，也是我国国防科研的重要组成部分，还是我国经济和社会发展的重要组成部分，所以我呼吁国家各个层面在未来应该多给予这门学科的重视。

我的祖籍在宁波，祖父在当地做些小生意，家境贫寒，然而宁波有个好乡俗，那就是再穷也不穷教育，所以祖父一直供父亲读书到小学毕业，父亲成绩好，县里会考得到第一。后来，父亲去了上海，在那里教小学生，同时补读中学，自学英文。再后来，父亲因英文好去了一家外商公司当职员，跟着一个做毛纺织的瑞典工程师学艺，成为上海第一个建厂生产骆驼绒的爱国实业家。但好景不长，1937年父亲的工厂被日本人占领，父亲又不肯与日本人合作，后来就到上海大夏大学读书，家里人口众多，经济很快便窘迫起来，父亲依然是教育为上的原则，供我读书。

我是家里的长子，所以父亲为我取名子元。小时候，我很调皮，不是很爱学习，我喜欢把家里的东西都拆开玩，记得有一次我把家里的留声机拆掉了。小学、初中我的成绩都一般，但我中学阶段连着跳了两级，到了大学后期成绩就好了起来，都是班上第一。那个时候我最喜欢的是化学专业，觉得化学千变万化，很有意思。另外，那个时候在上海，学化学专业的学生大学毕业后容易找到工作，我是家里长子，想早早毕业后挣钱贴补家里，所以我上大学就选择了化学专业。在我们那个时代里，我还有一种"科学救国"的理想，要想学好本领，为国为民。同时，我一直以来有一种想法，就是做任何事情，尤其是对待学业的态度："不做唯一，要做第一。"这种做事的态度伴随我一生，包括之后工作中我对待核农学事业。

1944年，我从上海大夏大学化学系毕业，进入上海四维化学农场，跟随匈牙利籍植物生理学家蔡古从事无土栽培番茄试验。当时中国农村还没有种番茄，要从东南亚进口。1946年初，我回到大夏大学化学系教书，1953年院系调整时调入浙江农学院，没想到，这一调就待了一辈子。1960年，浙江农学院改名为浙江农业大学，

1998年浙江农业大学并入浙江大学。我人生中的第一个转折是在1958年。1956年，我国第一个12年科学发展规划《1956—1967年科学技术发展远景规划》制定，原子能和平利用被列为应用发展项目之一，原子能在农业上的应用随即被提上议事日程。我被浙江省选派到上海参加原子能和平利用讲习班，讲课的教师都是苏联专家，讲习班分设10个专题组，我被分在同位素农业应用组并担任组长。两个月的培训结束，我回到学校受命组建我国农业高校第一个放射性同位素实验室。

当时困难很大，实验室组建后，条件简陋，实验仪器短缺，实验室没有任何经验可循，只能边建设边工作，边开展科研，边培养人才。当时没有测量放射性的计数管，在中国科学院领导的支持下，我们获得了放射性计数管。学校同时还派两名老师去北京将放射源取回来。他们将放射源放在一个铅罐里，再将铅罐放在一只提桶里，上下左右填满沙子随身携带，乘火车回到学校。这仅有的放射源对我们的研究实验起到关键的作用。但那个时候，我们在这个学科领域里还没有摸索到一个明确的方向。经过两年多的工作，虽然得到一些研究结果，但在农业生产上实用意义不大。因而有的同志产生了动摇，不想再搞下去，又回到原来的教学岗位。对此，我作了冷静的思考，认识到必须充分考虑同位素科研工作的特点，找出一个能促进农业生产有价值的研究课题。

20世纪60年代，农药的广泛应用虽然减轻了病虫害造成的损失，使粮食增产，但大量使用农药也导致农作物产品的污染，农药残留导致人畜中毒事件时有发生。如何减少农药污染？使用农药必须有安全标准。而制定标准，就必须搞清楚农药在作物体及周边环境中的动态、数量、质量的变化。这个时候，我将研究方向定位于将同位素技术应用到农业科学和环境科学上。那个时候，可

陈子元院士在查阅资料

以说我有了科学梦想，而且很具体。也是从那个时候，我下定决心一辈子要从事核农学的研究。要获取农药残留的所有信息，就必须对农药从农作物生长、收获、储存到进入人体的全过程进行了解；而要跟踪全过程，就必须给农药做上标记，于是，我开始了放射性同位素标记农药的合成研究。因为我大学是学化学的，所以正好用上了我老本行的专业知识。当时国内没有标记农药，向国外买又没有外汇，只好自己合成。合成就是将标记核素引入到农药的分子中，农药因为有了标记核素做标识，流到哪里都能跟踪。当时，农药残留问题还没有引起国家重视，研究还未得到国家以及相关部委的支持，难以立项。尽管如此，我和这支科研队伍一直没有停止继续科研的脚步。

"文革"开始后，我们的研究在艰难中前行，但是成果何时才能应用于实际呢？前路茫茫，征途遥遥，我和这支队伍一起苦苦翘盼。1972年6月的一天，浙江农大接到农牧鱼业部（即现在的农业部）

电话，命我火速赶到北京接受任务。原来，中国一批农副产品出口欧洲，在当地海关被检查出农药残留量超标而被退回。被退回来的出口产品不但造成了国家的损失，还要向外国赔偿，同时产品被退回的事实严重影响了中国的声誉。为此有关领导指示，必须立即采取措施，杜绝此类事情继续发生。那么谁来担此重任？农业部在全国高校和科研机构中寻觅发现，我们这支队伍已经在核农学领域多年从事农药残留问题研究，于是就立即让我进京。1973年年初，全国农药安全使用标准研究课题正式下达，这是一个需要全国农业及有关系统科研人员协作的大课题，农业部决定由我校负责，统领全国有关科研机构协同作战。中国攻克农药残留问题的大旗竖起，全国43个单位100多位科技人员一起整整用了6年时间，课题组共编制出29种农药与19种作物组合的69项农药安全使用标准。1978年，该项目荣获全国科学大会优秀科技成果奖。1979年，我国第一部农药安全使用标准草案编制完成。1984年，国家正式颁布，这部农药国标一直沿用至今。

　　我今年已经90岁了，参加工作70年，从1960年开始建立生物物理学这个学科到今天，我觉得我们所在我国核技术应用方面作出了应有的贡献：建立了一支扎实的科研队伍；培养了一大批人才；根据我国社会与农业的需求，研究出一批科研成果。但今天，我对这支队伍还有很多的期许，更希望我们国家能在未来多重视我国核技术农业应用的发展。客观地讲，在过去的3个5年规划中，核技术农业应用得到国家的重视程度是非常弱的，到"十五"规划的时候，几乎没有这方面的立项。核技术应用是我国现代科学技术的重要组成部分，也是我国国防科研的重要组成部分，还是我国经济和社会发展的重要组成部分，所以我呼吁国家各个层面在未来应该给予这门学科更多的重视。

对于我们国家在核技术应用这方面的这支队伍，我是很有信心的。我觉得这支队伍有信心将技术突破、创新，在未来真正走在国家一流科研水平上。"不做唯一，要做第一"是我一贯的做事态度，也是我对这支队伍的期望。

将产学研相结合

——中国科学院刘广均院士口述实录

刘广均院士

我希望如今的科技工作者们都能重视产、学、研相结合，为我国的核科学、核事业贡献更多的力量。

我生于天津，10岁那年，父亲病故。母亲带着我，靠做小学教员维生，家中生活相当困难。即便这样，出生于知识分子家庭的母亲，依然对我有一个要求，就是要我好好读书。而我小的时候，并不喜好读书，直到高中，开始对科学感兴趣，尤其是物理学。1945年，美国在日本投下两颗原子弹，让我深感原子能的威慑力。那个时候，很多学生都对原子能发生了兴趣，我找来一些有关物理和原子的参考书自学。1948年我报考大学及专业时，征求学校里王效曾老师的意见，他很诚恳地说："学物理很清苦，你如果家境好，可以学物理；如果家境不好，还是学工科好，毕业后比较容易找到工作。"但由于我对原子的强烈兴趣，我还是报考了清华大学的物理系。我的核科学梦从那个时候开始确立。

我在清华第一次进实验室做实验，老师是现在的李德平院士。当年，我读大一，他正好刚毕业留校当助教。清华很多老师都是留美归国，所以课堂大多都用英文讲课。有一天，我从实验室出来，李老师走过来跟我说："你的data呢？"我当时英语不好，听到老师讲英语有点慌，我问李老师："什么是data？"不想，这一问，把李老师问蒙了，他愣了半天说："data就是data。"（那个时候data还没有翻译学名）接着他指了指实验报告单说，就是你记下来的那些数据。我把我的实验报告单递给他，他一看就皱起了眉头。因为我第一次做实验，直接把那些数字乱七八糟地写在上面，既没有列表格，又没有标明误差。李老师把我训了一通。

这次实验后，我懂了：对待科学的态度，首先是严谨。而这种严谨态度具体落实在实验中就是数据。做一个实验，你能测验到有实际数据的哪一步，直接影响到你能实际应用到哪一步。做实验的任务是提高准确度、减小误差，让你的实验结果中的数字更可信。

我在清华读书时，钱三强先生夫妇刚从法国回国。钱先生在清华任教，给外系同学讲普通物理。而给我们物理系讲普通物理的老师是王竹溪先生。两位先生的课我都去听了，受到很大启发。

高中读书时，我对物理概念其实并不重视，虽然我物理成绩好，但实际上很多物理概念都不清晰，甚至很糊涂。上钱先生的课，给我印象最深的就是，他让我明白，学物理首先要把物理概念搞清楚。比如，我在高中时对力学里的动量与动能两个概念就不清晰，觉得都是力的作用。但在钱先生的课上才明白，这两个概念有很大的差别。动量，是一个向量概念，它有方向，是力的变化；而动能不是一个向量概念，它没有方向，是能量的变化。只有把物理概念彻底搞清楚了，在试卷中才能做对题，所谓万变不离其宗，其实就是要重视概念。

而在王竹溪先生的课上，让我明白了学物理另外一个重要的思维，那就是逻辑。我有一次到王先生家里拜访，问王先生怎样学好物理。王先生建议我去读一读法国阿倍耳的名著《力学》。他跟我说："这本书逻辑非常清楚。书里讲了如何从基本假设出发，用严格的逻辑推理方法分析研究宏观现象，一步步导出各种结论，是很值得学习的。"因我不懂法语，只好买了一本范会国的《理论力学》来读，确实受益匪浅。钱先生让我懂得，理解了概念就掌握了本质；而王先生让我明白了，按照逻辑可以一步步推理结果。这两点，在我毕业后，无论是带学生还是做实践工作，都影响深远。我到今天，看一个人工作能力强不强，科研报告做得好不好，都是先看他概念清晰不清晰，逻辑性强不强。

如果说钱三强先生和王竹溪先生让我领悟到概念和逻辑的重要性，那么清华的另两位大家——周培源先生和叶企孙先生，则让我体会到理论与技术的不同贡献。

我读三年级时，叶先生在为我们讲热力学的第一堂课上，整节课讲的都是中国在科学技术上的贡献，讲了很多中国古代科学技术的成就和科学家的名字。而这些，是我之前不知道的。叶先生的讲课使我大开眼界。我记忆中，叶先生还给大家推介了一本宋朝沈括写的《梦溪笔谈》。

周先生曾在为我们讲理论力学时讲过一段话，这段话我至今记忆犹新。周先生课堂上的那段话是这么讲的："小学教科书上说牛顿看见苹果落地就发现了万有引力，其实是不对的。牛顿看到苹果落地，他只是感觉到引力的存在与作用，而不是发现了万有引力定律。万有引力定律，实际是经过第谷对行星绕日运动进行了多年观察，积累了大量数据，又经过了开普勒通过大量实验总结出开普勒定律后，牛顿最后运用当时发明的微积分又从理论上反推出来的。"也是这段话使我认识到，要发现科学规律，实践很重要，同时理论研究也非常重要。一方面理论要与实践相结合，另一方面实践如果不上升到理论，认识是局限的，而一旦上升至理论，就会出现很多新的认识，就会发挥出理论的强大作用。

从1948年到1963年，我在清华读书、任教共15年，清华培养了我良好的思维习惯，给了我一个学习理论的好环境，为我的事业打下扎实的基础。1963年，我被调到在兰州的二机部国营五〇四厂，那时我34岁。一直到我53岁被调回天津，我人生当中最重要的年华，是在五〇四厂度过的。如果说清华是学，那五〇四厂是产，研究院就是研，我很庆幸，产、学、研这三条道路，在我人生不同的阶段中我都经历过，不同的道路给了我不同的认知。

1963年2月，我从清华调到五〇四厂工作，任副总工艺师兼中央实验室主任。那时正是工厂开始成批机组启动的时候，工厂的建设进入了决战阶段。我作为副总工艺师，分工负责级联的理论计算工作和级联运行状态的物理分析工作。

刘广均院士在天津核化院实验室

刚到五〇四厂，给我感受最深的就是大家高度的爱国主义热情。可以用一个词来形容，那就是热火朝天。那是一段不分昼夜、埋头苦干、激动人心的日子。为了祖国早日得到浓缩铀，很多人夜间就住在工作区，黑夜白天都在工作。一次半夜里，一位同志累得趴在电话边就睡着了，大家在外面敲门想进去，可他无论如何也醒不了，最后还是有人想起打电话，电话铃声才把他叫醒。虽然累到这个程度，可是大家都非常愉快。令人激动的日子来了，1964年1月14日，高浓缩铀流入容器，扩散厂取得了一次投产成功。这一喜讯迅速传遍全厂，大家热泪盈眶，互相握手、拥抱。那个时候，大家有高度的爱国热情，还有必胜的决心。当年苏联专家撤走的时候，曾说过留下的这些机器早晚会变成破铜烂铁。大家心里憋着一股劲儿，一定要争口气，早日出成绩。

刚去西部时确实觉得那里生活条件艰苦。一眼望去全是黄土，没有树也没有草。当地老乡们缺水，到了冬天每逢下雪时，老乡们就在地上挖一个大坑，把周围的雪扫到坑里，等雪融化成水。那些水不干净也并不多，可是老乡们已经很满足了。我去山上的老乡家里看，一个屋子里有一条土炕，一家男女老少睡在一条炕上，盖一张被子。屋子里还有两把椅子，也没有上漆。家里只有这些东西。但我对西部却有着很深的感情，我现在年龄大了，已经很久没有再回到西部看一看了，听同志们说兰州现在的变化很大，我从心里感到非常高兴。

最近，国务院的常务会议谈到重点改革第9项：完善科技创新体制机制，健全以企业为主体，产、学、研协同创新政策。我个人感觉中央的这种提法太有道理了。在五〇四厂工作了19年，我最大的体会就是技术创新主体在企业。

所谓的创新，就是以前有方案，而你又想出一个比以前效果更好的方案来。但这效果是不是比以前更好，无论是学校提出的还是研究院提出的，最终都是要拿到工厂去实践。技术创新，在企业立竿见影。工厂是生产的第一线，哪些方案有用，哪些方案没有，在工厂的车间里直接就可以看出来并对其进行改进。

五〇四厂在多年前，就是以这样一种思路来工作的。那个时候，我们把创新叫作革新。我先后担任副总工艺师、副总工程师和总工程师。和大家一起，经过大量的理论分析和工艺实验，采取了多项技术革新措施，提高了机器的分离能力，改进了级联结构，提高了级联效率。采取这些措施后，气体扩散工厂的生产能力和经济效益大幅度上升。

工厂生产中，实践性特别强，和在学校的实验室里不同。在实验室中可以有各种假设，它们是否成立有待生产工作开展后才能逐步明确。可是在工厂生产中，实践中出现的问题等着你马上处理，而只要掌握了科学规律，处理正确，效果马上就反映出来。科学规律的作用在生产实践中反映得特别明显，对就是对，不对就是不对。

我希望如今的科技工作者们都能重视产、学、研相结合，为我国的核科学、核事业贡献更多的力量。

加强自主开发
探索先进反应堆发展之路
——中国科学院王大中院士口述实录

王大中院士

老一辈科学家解决了我国有没有核科学的问题。今后，我们要解决的是核能将如何解决我国能源矛盾的问题。

与核能工程专业结缘

人生就是一个选择的过程，有时候是个人主动的选择，有时候是个人在接受社会和组织的选择。对我而言，在求学过程中，有过三次对我人生有重要影响的选择：一是上南开；二是考清华；三是选择了核反应堆专业方向。

1935年，我出生在河北省昌黎县，后随父母移居天津。小学毕业后，我考入了一直向往的南开中学。南开中学秉承"允公允能、日新月异"校训，倡导爱国爱群之公德，服务社会能力。南开中学的严谨学风和诲人不倦的教导，使我受到了系统严格的教育，明确了人生志向，选择了献身祖国科技事业的道路。

1953年夏，我高中毕业，考入了清华大学机械系，这是我人生中又一次重要选择。1955年中央作出了发展中国原子能事业的重大战略决策。同年，蒋南翔校长率领中国教育代表团访苏，调研考察有关核专业的办学经验。回国后，经中央批准，建立清华大学工程物理系。

1955年，学校从各系二年级中选出46位优秀生，组成工物系"第一班"——"物八班"。为了培养理工结合的人才，学校聘请了彭桓武、王明贞、王竹溪、杨承宗、朱光亚等著名专家学者讲课。大师们的治学风范和广博知识，使我对"大师"之谓有了切身感受。

到了高年级分专业时，我选择了核反应堆专业，这是我求学过程中的第三次选择。记得当时，我看了一部介绍前苏联建成的第一个试验核电站——奥布灵斯克核电站的科教片。原子核裂变释放的巨大能量使我深受震撼，也使我对核反应堆充满了好奇。于是，我选择了核反应堆工程专业。自此，我的探索之路与核能事业发展紧紧交织在一起，并奉献至今。

六年奋斗，建成屏蔽试验反应堆

1958年，我从工物系毕业后，留校任教。同年，清华大学向上级提出建议，自行设计与建造一座功率为2000千瓦的屏蔽试验反应堆，并以此为依托，建设核能有关专业的研发基地。方案得到国家批准，基地选址京郊昌平虎峪村馒头山南麓。

领导反应堆工程建设的总负责人吕应中是工物系副系主任、反应堆教研组主任，吕应中是我的老师，给我们讲核反应堆物理专业课。在吕应中带领下，一支由年轻教师和学生组成的平均年龄仅23岁半的上百人的队伍，开始了为时6年的艰苦建堆历程。

当时，摆在这支年轻队伍面前的，只有一套不完整的同类反应堆的参考图纸。大多数人根本没见过反应堆，连图纸也看不懂。只能在"干中学，学中干。"就以我自己为例，在屏蔽反应堆的建设过程中，先后从事过制作反应堆工程模型，参加反应堆物理设计，采购工程设备与材料，主持建设反应堆热工水利实验室，从事过零功率反应堆试验，以及屏蔽反应堆的系统的运行与调试等工作。回想起来，通过建设屏蔽堆的实践，当年那支年轻队伍，在建堆的实践中，经历了从业务能力、组织能力到心理素质的全面锻炼。正如建队初期，蒋南翔校长提出的"要建堆又要建人"的要求。通过六年奋斗，在实践中锻炼出一支能打硬仗的队伍。

探索核能供热技术，建成一体化5兆瓦核供热堆

1982年我从德国留学回国，被任命担任核能所副所长，协助吕应中所长主抓核供热堆的研发工作。为研究与掌握核能供热的安全运行规律，利用已建成屏蔽堆开展余热供暖系统。经过系统改造，于1983年11月成功地实现了反应堆余热供暖运行49天。1984年3

月10日，李鹏副总理也专程来清华核能所视察该项目，并对发展核能供热给予肯定。

1985年，我开始担任核能所所长兼总工程师。同年，国家科委批准建造一座5兆瓦核供热堆，并列入国家"七五"重点攻关项目。当时遇到的首要问题是如何正确选择技术路线和项目目标。当时有两种方案：一种是壳式堆方案，另一种是地式堆方案。核能所过去经验与教训告诉我们，总体方案确定是关键的一环，宁可慢一点，但一定要论证充分。为此，我们花了近一年进行国内外调研与论证，最后确定选择一体化壳式核供热堆方案，并确定了第一步先建设一座5兆瓦核供热堆，已掌握其核心技术。

5兆瓦供热堆是一座新型反应堆，具有良好的非能动安全性。同时，它也是一个复杂工程，包括26个工业系统，上百个大中型设备，仅反应堆堆体部分就有6000多个部件。针对这样一座新型反应堆，我们首先集中优势力量，突破其关键技术，包括：反应堆实现"一体化"布置，即将堆芯与主换热器全部置入压力壳内；反应堆实现全功率自然循环冷却，省去了主循环泵；反应堆停堆衰变热实现非能动冷却，以及研制成功新型控制棒水力驱动机构等。

5兆瓦堆于1986年3月动工兴建，1989年11月首次临界运行成功。自1989年12月投入供热运行，到1992年3月成功完成3个冬季供热运行，累计运行8174小时，反应堆供热运行可利用率达99%。

5兆瓦供热堆是世界上首座一体化壳式核供热堆，也是世界上首次采用新型水力驱动控制棒的反应堆。它的成功建成受到国际核能界的重视和好评。国际著名核专家，联邦德国总理科尔的核能总顾问弗莱厄发来贺电称"这是世界核供热堆发展史上一个重要里程碑"。国际原子能机构（IAEA）评价认为"该堆充分利用了非能动安全设计，是有非常高的安全裕度，达到了很高的可靠性和可利用率。"5兆瓦核供热堆研制成果获1992年国家科技进步奖一等奖。

研究与发展模块式高温气冷堆促进中国先进核能技术跨越发展

早在1980年，我在德国于利希核中心进修时，苏尔顿教授曾向我提出几个研究方向，当时，我选择了模块式高温堆这一研究方向，这要追溯到1979年美国三里岛核电站发生堆芯熔化事故，那次核事故使世界核电发展跌入低谷。它给人们警示是，安全性是核能发展的生命线，未来核电发展必须抓住这一主要矛盾。正是基于提出核电站安全性这一思路，我选择了模块式高温堆的研究方向，当年研究成果还获得联邦德国等国发明专利。

1986年，面对全球高科技竞争趋势，王大珩等4位著名科学家向党中央提出加速发展我国高技术的建议，国家确定实施"863"高技术发展计划。1987年，在"863"计划支持下，清华核能所在早期高温堆研究的基础上，开始了10兆瓦高温气冷堆的研究。特别是1986年俄罗斯发生切尔诺贝利严重核事故之后，我们更加坚信具有固有安全性的模块式高温堆将会成为未来核能重要发展方向之一。

10兆瓦高温气冷堆于1992年经国务院批准立项。1993年，我到学校任职后还兼任核研院总工程师，参与领导高温堆技术工作。1995年10兆瓦高温堆正式开工建设，在院长吴宗鑫和副院长徐元辉带领下，经过全院教职工艰苦努力，在国内有关兄弟单位大力支持下，10兆瓦高温堆于2000年12月1日建成临界，2003年1月完成72小时满功率并网发电运行。

通过10兆瓦高温堆的研发，使我国掌握了模块式高温堆的核心技术，形成了拥有我国自主知识产权的设计技术，并取得了球形燃料元件制造、球床流动、氦技术及氦设备等8项关键技术突破。10兆瓦高温堆研究成果获2006年国家科技进步奖一等奖。

10兆瓦高温堆建成引起了国际核能界的高度评价，国际原子能机构及美、日、德、法、俄等国相关研究所发来贺电表示祝贺。2004年9月国际原子能机构（IAEA）邀请24个国家的60位专家在现场观看了10兆瓦高温堆固有安全性验证试验，试验结果在国际核能界得到了公认与赞赏。

2006年1月，国务院发布的《国家中长期科学和技术发展规划纲要（2006－2020年）》中，将"大型先进压水堆和高温气冷堆核电站示范工程"列为国家16项重大专项之一。其中，"高温气冷堆核电站示范工程"专项的目标是建设一座电功率为20万千瓦的高温堆核电站，以商业应用为目标，开发具有自主知识产权和自主品牌的新一代的先进核能系统。

清华大学作为高温气冷堆重大专项的项目牵头单位，在核研院院长兼总工程师张作义教授为核心的一批中青年学术骨干的带领下，组织全院力量抓紧实施重大专项。通过与中国华能集团、中国核工业建设集团、广东核电集团、中国核工业集团公司共同合作，高温气冷堆示范电站设计与研发工作进展顺利。目前，高温气冷堆示范工程已选定山东荣成石岛湾为厂址，高温气冷堆示范电站已于2012年12月7日开工建设。

感悟与体会

今年是我国核科技、核事业建设与发展60周年，也是我们清华大学工程物理系"物八班"建立60年，回顾长期从事核能科技研发经历，自己有3点体会：

王大中院士

第一，把握发展方向，选好技术路线。核能项目攻关难度大，研究与发展周期长，如何把握好研发方向和技术路线对大项目成败具有决定性作用。要选准发展方向，一要洞察与分析世界核能发展的前沿与趋势，二要从我国国情出发，紧密结合国家的战略需求。

30年来，清华核研院一直坚持研究具有良好固有安全和非能动安全特性的核反应堆技术，在这种发展理念指导下，研究与发展了一体化壳式堆核供热堆及模块式高温气冷堆，从而使我们在该技术领域跻身于国际先进水平。回顾核研院所走过的道路，我们深感对于一个科研单位来说，确保重大科研项目方向选择的先进性、前瞻性并长期坚持下来是何等重要。

第二，自主创新，知难而进。核能领域涉及敏感的高技术，特别是关键性的核心技术，只能靠自己研发。而实现自主创新，需要发扬知难而进的精神。这种精神体现在3个方面：一是敢于创新的勇气；二是科学求实的作风；三是十年磨一剑的韧性。总之，就是要把大胆创新与科学求实精神结合起来并持久坚持下去，才能不断取得新的突破性进展。

第三，团结合作，众志成城。核反应堆是一个复杂的高科技工程。技术上涉及核物理、热工、化工、材料、机械、仪控等多个学科。工程上要经过研究、设计、加工创造、土建安装、调试运行等各个环节。必须发扬众志成城的团队精神，经过严密的科学组织，实现系统集成创新。

回顾历史，我国的核科技、核事业已走过60年，我国老一辈科学家作出了历史性贡献。今后，我们面临的任务是如何加快发展安全、先进的核能技术，为缓解我国能源安全、改善我国能源结构作出新的贡献。

梦不是想　是做

——中国工程院周永茂院士口述实录

周永茂院士

> 我有一个梦，那就是有一天，我们国家有一艘核医疗舰船，里面放着治疗癌症的中子照射器，代表联合国航行在大西洋、太平洋、印度洋……可以为全世界的癌症患者服务。

我早年参与设计核潜艇、核研究堆，到 60 岁，该退休了，我却开始探索利用中子俘获疗法治疗脑瘤的医院中子照射器，一直到现在。20 多年过去了，这项科研课题从无到有，到今年，我们国家第一位癌症患者可望接受中子俘获疗法临床治疗。这项科研有了阶段性的成果，我想我也可以安心地养老啦。但我还有一个梦，那就是有一天，我们国家有一艘核医疗舰船，里面放着治疗癌症的中子照射器，代表联合国航行在大西洋、太平洋、印度洋……可以为全世界的癌症患者服务。虽然说是一个梦，但只要我们国家重视，只要下一代的科研工作者坚持，这一天就一定不是梦，会是现实。

我喜欢并坚持在基层单位科研第一线做些事，无论是在二线，还是当选院士，都不能改变我对客观、对事实、对真理、对科学的探究与坚持。核反应堆分两种，一种是产生动力和能量，也就是应用在核电与核潜艇上的技术；另一种就是提供中子，主要是核技术应用。核工业二次创业期间，我在原子能院主持民用微堆的开发，平时也比较关注国际上研究堆的发展方向。我总结出来，国际上每隔 10 年，中子技术的应用都会有一次从科研到生产力的转变飞跃：50 年代，中子应用在放射性同位素的生产上；60 年代是辐照；70 年代是中子活化分析；80 年代是单晶硅嬗变掺杂；90 年代就是中子俘获疗法。到了 90 年代，正好我退休到了二线，再去研究核武器、核电是太不适合了，那么正好潜下心来摸索中子俘获疗法这项新课题，使核能造福人类健康，也可以直接为老百姓做点事情。实际上，90 年代，国际上中子俘获疗法这项科研的发展已经很快了，我们国家核技术人才济济，研究堆多种多样，我就在想，我们这么大一个国家怎么能甘居落后，怎么能无人涉足呢？所以我选择了这项科研领域，一进去就做了 20 多年。

我清楚地记得：1955 年，我从上海交通大学毕业分配到中关村近代物理研究所后，钱三强先生组织大家看的第一部电影就是《居里夫人》。影片里居里夫人为了提炼镭，细嫩的皮肤被灼伤，居里先生跟居里夫人说，既然射线能把好的皮肤辐射烂，那反过来，也一定会把癌烂的皮肤辐射好。看完这部电影，我就记住了电影里的这个道理。我想，居里夫妇提炼镭，研究核科学，最终是为了使核科学、核技术来造福人类。当时，我就想，核科学怎么能为老百姓直接做点事情呢？但一晃过了 50 年，直到 2006 年我研制治疗癌症的医院中子照射器获得国家发明专利，才刚刚接近电影里说的那个道理。而医院中子照射器一旦推广应用，说小了是为老百姓，说大了就是造福人类。

周永茂院士在中子俘获疗法委员会首届学术交流会上发言

我们那代人出生在旧社会，我的童年经历过租界生活与日伪统治，也经历过抗日战争，当时国民党已经腐败不堪，我亲眼见过，也体会过老百姓的疾苦。我家住在上海的法租界，冬天早上一出门，就能看到街上有冻死的穷苦人。我还记得当时我母亲看着我的手相跟我说，你长大了是个会挣钱的人，有钱时就要救济穷苦老百姓。

那个时候，全国的老百姓唯一的希望就是能尽快解放，建设新中国。新中国刚成立不久，我就上了大学。时至今日，我依然清晰地记得，毕业前夕，上海国立交通大学机械系的党支部书记彭彬同志送别毕业生时跟学生们讲：破烂的新中国全靠你们来建设了。那个时候，我心里就明白，新中国的一砖一瓦是要靠我们来添加的，我们必须为国家和老百姓做点事情。

最大的困难并不是科研本身，而是这项课题目前在我们国家还不被重视。国际上，20世纪90年代，中子俘获疗法就已经发展了，到现在，在西方国家，这项科研发展很快，美、欧、日等国都曾有10多座研究堆为百姓治疗。与我们同时起步的台湾在2008年到2010年3年的时间内，就有10位头与颈部癌症患者接受了中子俘获疗法，走在大陆前面。目前，国家有巨额资金投入核电的同时，医院中子照射器的临床事务，更多的是依托北京凯佰特科学技术有限公司这家小型民营企业；另外，大陆只有我们一个自发的多家联合团队在做这项科研，迄今没有国家的相关发展计划、临床项目与资金支持。

当前，国家和行业没有更多的精力来投入，但如果我不去坚持做下来的话，那我们国家在这方面技术上将会大大落后于世界，我的坚持，至少填补了核行业里这个课题的空白。并且，老百姓的迫切需要，也是我努力追求的方向。所以，别人理解不理解我并不重要，有方向，我不需要别人的理解。

这一路走下来，帮助我的人很多，这里面有国家部委，有中核总，有长期协作单位，有我所在的中原公司，还有很多老领导、老院士、老专家、中青年科研工作者等等，20多年来，是大家一起推进医院中子照射器的科研发展。

2001年2月20日，我们应约与著名的神经外科专家王忠诚院士商议医院中子照射器建设事宜。他跟我说，美国的脑瘤专家来天坛医院，想让天坛医院每年送 30 个脑瘤病人去美国接受中子俘获疗法的治疗。而王忠诚问那个美国专家，我们每年送 30 个病人过去，那你们能给我们什么？那个美国专家说，你可以共享我们的研究成果，但知识产权是我们国家的，因为你们国家还没有这个技术。王忠诚拒绝了那个美国专家。他语重心长地跟我说，他为一万多位脑瘤患者做过外科切除手术，为什么 BNCT 要把我们的患者送去美国，我们国家为什么不能有自己的技术？"所以，你的东西既要好又要快，像伽马刀一样放在天坛医院，北京市我可以去跑。"这句话深烙我的脑中。

做科研是需要资金的，中核总及中原公司为建设医院中子照射器，多次向国家提出申请，都未能获批。为争取时间，只能依靠一家民营企业来合作，就是北京凯佰特科学技术有限公司。这家公司的老总，他的母亲和第一任夫人都死于癌症，所以他很支持我的科研项目。

资金筹措之前，我曾给中组部写了一封信，当时是曾庆红任中组部部长。没有想到，很快就收到了中组部的回讯。我还记得，是一个礼拜天，电话通知让我星期一上午在中原公司等着领导来拜访。星期一，中组部的两位领导在我的办公室跟我谈话，那个领导明确地告诉我，中央支持利用民营企业资金开发科学技术的实践。这次谈话之后，我就放心大胆的依靠民营资金投入科研与建设。

一路下来，工程院有 7 位院士来帮助我，还有一些退休后的老同志，大家一起研究。有一次，彭士禄见到我后很关心地问："小伙子，你的专项搞得怎么样了？"赵仁恺去世前我去看望他，他叮嘱说："你要坚持下去，不然，这项科研，会有断档的危险！"就这么坚持着，走着走着，就走到了今天。

从毕业到退休，60 年里，无论是对潜艇核动力堆本体的早期研究，还是生产堆、研究堆等堆芯与燃料元件的研究，都是接受组织安排的。这一次，医院中子照射器的研制，是我依据自己对核科学发展判断，作出的一个自我兴趣的选择，坚持做下来，看到了成果。能使核科学为老百姓做点事情，这让我很欣慰。

实事求是地说，我们国家和整个行业对核技术应用的重视还不够，中子俘获疗法的研究，迄今国内涉足者寥寥。如何培养下一代人来接班，是我目前最大的考虑。80岁之后，我一直在想把二三十多年来积累的科研资料整理出一本书；不然，哪一天我走了，我们国家在这个科研领域的进展还找不出一本家谱来。

希望国家和行业能重视医院中子照射器的这项可以造福人类的研究，不应该长时间由民营企业来主导开发，核技术应用的科学发展是未来的方向。对于下一代科研工作者，我希望他们不要只立足于眼前利益，科学家应该有理想，有梦，有情怀。但梦，不是想，而是做。习主席说过一句话："空谈误国，实干兴邦"。

我与中国核工业是同龄人，我1955年来核工业部，那时还叫地质部建筑技术局。我对中核总，最真诚的情感就是忠于核工业。所以，60岁到了退休年龄时，我还会选择在中原公司，坚持在科研第一线。记得当年在四〇一所搞微堆的时候，有一次，戴传曾所长找我谈话，说现在国际、国内很重视核安全，国际原子能机构要人，国家核安全局也要人，所里想让我去。我跟戴先生说，我不去，我想留在所里把微堆这项科研搞上去。做事情，要有恒心；对事业，要有忠心。我在跟民营企业合作期间，获得了我的第一个发明专利授权，当时公司派人来找我谈，说能不能把这个专利转让给他们，我跟他们说："这是我在中核总工作期间创造的成果，不宜对外转让。"

我想对当下的中青年科研工作者说的话是："听从自己的内心，要简单，能包容；不要在乎一时的得失，要执着，能坚持。"

见得　思得　值得

——中国工程院胡思得院士口述实录

胡思得院士

现在我们一方面要继续维护我国核威慑能力的有效性，同时还需要不断地科学发展核电，推动核技术在国民经济各个领域的应用。

"胡思得"这个名字，是父亲请一位老先生取的。先生说《论语》里写到君子有九思：视思明，听思聪，色思温，貌思恭，言思忠，事思敬，疑思问，忿思难，见得思义。"思得"二字由此而来。然而我小的时候却并不喜欢学习，很贪玩。记忆中最快乐的时光，就是和小朋友们在一起钓鱼。三尺钓竿，一根丝线，大家盯着水面的浮标，很是无拘无束。那个时候，上课我不认真听讲，下课写作业我也不用心，早上邻居家的小朋友已经开始晨读了，我还在酣睡，所以成绩总是很差。小学毕业时，全班有63个学生，我考第62名。

所幸，小学毕业后我进入到浙江省很有名的宁波私立效实中学，这所学校采取"宽进严出"的政策。初一时，我因考试不及格从秋季班留级到了春季班。直到1950年抗美援朝，学校里召集学生们报考军事干校，我积极响应国家号召报了名，不想却因为体检时说我鼻子有问题而落选。这件事情开始让我觉悟：参军没有指望了，以后想要为国家效劳，就得好好读书，不能再这么玩儿下去了！到了初三的时候，我的成绩开始好起来，赶在毕业前又从春季班跳级回到了最初的秋季班。

高一时一个偶然的机会，彻底改变了我学习成绩。我们学校有位数学老师，叫蔡曾祜，号称"蔡代数"。他因材施教，把全班同学分成三个小组。学习好的人放在一组，一般的放在二组，最差的放在三组，依照不同程度来安排各组的练习题目，而我就在第三组。奇怪的是，有一次数学考试，我得了全班第一名。我清楚地记得当时考了75分，而全班只有三位同学及格。蔡老师很生气，上课时把大家训了一顿，却唯独表扬了我。"你们看，第3组的胡思得这次考得最好。"蔡老师治学严谨，大家都很尊重他，他本身也很严厉，学生们都怕他，他轻易不表扬人，而我却在班上第一次得到他的表扬。

我心里暗自下决心，今后要拿出好成绩，要对得起老师的表扬。其实，很多时候人是需要一点表扬的。

那之后，我对代数产生了兴趣，成绩很快就提高了，老师把我调到了一组。我做代数作业的时候，不仅把一组的题目做完，还主动把二组、三组的题目也做完，这些还不够，我又拿来当时的《数学通报》做上面各种各样的怪题。兴趣越来越大，成绩也越来越好，过了一年以后，我就成了数学课代表，同学们都称我是蔡老师的得意门生。人一有兴趣，劲就来了，勤奋就不会是一种负担，而是一种享受。

高考填报大学志愿时，我原本把数学作为第一志愿，但高考时几何题没做好，把数学成绩拉下来了。但是物理成绩却考得很好，特别是最后一道题，许多同学都没有做出来，而我做对了。也许是这个原因，我被录取到物理系。时至今日再想，我觉得能与物理结缘，是一件很幸运的事情。

复旦大学的物理系有两个特点。一是非常重视基础课。一年级的普通物理课由系主任王福山先生亲自讲授。他讲得很生动，有一次讲解转动惯量时，他用芭蕾舞的旋转动作来示范说明，那时的情景，我至今记忆犹新。二是非常重视实验。从一年级起每两周就有半天的物理实验课，带实验课的唐璞山老师等对大家要求很严。进实验室之前，每个同学必须做好充分的预习，准备好实验提纲，老师们会突击提问，以检查大家的准备情况。物理系的这两个特点对我影响甚远，对我在之后的科研工作中取得成就帮助很大。

在复旦读大学期间，对我人生最有意义的收获就是学会了独立思考。临毕业前的那段时间，许多同学都去大炼钢铁。校领导考虑到学校要筹建核物理系（后称物理二系），决定把理论物理专业的毕业班同学留在学校，筹建一个核物理实验室，主要任务是设计实验。

我和小组同学一起去拜访了卢鹤绂先生，请他指点。卢先生推荐我们做记录宇宙射线粒子用的小气泡室。他说，气泡室里放进酒精或乙醚等液体，然后在高压下加热至沸点，又立即降压。但如果此时有宇宙射线粒子打进来，粒子所过之处受到扰动而汽化，就会形成一个轨迹，根据这个轨迹就可以知道是什么样的粒子了。卢先生说他也只知道这些，其余的要我们自己去摸索。

经过短暂的调研，我们制定出了实验方案。在蔡祖泉老师的安排下，一位年轻的师傅，帮我们吹了许多玻璃的气泡室。做实验时需要有降压、照相等一些关联的动作，本来这些动作的配合要求是非常精细的，但当时没有这个条件，只能靠手动。几个同学在统一号令下，操纵开关。在这样简陋的条件下，一共照了几百张的照片，基本上都是空白，但有一次照到一张有很漂亮直线的照片。还有一张比较模糊，似有似无的样子。这两张照片给大家带来不少快乐和鼓舞。

这件事对我最大的意义不是气泡室实验本身，而是培养了我独立思考、敢于去闯的精神，改变了我曾经的学习态度和习惯。过去都是老师怎么说，学生就怎么做，先把条件都给你安排好了，叫你依样画葫芦。而卢先生鼓励大家独立思考，自己去摸索，自己动手创造条件。

大学毕业分配，我和其他5个同学一同被分配到二机部，当时我们连二机部是干什么的都不知道。到了二机部后，正赶上第二天参加国庆游行，我就很开心地去了天安门，想看看毛主席长什么样。游行回来后的半个月里，我们整天的任务就是看报纸。等其他学校的毕业生到齐后，宋任穷部长接见我们，跟我们说："我是个穿军装的，搞技术要靠你们了。"我还是不知道二机部是干什么的。在走廊里遇到一个从南京大学毕业的同学就问他，他也不知道，但他告诉我钱三强先生是我们的副部长，我们一想钱先生是研究核物理的，大概二机部跟核物理有关吧。

又过了几天后，干部科的人带我们三个毕业生去邓稼先先生办公室报到，办公室里还有另外两个人。邓先生让我们坐下后，就给了我们一本书让我们读，那是一本俄译本库浪特和弗里特里希合著的《超声速流和冲击波》。全国只有一本，听说是钱三强先生从苏联带回国的。一本书，我们6个人都要看，于是大家就想办法自己刻蜡纸复印，里面有些图都是我们自己画上去的。刚毕业的大学生外语水平普遍不高，大家就坐在一块儿，将外文资料中的每一个生词划出来，分头去查字典，再凑起来，琢磨全句的意思。就这样夜以继日地学，礼拜天也不休息。过了好长时间，邓先生什么都不让我们干，只让我们看书，我们还是不知道来二机部到底要干什么，有些同学开始闹情绪了。后来邓先生把我们几个找来谈话，说是我们国家要搞原子弹事业，但让我们一定要保密，谁都不能说。当时听了后，心里特别高兴，也感到骄傲。

原子弹事业最初起步的那段日子，条件确实艰苦，但大家精神头很足。刚到二机部，我们在部大楼2楼办公，6楼住宿，几十个人住在一起，上下铺。后来到了北京第九研究所，那时，我们一边学习，一边自己动手参与盖楼。楼盖起来后特别潮，没有暖气，连厕所都没有，我们又大多是南方人，不会生炉子，每天工作到深夜，回到宿舍后就直接钻进冰冷的被窝睡觉。每天晚上我们要工作到很晚，灯火通明。到1960年、1961年，国家困难时期，生活更苦，经常吃不饱，很多人浮肿。在这种情况下，当时的支部书记有一个很重要的任务，就是到晚上10点钟的时候，把这些浮肿的病号赶回去休息。到12点钟时，把所有人都赶出办公室。实际上呢，无论是病号也好还是一般同志也好，到外面转一圈，等书记走了以后，又回来了。就这样，夜以继日地干。我还记得当时邓先生住在北医宿舍，他平日里骑自行车上下班，北医宿舍到了晚上 11 点后就会拉起铁丝网，我们几个学生就一起送邓先生，他先爬着翻过铁丝网，我们几个再把自行车给他递过去。

大家为什么有这么大的干劲呢？一方面，我们心里很明白国家为什么要搞原子弹。新中国成立以后美国人老是用核武器来吓唬我们。朝鲜战争、台湾海峡危机的时候，好几次美国人就用核武器来威胁我们。所以中央领导当时下了决心，非要搞我们自己的原子弹不可。毛主席不是说了嘛，没有这个东西的话，别人就会欺负我们。另外呢，本来苏联要帮助我们，后来撕毁协议，撤走专家，所以大家都憋了一股气。1959 年 6 月，苏联共产党中央委员会给中共中央一封信，明确宣布断绝援助。我们要争口气，搞"争气弹"。所以当时把第一颗原子弹的代号就叫"596"。后来我们搞出了原子弹、氢弹。特别是氢弹，完全是自力更生，完全靠我们中国人自己的智慧。

对我而言，一毕业就被分配到二机部，在九院能有机会与钱三强、王淦昌、彭桓武、郭永怀、朱光亚、程开甲、邓稼先、陈能宽、于敏、周光召等一大批才华横溢的科技精英在一起工作，接受他们的指导和帮助，是一件非常荣幸的事情。与大家在一起工作，我最能感受到的氛围便是学术民主。

对于我们来讲，研制原子弹这份事业是"摸着石头过河"。苏联专家在的时候，曾给部、局领导进行科普，讲解什么是原子弹，讲过一个原子弹教学模型。我们要设计自己的原子弹不能照抄这个模型，因为用的核材料不一样。但为了掌握设计技术，先得要算对这一教学模型。于是我们自己建立物理方程，寻找合适的物理参数和计算方法动手计算。开始阶段我们的计算结果与这一教学模型符合得很好，但算到一个关键位置时，发生很大的差异。为了寻找差异的原因，从各个领域调来的专家和我们这些大学生一起进行探讨。每次探讨，每个专家都从各自的角度提出看法和建议，有时候争论得还很激烈，我感觉大家的智慧都在这种激烈的争论中给激发出来了。每次讨论之后，根据大家提出的改进意见，启动新一轮的计算。我记得原子弹内爆过程一共算了9次。刚开始，我们总是怀疑自己算错了，不知有什么重要因素没有认识到。但算了9次后结果基本是一致的，计算过程并没有错。那个时候计算机是手摇式的，很费时间，整个内爆过程算完一次需要2~4周。当时我们24小时三班倒，9次算下来共用了半年多时间。后来，周光召从国外回来参加我所工作，他很厉害，对手摇式计算机也熟悉，他亲自演算一遍，发现我们计算的结果没有错，那就要怀疑苏联专家的那个结果是错的。这等于说一个没有搞过原子弹的专家来否定苏联原子弹专家的数据，这谈何容易呢！周光召从热力学最大功原理出发，证明确实是苏联的数据不对。困扰我们的问题终于解决了。这件事情树立了大家的信心，大家开始觉得我们是可以依靠自己的力量把原子弹搞出来的。

1962年，第一颗原子弹的理论方案已接近完成，所里成立一个专门小组负责联系实验。这个小组由邓稼先和周光召亲自指导。我被任命为这个组的组长。周光召比我年长六七岁，更像我们的兄长。为了让我们理论上有充分的武装，老邓和光召分别给我们组"吃小灶"，每星期给我们讲两三次课。周光召讲课从不用讲稿，信手拈来，由近及远，一气呵成，令我赞叹不已。

1963年开始，我们这个小组要去青海的实验基地，临别前周光召叮嘱我："一个有作为的科学家，不仅要重视理论，而且一定要重视实验。理论和实验结果一致当然值得高兴，但有作为的科学家特别要抓住理论与实验结果不一致的地方，因为从这种地方会发现理论或实验的不足,有可能产生新的突破。"周光召的话,我牢记在心,也使我受益匪浅。

从1963年起,将近4年多的时间我们都在实验基地工作,我有更多的机会深入实验和生产现场,了解到许多第一手资料,接触到很多实验科学家、工艺专家和生产人员,听到他们对理论方案的各种意见。我们在一起还常常共同设计实验,有时我们还有机会亲自动手安装和计量实验装置。这些经历对于大家丰富和完善原子弹的公差设计和聚焦理论方面有很大帮助,也对后来克服由于武器小型化带来某一关键技术上出现的困难起了重要作用。

胡思得院士和科研人员合影

在此后的工作中,每当实验结果出现与理论不一致的地方,我既不沮丧也绝不轻易放过,既思考理论上可能存在的毛病,也仔细推敲实验数据的真伪和精度,努力寻找产生问题的原因。不仅要求这些原因能解释当前的问题,而且还要与以前的结果相统一。每当我们揭开一个又一个的疑团,越来越多的现象为我们所探明和理解,心中那特殊的兴奋和喜悦难以言表。

1984年，我担任研究所副所长，主要负责新一代核武器的理论设计；1990年担任九院副院长，主要负责新设计核装置的核试验任务，努力完成邓稼先、于敏建议书提出的安排。1994年担任院长后，我最重要的任务就是要抢在禁核试到来之前，保质保量地完成最急需的核试验，而且要考虑新的目标和梦想，就是禁核试验后，中国工程物理研究院的研究重点和研究方式应该做何改变？将研究院带向一个什么方向？应该作怎样的规划？

胡思得院士在中物院流体力学研究所加速器实验室

毛主席说：原子弹就是那么大的一个东西。没有那么一个东西人家就说你不算数，在今天世界上，我们要不受人欺负，就不能没有那个东西。后来邓小平总结：如果60年代以来中国没有原子弹、氢弹，没有发射卫星，中国就不能叫有影响的大国，就没有现在的国际地位。我觉得我们国家核武器的研制成功，不仅捍卫了国家的安全，确立了我国在国际上的大国地位，还带动和确立了许多学科的发展，培养了一大批学科骨干。现在我们一方面要继续维护我国核威慑能力的有效性，同时还需要不断地科学发展核电，推动核技术在国民经济各个领域的应用。

　　回顾自己走过的这段人生经历,我大学一毕业能分配到二机部九院参与我们国家核武器的研制,一直到今天,觉得能为我国国防事业做一点事情、尽一点力,这一生不仅仅是无怨无悔,而且是非常值得和引以为豪的。

志驰核物理　情寄四〇一

——中国科学院张焕乔院士口述实录

张焕乔院士

现在，原子能院的发展太慢，我觉得还是没有把这个科研院所的位置摆正，原子能院的力量没有得到充分发挥。

我出生在一个商人家庭，父亲经商，有三个妻子。第一个妻子因难产去世，第二个妻子又不能生育，于是父亲又娶了我的母亲。母亲共生7个子女，其他兄弟姐妹早年夭折，只有长我11岁的大哥和我健在。若按家族字辈来排，我该叫做张泰亨。父亲将我的名字改为张焕乔，他希望我的人生有如"焕乔"这两个字。所谓焕，望能焕然一新；所谓乔，望能像乔木一样一生阳光、正直。

我们家族，自祖父起发家。祖父当年因贫穷养不起家，在村子里被亲朋好友看不起，于是憋着一口气丢下妻儿出外谋生。先在重庆挑担做些小生意，后又顺着长江从重庆到了上海，村里好几年没有他的音讯。在我看来，祖母是很了不起的人，没有祖父的音讯，村里很多人劝她改嫁，但祖母不肯。她带着4个子女，靠做针线活为生，把孩子们养大。祖父在外辛苦努力赚了钱，几年后从上海回到家乡买了田地。祖父共有三儿一女，他过世前将两处田地分别分给大伯、二伯，而分给我父亲三千银元叫他去做生意，于是我父亲就成了商人。

在父亲的观念里，经商是最光荣也是最好的事情。他说，经商是通过自己的辛劳来挣钱，光明正大。父亲一直期望大哥与我都能经商。我大哥大学是攻读法律专业，毕业时原本要分配到高等法院当书记员，父亲却不赞成大哥从政，于是大哥在重庆的和成银行做了一名职员。在我就读初中时，父亲的一位朋友来家里做客，问及我长大后想做什么，我当时回答长大后想教书。结果父亲的朋友走后，我被父亲狠狠批评了一番，但我始终没有接受父亲想让我从商的这种理念，我心里有我自己的理想。

我小学是在农村上的，乡里只有一个小学，在一个庙里。我家住在乡边上，离学校很远。当时家境还好，母亲让我中午到学校外面的小饭馆吃饭。有一次吃饭回来的路上，经过一家茶馆，听到茶馆里有人在说书。我至今还记得说的是《罗通扫北，薛仁贵征东》，我停在茶馆门口听得津津有味。以后我每日中午都要跑到茶馆去听说书。大概是小学5年级时，我在一个地摊上看到一本小人书，书名恰好叫《罗通扫北，薛仁贵征东》。当时口袋里没有钱，跑回家后跟母亲要了钱，又跑回书摊去买了那本小人书。这是我人生中看到的第一本书，才知道原来这世界上竟还有书这样的一种东西。

我读初中时，到了重庆的一所重点中学，开始大量阅读旧体小说。痴迷的时候，在课堂上偷看小说被老师将书没收了去。旧体小说之后，开始大量读西洋小说。新中国成立后又开始读苏联小说。人的兴趣随着年龄在不断地变化，到了高中，我开始对物理感兴趣，喜欢看科普杂志与书籍。

我的生母在我5岁时就已过世，这之后，我由父亲的第二个妻子带着在农村度过了童年及小学的时光。

农村的生活很落后，看不到一丝现代文明的气息。当时在农村，电灯、电话、汽车这些都是看不到的。飞机倒是有，偶尔天空飞过一架飞机，我是可以看到的。在农村生活，可以说是对外面的世界一无所知。记忆里，只是简单的生活和玩耍。现在想来，在农村有一个好处，那便是，促成了我与大自然的亲密接触，让我有意无意地去观察与思考大自然的各种现象。我有很强的好奇心，总喜欢问一些问题。比如：太阳为什么从东升起又从西落下，晚上为什么会有流星从天空划过，荷叶上的水珠为什么呈圆球形等等。现在再回过头来看，那些问题都是一些物理问题。对物理学的兴趣我不敢说是从那个时候就萌发的，但与大自然的接触，使我的童年非常快乐。

真正对物理感兴趣是在高中，当时知道原子核可以嬗变后，还产生了一个很朴素的想法，觉得既然核可以变成另一种核，那我要好好学习，将来把普通的金属都变成黄金，大家就都富裕了。

从农村到重庆后,我在小学升初中的考试中,遇到了人生中的第一次挫折。我还记得第一门考国文,头两道题就把我考蒙了。题目本身其实很简单,但却是我在农村时完全没有接触过的知识。第一道题是在拼音符号下面写出相对的汉字;第二道题是在汉字上面写出相应的拼音符号。我那个时候根本就不知道有拼音符号,这两道题对我来说就是天书。那次考试的结果可想而知。这让我感受到了农村与城市之间的教育差距。我下定决心好好学习,扎扎实实地自学了一年,考到了重庆的重点中学巴蜀中学。这对我来讲是一个转折点,也是一个很好的起点。从那以后,自学成了我的一个习惯。

张焕乔院士参观锦屏地下实验室

我在武汉大学读书时,大一过后,学校里有 5 名派往苏联学习的名额,我是其中的一位。各种考试都参加过后,不想临去之前,学校因我的家庭出身问题又通知不让我去了。在我们读大学的那个时代里,去苏联留学是一件很光荣的事情。临行之前被别人替换下来,这对我来讲又是一次挫折。但我并不气馁,既然不能去苏联学习,那就在武大踏踏实实地学习吧。

在我刚要进入大四的时候,国家决定发展原子能事业。陈佳洱先生去武大选学生,我有幸被选中。那年,北京大学从全国各地的重点大学选出99名优秀学生,组建了北大的核物理专业。在北大读书,对我而言是一种挑战。班上的同学全是从各名校选出来的尖子生,我又一次感受到了差距,开始拼命自学追赶。

这是我读书时代遇到的挫折与挑战,在以后的工作过程中,也遇到过这样那样的大小挫折。我觉得我骨子里很倔强,遇到挫折后,从不会气馁,到现在,我觉得我一生都在不停地拼命奋斗。

我报考大学时,受大哥的一位毕业于武汉大学的同学影响,也报考了武汉大学。我们那个时代,国家希望我们去北方读大学,尤其是去东北。专业呢,当时流行选择机械专业。我当时想得很简单,觉得东北那么冷,我是南方人怕冷,就没有报考老解放区的几所大学。我填报的5个志愿全部是西南的大学。谈到专业,实际上我更喜欢数学专业,但当时想着数学专业出来估计肯定就是教书了,虽然我在初中时的理想是当一名老师,但高中时我的理想又变成了当科学家,不再想着当老师了,所以我就放弃了数学专业。我本身是对核物理专业感兴趣的,可惜当时武大还没有核物理专业。当时武大的物理系有两个专业,一个电离层(抗战胜利以后,美军在武大留下了一个雷达,当时全国只有武大有雷达,所以武大开设了电离层这个专业),一个就是金属物理。我当时想,电离层这个专业毕业以后不好找工作,就选择了金属物理专业。幸运的是,后来我被选中去北大的核物理专业学习,毕业后听从组织分配到了四〇一所。我们毕业的时候,每个学生可以填两个志愿,我的第一志愿是继续读研究生,第二志愿是做反应堆实验。不想,第一志愿直接就被学校给毙了,我们这批从各校招来的99名学生都不可以读研究生,都要直接走上工作岗位。在毕业分配上，我觉得我还是一个听话的人，我服从了组织分配。从1956年到现在，我在四〇一所已经工作了57年。

我们那代学生，刚毕业是有想法、有追求的。所谓的追求就是脚踏实地努力地去干工作，不能停步。科学是没有止境的，我自己想我的一生要在科学上做出点成就来。我给自己设定了具体的目标，在几年内，从一个实习研究员到助理研究员。

1956年9月，中子物理实验室成立，我毕业分配到这个实验室。钱三强先生任室主任，何泽慧先生任室副主任。一天晚上，二老拿了糖果、点心、水果，把新老同志都邀请到会议室，算作迎新晚会。那天晚上我跟我旁边的老先生聊天，聊了很多，我大胆地把我对个人未来发展的规划都告诉了他；也告诉了他我以后要在工作中做一个怎样的人，甚至连我每一步小的目标，如几年之内做研究员、几年之内做课题小组长等等都说了。我聊得很开心，老先生笑着听。

张焕乔院士

第二天，干部处的同志把我带到组长办公室。我推门一看，就懵了。原来昨晚跟我聊天、听我夸下海口的老先生正是我的组长。这位老先生就是戴传曾先生。我当时心里想着，这下糟了，我把我最真实的想法都告诉了我的领导。不想，戴先生却很喜欢我。

现在回过头来看，人在年轻的时候，尤其是刚刚从学校毕业，总会有很多不切实际的想法，容易使自己脱离实际，眼高手低，我自己也犯过这些错误。工作的难度，只有一步一步在做工作的时候才会慢慢体会到。但年轻人应该有理想、有追求，有自己长期的职业规划和短期的目标。

到今年年底我就整80岁了，在这个年龄里我还是有追求和目标的。现在眼睛不好，虽说做不了实验了，但我还是很愿意跟我的学生合作，跟俄罗斯专家合作，在理论专业方面，尽我所能做出点事情来。

1958年10月，我被派往苏联科学院库尔恰托夫原子能研究所学习，师从彼伏日涅耳。事实上，所里通知我去苏联学习的时候，我不是太愿意。那个时候我刚刚毕业两年，想留在所里再打一些基础。何先生跟我说这是组织决定，我就服从了。去了苏联两个月后，我就又给何先生写了一封信向何先生申请回国。何先生给我回复了一封短信。信的内容虽然很短，但却在我人生的关键时刻为我指明了方向。何先生信里这样写道：留在苏联学习，你们现在身上缺少的，就是人家国家在科学上先进的经验，你们要学习人家国家科学工作者的科学思维和方法。

几个月后，我适应了环境。我的导师对我非常友好，经常带我到其他研究所去参加一些固体物理的学术报告会，特别使我难忘的是，他用两天的时间带领我，详细参观库尔恰托夫原子能研究所的全面核物理研究工作，包括回旋加速器、电子直线加速器等，使我开阔了眼界，对他们的创新意识和工作及时转型留下了深刻的印象。

在那里我还有幸两次见到了库尔恰托夫原子能所所长、苏联原子弹之父——伊戈尔·库尔恰托夫院士。第一次是1959年7月，库尔恰托夫院士到实验研究反应堆，检查迎接美国核物理学家代表团访苏的准备工作。他跟我打招呼，很关心中国留学生，还问我学习怎么样、生活怎么样，让我努力学习、尽快成长。第二次是1959年10月1日，库尔恰托夫所长前来祝贺中华人民共和国成立10周年国庆节。他热情洋溢的讲话，深深表达了老一辈苏联科学家对中国人民的诚挚友谊和对中国青年科学工作者的殷切期望，我备受鼓舞。

我在苏联留学的两年时间，包括后来两次去意大利访问，确实收获颇多。

在工作中，我不喜欢追求虚名，我只追求科学上真正意义上的发展。一个科研工作者，应该以科学的态度追求科学的发展，以爱国的情怀将自己奉献给科学。

工作中，我自认为一路走下来还是很幸运、很顺利的。在20世纪70年代末80年代初，核工业转型的时候，院里领导找我谈话，希望我能支持院里的改革，将我所做的课题转到另一个实验室，我则继续在中子物理实验室担任室主任。我想了想后跟院里领导说，我跟着题目走，题目到哪我到哪，室主任我可以不当，但我不能跟题目分开。后来院里领导只好跟我说："焕乔，那对不住你了，你跟着题目一起去另一个实验室吧。"一直到现在，我也并不后悔我放弃做室主任这件事情，对于我来讲，如果把我研究的课题题目拿走，就等于砍了我的手臂，我今后的工作还有什么意义。

从1956年大学毕业到今年，我在四〇一所一待就是57年。57年，我在四〇一成长；57年，我也一直与四〇一相伴。

我以为，原子能院最辉煌的日子，还是在钱三强先生带领下的时候。那个时候也正好是二机部研制"两弹"的辉煌时期。大家的积极性都很高。1960年2月，我从苏联回国，钱先生鼓励我们要为国家作贡献。钱先生的鼓励不是在那里喊口号，而是实实在在从国情出发，给我们讲道理。我还记得他来室里传达陈毅元帅的话，说如果中国把原子弹搞出来了，我们国家的外交部长的腰杆子也就硬起来了。听到这样的讲话，我们内心里不由地热血沸腾，于是攒足了劲干活。那段时光是最令人难忘的。

现在，原子能院的发展太慢，我觉得还是没有把这个科研院所的位置摆正，原子能院的力量没有得到充分发挥。这不是哪一个人的问题，而是机制本身的问题。作为一个老同志，57年了，经历过最辉煌的时期，也经历过转型的最困难时期，看到今天的局面，心里还是很期待原子能院能得到国家更多的重视。

安全环保 更需要一种全民意识
——中国工程院潘自强院士口述实录

潘自强院士

人需要随着实际的工作环境，不断调整和改变心态来接受现实，去潜心、踏实工作。

我出生后三个月，父亲辞世。他为何给我取名自强，我无从知晓。祖父是商人，在湖南益阳当地也算小有名气。祖父与祖母在我六七岁时相继去世，这之后，母亲开始当家。母亲是一个有文化的妇女。虽说只读过小学，但在那个时候也算是有文化的人了。她对我的唯一要求就是好好读书。

从小学开始，一直到高中毕业，我读大学前的整个启蒙教育，都是在一所挪威人和瑞典人合办的教会学校完成的。这所学校在新中国成立后被改名为益阳一中。这是一所教学质量很高的学校，同学里还有一些是外国小孩。我在高中之前，是一个很贪玩的孩子，喜欢游泳、打球，成绩只是中等。直到高中，突然开悟，决定好好学习。

教会学校里有一个规定，每周同学们都要去做一次礼拜，校方还规定哪位同学不去，英文成绩就扣一分。我由于贪玩，每周都不去做礼拜，所以我的英文成绩就很差。在这样一所教会学校里读书，小时候只是觉得外国人用的东西很先进，现在看来，这所学校对我潜移默化的影响是中国人应该自强。

报考大学专业时，我其实是想选择地质学。有一部电影对我影响很大，名字我已不记得，是我们国家新中国成立后拍的一部有关地质勘探的电影。我当时觉得地质勘探既可以找到那么多资源，又可以到各地去旅游，就特别想报考。但我的老师还是指导我填报了武汉大学物理系专业。在武大读到大三时，我有幸被学校推介到北京大学物理系去读书。我们那届学生大学毕业，正好赶上了"反右"运动，全部下放到农村去劳动。在农村劳动，我感触很深。以前一直生活在城市里，不知道农民生活的疾苦，那时通过下放感受到了农民生活的不容易。在我后来的生活中，每当遇到困难时，我就想想下放农村的日子，也就不觉苦了。劳动3个多月后，因原子能所反应堆启动前,需要进行环境本底调查,我被要求提前结束劳动,从事这项工作。

对我而言,这是我人生中一个很大的转变。从心里来说,我很不情愿去做这样一项工作,我本身想从事理论物理研究,让我转到这样一个在当时被很多人看做是边缘的学科,心里自然一百个不愿意。但是组织已经决定,我也只好听从安排。好在这种不情愿的心态较快就转变过来了。

随着工作的一步步开展,

潘自强院士在办公区

我在实践中开始对这个学科有了更深的了解,也便开始慢慢地喜欢上了这个学科。实际上,对一门学科不感兴趣,或者说觉得这门学科知识很浅,其实只是因为你对其不够了解。只有通过了解,你才会发现那个学科里的真正学问,也才会慢慢地产生研究的兴趣。事实上,重要的在于去了解、去发现。

很多人或者说相当一部分人,看不上辐照防护这门学科,但我在工作中发现,这个学科有太多的学问需要去研究,而且要把研究出来的问题解决好,也并非是一件容易的事情。

在我科研成长的道路上,李德平先生是启蒙老师,钱三强、何泽慧、王淦昌和戴传曾等先生们对我也有很大的影响。

钱三强先生逝世后的那年春节,我很想去看望一下何泽慧先生。我先给高能物理研究所去了一个电话,说明我的想法,结果那边的同志劝我最好还是不要去了。那个同志说何先生不愿多见人，他们去看望时，何先生只是把门打开一个缝，然后就让大家回去。但是我想我是何先生的学生，是小字辈，就是去了把我赶出来也不要紧，我还是决定去看望她。我找了一个下午去看望她。她听到我敲门声后，像往常一样，轻轻把门打开，只留一个缝隙。不想，她从门缝里看到是我，很高兴地说："潘自强，你来，你进来。"随手就把门打开让我进客厅。我与何先生已有10多年没再见面，她这般热情地对我，我心里很激动。那天下午我们天南海北地聊了三个小时。临别之时，我看到到处堆满书的客厅，显得有些凌乱，就跟何先生说："我来帮您收拾一下客厅吧？"何先生却说："不用，不用，原汁原味。"

那天的聊天，留给我印象最深的是何先生跟我说，几年前中国组织了一个妇女代表团去日本访问，让何先生当这个团的团长，她拒绝了。拒绝的原因是她觉得日本人曾经侵略我们国家，她就不肯当那个团长带队去。何先生那代人的爱国情怀是自然而然、发自肺腑的。

我刚参加工作的时候，实验室里的一切工作，都是从零开始，很多材料和容器都是靠自己亲手去做。我还记得有一次，我们有一个仪器要拿到中南海去献礼，需要一个容器来装，李德平先生想了想，说："去买个饭盒来。"然后我们就去买了个饭盒，把仪器装在饭盒里拿到了中南海。现在来看，拿个饭盒去中南海挺不可思议的，但在当时一穷二白的条件下，去制作一个容器是需要很长时间的。李先生灵活的处理，让我领悟到，路都是人走出来的，实践出真知。

人在年轻的时候，总会怀有不切实际的理想，我也一样。起初，我希望自己能做纯粹的理论物理基础研究，渴望自己能成为像爱因斯坦一样伟大的科学家。但人需要随着实际的工作环境，不断调整和改变心态来接受现实，去潜心、踏实工作。在我的理想与现实碰撞时，我之所以能在较短的时间内把心态转变过来，其实跟当时的环境有很大的关系。在参加工作时，我们实验室的室主任是钱三强先生，副主任是何泽慧和朱光亚先生，组长是戴传曾先生，副组长是李德平先生。他们踏实、严谨的治学态度让我明白了一个道理：科研工作，是一个时间积累的过程，要在实践中，在具体的工作中，踏踏实实把一点一滴的小事做好。

1960年，我考助理研究员时，所里助理研究员还很少，当时，要求1956年以前毕业的，才有报考的资格，我把资料交上去后，所里说我没有报考的资格，但我想试一试，就坚持报了名。参加了英文、俄文的考试以及论文的答辩。成绩是较理想的，但听说送到所里的名单中没有我。不知钱先生从哪里听说了我的情况，就询问相关负责人："听说技安室有个潘自强，成绩不错，为何没有他的名字？"回答是："年限不够。"钱先生就让他们把我的材料拿给他看。钱先生看过后便说："我觉得可以嘛。"这样，我就成了助理研究员。但不知什么原因，从此，我也逐渐成了"白专"代表了。大小运动都要连带批判几句。那个时代流行"又红又专"，被称为"白专"，应该算是"反面教材"吧。

成为助理研究员之后，所里让我负责有关核试验项目辐射防护方面的研究工作。正逢1960年我们国家颁发了与辐射防护相关的两个规定，我对这两个规定里的一些条款提出质疑，并写了一篇文章发表。起初，编辑部不同意发表，觉得既然是国家颁发的规定，怎么能质疑和再去讨论呢。我就跟编辑部的负责人理论，我让他们给我拿出一个拒绝发表的合理理由，如果拿不出来，就应该发表。后来编辑部只好在文章前又加了一个编者按，声明潘自强的观点跟本刊无关。我在发表的文章中提出的一些观点，与两个规定是背道而驰。在此之后，我又根据几年来在工作中的体会和思考以及国外文献的调研，写了一篇明显与苏联《放射卫生》不同的文章《保健物理概念》。而让我没有想到的是，这两篇文章竟成了日后我在"文革"期间被批判的依据。批判这两篇文章是"资本主义大毒草"，还列出了一百条罪证。其中60多条罪证都出自这两篇文章。

1966年的7月和8月，是我人生中最煎熬的两个月。

1966年6月"文革"开始，当时我正好被部里派到八一四厂参加设计审查。有一天，厂里接到北京的电话，让我回去接受批判。部里带队的胡希先同志为了保护我，把这件事情压了一个月，没有告诉我。7月份工作结束回到所里。那个时候，我在原子能所还住在集体宿舍，回去一看，宿舍里，还有我的床上都贴着标语：反动小权威。看到这些标语，我一下子就懵了：怎么一夜之间，我就从"五好人员"变成了"反动小权威"？我心里很难受，最主要的还是觉得委屈，不能理解，对以后生活的方向更是不明确，对前途也感到悲观，通宵未眠。

在那段时间里，只要超过两个人，有第三个人在场，大家就不敢跟我说话。但仅有两个人时，仍有不少人和我说话。"文革"中是可以看出人性的。那段特殊时期里，去年已经过世的胡希先同志给了我很大的鼓励。他来原子能所检查工作时，我正在实验室里做实验，他就特意来实验室看望我。他当时很淡定地跟我说："没有事，你这能有多大的事呀。"我一想他经历的事情比我多，他说没有事情就应该是没事的。在我人生中最难的时候，我的爱人许明仪，在那个时候我们还没有结婚，给了我很多温暖与力量，她对我的态度从来没有因为这些改变过。这些都是我能在"文革"中支撑下来的很大的原因。

尽管因为两篇文章的发表，我在"文革"中遭受批斗，但在科研工作的道路上，我却始终保持着质疑的态度。质疑，只是一种思考的态度，并非是对权威的挑战。权威值得我们去尊重，但尊重不是迷信和盲从。无论是书本还是领导的决议，都是人写的，人终归是有局限性的。善于质疑、勇于质疑才可以对事物的本质有新的认知和判断。

苏联专家没有撤走之前，我对苏联专家的观点也有不同意的时候，会提出质疑。以至于苏联专家临回苏之前，大家为给他送行在一起吃饭，他给每一个人准备了一份小礼物，唯独没有给我。

改变人们固有的观念很难，打破传统就更难。2002年，我在ICRP主委会上提出，含钾-40的天然物质均应属于豁免范围。我的提议得到了一些成员的赞成，但最后仍以"钾-40的豁免值已用了很多年了，无人提出异议"为理由搁置了。但在以后的每一次会议上，我都不断提出这个问题，表示对过去标准的质疑，但均被以各种理由推延作出决定。一直到2007年的大会上才通过。所以，在ICRP2007年建议书中就没有这个数值了。

我一直都觉得，像我这样能够做出一些事情，完全取决于周围同志的理解和支持。性格耿直的我，说话办事会忽略别人的感受，容易得罪人。好在一些同志对我能够给予理解。蒋心雄部长在任的时候，我在一次会议上，明确发表了不同的意见。会后，有的同志说当面顶撞蒋部长，你恐怕是第一人吧。我跟李定凡总经理也有过不止一次的争执，但他最终表示理解我、支持我的工作。

在纪念核污染防治法10周年的会议上，其他同志都是说取得的成绩，我在说取得成绩的同时提出了几点意见。至于这些提出的意见能起到多大的作用，我并不知道，但我还是会坚持提出来，我认为总是先把问题提出来引起领导的关注，问题才会慢慢被解决。

汶川地震后，在八二一厂有一次会议，张德江同志出席，中核集团让我作为代表去参加会议。有关部门给我起草了一份在大会上的发言稿，我认为这份发言稿没有完全把应该说的问题说出来，随后我自己写了一份发言稿，但有关同志说："这些问题以前没有汇报过。"后来，中核集团有关领导认为：还是按我的意见讲。我发言后，张德江同志的秘书立即把我的发言稿要走了。听说对解决八二一的问题起了一定作用。

对于安全工作而言，讲"安全"这个词是需要用数据来说明和支撑的，但很多时候有些数据又是需要保密的。我国参加联合国原子辐射影响科学委员会（UNSCEAR）后，UNSCEA 秘书处一直要求提交我国核工业和核技术应用中个人剂量和环境影响评价的资料，在各方面的支持下，我国向 UNSCEAR 提供了有关资料，得到了各国代表的好评。

事实上，一点问题都没有是不可能的，把问题实事求是地说出来，才可以得到大家的理解，才会争取到别人的支持。理解是支持的基础，而让人了解到事实的真相又是理解的基础。

安全环保这项工作，我认为不能完全简单地定义为自然科学，有些时候会受到社会科学的影响，因为这项工作需要面对公众。目前，很流行一个词就是科普，但不宜把"公众沟通"归纳到"科普"中。公众沟通，双方是平等的，是站在科学的角度，来跟社会各个阶层的人士进行沟通。而沟通的对象也并不仅仅只是大众百姓，还包括知识分子等社会各阶层，更包括官员和各级领导人。

安全环保，不只是一项具体的工作，更需要一种全民意识。而我们国家到今天，国民对安全环保，主要还停留在切身利益层面上。一般而言，都是某事某人侵犯到我了，我才会去关注。

1972 年，我随中国代表团，参加联合国人类环境会议，会议决定建立联合国人类环境署。那次会议对我意义重大。那是我第一次接触国外的环境话题，参加会议的人员又都是高层次人员，使我大开眼界。也是在那次会议中，瑞典人民让我意识到，安全环保，其实首先是一种意识，其次才是一项工作。

　　会议期间，我们在瑞典住了3周，参会途中经过一处地方时，总是能看到好多人爬在一棵树上，我很好奇，便跑过去问人家在干什么，他们的回答是因修地铁，有关部门提出要砍掉这棵树，而这些瑞典人认为：地铁改道树不能移。半个多月，24小时都有人爬在树上。这让我强烈地感受到瑞典人那种跟自己眼前利益无关的纯粹的安全环保意识。

实现中国人的科学梦

——中国科学院李惕碚院士口述实录

李惕碚院士

前辈学者站在科学技术发展的最前列，为制定新中国国防与科技发展战略作出了重大贡献，又在"两弹一星"事业中建立了丰功伟业。我们应当继承前辈们的历史使命感和科学精神，实现中国人的科学梦。

在纪念何泽慧先生百年诞辰学术思想座谈会上，何祚庥院士提出，钱三强、何泽慧为代表的一批学者之所以功不可没，不仅是因为服从了国家的需要和调遣为两弹研制作出贡献，而且正是他们说服和推动党和国家领导人作出了研制原子弹和发展原子能事业的战略决策。

我很赞同何祚庥的意见。早在1940年抗日战争期间，时任浙江大学教授王淦昌在核物理学的最前沿提出了《关于探测中微子的一个建议》。那年冬天的一个夜晚，还在贵州遵义一间小学教室里作了原子核裂变及其应用的学术报告。王淦昌从卢瑟福 α 粒子散射，讲到人工核反应，最后讲到核裂变，并且指出：如果可控的核裂变链式反应能够建立，人类将进入一个新的时代。两盏煤油灯照明的教室又暗又冷，"但在场的学生听了王淦昌的预言，看到了人类的未来和物理的未来，却兴奋不已"。钱三强、何泽慧在法国居里实验室发现铀三分裂和四分裂后，怀抱建立中国人自己的原子能事业的目标于1948年6月返回祖国。当年年底，位于北京西郊的清华园才刚刚解放，钱三强教授就找到中共清华大学地下党支部委员何东昌，建议建立原子能学科，在学校还在等待新校长的情况下先干起来。何祚庥发言中用他个人亲历所见列举了其后钱先生如何积极推动中央决策的生动事例。

受微观物理的奥妙、"理工结合"的培养方式以及有可能为国家核事业作贡献的前景，1957年我报考了清华大学工程物理系。1963年毕业时，我只填了一个工作志愿：负责研制原子弹的二机部。当看见分配通知书上的单位是"二机部311工程处"时，我高兴地以为实现了参加核武器研制的愿望。其实，311是原子能研究所云南高山宇宙线观测站大云雾室建设工程的代号，同原子弹没有关系。云南高山站是王淦昌先生于50年代初领导建设的核物理和宇宙线物

李惕陪院士（后排右一）与钱三强、何泽慧合影

理研究的实验基地。我到原子能所工作时，王公已经"以身许国"，到青海二二一厂领导原子弹试验去了。失去了同前辈学者一起参加我国核武器研制的机会，从参加工作至今，我都在从事基础科学研究。参加"两弹一星"研制的很多前辈学者，都迫切地期望重新回到物理学前沿去探索。他们在承担"两弹"研制任务中尽可能地培养和储备学科研究人才和开展探索性的研究工作。70年代后期，在完成"两弹一星"研制任务和经历了"文化大革命"的折磨后，部分前辈学者，如钱三强、何泽慧、王淦昌、彭桓武等，虽已届老年，又重新回到了基础科学研究岗位，我也因此有幸直接得到他们的教诲。

从上世纪中叶以来，核物理和粒子物理取得了长足的进展，同时粒子天体物理和宇宙学也开始进入物理科学的前沿，微观和宏观世界的规律显现出深刻的相互联系。70年代末，我们一个年轻的小组开始从高能物理转向天体物理研究，动手建设高空科学气球系统，以推动空间高能天文和其他空间科学探测在中国的起步。由于观念和体制的束缚，这一前沿交叉学科项目的发展遇到了很多困难，几近夭折。何泽慧先生坚定地支持我们，成为我们的"保护伞"。在最困难的时期，钱先生和何先生多次到气球发放现场鼓励我们；何先生还挺身保护在政治运动中遭到错误打击、身陷囹圄的青年科研骨干。80年代初，我在英国访问工作两年期间，很担心小组的年轻成员们能不能成功地进入陌生的天文领域。后来他们形容那段时间何先生像一个老母鸡带领着一群小鸡，到天文和空间界去四处学习请教。80年代末至90年代初，在当时特殊的政治环境下，小组的发展又遭遇到严峻的形势，我本人也被指责为"擅自篡改科研方向"。1990年，当我们在空间数据分析工作中得到一点新苗头时，钱三强先生很快就随何先生来实验室了解分析过程和结果，热情勉励我们继续努力。

1992年，我和吴枚提出对象重建的直接解调方法，采用直接解调技术设计的空间硬X射线调制望远镜HXMT，用非成像的探测器扫描观测得到高分辨像，有希望实现人类首次高精度硬X射线成像巡天。由于直接解调是国外没有用过的新方法，HXMT项目难以立项。1995年，中国物理学会学术年会要我作"宇宙线物理"的综述报告，我把报告主题改为"高能天体物理"，借机介绍了国际天文学界和美国宇航局把实现硬X射线巡天作为高能天体物理发展的首要目标，直接解调方法为我国提供的科学机遇，以及HXMT项目面临的困境。王淦昌先生年事已高，行动不便，仍然到会听报告。几天后，学会秘书汪雪瑛同志通知我，王公有事要我去他家里。来到三里河王公家时，核工业部的几位领导正在看望他，同他商讨什么事情；见我来了，王先生说："你们回去吧，以后再讨论。我现在有很重要的事。"把几位领导给请走了。王公对我说，他在年会上才得知我们的工作，要我再仔细谈谈。他拿着一个小本，上面写了对直接解调方法原理、应用以及 HXMT 项目状况的几个问题，一条一条地要我解释并同我讨论。随着我的讲述，王公对方法的新颖之处以及我们用气球飞行和国外数据得到的新结果兴奋不已；听到项目的困境，又难过得连连叹息；最后，他问我："我能帮什么忙吗？"先生诚挚的关切使我深为感动，但事情涉及不同的学术观点和复杂的管理体制，我一时竟不知道该如何回答先生的询问。在王淦昌、何泽慧、彭桓武、王大珩等前辈学者的支持下，经过近 20 年的曲折过程，直接解调技术和 HXMT 项目终于获得普遍认可和实现工程立项。

彭桓武先生是理论物理的大家，从"两弹"研制前线回到科学院，先后担任高能物理所副所长、理论物理所所长和名誉所长。一个在实验工作中摸索寻路的晚辈，我有幸得到彭公的长期关注和扶持。上世纪 70 年代末，二机部和科学院对宇宙线研究体制上的游移反复引起了我的情绪波动，彭公发觉后以他少有的严厉批评我："在哪里都是做研究，管那些事干什么！"2004 年 2 月末，何泽慧先生告诉我："彭桓武要你的电话号码，你打过去问问有什么事"。事情是彭先生将要作一个近期工作的学术报告，叫我去听。3 月初，彭公在理论物理所报告，题为"一个包含爱因斯坦广义相对论及狄拉克大数假设在内的自然常数演化的理论"。彭公走上讲台后就问"李惕碚来了没有？"见我站起他说："今天的内容和天文有关，天文我不熟悉，请你来挑毛病"；他又点了另一个人说："广义相对论是几何化的理论，我几何不好，请你把把关"。彭公 30 年代在清华读书时从来访的英国物理学家狄拉克的报告得知了宇宙大数疑难问题：由不同的宏观和微观物理参量可以构成一个特殊的宇宙大数。如何解释这样一个显示宇宙总体和微观世界可能有深刻联系的重大疑难问题，几十年来始终萦绕在他心里。从国防建设和科研领导岗位退下，年届9旬的彭公以高度的热情和完美的学者风范继续在最前沿探索自然科学的基本问题。

前辈学者站在当时的自然科学与工程技术发展的最前列，为制定新中国国防建设和科学技术的发展战略作出了重大贡献，他们又服从国家的战略需求，在"两弹一星"和自主科学技术研究体系的奠基和发展事业中建立了丰功伟业，但是他们的科学梦，把中国自然科学的实验与理论研究和新兴工程技术推到世界最前列，还没有实现。在建设创新型国家的新阶段，实现中国人的科学梦已经成为国家的战略需求，有更好的条件把对科学的探索与国家的发展需求统一起来。当前，核科学仍然是一门重要的前沿学科，核科学技术的应用更对国家的安全和发展有着重大的战略意义。核科学技术，包括裂变能源的安全性，聚变能源的机理和关键技术，都期待着原理性的突破。核科学技术和其他的科学技术门类一样，需要不断地探索新思路，在新发现和新认识的基础上实现理论突破，构建自己的核心技术。我们应当继承前辈们探寻未知、追求真理的科学精神，和他们的历史使命感与奋斗精神，完成中国人世世代代的梦想，使我们的民族真正站到世界的最前列。

世纪之光　跨越之绩
——记中国科学院王世绩院士

王世绩院士

"天下古今之人，未有无志而建功"。作为一名科研工作者，应该始终心系祖国，以对国家、对民族高度负责来思考定位，着眼未来，树立远大的目标。

50 多年如一日，凭着对党和国家的无比忠诚和满腔热情，始终奋战在国防科研一线，在核试验测试、激光惯性约束聚变（ICF）研究等领域屡立战功，先后获得国家科技进步奖二等奖、光华奖一等奖以及何梁何利科学技术奖等殊荣。

他就是王世绩院士，中国实验核物理学家，核物理测试和激光等离子体物理实验研究的卓越开拓者之一。

圆大学梦　结缘核武

1932 年 9 月，王世绩在上海市嘉定区一个教师家庭呱呱坠地。父亲是上海中华职业学校的机械制图教师。或许受父亲的影响，小学毕业后，他就直接进入了父亲工作的职校，就读机械科。6 年后，他毕业了，又义无反顾地考入上海中华工商专科学校，继续学习机械。

1950 年 1 月，新中国刚成立，百废待兴。要改变旧中国贫穷落后的面貌，发展工业是首要任务。当时的东北是我国重工业建设的第一线，当务之急是招聘技术人才。未满 18 岁的王世绩，毅然放弃大上海，放弃学业，来到哈尔滨市中长铁路机车车辆修理厂，从一名技术工人起步，到技术员、检查员，从事着自己喜爱的机械专业工作。

1952 年初夏，新中国举行第一次高校统考。这时，刚满 20 岁的王世绩萌生圆大学梦的念头。经单位批准，他参加了统考。由于没有学过化学，加之没有时间复习，高考成绩不够理想。他的第一志愿机械专业未愿，结果被东北人民大学物理系录取。带着几分茫然和无奈，他走进大学校门。从此，与物理学结下了不解之缘。1955 年 9 月，品学兼优的他与从全国各大学物理专业中精挑细选的百名学生被送到北京大学技术物理系，进行特殊培养。这批人，后来大多成为我国尖端科技领域的骨干。

1956年9月，他大学毕业后，被分配到中国科学院原子能研究所二室工作。这是一个由钱三强领导的我国当时唯一从事原子核科学研究的机构。在那里，他参加了我国第一台重水反应堆的安装、调试、检验和开堆的准备工作。1958年10月，他参加了我国第一台零功率堆（DF—1）的筹建、安装和调试，承担了γ谱仪、β-γ绝对测量装置、中子探测器等测试仪器的试制。

1959年11月，王世绩到苏联杜布纳联合核子研究所工作，参加了苏联第一台脉冲堆（快中子反应堆）的开堆工作，以及共振中子区裂变参数测量等堆物理研究工作。1961年根据周光召建议，他改为从事中子物理实验研究。1963年他与苏联同事合作，试制成功首台载镉大液体中子闪烁探测器。

1964年7月，因核武器研制的需要，王世绩提前回国，调往二机部九院，只身前往青海221基地实验部，协助唐孝威筹建核测试实验室，任室副主任，从事核试验的物理测试、诊断工作。1965年，他创造性地提出用气体契伦科夫探测器来记录γ射线的设想。1966年，他和同事们一起研制出特殊应用的测试系统，用以记录高能γ射线；并在试验中成功地记录了热核材料燃烧纳秒级的时间过程，攻克了核测试研究的难关，成功用于1966年加强型原子弹试验和首次氢弹原理试验，为氢弹突破作出重要贡献。

中途转行　攻坚ICF

1964年，著名科学家王淦昌提出利用大能量大功率激光器产生聚变中子的设想，开辟了ICF这个全新的研究领域。中科院上海光机所邓锡铭等开始建造高功率激光器研究。70年代初建成了1011瓦的钕玻璃激光系统，为我国激光聚变发展奠定初步基础。

20世纪70年代，中物院开始关注国际ICF研究的动态。1977年底，王淦昌、于敏、胡仁宇、王世绩等前往中科院上海光机所商定合作事宜。同年，院里组建ICF研究队伍，将重任放在二所204室。作为室主任，王世绩面对全新领域，带领科研人员一切从零开始，调研、设计实验手段、组建队伍同步实施。70年代末，两院召开了一次高层次专家会，与会老专家都看好这一专业方向，认为是未来中国赶超世界水平的一个有力的切入点。王淦昌更是看好这一方向。有一次学术会议，李政道问王老，你一生最得意的研究工作是什么。王老回答说激光聚变。王淦昌几乎天天参加研究，一步一步摸索，激光核爆模拟探索研究逐步展开，ICF研究在中物院正式起步。1981年开始中物院组织作业队到上海打靶试验。到1982年5月，二所将各自为战的实验、诊断、制靶、驱动器研究力量进行整合，中物院第一个专项配套、体系完整的专业化ICF研究室——207室逐渐成形，由王世绩任主任。他统筹规划学科发展和团队建设，积极筹建激光装置，尤其把培养一批科技帅才作为人才工作的重点，敢于启用年轻人承担重点、难点课题和项目，并全力扶持，通过实践和锻炼，使一批青年科技带头人脱颖而出，逐步构建起一支有层次、有梯度、专业配套的队伍。经过30多年的发展，这支专业化队伍，从一个组逐渐发展壮大为两个研究所，为我国ICF起步、发展到实施国家科技重大专项，积蓄了骨干力量，打下坚实的基础。

20世纪80年代初，中物院与上海光机所合作，研制建造用于核爆模拟试验研究的神光Ⅰ大型激光实验装置。在张爱萍将军、朱光亚主任的积极促成和上海市政府的支持下，1984年7月，国防科工委和核工业部同意中物院建立上海激光研究室。1986年神光Ⅰ装置基本建成并投入使用。本着"共同投资、共同建设、共同使用、共同管理、共享成果"的原则，中科院与中物院联合组建了"高功率激光物理联合实验室"。

1986年4月，王世绩调任上海激光研究室主任，被中科院、核工业部聘任为联合实验室第一任副主任，翻开他人生的新篇章。此后10余年间，他身兼双职，对十一所和联合实验室倾尽心力，本着"全院一盘棋"的思想，一边抓组织管理，着手组建新的研究队伍，一边抓科研工作，组织承担指令性科研任务，并拓展高技术研究。面对一线科技人员由上海光机所和十一所科技人员混编而成，双方共同承担研究工作的复杂状况及纷繁的任务，他举重若轻，抓大放小，始终牢记王淦昌、王大珩"合则成、分则败"的教诲，以身作则，以发展我国高功率激光技术、ICF研究为己任，超越单位利益，事事处处维护"两所"联合，公平公正，一视同仁。他本着"少花钱、多收益"的原则，严把科研经费关，把有限的经费用在了刀刃上。他知人善任、用人不疑，注重启发思维、指引方向，充分调动科研人员积极性、创造性。同时，挤出更多时间考虑单位和科学技术的长远发展，适时提出前瞻性、指导性意见。20多年来，"两院"紧密合作，他与邓锡铭主任一起使联合实验室成为我国跨院合作研究的成功典范，成为我国在这一领域的重要研究力量，为履行好国家使命打下坚实基础。

1988年6月，上海激光研究室更名为上海激光实验室，1991年3月6日正式更名为上海激光等离子体研究所（十一所），主要承担高功率激光技术和等离子体物理实验研究任务。王世绩被任命为首任所长。翌年，他兼任联合实验室常务副主任，肩上的担子更重了。他同领导班子成员密切配合，进一步将X射线激光及其应用研究、ICF实验研究以及大型钕玻璃激光装置的研制和改进等工作有条不紊地开展起来，确保科研工作的开展和国家任务的完成。当时，神光Ⅰ装置作为中国ICF研究唯一的高功率激光装置，先后开展了多轮物理实验，培训了实验人才，进行了分解实验，考核了众多探测器，始终保持了高效、高水平、高质量运转，在中国激光发展史上竖立了一座丰碑。

90 年代初，王世绩院士（左）陪同国防科工委科技委主任朱光亚视察神光 I 装置

1994 年，国家决策将神光 I 装置升级改造成更大规模的神光 II 装置。5 月，工程正式启动。1997 年前后，神光 II 装置进入总体调试阶段，碰到了诸多瓶颈问题和技术难题。正当陷入困境之际，原项目首席科学家、实验室主任邓锡铭院士又因病去世。王世绩临危受命，担当起实验室主任、首席科学家的重任，毅然扛起神光 II 装置改进达标的重担。他顶住压力，坚定信念，发动全体参研人员广泛讨论，确立"尽可能不'伤筋动骨'、不'推倒重来'，以尽可能小的代价，实现装置原定技术指标"的总体思路，制定出了技术可行、轮廓清晰、可供实施的总体技术方案；并果断增设改进达标现场总指挥，请林尊琪担任。他表态，不达标不出国，国内会尽量不

开少开，一心一意在一线亲临解决问题。还采取了包括设立例会制、建立质量保障体系等措施；杜祥琬副院长建议委派以胡仁宇院士为组长成立了神光Ⅱ装置改进达标监理组，制定了一系列卓有成效的措施，不急不躁，一个元件、一个元件查问题，一点一点往前推进。2001年12月，神光Ⅱ装置顺利通过国家验收，"小太阳"升起在新世纪的华夏大地，标志着我国高功率激光驱动器技术和激光核聚变研究向世界最高水平跨越关键的一大步，进入世界先进行列。

从跨入ICF研究领域起，王世绩作为研究一线的组织者、指挥者和实践者，在推进相关科学技术进步，推动十所和联合实验室又好又快发展等方面，充分展示了一位科学领导者的宽广胸襟、博大智慧和卓越的组织管理才能，对我国ICF发展作出不可替代的重要贡献。

求实创新　　永攀高峰

在半个世纪的科研生涯中，王世绩总能站在学科发展的前沿，预判趋势，统揽全局，运筹谋划，迅速有效组建团队，攻坚克难，发挥将帅引领作用。同时，他始终以穷追到底、锲而不舍的科学精神和求实创新、精益求精的科学态度，不惧"半路改行"的困难，"一切以国家利益为唯一出发点"，将自己的全部心血和智慧奉献给祖国与民族，不懈探索科学真理。

20世纪70年代末开始，王世绩由物理测试诊断转向ICF研究，负责物理实验与诊断制靶。他领导研制了10多种物理实验所需的配套诊断设备，通过激光打靶试验对这些设备进行标定与考核，总体上达到了当时国际同类诊断设备的先进水平，并组织多轮激光与靶相互作用实验，为我国ICF研究作出开创性贡献。

20世纪90年代，在神光Ⅱ装置升级改造过程中，他以其深厚的学术积淀和创新思辨精神，率领科研团队不断创新，勇于登攀，独立自主解决了一系列技术难题，共形成了 15 项具有自主知识产权的技术创新，大幅提高了装置的总体性能和光束质量，装置 8 路激光全部达到并部分优于研制合同规定的指标，圆满完成基频状态方程实验、基频 X 光激光实验和三倍频 ICF 实验，成功托起了中国的"小太阳"。他善于把握学科国际前沿跳动的脉搏及发展趋势，曾与三位院士联名建议并促成国家科技重大专项立项，成为我国惯性约束聚变研究的开拓者和领导者之一。

1987 年起，王世绩担任国家高技术"863"计划 X 光激光研究专题专家组首任组长，开始将研究重点转向 X 光激光研究。面对涉及面广、综合性强、难度较大的研究项目，他调动和利用各方资源和优势，注重发挥团队集智创新的作用，确保研究工作总能沿着科学的方向不断向前推进，充分展现出"科学帅才"的素养和造诣。

在他的带领下，课题组创造性地提出并在神光 I 装置上成功实现了双靶对接、多靶串联、空间限束等方案，解决了远距离多靶串接等技术难题，有效补偿 X 光激光在增益介质中的折射，显著地提高了 X 光激光的质量，获得了近衍射极限的软 X 光激光饱和输出，在国际同类实验中领先，奠定了我国在 X 射线激光领域的重要国际地位。1995 年至 2000 年，神光 I 装置停运期间，他三次率团远赴日本，在大阪大学激光研究所 Gekko XII 装置上成功实现类镍离子的双靶对接，达到高强度的 X 光激光输出；用双靶对接方案，获取类镍银 X 光激光增益饱和，获得日本大阪大学 ILE 进步奖。随后，在初步升级的神光 II 装置上创造性地使用焦线叠加法，获得了近水窗波段的类镍镝、铒、镱 X 光激光输出。2001 年，神光 II 装置投入使用后，他率课题组完成了一系列 X 射线激光的应用研究，获得了当时国际上空间分辨率最为优异的高温等离子体电子密度分布图像和数据。截至目前，X 光激光研究专题不仅突破和掌握了一大批关键和核心技术，而且培养了一大批高技术创新人才，取得了一系列国际领先的科研成果和厚积薄发的创新设计。

收获科技成果的同时，德高望重的王世绩也获得了后辈学子的敬重和仰慕。他一生获得荣誉无数，无论是作为领导、院士，还是一线科研人员，他始终不改淡泊名利、甘于奉献的科学家本色，表现出老一辈科学家"人到无求品自高"的精神境界。担任联合实验室主任期间，已年逾花甲的他不顾老年白内障的痼疾，夜以继日与科研团队奋战在一线，带领团队出色地完成了神光Ⅱ改进达标任务。而装置通过国家验收后，他立即请辞退居二线。他说："想起老主任邓锡铭院士病危时的嘱托，我们一定要团结起来，把神光Ⅱ搞好。只要神光Ⅱ有了交代，个人的得失都是小事。如果哪天神光Ⅱ交了卷，我不会恋栈，我会随即请辞，让年轻的一代锻炼成长。"争名逐利从来都是他不愿，也不屑为之的。1999年，他当选为中科院院士，名望和荣誉接踵而来，但他依然保持着质朴的本色，谢绝了所有不必要的应酬和虚名。他唯一兼职的是同济大学理学院院长，而他分文不取地将毕生所学及科研经验倾囊相授，再次展示了老一辈科学家高尚的人生观与价值观。

王世绩为人谦和可敬，平易近人，虚怀若谷。他高尚的道德品质和独特的人格魅力感染着身边的每一个人。在工作中，他始终倡导民主、开放、包容，认为科研工作者应该把1/3的时间用来提问题和讨论问题，尽可能和更多的人探讨交流，群策群力探讨学术问题，探寻技术路径。他经常与大家讨论沟通，虚心听取各方意见，对所有问题不厌其烦、耐心解答，是大家心中平和谦逊的智者，学习的榜样。在生活中，他与人为善、谦和有礼，无论面对领导、长者，还是后辈、学生，一律平等视之、真心相待，让身边每个人都感到如沐春风，是我们衷心敬爱的老师和长辈。尤其是对待晚辈后学，他总是循循善诱、言传身教，严格要求中透着关心爱护，热情期待中饱含着帮助支持，经常以其博学慎思和丰富经验，为年轻人引路解惑。他语重心长地鼓励、告诫科研事业的接班人，"天下古今之人，未有无志而建功"。作为一名科研工作者，应该始终心系祖国，以对国家、对民族高度负责来思考定位，着眼未来，树立远大的目标。同时，要抓住机遇，发挥冲劲、干劲，只图在个别领域做到国内领先是不够的。"努力将自己锻造成为将帅之才，领导更多的人做更大的事"，是他对年轻一代的殷切期望。

桑榆未晚霞满天，老骥伏枥志犹坚。王世绩虽已年过八旬、霜华满鬓，仍坚持参加事关中物院事业发展的重要活动，筹谋思虑、尽心尽力，践行着不断创造国防尖端科技事业新辉煌的远大志向。

扎扎实实地从一件件小事做起

——中国工程院陈念念院士口述实录

陈念念院士

国际上核能技术发展比较快，我们国家完全靠自主创新是不可能的，应该先引进、吸收再创新。但要长远可持续发展，光靠引进肯定也是行不通的，必须通过创新来求发展。

我出生在一个革命家庭，父母都是地下工作者。我名字取为"念念"，是母亲用来纪念近亲中两位为创建新中国而牺牲的烈士的。

童年时期，我最引以为乐的事情就是玩耍。5岁那年，我得了一场大病，当时受医疗条件及家庭条件的局限，我只能在家卧床休养两年。但在这两年里，我并没有失去童年的快乐。我比别的小朋友提前进入读书时代。两年里，我阅读了大量的科普读物、少年儿童杂志、由名著改编的连环画等。阅读不仅使我对科学、文学、艺术等都产生兴趣，成为一个爱好广泛的人，还让我在童年里成为弄堂里的"孩子王"。经常有一帮孩子围着我转，听我讲南道北，说东言西。那个时候我并没有什么梦想。我天性贪玩，高中之前学习成绩一直都属于中等水平，初中即将毕业时，我突然顿悟到要好好读书，突击了一段时间后，以班上前几名的成绩，考入上海市的重点中学之一——位育中学。高中期间，我的学习成绩几乎每年都是班上第一名，考上清华也是水到渠成的事情。我走进清华园，第一印象也就是绿茵、红楼，风景如画，并没有更深远的体验。直到6年校园生活结束，并工作了几十年后，我才逐渐领会到清华这6年对我一生的重大影响。

我考上清华那年是1958年，正值国家大力贯彻"教育为无产阶级政治服务，教育与劳动生产相结合"的教育方针。清华当年强调的校训并不是"自强不息，厚德载物"，而是"又红又专"。校长蒋南翔先生还提倡，"为祖国健康工作50年"。这些思想潜移默化，对我影响至今。而我的梦想也正是在清华逐渐清晰。我所就读的工程物理系，当时还带有几分神秘的色彩，各个专业都用代号，我学的专业代号是"220"，和"红药水"的俗称一样。当时工物系刚办了三年，缺少专业教师，大部分教师都是从其他系转来的，"220"专业尤甚。因此，绝大部分老师不仅要授课，自己还要抓紧学习，师长们都非常努力，教学水平很高。"220"专业两门最重要的基础课由教研室主任刘广均教授和系党总支书记余兴坤教授亲自讲授。刘广均教授讲课特别注重物理概念，凡是物理概念没弄清的同学，就算会做作业，会回答问题，也不算过关。余兴坤教授是"双肩挑"，工作很忙，但除讲课以外经常利用休息日给同学们做辅导、解答问题。回想起来，我在几十年科研工作中取得的多项成果，都与这两门专业基础课所讲述的理论、技术有关。

我还记得，在1964年我们的毕业典礼上，时任清华大学校长的蒋南翔向应届毕业生作了题为《做三大革命运动的战士》的报告。蒋校长在报告中要求同学们"首先要做一个革命者，然后才去做一个工程技术人员""要让工作选择人，而不是人选择工作"。当年的7月底，首都5万名高校和中专毕业生汇集在北京工人体育场，听周恩来总理和彭真同志作报告。首长们从人类发展史讲起，勉励同学们要担负起历史的重任，走与工农相结合的道路，走知识分子劳动化、革命化的道路。从那年起，我由学校分配到天津二机部理化工程研究院工作直到今天。

1964年我参加工作时，正值我国第一颗原子弹爆炸前夕，大家真是一身的劲，上班认真工作，下班抓紧时间学习。一天工作下来，还要学外语、看文献、整理学习资料。晚上办公室灯火通明，直到很晚才回宿舍睡觉，有人用"办公室灯火辉煌"来形容当时挑灯夜战的盛况。一直到今天，我都难以忘怀当时核工业给我留下来的第一印象。

刚刚参加工作，我是从一名普通的值班运行人员干起的，在科研一线整整干了20多年。在担任值班员期间，我的工作岗位在综合实验大厅，实验室内包括主工艺、电气、仪表、水、气等多个系统。我主要负责主工艺系统的正常运行，但在短短几个月里不仅熟练掌

陈念念院士

握了本职系统的原理、流程和操作方法，还全面学习了解了其他各个系统的主要特点和基本操作，这为我以后工作中的创造性发挥打下了良好的基础。所以我觉得现在的青年科技工作者们，应该要把心态放平了，要先学会扎扎实实地从一件件小事做起。任何工程性科研工作都是一个庞大的科研体系，需要一个团队来合作完成。当然在这个团队中，最后也总会把一些名誉、职务落在某一个人或某一些人身上。我觉得无论是这个团队中普通的一员，还是那一些很幸运的人，都需要平和、淡定地看待这个问题。很多事情的成功，除了工作本身，还有一些机缘、运气的因素。但无论如何，首先都要有一颗要做好事情的执着的心，要不怕困难、不怕犯错地去做。

我个人觉得核工业人才建设是一个系统工程，在强调科研队伍的人才建设的同时，包括管理、党务甚至于后勤等多方面的人才建设都应该重视，现代企业缺了哪一个环节都不行。要开辟、打通多条通道为年轻人创造机会。现在的青年人，文化水平普遍提高，大部分是大学毕业。这些学生毕业后来到集团，不可能走同一条路，我们也不可能只强调某一方面人才的重要性。要给年轻人一种希望，就是不管他们走哪条道路都是有奔头的。首先得让他们在不同的岗位上都能发挥自己的作用，我想能做到这一点，绝大多数青年人就会满意。

现在有一种趋向，就是优秀的人才大多想去做行政管理人员，我认为这不是个好现象。比如，有一些学术带头人已经给他明确了让他担任一个工程或项目的技术负责人，但他还是想兼一些行政职务，似乎总觉得自己的权力不够。光从思想上扭转似乎不太管用，还要在制度上作些保障。应该下放一些权力给学术带头人。如果一个学术带头人有一定的经费支配权和人事安排权，可以组织一个团队去实现自己的想法、攻克难关，我想就会好一点吧。

现在的情况是：院长、总工管着所长，所长管着室主任，室主任管着学术带头人，所有的事情又都得院长同意才可以实施，一级一级地审批，上面不定，下面就没法开展工作。我觉得这个制度不够灵活，也不是唯一的、最好的道路，应该灵活地探索多种渠道。

国际上核能技术发展比较快，我们国家完全靠自主创新是不可能的，应该先引进、吸收再创新。但要长远可持续发展，光靠引进肯定也是行不通的，必须通过创新来求发展。现在的思路，我认为是对的。每引进一个国外的先进堆型，我们后面都有一个团队在做国产化的科研工作。核工业这么多年来，有那么多的经验，我们有很好的基础，所以我们引进后再创新是有基础的。引进的目的之一是为了打开思路。

对科研要有一种踏踏实实一丝不苟的精神

——中国工程院张金麟院士口述实录

张金麟院士

> 我国核潜艇技术的发展以及突破与国家安危及国际地位息息相关，我现在最大的梦想就是新一代核潜艇项目早日上马。

我出生在唐山东部沿海的一个农村里，小时候并没有什么理想，农村的孩子不像大城市的孩子，从小受到父母的影响和启发，我的成长都是靠自己。中学的时候，我的想法很简单，就是能够考上大学。那个时候在农村，每天见到的除了打鱼的小木船就是简易的手扶拖拉机，所以我就想考一个跟拖拉机有关的专业，希望自己大学毕业以后可以分配到生产拖拉机的工厂，为我们农村生产队多生产一些拖拉机。因此，高中毕业考大学填报志愿的时候，我的第一志愿是长春拖拉机学院，第二志愿才是哈尔滨工业大学。没想到，我却被第二志愿哈工大的动力系录取。

进了哈尔滨工业大学后，受学校的氛围及苏联专家们的影响，开始渐渐有了抱负，要为建设我们的国家服务，但具体做什么，我还是很模糊。记得有一次假期回家，我坐着火车沿途经过长春、沈阳一直到唐山，整个路上都能看到大烟囱、发电厂，我当时就很兴奋，觉得或许这些就是自己将来要做的事情。1960年，我大学毕业的时候，海军一位招毕业生的领导让我做好思想准备，要去最艰苦的地方。具体去哪里，干什么，我并不知道。我原本就出生在一个偏僻的小农村，所以我对去最艰苦的地方并不像有些同学那样有心理抵触，而是很自然地接受了。

毕业后，我按要求从哈尔滨去大连第一海校报到。那里集中了300多个当年的毕业生，统一进行军事训练，3个月后进行再分配。但到了再分配的时候，别人都到全国各地报到了，而我和其他4个人，迟迟没有被通知，我的心里就有点着急了。正在我焦虑的时候，领导又跟我们说："你们要做好思想准备，到最艰苦的地方去。"最后，由一名海军少尉将我们领到北京，入住北京西苑旅社，在那里待了一个月才被分配到海军大院造船技术研究室，开始了一生与核潜艇的缘分。

我的家乡靠着海边，船很多，我从小对海和船都有感情，所以当听说要我从事有关核潜艇的研究工作时，我内心不仅高兴，而且有一份荣誉感。从1961年开始到1966年，我一直在北京工作。因为需要，我分别在4个地方做过研究，一个是海军大院的"09"研究室，一个是四〇一所的47—1楼，一个是北太平庄铁道干校，还有一个是马神庙的二院。那几年大家集中力量搞反应堆，我的任务是研究反应堆一回路里的稳压器——那个年代也称为加压器。那个时候，我们国家研究稳压器的人还没有，我也不知道稳压器是什么，于是我把大量的时间都用在看资料上。1962年，我用了一年多的时间，学习了美国航母的资料，从理论上进行推演，研究稳压器在运行过程中的原理、作用及功能。通过一年多的学习，我把这些都研究清楚了，就写了一本完整的资料《加压器的原理与计算》。在北京生活的6年里，我并没有像毕业时领导跟我说的"到最艰苦的地方去"。但在四〇一所47—1楼做研究时，条件也是很艰苦的。那时没有吃的，我还自己种地瓜。我们从坨里的老乡手里买了地瓜苗，自己种地瓜吃。

　　1966年，中央下发1号通令，要求我们研究的试验台架都要搬到四川去建。于是，我就去了四川，这一次是真正去了最艰苦的地方。我是一个比较简单、比较随意的人，领导让干什么，我就干什么，听从组织的安排，自己没有太多的想法。由于我在北京研究稳压器时对一回路系统有所了解，到了四川后，组织安排我带领十几个人一起组建一回路系统实验室。到1969年实验室建立后，我对一回路是怎么组成、如何运行、关键技术在哪里，都了如指掌。但这个时候，"196"工程在安装过程中出现了很多困难。在一次讨论会上，军管会的主任说："让一回路试验室那个白头发的过来处理。"那个时候我的头发已经白了。军管会的领导又找到我们室主任，要求调我去参与"196"工程。我当时并不愿意过去，因为我在一回路试验室日夜值班3个月，虽然将一回路实验室单项设备都弄好了，却还需要有一个长期运行稳定的考核阶段，所以我更愿意留在实验室。但最后，我还是听从组织的安排，去了"196"工程。1971年，核潜艇下水，开展系泊实验，组织上从四川抽了十几个人到葫芦岛帮助"09"工程调试，我又被派去了葫芦岛。

张金麟院士在武汉中国船舶重工集团公司七一九所

1972年，由于体制改革，从四川调300人到武汉，我又被调到武汉的七一九所。到七一九所后，没有具体任务。当时上海"728"工程在搞秦山核电站，彭士禄就带着我们10几个人去了上海，开始研究熔盐堆，以作为陆上核电站的堆型。可是我们几个人越研究越觉得技术不如压水堆成熟。带领我们的彭士禄胆子大，有一次开会，上海三办的领导（相当于今天科技局的局长）在场，彭士禄就跟这位局长提出熔盐堆不适合我们国家的国情，要求改为压水堆。当时我们几个人都吓得直出冷汗，心里想那位局长可是"四人帮"的小兄弟呀！我们怎么能反驳呢？没有想到，隔了两天后，这位局长听取了我们的意见，决定将熔盐堆改为压水堆。上海728核电站堆型改为压水堆的方案，确保了我国秦山核电站一次成功。我觉得彭士禄对我国发展陆上核电站是有很大贡献的。

1983年，彭士禄到了水电部当领导，当时我国要在广东发展核电，彭士禄又带着我们十个人去了广东参加核电建设。最初的任务是选址，大亚湾核电站的厂址并不是大亚湾，而是选在大鹏湾。彭士禄带着我们去考察，觉得那个地理位置不适合搞核电站。于是，我们就接着往里面走。到了中午的时候，我们爬到海边的一座小山上，坐在那里看风景、吃午饭。那个时候午饭很简单，一个人一个面包、一瓶汽水，我们就坐在小山头上吃饭。一边吃一边聊天。山头下面是海湾，跟香港还有一座山隔着。我们觉得大亚湾这片地方很适合建核电站，后来经过研究就选择这片地方作为厂址了。

从1961年见到彭士禄，一直到现在，我都受到彭士禄的影响。受他影响最大的就是不争任何名利，只干活。他胆子大，敢拍板，也勇于担当。但他工作却很细致，经常拿着计算尺亲自帮大家计算。我们两个人的家都在北京化工学院，经常一起坐电车从二院回家。路上，彭士禄常常问我："我今天又拍板了，你觉得哪里拍错了？"现在看来，彭士禄大胆拍下的很多板，都是正确的。我一直把他当作我的老师。

1983年中，我参加广东核电站开发期间，黄旭华给我来了一封信，信里说他担任了七一九所的所长，希望我能回到七一九所协助他的工作。当时"09"工程很重要，我就选择了回到武汉的七一九所工作。回到所里后，我主抓所里的管理和发展工作，当时黄旭华是"09"工程的总师，他大部分时间在大连领导大家搞第一代核潜艇的海上试验工作。80年代，研究所正面临着军转民的重任，拨款形式也有所改变，如何保障全体职工的工作任务和工资收入，是一个很重要的问题。于是，我就带领大家在确保军工任务的同时走市场化道路。七一九所地理位置很好，临近武昌火车站，我们就在临街的马路边建宾馆和商店，通过开展这些业务为所里创收，效果可观。直到1992年我开始担任七一九所所长，一直到我60岁转为作核潜艇总设计师工作至今。

现在回想起来，从1960年大学毕业与核潜艇结缘，第一代核潜艇让我很激动的事情有两次。一次是1970年8月30日，"196"堆达到满功率试验，那次试验让我很激动，从调试、安装、试验，一直到满功率，我都参加了，而且许多工作都是由我主持的，当时的心情不仅愉悦还很自豪。另一次是1988年5月13日，我国第一代核潜艇做水下全航满功率实验，我在艇上亲自指挥。身为第二代核潜艇总师，也有两件让我很激动的事情。一件是2006年，我国第二代核潜艇第一首艇正式交给海军时，胡锦涛主席亲自给这首艇授旗。第二件是2014年，我国第二代核潜艇第一条战略导弹艇交艇时，习近平主席接见我们参研人员。这都是我国历史上从没有过的事情。

我国核潜艇从无到有，从第一代到第二代，这一步一步的发展与技术突破中，我只是其中的一分子，然而作为小小的一分子，我感到无比自豪与光荣。在整个发展的过程中，我们克服了很多困难，其中最大的困难就是，在起初的阶段，我们搞核潜艇这样的尖端技术与我们国家当时的工业水平与管理制度不匹配，但大家遇到困难的时候不畏惧、不退缩。我觉得我们能克服那么多困难，很多时候就是我们坚持"两个理论"——矛盾论与实践论解决的。每次遇到不知道该怎么办的时候，大家就在一起讨论。记忆中最深刻的一次，是大家争论要不要搞"196"陆上模式堆的问题。大家争论不休，各自说出自己的理由。最后派我和魏书斌两人到京西宾馆找朱光亚汇报，听取搞与不搞的意见。当时二机部的副部长李觉也在，朱光亚很细致地问我问题，一个小问题一个小问题地问，我一一作答。到了最后一个问题又是非常关键的一个问题，我回答不上来，只有老老实实地搞"196"陆上模式堆才能解决朱光亚的问题了。于是，就统一了我们的争论。到了"196"工程真正试验安装和起堆的时候，周总理讲了一句话，这句话对我以后的整个科研影响很大，这句话是："一定要确保万无一失！"安全是核事业的生命线。但在当前，我觉得国内有些公众对核电事业安全的认识不是那么客观，对核电安全文化的态度没有从实际出发，过于神秘化，也将历史上的3次核电事故过于神秘化。事实上，核电安全从技术上是可以确保的。我国公众应该以更科学、理性的态度来对待我们的核事业，而不是从想象出发。我国核潜艇技术的发展和突破与国家安危及国际地位息息相关，我现在最大的梦想就是第三代核潜艇项目早日上马。我们现在培养起来的这支队伍技术上比我们那个时代的人更过硬，智慧也更高，但这代人比起我们那代人，那种对技术追根问底、踏踏实实、一丝不苟的精神需加强。

　　半个多世纪过去了，我对核潜艇的情感很难用语言来表达，最真切的感受就是离不开它。

30余载追逐梦想 30余年倾情奉献

——记中核集团铀资源勘查技术首席专家张金带

首席专家张金带

我对事业的理解很简单,核科技和核事业是崇高的事业,他关乎富国强军,造福人类,他也是永远发展、永无止境的事业,是让我们实现人生价值的事业。

在30多年的铀矿地质找矿的职业生涯中，他主持的多个项目获得国家级、省部级科技奖；他作为主要领导，组织完成了中国北方中新生代沉积盆地铀矿资源调查评价……他就是李四光奖获得者、中核集团铀资源勘查技术首席专家张金带。

30余载核地倾情，有怎样的奉献核工业梦想的嬗变，又有怎样的追梦之旅？让我们走近他。

走近核工业，青春梦想之花初绽

1964年10月的一天，在浙江中部山区小村庄的一所小学二年级的教室里，老师正在给一群孩子读报纸，讲述着中国原子弹爆炸成功的喜悦。随后的一天傍晚，一群孩子涌进村里祠堂，观看了一部关于核爆炸的新闻纪录片。张金带就是这群孩子中的一员。核爆炸的震撼、核科技的神秘，成为他对核工业最初的印记。

1978年3月初的一天，浙江大学地质系老师为新生宿舍的每一个房间张贴了一幅李四光画像。随后的几天，一群来自全国各地的青年学子满怀对知识的渴求和对未来的憧憬，来到浙江大学。

张金带就是这群青年学子中的一员，在他心中有了最初的青春梦想：做一个像李四光那样的地质学家。

走进核地质，青春路上的追梦之旅

1982年2月，走出校门的张金带来到了二机部华东地质勘探局二六一大队。自此，在地处著名的江西相山铀矿区，他开始了追梦之旅。

5年后，一个盛夏午后，二六一大队总工程师蒋兴泉找来张金带。

"小张，去年你要求去勘探工区，想学习铀矿勘查的整个流程技术。现在邹家山矿床勘探需要一位技术负责，你愿不愿意去？现在其他年轻人要么想调离，离开地质队这个待遇低、工作又艰苦的行当，要么要求调到大队部，不要上山，图个安定。你倒好，主动要求下野外，上工区，小孩又那么小，怎么照顾？想好了再告诉我。"蒋兴泉直白的话语满是关心。

张金带再一次表明了自己渴望到一线去锻炼、学习的愿望。两天后，他带上简单的行李和一大包专业书，从驻扎在大队部的科研分队来到了野外勘探工区。

一天清晨，张金带穿好被屋顶漏雨打湿的鞋子，做了一件一劳永逸的事：在蚊帐顶上架一块大塑料布，遮挡日后的屋顶漏雨。随后，又开始了一天野外工作。

4年不避严寒酷暑的野外生活里，应对风雨、防范毒虫成为一种常态。"那个地方蜈蚣很多，很毒，有一次睡觉醒来感到有一条冷冰冰的东西贴着我的肩膀，等我看清时，原来是一条七八公分长的紫黑色蜈蚣正在咬我，顿时肿痛得厉害，好在工区卫生员有经验，常年备着蜈蚣浸泡的药液，以毒攻毒，抹了几次就好了。"

"除了邹家山矿床的勘探，还有平顶山矿床的普查，每年有五六台千米钻机让我指挥，每年要设计和施工一批钻孔工程，每年钻探工作量2万多米，基本完成了邹家山矿床最后一个区段的勘探。这是我国第二个勘探成功的千米深度的铀矿，而且是富矿。1994年这个项目还得了部级科技进步一等奖。这个矿大概在1999年就开始建设矿井，现在还连年稳产达产。这算是我进入核工业后的第一个值得满意的成果。要说梦想，其实这小小的梦想也就在其中吧。因为学地质的人，终身最大愿望是自己亲手把矿找出来，最好还亲眼看到它被采出来，反过来，地质人找不到矿，那是终身最大的遗憾。因此，我是很幸运的。"张金带用这样平实的语言勾画着自己的梦想。

走上新征途，磨剑十年圆梦北疆

1990年11月初，邹家山矿区，张金带正在着手总结一年来的勘探成果，突然接到一纸调令，奉调中国核工业总公司地质局（现中国核工业地质局）。

就这样，专业上从基层一个点，走到了面向全国的一个面。张金带的梦想在延伸。

2001年5月，张金带走上了中国核工业地质局总工程师的领导岗位，担负起全国范围铀矿勘查的顶层设计的重担。

而此时的铀矿地质工作经受了10多年的萎缩期。要走出这个自1955年开始找铀矿以来的历史最低谷，面临许多困难。最大的困难是投入不足，当时一年能用于全国铀矿勘查和科研的总经费仅仅7000多万元，完成的钻探工作量只有9000米，还不及80年代初一个地质大队的工作量，可以说是捉襟见肘。

怎么办？"时任中国核工业地质局局长李德连同志提出'找钱找矿'的思路和措施，向国家争取资金，用突破性的找矿成果让国家相信我们有能力找矿，相信中国有铀矿可找。"张金带自信而坚定。"到了'十二五'，铀矿地质总投入也增加到了7亿元，年钻探工作量达到近70万米。也就是在这个时期，随着工作的推进，西起伊犁盆地东至海拉尔盆地，近乎横贯中国北疆的铀矿资源调查评价和查证工作全面铺开。"

积10年之功，中国核工业地质局在工作区先后实施了21个铀资源调查评价工作项目和63个中央财政地质勘查经费项目，累计完成钻探工作量172.22万米，重点盆地铀矿找矿取得重大突破。2000年至2010年，在北方中新生代沉积盆地中新发现和探明铀矿床14个，其中发展为超大型矿床1个，新发现特大型矿床2个、大型矿

首席专家张金带（中）在矿山现场

床3个。在新疆、内蒙古查明的铀矿资源储量由2000年仅占全国的10.8%，到2013年底达到了39.7%。在此基础上，进一步完善了我国放射性矿产资源勘查工作体系，集基础地质、矿产地质、航测遥感、物化探、探矿工程、分析测试、地学研究于一体，以国家放射性矿产资源战略性勘查的统领者、组织者、实施者的角色，迎难而上，为摸清我国铀资源"家底"，提高我国铀资源保障程度，确保国防建设和核电可持续发展，建立安全可靠的天然铀供应保障体系，向国家交上了一份优异的答卷：中核地质系统获得了1项国家科技进步奖一等奖，3项国家科技进步奖二等奖；北方沉积盆地找矿的理论技术体系基本形成；探明资源的格局变化，也直接导致了开发格局的变化，逐渐从以南方为主转变为南北方并举的局面。

2013年10月，"中国北方中新生代沉积盆地铀矿资源调查评价"项目获得国土资源部国土资源科技进步奖一等奖。这份沉甸甸的收获，张金带作为主要业务领导所发挥的作用功不可没。

但张金带这样描述10年风雨兼程路："当然这个过程很艰难，甘苦自知，有地质认识和理论技术的探索问题、野外设施装备的问题，也有克服政策和机制上的障碍问题。别的不说，我和我的同事们到新疆、内蒙古野外出差，几乎走遍了85%以上的县（旗），每年几次深入到主要项目的野外现场。有时中秋节、国庆节都是和野外一线职工一起过的，有时进到沙漠区都差点出不来。当然，与野外职工相比这根本算不了什么，他们是长年累月、年复一年的野外工作和生活，更艰难，更辛苦。要说奉献，他们的奉献是最大的，每一吨铀矿最终是靠他们勘探出来的。铀矿地质找矿的突破，主要是作为后来者，在几代铀矿地质前辈奋斗的基础上，所进行的渐进式、叠加式、台阶式的探索与实践。功归前人和大家。"

2007年，中国核工业地质局总工程师会议上，张金带提出了一个新的铀矿地质工作目标："到2020年使我国成为名副其实的铀矿资源储量大国，同时成为铀矿地质科技强国。"

"我始终认为，这是一个可以实现的目标。我国铀资源的前景到底如何？用不太专业的话讲，我国铀矿的先天条件要比世界上的铀矿大国差一些，但总量并不比人家少。用专业一点的语言说，我国是铀资源较为丰富的国家，最近几年由我做总负责，进行了系统性预测，总量可观，圈出了40多个万吨级至10万吨级的远景区，还不包括上百万吨的非常规铀资源。同等条件对比，世界上目前这个总量是1600万吨。我国地质构造背景特别复杂，早前寒武纪古陆块不发育，碳硅泥岩建造也形成较晚，构成铀成矿的不利因素，但是我国又是中生代火山岩带、花岗岩带和中新生代陆相盆地及含铀建造特别发育的国家，这又构成铀成矿的有利因素。我国幅员辽阔，古生代以来有多期大规模铀成矿作用，铀资源的总量不比世界上的铀矿大国逊色，复杂的地质条件也促使我们自己建立起完整的勘查开发理论技术体系。'视远惟明'，对我国的铀资源要从长远看，铀矿地质的探索应锲而不舍和循序渐进，要有信心、恒心和耐心。"张金带底气十足。

2013年8月的一天，在张金带办公桌上放着刚出版的《中国北方中新生代沉积盆地铀矿资源调查评价（2000—2010）》和《进入新世纪以来铀矿地质工作的探索与实践》这两本著作。

工作中的首席专家张金带（右一）

近10年来，张金带亲自参与组织完成了大量系统性的铀矿地质勘查的技术总结工作，并相继出版了一些专著，这些书籍已成为一线专业技术人员的指导书、工具书。

一行行浸润着心血的文字、一张张镌刻着求索的图表……汇编成一本本写满责任与担当的专著。翻阅中，感悟到的是，每一本专著背后所折射出的以张金带为代表的核地质工作者报效国家、忠于事业的情怀和严谨求实的学风、精益求精的态度、无私奉献的精神。

"出版这些书籍，最初的想法是国家投入了那么多的人力、物力和财力，作为国家铀矿地质专业队伍有责任，也有义务做好系统性的总结工作，为后续铀矿地质勘探工作发挥借鉴和指导作用。加之参与项目研究和撰写的，大多是早年留苏回国和参与创建核地质的铀矿地质资深专家，年事已高，也可以说是抢救性工程。如果说在自己 30 多年的铀矿地质找矿生涯中，北方砂岩型铀矿找矿的突破是值得自豪的，参与和组织出版这一系列书籍，也算是我对核地质事业应尽的一份责任！

"2004 年，我邀请黄净白、黄世杰两位铀矿地质的资深专家，一起撰写出版了《中国铀成矿带概论》，同时先后主持完成全国分华东、中南、华南、西南、东北、西北 6 大区的《铀矿地质志》，共 6 卷 10 册。2013 年又出版了《中国铀矿床研究评价》系列专著，分四大工业类型和国外常见类型，共 5 卷 10 册。

"2006 年，中国核工业地质局的老前辈刘兴忠先生 80 周岁，当时我建议他编辑出版《刘兴忠铀矿地质论文集》，刘总欣然答应。刘总在全国新中国成立前夕 1949 年 7 月毕业于北大地质系，1955 年参与了核地质的创建，是 20 世纪 70 到 80 年代的地质局总工程师，是我国铀矿地质的开拓者之一。我在帮他编辑文稿时，读到了他刚刚写完的《探索之路——从事地质工作 50 年纪实》一文，让我想不到的是文章用这么一句令人十分震撼的话作了结尾：'在我担任局总工程师期间，最大的遗憾就是在寻找超大型铀矿床上未能取得突破。'我想，这个遗憾难道还要从我这里留给后人吗？这对我触动很深，促使我下更大的决心寻找我国特大型、超大型铀矿床。"

跨越新起点，展望未来再起航

2011 年 9 月，中核集团地矿事业部成立。张金带分管的技术业务范围延伸到了铀矿冶领域。

随着外部形势及分管工作的变化，张金带站在更高的层面勾画着自己对核地矿未来的期望。

"谈到对核地矿未来的期望，我想一是希望地质上找到大矿的同时，矿山建设应该有个根本性的改变，可以把建设一批年产能千吨级的绿色铀矿山作为一个新的奋斗目标，无论是资源勘查还是开发利用的技术水平和能力都应站到世界的前列。再就是对年轻的核地矿科技工作者的期望了。

"在这里，我想借此机会给青年朋友说几句话。一路走来，我一直得到组织和同事的关心和支持，否则没有我的今天。所以相信组织，依靠组织，依靠集体是我脑子里根深蒂固的概念。但是，'学，莫便乎近其人。'回顾起来，有几位师长和前辈对我的人生轨迹影响很大。

工作中的首席专家张金带

"1971年底，初中毕业，那时是'文革'期间，升高中搞推荐上学，条件定得很复杂，一条一条对比，我除了学习比较优秀，没有条件挨得上。班主任陈元希老师和教语文的王水春老师为我上高中的事十分焦急，多次骑着自行车穿行在公社（现在的乡）到我村的田间小道上，请求我们的生产大队领导和公社领导把学习最好的孩子推荐到高中，最终，让我获得了上高中的机会。两位老师的关爱影响了我一生的道路，至今想来，没齿难忘。

"还有在相山工作期间，蒋兴泉总工程师和分管勘探的李方副总工程师，无论是业务还是职业操守，让我受益匪浅。因为地质勘探很多地方靠传帮带，靠实践的积累，教科书只是说了说基本原理，很多东西是找不到的。野外观察地质现象、分析地质问题、工程布置和实施、地物水测多专业分工协作都要靠经验和实践中积累的知识。这两位老总对相山铀矿有很深的研究，悉心指教，点点滴滴，让我终生难忘。相山9个整年的基层实践，为我后来在地质局的工作打下了很重要的基础。他们几位都是普通人，但在我心中却是'大人物'。他们严谨求实、一丝不苟的治学态度，锲而不舍、耕耘不止的敬业精神，兢兢业业、无私奉献的优良品质都成为我学习与追随的榜样。

"几十年过来，我觉得'天道酬勤'这4个字很重要。我认为世界上特别聪明的天才和特别笨的人都是少数，大多靠勤奋。搞地质没有捷径，要靠勤跑野外，勤积累。业精于勤，勤能补拙，勤则不匮，勤才会出成果，勤才会有回报。这几年本系统新员工入职叫我讲，我都要讲'五勤一讲'，希望青年朋友们做到'勤学习、勤思考、勤动笔、勤交流、勤梳理，讲认真'。'学而不思则罔，思而不学则殆'，学习和思考是很重要的。做技术工作，要一丝不苟，认真严谨，一个细节的疏忽，可能会让一个很好的矿擦肩而过，失之交臂。做人做事都是这样。"

地浸采铀是我一生坚持的事业
——记中核集团铀矿采冶技术首席专家苏学斌

首席专家苏学斌

我希望我们年轻的科技工作者要志存高远、树立远大的志向，要坚持自己的专业方向，不被外界各种名利诱惑所干扰，希望他们可以将个人的发展与国家的需要结合起来，这样才能在事业上走得更远。

苏学斌是中核集团铀矿采冶技术首席专家，我国地浸采铀领域的领军人物。他以刻苦钻研、坚持创新的坚定信念，推进我国砂岩型铀资源的利用和开发，使我国成为继美国之外第二个掌握 $CO_2 + O_2$ 原地浸出采铀技术的国家，并且在世界上首先实现平均品位低于万分之五铀矿资源的工业开采，盘活了我国数以万吨复杂砂岩型铀资源。

学有所用，哪里需要就到哪里去

苏学斌参加工作时，国内还没有地浸铀矿山。作为国内最早专门培养的地浸研究人员之一，苏学斌1991年从中国地质大学毕业后，被分配到核工业第六研究所工作，开始了他的地浸采铀生涯。工作后，他首先被派往地处偏远的云南腾冲381试验现场，担任技术副组长，进行艰苦的现场试验。"因为我是研究地浸采铀的，而那时候我们国家还没有一座建成的地浸铀矿山，所以，大学时我就有一个梦想，一定要靠我们自己的力量，掌握地浸这项先进采铀技术，打破国外的技术封锁，在我国建成一座地浸铀矿山，使我们国家砂岩型铀资源得到开发和利用。"为了最初这个梦想，苏学斌坚持了20多年，从最初的腾冲辗转到了新疆再到内蒙。梦想成为苏学斌在条件最艰苦和最恶劣的地方搞研究的精神支柱。

1994年，苏学斌被赋予重担，承担中核集团重点项目"新疆512矿床平台条件试验研究"，他是当时最年轻的项目负责人。在当时国内地浸资料缺乏的情况下，他和研究团队通过不断摸索，大胆改进与创新，采用超前酸化工艺，改进地浸浸出液提升方式，仅用6个月的时间取得项目重大突破，钻孔抽液能力提高1倍，浸出液铀浓度提高近5倍，为512矿床的开发打下了坚实的基础。从此，在地浸采铀领域他有了一席之地。

工艺操作车间

1996年,重点科研项目"512矿床地浸采铀工业性试验研究"启动,苏学斌主持工业性试验和工业工程井场设计等工作。为了使研究设计成果更加贴近现场实际情况,他常年深入现场,埋头苦干,潜心钻研,了解第一手资料,通过不断地翻阅资料,消化知识,仅一个多月的时间,绘制各类图纸40多张,提交了合格的设计报告。辛勤的付出终于有了结果,1998年我国第一座大规模的地浸工业性试验工程建成,2000年我国第一座工业性生产地浸矿山建成,填补了我国地浸矿山的空白。多年梦想实现了,这一刻,苏学斌最为激动。虽然我国地浸矿山已经在新疆首先建成,但苏学斌却不敢有丝毫懈怠,他清醒地认识到我国的资源条件远没有外国好,因此,要实现条件差的铀资源利用,就必须掌握比国外更先进的地浸开采技术,以在工艺上的突破来弥补资源上的不足,坚持不断创新才是唯一的出路。

随后4年,苏学斌接到一个又一个更富挑战性的任务,他先后完成了"地浸采铀合理井型与井距的研究""地浸采铀合理提升方式的研究""层间氧化带砂岩铀矿床翼部矿体地浸开采试验研究"等多项课题的研究工作，解决了地浸钻孔过滤器安装和钻孔布置等地浸核心技术问题；在未聘请外来技术力量的情况下，设计出适合511矿床特点的钻孔布置系统、集中控制系统和管网布置系统，总结归纳出了酸法地浸技术体系。身经百"战"，让苏学斌练就一身真工夫——他只要看一眼岩心，就知道矿石渗透性的好坏，用手沾一沾泥浆，就知道钻进过程采用的泥浆配比。

2004年，我国第二座酸法地浸矿山建成，苏学斌盼来了令人喜悦的成果，经过多年研究，在我国首次开发出集采冶于一体的地浸采铀工艺，实现了工业化和全流程的机械化与自动化，主体技术和主要工艺技术指标达到了国际先进水平，产生了巨大的经济效益和社会效益，彻底改变了铀矿传统的采矿工艺。2004年，地浸采铀技术获国防科工委科技进步奖一等奖；2005年获得了国家科技进步奖二等奖，为我国地浸采铀事业画上了光辉的一笔。

坚守戈壁，为地浸采铀而奋斗

成功的背后是超常的付出。谈到研究地浸最艰苦的岁月，苏学斌马上想到了新疆十红滩。2000年到2006年，苏学斌在新疆吐哈盆地十红滩进行了艰苦的试验。"那里条件多艰苦你们可能无法想象。十红滩铀矿床地浸试验现场地处戈壁深处，沿途没有居民点，天上见不到飞鸟，地上见不到水草，几十公里范围内荒无人烟。夏季最高气温在48度以上，热浪可以烤熟鸡蛋，24小时不间断的风沙刮得我们试验队员吃住用的寝车摇摇晃晃。由于风沙和高温，空调都不工作，要想在寝车里整理一点资料、探讨一些技术问题都十分困难，想睡个安稳觉更是一种奢望。"苏学斌回忆，早上醒来时嘴巴里常常满口沙子，有人干脆戴着口罩睡觉。试验现场距寝车只有300米左右，但隔几天就"光临"的沙尘暴给大家的工作、生活带来了巨大挑战。"要是上下班途中赶上了，人只能趴在地上等待或匍匐着前行。"苏学斌说，现场的生活和试验材料都要从吐鲁番市采购，途中必须经过一个两公里宽的风带，赶上沙尘暴时，能见度为零，透过汽车前挡风玻璃看外面，尘土就像倾盆大雨般从玻璃上一泻而过。无论时代如何变迁，选择地浸采铀，吃苦、耐得住寂寞是必修课。

在这样艰苦的条件下，苏学斌和一群工程技术人员开始了738矿地浸开采第一步室内试验的迅速启动。按照地浸采铀规程，接下来将打一组到两组孔进行条件试验。试验按照计划进行着。突然，注酸孔不进液体了。经查，小碗口粗的注酸孔只剩下小指头那么细。大家都惊呆了。尽管在分析矿石物质结构和室内试验时，苏学斌等人已经意识到，运行一段时间后，会产生堵塞，但没预料到这么严重。738矿矿化度高，注酸后形成难容物，这属于正常现象。在室内试验时，大家认为，只需要降低酸液浓度，就能控制沉淀的形成，缓解堵塞的影响。但是，试验不同的浸出液，效果始终不佳。刚踏上戈壁滩时的满满信心，逐渐消失殆尽。738矿地浸堵塞严重的情况，引起相关单位的高度重视。国外技术专家团队也被邀请来攻关，一晃三年，仍然不尽如人意。一时间，如何用较低的成本开采738铀矿床成为了一项世界性难题。"在738矿，搞酸法肯定不行了。但还有一条路可以走，那就是美国已经应用的碱法浸出技术。"碱法技术在美国已经成熟，但该技术被封锁，涉及碱法地浸的资料也很少。苏学斌等人开始靠自己琢磨采用碳酸氢铵加氧气作为溶浸液。

为了完成繁重烦琐的技术攻关，苏学斌每天花大量精力埋头于资料的收集、整理与总结。由于科研工作量大，要求高，有时，为了取得第一手现场资料，他常常顶着狂风暴沙，连续几十小时在施工现场，直到钻孔施工完成和抽水试验的结束。在苏学斌的带领下，改用碱法浸出后，速度相比酸法虽然缓慢些，但浸出率平稳，基本能够维持运行，堵塞也得到缓解。这次试验有效地解决了制约该矿床的关键技术问题，终于使吐哈盆地近万吨储量得到开发利用。

"我坚持在条件最艰苦的地方，搞地浸采铀这么多年，除了对地浸事业有着深厚的感情，更重要的是从老一辈科学家那里学到了对事业的执着精神。王西文是我成长过程中对我影响最大的一个人。留苏归来的王老是原核工业第六研究所的所长，也是我国地浸事业的拓荒者，更是我的科研工作领路人。我的成长，缘于王老的言传身教。从王老身上，传承的不仅是知识，更重要的是理想与信念，是科研工作的严谨和创新。王老让我明白了，面临困难，执着坚持下去是唯一的出路，一个科研人员，没有超强的毅力和钢铁般的意志，很难在科研事业上取得成就。"苏学斌如是说。

奏凯通辽，用科技创新救活"呆矿"

有时候历史的一个选择往往会改变一个行业的发展。2006年，当苏学斌正式踏上内蒙古这片土地时，他的科研事业攀上了一个新的高度，也由此翻开了我国地浸采铀事业新的篇章。

内蒙古通辽地区铀资源丰富，但矿床条件很复杂。从20世纪90年代末到21世纪初，中石油辽河油田聘请的乌兹别克斯坦专家在这里反复进行的试验都失败了，这里也被国外专家断言是无法开采的"呆矿"。于是，中石油开始转向与中核集团进行合作。2006年7月，中核金原铀业有限公司与辽河油田签订合作协议，由中核金原铀业公司开始承担该地区铀资源的开发。作为我国地浸采铀的核心人员，苏学斌毫无悬念地被抽调到这里，成为试验的负责人之一。

临危受命，苏学斌承担着巨大的压力。来到通辽后，他立即成立了课题小组进行样本分析和试验，得出结论是通辽铀矿品位较低，埋深较大，矿化度偏高且渗透性较低，与新疆吐哈盆地矿体特点比较接近，只要解决了堵塞问题进行地浸开采仍有可能。但如果继续沿用酸法开采，必然会导致化学试剂消耗大幅提升，甚至出现化学堵塞以致地下水污染。苏学斌说："我们被逼着作一些探索"。

一次偶然的发现，点燃了苏学斌的灵感。他回忆，当时一块暴露在空气中数月的矿芯，没加酸没加碱，只和空气接触，经水浸泡后竟然有20%~30%的浸出率。显然，这颠覆了他的惯常思维。"我记得铀化学教科书上写的是，铀的溶解浸出条件pH值要么小于2，要么大于9，也就是说非酸即碱。"苏学斌说，"结合国外的一些研究，于是，我想可以用二氧化碳加氧气弱碱进行浸出试一试。"但我国从事CO_2和O_2原地浸出工艺研究尚属首次，研究过程中缺乏CO_2和O_2地浸采铀的气体加入技术、溶浸液配制及浸出机理等理论基础，缺少试验研究配套的仪器设备和可借鉴的工程应用经验，研究难度大，复杂程度高。随后几个月，苏学斌带领他的团队进行相关技术攻关，经过反复试验与改进，终于攻克了技术难题，试验获得了成功，这标志着通辽铀矿床这个"呆矿"获得了新生。这一在国内尚属首创的技术，颠覆了传统的铀矿开采模式，拓展了砂岩型铀资源开采利用范围，盘活了数万吨复杂砂岩型铀资源。也标志着我国地浸采铀工艺又创新纪录，我国地浸采铀技术步入世界先进行列。2013年11月和12月，该技术先后获得了中核集团科学技术奖特等奖、国家工业和信息化部国防科学技术进步奖一等奖。

苏学斌用一组对比数据向我们说明了二氧化碳加氧气工艺的优越性。"通辽铀矿的平均品位只有万分之二左右，换句话说，从10000吨矿石中才能生产两吨天然铀产品，如果采用常规开采方法，需掘进足够的井巷工程，每吨天然铀产品将产生数万吨废石和矿渣，

气体站

占用大量土地资源，造成地表污染。如果采用酸法地浸技术，每吨天然铀金属产品耗酸100～400吨，仅浸出试剂成本高达10几万元。而采用CO_2和O_2地浸采铀技术，浸出试剂成本仅两三万元，生产成本大大降低了。"

由于条件试验和工业试验都取得了很好的效果，通辽项目开始进行了项目建设。2008年，通辽铀业公司正式成立，苏学斌先后担任公司副总经理、总经理等职务。在项目建设期间，在苏学斌的带领下，整个工程建设仅用8个月的时间，节约了建设投资3000多万元，建设质量达到国际地浸矿山标准，建设速度之快，在铀矿采冶建设史上史无前例。

2011年，苏学斌当选中核集团铀矿采冶技术首席专家，也是集团首席专家中最年轻的一位。在谈及当选首席专家感受时，苏学斌谦虚一笑："这是集团对地浸采铀事业的重视，地浸是集体的贡献，我国地浸采铀还有很大的发展空间，我们肩上的担子更重了，有一天我们国家70%以上铀资源来自地浸，才真正是为核工业、为国家做贡献。"

不改初心，奉献科学没有止境

"当前，全世界都在研究要大规模应用清洁能源，核能是最好的选择之一。2012年国务院常务会议通过了《核电安全规划（2011—2020年）》和《核电中长期发展规划（2011—2020年）》，明确我国核电将稳妥恢复正常建设，对天然铀产业发展也提出了明确的目标，这为天然铀产业的发展创造了良好的机遇。"苏学斌激动地说道。但目前天然铀产能还不能满足核能快速发展的需要，我国铀资源的基本特点是小、散、贫：矿床规模小，矿体分散，矿石品位低。在我国已探明的铀资源中，砂岩型铀资源占总量的41.57%，其中低品位、低渗透、高碳酸盐、高矿化度等复杂砂岩型铀资源占其总量70%以上，采用酸法或碱法地浸均难以开采，成为了"呆矿"，而CO_2+O_2的地浸工艺让这些"呆矿"资源的开发创造了可能，盘活砂岩型铀资源，能为我国天然铀产品的供给提供重要的国内保障，我们就不怕国外铀资源大国对我们铀资源进口的封锁。苏学斌坚信，未来砂岩型铀资源将成为铀资源保障的主力。

现在，在苏学斌心里只有一个念头，那就是让更多人了解地浸事业，让我国的地浸事业可以发展得更快一点，让CO_2+O_2这种成本低、安全性能好、无废渣、无废气、无外排废水的先进技术可以在我国矿山中得到推广。一个新的工作目标出现在苏学斌脑海中，就是根据我国铀资源的特点，以铀矿基地建设为核心，重点解决复杂形态砂岩型铀矿、大埋深砂岩型铀矿、高矿化度砂岩型铀矿、高碳酸盐含量铀矿、多层砂岩铀矿、低渗透砂岩型铀矿、深部含钛铀矿、碱性铀矿和松软砂岩铀矿等不同矿床特点的采冶技术问题，为铀矿基地工程建设提供可靠技术参数和技术保障，不断优化地浸采铀工艺。摆在苏学斌面前的依然是一条漫长而艰辛的道路。为了这个目标，苏学斌还要继续探索着。"我将搞地浸采铀当作我一辈子的事业，"苏学斌说，"年轻时采铀报国是很单纯的坚持，现在依然不改初心，学有所用才是人生最大的意义。"

"我希望我们年轻的科技工作者要志存高远，树立远大的志向，要坚持自己的专业方向，不被外界各种名利诱惑所干扰。希望他们可以将个人的发展与国家的需要结合起来，这样才能在事业上走得更远。从事核行业首先要有奉献精神，我国要成为核大国，必须要有很多人在艰苦的戈壁沙漠工作，越是条件艰苦的地方越是祖国需要的地方，越是锻炼人、提高人的地方，大家不能害怕吃苦，要主动为国家的繁荣富强尽我们科技工作者的责任。"话语中不仅寄托着对年轻人的谆谆教诲，更有一种科技工作者的家国情怀。

平淡中的坚持

——记中核集团核与辐射安全技术首席专家刘森林

首席专家刘森林

我没有什么梦想。我的工作也挺平淡的，没有什么令人印象深刻的地方，好像不知不觉就坚持到现在了。

"叛逆"的数学小天才

刘森林祖籍四川达州，家中还有两个妹妹，全家5口仅靠父亲微薄的工资维持生计。从小，刘森林就显现出了同龄小孩中少有的数学天赋，小学三年级时就会解三元一次线性方程组。毫无挑战性的学校课程无法引起他的兴趣，于是他把更多精力用在了四处调皮捣蛋上，打架、爬树都是一把好手。"那时我性格比较霸道，经常给别人找事。"刘森林笑道。但即使无心学习，他的成绩也一直保持在班级的前5名，大考时则从来都是第一。

转折点发生在他上初中的时候。学校要选派学生参加区级的数学竞赛，老师把刘森林也报了上去，结果被看好的几个种子选手都表现不佳，刘森林却以黑马之姿拿到了名次。获得荣誉的成就感给他留下了深刻印象，"这次比赛之后，我才对自己的未来有了些模糊的想法。"之后，他又参加过多次全省和全国的数学、物理竞赛，也取得过不错的成绩。

在那个年代，初中两年后就可以考中专，刘森林顺利考上了师范学校，可开学才一个星期，他就不顾众人的反对跑了回来。希望长子尽快工作减轻家里负担的母亲对此非常生气，父亲却支持了刘森林的选择。"我父亲是个很有思想的人，很注重对子女的培养。"刘森林沉浸在回忆中，"他当时说：'钱是死的，人才是活的，孩子想学就让他学吧。'"就这样，又读了一年初中后，刘森林如愿进入高中继续求学。

高中时期，刘森林的数学天赋进一步发挥出来，甚至可以解出老师都不会的题目或想出老师想不到的解题思路。高考时他填报了北京大学数学系，但未能如愿，只得进入四川大学，学习原子核物理。

进入大学后，刘森林依然保持了特立独行的行事风格，除了本专业，他又跑去听了固体物理、半导体物理、理论物理等专业的课程，尤其善于推导公式，梦想成为爱因斯坦那样优秀的科学家。做毕业设计时他也与众不同，没有选择核物理教研室老师提出的题目，而是跟着四川大学720研究所的熊兆奎老师做起了常温超导材料实验。"我帮着老师搬机器、调试、买硅片，自己做实验、测量。"刘森林告诉记者，"熊老师像师傅带徒弟一样手把手地教我。"这篇毕业设计论文被评为原子核物理专业优秀毕业论文，而当时四川大学每年优秀论文的比例只有5%。"大学生涯是我工作前最愉快的时光，四川大学给了我良好的培养，在思考问题的方式和对科研的看法上对我影响很大。"刘森林感慨道。

首席专家刘森林在工作中

毕业后，好几条出路摆在刘森林面前，既可选择在四川本地工作，也可选择原子能院等外地的科研院所。尽管家人都希望他留在四川，连父亲也不再支持他的选择，他依然孤身北上，来到了原子能院。"那段时期真的很叛逆，现在想想挺对不起家人的。"

在工作中提升自我

1987年，刘森林进入原子能院，被分到保健物理部环境保护研究室，在研究室主任夏益华老师的指导下从事高放废物固化体活度及剂量计算工作。两年后，他又被分到姜希文老师手下，开展中国实验快堆、中国先进研究堆等核设施的环境影响评价研究工作，一干就是10年。"这10年是我收获最多的一段时间。"刘森林感慨道。

刘森林开始做环境影响评价时，计算机刚刚引入这一领域不久，核工业30年环境辐射质量评价项目组编制了专用的计算机程序，院里也引进了国外用于环境影响评价的程序。刘森林和开发、使用这些程序的同事是舍友，跟着他学了不少东西，舍友因故调离原子能院后，他就挑起了程序计算的担子。这些程序可以用于核设施流出物在大气环境和地表水环境扩散及公众照射剂量计算，刘森林在大学期间都没有学过。为了掌握、使用这些程序，他看完了当时在院图书馆能够找到的几乎所有相关书籍，按照计算模式与程序源代码进行逐一对照，花了一年多时间才学会，眼镜片都加深了300多度。在学习之初，他曾有一个多月时间几乎没有回过生活区，每天的行程就是办公室、食堂和825机房。"现在想想，那时挺不会照顾自己的，但效果也出来了，现在年轻人用的程序很多都是我们当时改过的。"

原子能院是当时的国家环境保护局核与辐射设施环境影响报告书技术审查单位之一，刘森林主要负责汇总原子能院技术评审组各位专家和同事们提出的审评问题和技术意见，跟着老师们参加了许多技术评审会。"这段时间是我学得最多的时候，把专家们提给别人的意见也当成提给我的，下来后自己查资料搞明白。"对他来说，审查别人对于自己也是学习的机会，因为只有自己水平足够才能做好审查工作。为了提升自己的业务水平,他几乎看完了当时原子能院图书馆里所有辐射防护领域的相关专业书,无论国际国内。"图书馆里80年代末到90年代中期相关书籍的借书卡上几乎都有我的名字。"他的语气中带上了几分自得,"那些书我都仔细看过。直到现在,我每天也都坚持看书。"

1999年,刘森林被任命为原子能院安防环保处处长兼保健物理部主任。这可不是个轻松的差事,既要管辐射防护技术上的问题,也要管全院安全防护这样的行政问题,从没做过管理、平时又大大咧咧的刘森林因此受到了很多质疑。"很多人抱怨,说刘森林穿个拖鞋短裤就到20号楼上班。"他笑着说,"我的导师也不太赞同,觉得我的性格会得罪人。"面对声声质疑,他只是要求自己学了更多自己研究方向之外的知识,观察同事的工作方式,用成绩证明了自己的实力。

2007年,刘森林成为原子能院副院长,2012年又被聘为中核集团核与辐射安全领域首席专家。"我觉得自己还是个挺好学的人,做任何事情都要求自己做到最好,这是我的坚持。如果不做辐射防护,我在别的领域说不定也很优秀。"说到这里,他哈哈大笑,四川人特有的豪爽表露无遗。

一路遇良师

"我这一路是被人引导着走过来的。"回顾自己的工作历程,刘森林感叹道,"得到了老师们的很多帮助。"他的硕士生导师张永兴老师是大气扩散方面的专家,博士生导师则是李德平院士,老一辈科学家的言传身教不仅提升了他的学术水平,也让他的思想得到了升华,影响了他的一生。

"张永兴老师可以说是我国核行业中大气扩散研究的开创者之

一，动手能力和理论水平都很高，我一直认为他具有院士的水平。"谈到自己的导师，刘森林满怀崇敬，"我这样天不怕地不怕的性子，每次见他还是战战兢兢的。他的引导对我最终走上这条路有极大的影响。"

刘森林与李德平院士的师生缘分则是另一段故事了。80年代末，我国第一个核试验基地启动退役工作，刘森林第一次见到了李德平院士。"那时李先生在我们看来就像神一样，大家都崇拜得五体投地。"他笑着说。旅途无聊，李先生和大家在火车上做数学题打发时间，"大家都赶不上他的思维，慢慢就不玩了，只有我一直坚持，后来慢慢找到了些窍门，和李先生也熟悉了些。"

之后，刘森林参与了我国第一座核电厂——秦山核电厂装料阶段环境影响报告书的评审，负责核算气载流出物排放途径的公众剂量数据，可有一个地方怎么也对不上。那时计算还是很麻烦的工作，换个人也许就不管了，刘森林却扎扎实实计算了一个多星期，最后在张永兴老师的指点下找到问题才罢休。"大概这件事让张老师觉得我还挺踏实的，让我当他的学生。"刘森林回忆道，"在我硕士研究生论文毕业答辩会结束后，胡逢权老师对我和张永兴老师讲，李先生同意让刘森林参加博士研究生考试，考过了的话就考虑收他做弟子。"说到这里，他自己也笑了起来。

1996年，刘森林成为了李德平院士的入室弟子，主要研究航空伽马谱仪用于核事故应急监测，研究方向从过去主要从事理论计算转向实验研究。"李先生说，学生不是老师教出来的，老师只起引导的作用，接下来都是自己学出来的。"刘森林的话语中满是孺慕之情，"他对学术问题要求极严，经常是别人一篇10页的文章他能写出20页的审查意见，字还很小。毕业后，李先生也经常跟我讲放射源的辐射应急、钠火的安全处置、研究堆也需要安全壳、涉及高温高压实验的安全问题等,提醒我对于院里不熟悉的工种,必须在平常就与国内外专家们建立起联系,一旦需要时能够及时得到他们的支持和帮助。他要求我坚持看书学习,正确把握对一些问题的深入认识,如辐射防护中的标称危险系数只能用于防护最优化分析而不能用于估算死亡人数,伽马谱仪的本底随能窗是变化的,等等。"在这种严格严谨的学术气氛下,一向大胆的刘森林也变得"胆小"起来,事关学术的话语总要反复思量才敢说出口,"我对自己的要求是在学术方面不能出错,说出的话自己至少要确信是正确的,这是我的底线。以前是不想在老先生们面前出错,自己带学生后是不想误人子弟。"

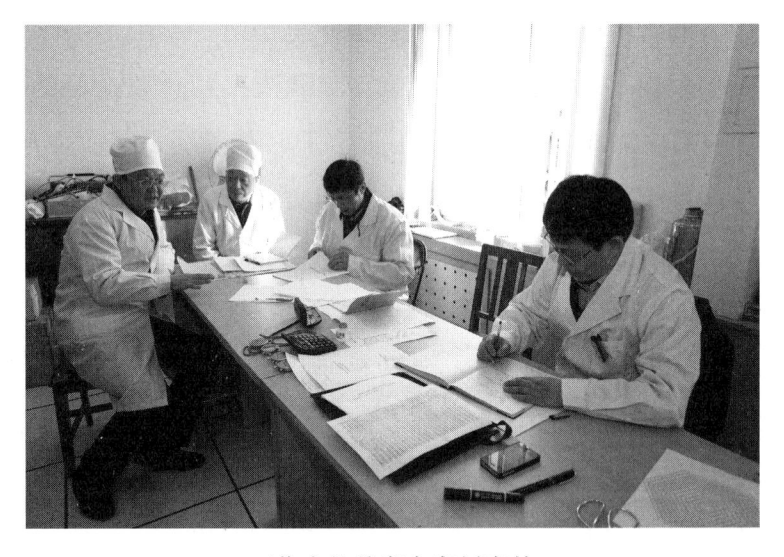

工作中的首席专家刘森林

我国核工业辐射防护领域内有李德平、潘自强两位院士,刘森林是李德平院士的弟子,与潘自强院士关系也很密切。"毕业后与我学术交流最多的就是潘先生,他的学术水平和对自己观点的坚持都令人敬佩。潘先生对我也特别爱护,无论是学术问题还是工作生活方面都给予了我无私的帮助和指导。"在潘自强院士的推荐下,2009年他参加了国际放射防护委员会（ICRP）第四委员会的工作。此外，他从1993年开始就多次担任国际原子能机构（IAEA）亚太区域合作协定（RCA）辐射防护主题领域项目的国家协调员，几乎跑遍了亚洲和大洋洲，讨论亚太地区的辐射防护问题，为国家作出了贡献。

未 来 之 路

在刘森林看来，辐射防护学科未来还需要更快地发展，为我国核电的安全、高效发展保驾护航。"防护与安全是很重要的，但国家在这方面的投资相比核电来说太少了，我国也没有专门的安全研究机构。"他严肃地说，"在国家层面我希望能在原子能院建一个我们国家的核安全研究基地，院层面则希望有一个实体化的研究中心，这是近期我要努力的事情。"

除了机构上的发展，刘森林在辐射防护具体技术上也有自己的关注重点，比如应该在核安全领域引进智能机械，用机器代替人去做一些人所不能或不易做的工作，让工作人员能够看到一些凭人体视觉无法直接看到的情况，做到系统与设备的功能状态和安全状态可视化，同时提高核能或核技术的工业化水平。"百万千瓦级核电站一天的利润就有近1000万元，如果预防性维修维护活动能使用智能机械，不仅能够提高核电系统的可靠性、安全性，减少人的剂量，也能够缩短停堆大修时间，既安全又经济，对提高公众对核电技术的接受度也很有好处。"说到这里，刘森林有些激动，"智能机械还可以应用于操作放射源等很多方面，不仅可以用于日常的放射性操作，也可以用作应急搜寻放射源等作业，我认为这个必须要发展。"在放射性废物管理方面，他希望能够采用工程化实用技术减少放射性废物的产生，从源头做到放射性废物最小化。氡具有天然放射性，是人类最大的天然源辐射照射核素，近20年来我国居民建筑物室内氡浓度几乎增长了一倍，可能导致居民肺癌发病率的升高，这也是他关注的方向之一。

对于核工业未来的发展，刘森林最重视的还是核能的发展。"发展核能是世界人民必然的选择，从环境保护方面来看，内陆核电和滨海核电没什么实质性区别，关键是要形成闭式循环，因此必须解决后处理的问题，大力发展快堆，并且确保安全。安全方面必须重视新型燃料的设计，研究新型材料，在堆型、安全壳的设计方面也可以发散思维，发展创新的设计理念。"他顿了顿，"当然核工业的自动化、智能化也是非常重要的。"

身为原子能院主管安全的副院长，刘森林肩上的担子很重。原子能院拥有众多的核设施，需要运输高比活度的放射源，本身又位于北京，每一条都给了他很大的压力。"我现在最大的心愿就是原子能院的安全不能出事。"朴实的愿望折射出的是他心中强烈的责任感。

探索与创新

路漫漫其修远兮，吾将上下而求索。科学是没有止境的。老一辈科学家那种不畏艰难的探索与创新精神，需要新一代的研究工作者们继续传承下去。为攀登科学上新的高峰，实现科学上的"中国梦"，还需要继续努力，敢想、敢做、去想、去做！

降低成本是机型不断改进的目标
——中国工程院钱皋韵院士口述实录

钱皋韵院士

目前，我国是需要发展核能的时代，但我们国家在核燃料后处理技术及投入还是很不够的，同时核技术应用技术也需要国家重视和发展。

1927年3月，我出生在上海南市区一个普通的市民家庭。父亲只上过旧式私塾，长期失业在家，因家境日益败落，我便长年寄居在兄长的岳父家，从小学到中学的学费，也主要通过申请助学金勉强维持。小的时候，我没有什么梦想，我总以为梦是虚幻的，我应该做到的是在现实中踏踏实实。上中学后，我的目标就是考到上海交通大学去读书。我还记得在中学时代，有一本期刊叫《科学》，里面经常报道一些国外的先进科技，也会讲到一些关于核科学的知识，但在那个时候，我并没有想到我这一辈子会跟核科学结缘。

1946年，我考入上海交通大学物理系读书。因家境依旧清贫，需向学校申请公费名额。当年与我一同考入交大物理系的共有16人，而且几乎所有的人都申请了公费助学。学校按照成绩排名的高低来决定公费、半公费、自费的名额，最后以前12名作为享受公费、半公费的名额。而我刚好排名第11，取得半公费名额。于是在校读书的时间里我一边读书，一边到夜校里当教师取得些许酬劳，得以一面独立完成学业，一面对家中稍事补贴。在交大读书期间，交大物理系群贤荟萃，名师云集，以吴有训教授为首，有周同庆教授、周铭教授、黄席棠教授以及赵富鑫、许国保、殷大均、朱物华等一批40多岁的中年骨干，不少都已获美国麻省理工大学、法国巴黎大学、德国柏林大学、哥廷根大学的硕士或博士学位，学识渊博，德高望重。

新中国成立后，我们国家百废待兴，那个时候，所有的大学生刚刚历经从旧社会到新中国的划时代巨变，大家对改造旧社会，建设新中国的革命热情与工作热忱都十分高涨，爱国之心，报国之情尤为强烈，最希望自己能去祖国最艰苦、最需要奉献的地方一展抱负，都希望毕业后可以投身到国家建设中，我也不例外。不想，在我毕业的那年，1950年，新中国开始首次对大学生的工作实行统一分配制度。当时，时任华东军政委员会水利部副部长钱正英在交大作了一个报告，题为《将知识还给人民》，同学们听了这个报告后，群情激昂，纷纷表示服从国家分配。但结果并不如意，我被分配留校当助教。虽然心里很不愿意，但还是接受了组织上对我的工作分配。

然而，也就在那一年，国家为了迅速培养大批建设人才，决定借鉴苏联创办高等学校的先进经验，建立一所自己的新型高等工业学校。经过反复的选择，哈尔滨工业大学荣幸地承担起了学习苏联先进经验，推动我国旧教育制度改革的历史使命。这一使命还包括："每年抽调全国各大学理工学院讲师、助教和教授150名，入该校参加教学研究班，在苏联专家教授的帮助下，提高本国大学理工科师资水平。"当年7月，我又被选中派到哈工大。

来到哈工大的第一年，主要任务是学好俄语，以打好向苏联专家学习与交流的语言基础。1951年，我开始从观摩苏联专家的物理教学进入到正式跟班教学。1952年4月底，哈工大突然通知我，让我和当时几个研究生去北京俄文专修学校（今北京外国语大学）的留苏预备部报到。在那里学习两个月左右俄文后，学校派我赴苏研习核物理专业。这对我来讲是人生的一个转折点。从此，我开始从普通物理教学转向国家战略需求层面的核物理研究。

没有想到的是，莫斯科方面并不希望别人分享核武器的秘密，更不想让中国人掌握进入核武器大门的钥匙。原定我们一同赴苏的18个留学生，都因被指定去学军工之类的保密专业而遭到苏联的拒绝签证。无奈之下，我们只能等候政府与苏联进一步磋商谈判。直到1953年暑假，原先指定的专业被改为不太敏感的真空物理后，苏联才最终同意我入境留学。

到莫斯科后，我随即被苏联教育部派往莫斯科大学物理系攻读研究生，研究真空中的高频放电。在我留苏期间，也就是1955年4月，中苏两国政府签订了《关于为国民经济发展需要利用原子能的协定》。在该协定中，苏联方面允诺帮助中国建立第一个原子能反应堆和回旋加速器，并无偿培训中国的核物理专家和技术人员。因此，苏方同意接受中国组织一个实习团赴苏学习核技术方面的知识，钱三强带中国实习团前往苏联。在钱先生赴苏后，时任中国驻苏使馆商务参赞李强突然打来电话，让我第二天到驻苏大使馆去一趟。我事先并不知道是钱先生找我，到了大使馆以后才知道，钱先生希望我学成后回国参加我国核科学、核工业的建设。在那个时候，留学生能被钱先生选中，并且回国参加我国核工业的建设，是一件很荣幸的事情，我欣然答应。于是，此生我与我国核工业结缘，并为此工作一生。

1956年，我从苏联回国后才知道，钱先生让我们回国是早有用意的。1956年10月，经中共中央批准，选定在北京西南远郊坨里地区兴建一座原子能研究所（代号为"601"厂，1959年改称四〇一所），钱三强之所以让我们这些留学生回来，是为早些把苏联的经验应用到我们国家的原子能研究所的建设中去。原子能研究所组建基本完成之后，我被分配到何泽慧领导的第二研究室，即中子物理研究室。1958年北京的101反应堆建成后，我的一个重要任务就是协助苏联专家使中国这个反应堆进入临界。不久，苏联的一个和平利用原子能展览在上海展出。所里派我和周永茂前往现场协助其中一个原子能馆宣讲翻译。在那次展览会上，苏联的这个原子能馆所展示的受控热核反应技术让我深受启发，于是马上向中子物理研究室副主任朱光亚汇报，说这个东西将来很可能是一个极具希望的聚变能。朱光亚又立即介绍给钱三强，钱三强当时正在规划原子能设施，听到这个消息后，马上决定要成立一个专门的受控热核反应研究室。于是，我又从中子物理研究室被调出，转而研究热核聚变。

四〇一所的一堆一器建成后，苏联中型工业部的副部长代表苏联来参加建成大会，钱先生单独约他谈话，请我当翻译。钱先生向他提出苏联是否能为我们提供分离膜技术，结果他说："如果你们需要的话，我们可以派专家来帮助你们，但你们没有必要拥有技术。"

1959年以后，中苏关系出现转折，苏联单方面撕毁了同中国签订的304个经济、军事合同，并撤走全部在华专家1390名，带走全部图纸、计划和资料，使中国"二五"期间的许多重点工程几乎陷入困难状态。我再一次服从组织的安排，开始转向铀同位素分离即铀浓缩技术，特别是铀浓缩用气体扩散机中分离膜研制技术方面的研究。

我带领二机部的一个工作小组，与上海的中国科学院冶金研究所、冶金部钢铁研究院等共同协作攻关，我们通过对苏联分离膜样品的分析与研究，建立了气体通过多孔介质分离的一个简单但能给出清晰的物理图像的模型，并给出了分离膜研制过程中必不可少的测试方法和相应的实验装置。同时，在大量工艺及实验研究的基础上，形成了适合大规模生产的粉末冶金轧制成型工艺技术路线。最后，整个团队仅用4年的时间就开发出了可批量生产的我国第一代分离膜，为我国自主建设高效的气体扩散厂实现了巨大的技术突破。

没有想到就在这个时候，"文革"开始了。我的科研也受到影响。"文革"中的造反派说我家里有无线电，说我是间谍。军管会的人半夜里敲开门在家里搜查，把墙都敲开了。1969年，我和夫人被隔离，4个孩子由姥姥带着，一家人分在三个地方。后来，我和夫人被下放到"五七"干校去劳动。1972年，我们回到北京等待落实政策，一直到1977年，组织调我去了三院。

在三院，我充分调研国外铀浓缩技术发展动态和国内实情后，认为耗电量小、规模灵活的气体离心分离法已成为当时国际铀浓缩技术的新潮流，且有必将取气体扩散法而代之的趋势。但是，我当时提出这样的想法后,受到很多人的非议,院党委书记并不支持我的想法。因此,我力排众议,极力向上级有关领导呼吁并促进离心技术研究小组的成立。幸运的是,朱光亚和刘伟部长很支持我的工作。我与其他研究人员潜心钻研,日夜攻关,成功地使我国第一台工业型离心机运行到额定转速。我负责主持研制的两种离心机单机与级联试验取得成功,达到设计分离功率。后来的铀浓缩技术发展历程证明,从气体扩散法到气体离心法的代际转移趋势是完全正确的。

钱皋韵院士在天津核化院生产线

我们国家核科学、核事业发展的 60 年里,总体来讲,"两弹一艇"的时代是最辉煌的一个时代,那时全国人民一起支持,共同奋斗;我国核电技术在相当薄弱的基础上也建成了秦山一、二、三期工程,很了不起;目前,我国是需要发展核能的时代,但我们国家对核燃料后处理技术的投入还是很不够的,同时核技术应用技术也需要国家重视和发展。

为核矢志不渝数十载

——记中国工程院孙玉发院士

孙玉发院士

我希望我国在核动力方面能够快速达到国际水平。目前,我国研发能力、研发条件、研发队伍已经到了一个层次,只要组织得好,通过努力,把准方向,会实现目标的。

50多年前一次简短的谈话后,他便与"核"结下了半世的情缘。

无论是在西南大山里住"干打垒"、吃酱油拌面,还是后来转战成都,在新领域里探索前行,50多年来,他都胸怀强国梦,矢志不渝,领导和参与了我国多项核电和核动力工程的设计科研项目,完成了多座大型核动力实验装置的设计建造,为核动力技术研究和工程验证提供了实验平台,为我国核动力发展创造了良好条件,奠定了坚实基础。

面对这些骄人功绩,他却平静地说:"国家有需要,我们责无旁贷,就应该勇往直前"。

——他就是中国工程院院士、中国核动力研究设计院科技委主任孙玉发。

半路学核,不忘强国梦

说起梦想,孙玉发总会提两个词:嫩江与校庆。

1937年,孙玉发出生在东北美丽的江城——黑龙江省嫩江县。蜿蜒的嫩江穿城而过,浩浩荡荡,奔腾不息。

孙玉发现在还清晰地记得,每年7至9月是嫩江放筏的好时节,满江的木筏你争我挤,熙熙攘攘,随江而下,好不热闹。

嫩江这种勇往直前的品格给儿时的孙玉发留下了深刻的印象,也让他形成了坚韧的性格,更激发了他立志报国的渴望与梦想。在他内心深处,时常会萌发一股冲动:"一定要读好书,练好身体,长大成为国家有用人才。"

无论是就读嫩江小学还是嫩江初级中学,孙玉发每次考试在班里几乎都能拿第一。1954年初中毕业,他毫无悬念地以优异成绩考入黑龙江省重点高级中学——齐齐哈尔实验中学。在那里,他儿时懵懂的报国梦才有了些许轮廓。

4月3日是齐齐哈尔实验中学的校庆日，也是孙玉发一生都难忘的日子。

每逢校庆，齐齐哈尔实验中学都会举行一系列活动予以庆祝。其中有一样活动，让孙玉发记忆如初——学校会将校友们寄回的祝福信笺集中展示在阅览展示厅。

"哎呀，我们校友都很棒，清华大学、北京大学、哈尔滨工业大学等都有。"孙玉发每次阅信都深受激励和鼓舞。这些信都是校友们讲述在大学里美好的学习生活的。一到周末休息日，他都会去展示厅。每次读信，他都会情不自禁地萌发对大学的强烈向往，都会沉浸在大学美好生活的憧憬里。

"就在那时，我定下了目标，要向他们学习，考重点校，当工程师，给国家作贡献。"孙玉发说。

由于对航空航天等事物充满兴趣，时常与同学做飞机模型在操场试飞的孙玉发，结合父母亲的建议，最终确定报考哈尔滨工业大学。经过刻苦学习，1957年，他如愿以偿地收到了该校机械工程系的通知书。

大学生活对孙玉发而言，是平静的，却又是特殊的。从1957年秋入学，到1960年大三结束，孙玉发都沉浸在紧张忙碌的学习中。然而，大四入学这年秋，他习以为常的专业学习却被一次突如其来的谈话掐断。

"学校成立新专业，经学校和系里研究决定，把你调到反应堆工程专业学习，这是保密专业。毕业后可能被分配到与世隔绝、或不许与外界接触的地方工作。"当听到这些话时，孙玉发心里犯着嘀咕："哎哟，这是什么专业，这么神秘！"

原来，根据国家"向科学进军"的要求，国内一些知名大学组建了一批新的"尖端"专业，如清华大学、上海交通大学等高校已经开办工程物理系反应堆工程专业。哈尔滨工业大学也积极响应国家号召，新建工程物理系，从孙玉发所在的大三年级中挑选优秀学生16人，成立一个班，学习反应堆工程专业。

面对学校的决定，该如何抉择呢？孙玉发心里琢磨着。如果选择新专业，他还需要再学习三年，也就是说，他大学毕业要花6年时间。而当时，哈尔滨工业大学是5年制。

孙玉发非常愿意尝试新专业，但也希望早点毕业，早点参加工作，这样就能减轻父母负担，缓解家里窘迫的经济状况。

"必须要6年吗？国家还等着我们早点工作呢。"系里已经有同学去打听了。

"你们学习反应堆工程专业，要补很多基础课。同时，系里还会添加一般工科不学的内容，如量子力学、数学物理方程等，并且还要加深拓宽，所以需要6年。"经老师这么一解释，再征询家里意见后，孙玉发同意转学新专业了。

其实，除响应国家号召，服从学校决定外，让孙玉发欣然接受新专业学习的还有另外一个原因——这是一个神秘的专业。

"原子、中子、质子、原子核、裂变这些词，与之前学习的蒸汽动力系里的锅炉、汽轮发电机等宏观世界里的概念不同，它们既不可见，也不可感，居然能发出这么大的能量，很难想象。"孙玉发对此充满了好奇。

随后，孙玉发与同学们又投入到紧张的新专业学习中。当时，考试采用笔试加口试的形式：笔试结束后，还要抽取口试题，这样能考出试卷反映不出来的知识点。孙玉发的考试成绩几乎都为优。

1962年，孙玉发开始准备毕业设计——设计一座核反应堆，画出反应堆结构总图，并对反应堆堆芯做物理设计和热工水力设计。

当时可参考的资料很少，孙玉发用了约 8 个月的时间设计完成了核反应堆总图设计，后用 2 个月时间完成论文编写。论文沉甸甸的，共有 200 多页，答辩时被评为优秀。

在开展毕业设计中，指导老师许凤璋和高金钟对于孙玉发论文中 200 多页的计算结果，都进行仔细审查，并提出修改意见。老师们的严谨作风给孙玉发留下了深刻的印象，他现在还清晰地记得老师说的话："设计是基础，只有设计好了，工程才能干好，你们一开始就要养成一个科学严谨的作风。"

之后不久，1963 年，孙玉发大学毕业被分配到原国防科工委七一五研究所。

扎根一线，干劲冲破天

原国防科工委七一五研究所，是国内唯一专业和设施配套齐全的军民用核动力研究设计所。在这里，孙玉发开始了他长达数十载的核事业征程。

刚踏上工作岗位的孙玉发，懵懵懂懂，直到 1965 年，才确定自己具体的奋斗目标。因为在这一年，毛主席说："核潜艇一万年也要搞出来！"

"当时听到这个任务，就有种强烈的使命感、责任感、紧迫感、光荣感，只想抓紧做，而且要做好。"孙玉发说。

孙玉发所在的实验室从事反应堆热工水力和安全设计研究。这是核工程中非常重要的部分，支撑着反应堆堆芯的性能和安全。

孙玉发与同事们从零开始，在摸索中前行。在 1968 年至 1969 年期间，科研进入关键时期，实验需要为工程提供有效可靠数据，在技术上进行确认。为保质保量完成好任务，孙玉发与同事们可谓争分夺秒。至于忙到何种程度？孙玉发回忆说："稍有空闲时间，就抓紧睡觉。"

拿热工实验来说。由于该实验采用电加热来模拟核加热,致使孙玉发和他的同事们遇到一个大难题——在300多度的高温高压力下实现绝缘,还要满足密封条件,同时还要解决许多实验技术和设备问题。

"要破解这个难题,只有在实验中逐渐尝试,为此,大家真是夜以继日,12点以前睡觉的很少。"孙玉发说。面对这些困难,孙玉发并不在意,因为"出现问题肯定会解决"。

那时,大伙饿了,用饭盒在电炉上烧点水,煮点面条,搞点酱油。后来情况好转,弄点猪油,拌一拌就吃。然而,有一件事却让他非常头疼,那就是当地阴雨连绵的天气,一到冬天更加阴冷潮湿,生活条件艰苦,上下班都要走泥巴路。即便如此,孙玉发和同事们都以苦为乐,心中充满报效祖国的激情,干劲冲天。

这期间,孙玉发和他的团队参与了首个中国核动力工程的研发。有近半年时间,他带领课题组昼夜坚持在试验研究现场,赶在首堆试验前完成了几项重要试验,为首堆工程试验提供了重要数据,为我国核动力的成功研制作出了自己的贡献。

经过10多年的实验探索后,已是热工水力实验室主任的孙玉发深刻感受到两个问题亟待解决,一个是人员理论水平有待提高,二是人员的视野急需扩大。

孙玉发认为,队伍不能封闭,虽然在山沟里,也要走向世界。1978年,国家实行改革开放后,孙玉发多次对美国、俄罗斯、日本、德国、法国、英国等国核技术研究机构和试验装置进行访问和考察,与国外同行专家进行讨论和咨询许多构想的概念与关键问题。也由于他与一些国外专家保持经常的交流和友好往来,很多国际合作项目成为技术引进、消化、吸收、自主创新的基础。

从1963年参加工作至1983年这20年间，是孙玉发所说的扎根一线的20年。他从一般研究人员，逐渐成长为课题组长、室主任，直至担任中国核动力院反应堆工程研究所热工水力实验室第一任主任。在这20年里，他与同事们在不断创新的思维下解决了论证、设计、设备和系统、测控、建设等多项技术难题，锻炼成就了一支不断创新的核动力技术研发队伍。

技术引领，"核"花朵朵开

自1983年离开热工水力实验室后，孙玉发开始担任中国核动力院反应堆工程研究所副所长、代理所长，院副总工程师等领导职务，1987年7月升任副院长，直至2001年卸任，主管技术和工程以及大项目建设等工作。

这一段时间被孙玉发看作是他事业发展的第二个20年。期间，孙玉发领导、参加、主持完成了秦山二期核电反应堆科研攻关，新型核反应堆研制，新一代反应堆关键技术研究，新堆芯热工水力研究，大型核动力试验装置设计建造，首座动力堆退役研究设计与实施，以及研发条件和能力建设等多项工程项目，为大力推进中国核动力技术发展作出了重要贡献，于1999年当选中国工程院院士。

——关于设计建造成都新型核动力研发试验基地

进入20世纪80年代后期，中国核动力院主要科研设计力量从山区搬进了成都。与此同时，国家经济快速发展对能源需求十分强劲，其中对核动力技术的需求出现了前所未有的势头，但开展新型核动力技术研发，还需要设计建设一批大型核动力试验研发设施。为此，作为项目负责人和技术总负责人，孙玉发带领一支团队，从20世纪80年代中期开始论证，并于90年代开始设计和建造。

为解决一些重要设备的研制，在性能和进度上满足使用和建造要求，孙玉发常常不顾疲劳多次奔往千里之外的工厂，与厂里的技术人员一起讨论研制过程中出现的技术问题。为确保设备和样件的质量和性能，他和大家同吃同住，指导试验目标顺利完成。

随着大型热工水力试验装置、反应堆控制棒冷热态驱动线试验装置、反应堆整体水力模拟试验装置、自然循环试验装置、水化学试验装置、地震模拟试验装置、冲击载荷试验装置等13座核动力大型试验装置陆续建成并投入使用，得出一系列的试验结果，为秦山二期核电反应堆、新型压水堆、改进型压水堆的工程设计提供了重要的数据，为验证设备和系统功能发挥了关键作用，为秦山二期核电反应堆系统和新型压水堆的研制成功，为开发新的核动力技术发挥了十分重要的作用。

这批新的大型试验设施不仅展示了中国实力，还为进一步推进核动力技术发展奠定了基础，构建了中国核动力技术研发的新平台，打下了中国核动力腾飞的基础，为我国核电和新型核动力技术的进一步发展发挥了重要作用。

国际原子能机构的一名官员参观后说："迄今为止，中国核动力试验基地的设备能力、规模和技术水平仍然是国内唯一，国际上先进的。"

——关于研发新一代核动力技术

从1987年开始，孙玉发组织领导核动力院一个团队开始秦山二期核电反应堆及冷却剂系统的概念设计和投标工作。基于良好的工程设计研究经验和技术基础，核动力院最终在激烈竞争中中标，取得了自主研发核电反应堆系统的工程设计与研发项目，从此开始了标准压水堆核电反应堆的设计与研发工作。

在秦山二期60万千瓦两环路核反应堆的科研攻关项目中，孙玉发组织领导科研团队，完成了堆芯水力模拟、反应堆控制棒驱动机构冷热态试验、燃料组件热工水力试验、抗震试验等试验。孙玉发经常亲临现场，指导和解决试验过程中出现的一系列问题。如在进行反应堆水力模拟试验时，发现构件结构造成流量分配不满足准则要求，而制造厂又急等结构图加工，从数据分析发现需要修改结构设计，在修改结构后立即再次试验，周而复始，直到获得满意结果。

"搞工程研发，不是一蹴而就的，需要通过不断的试验，找到最合适的技术状态。"孙玉发说。

新型核反应堆是一项重要和急需研发的系统工程项目。孙玉发作为核动力总设计师和项目负责人，从20世纪90年代初带领团队开展了研制工作。这项工程任务重，时间紧，技术复杂，而且面临着新试验基地设计建造、老试验基地改造等情况，但孙玉发很好地处理了"边设计、边建设、边科研"的工程衔接问题，最终带领团队成功地完成了新型核反应堆的研制工作。

从1991年开始，孙玉发还作为项目和技术负责人，领导设计研究AC600反应堆技术，从反应堆方案研究、反应堆结构、反应堆堆芯热工水力性能、非能动安全系统等多方面开展研究工作，取得了大批实验数据，形成了一套设计文件。

——关于完成首次反应堆退役工作

通过一座核反应堆退役，可以取得核设施设计、建造、运行的整套经验，为后续研发提供经验反馈。

当时在国内，核反应堆退役是一个未曾经历、没有经验可以借鉴的全新工作。应该选择什么样的退役方案，强放射性物项如何处理和处置，设备和系统如何解体，放射性废物如何处理，如何保障人员的辐射安全等，都成为亟待解决的问题。1989年开始，孙玉发和他的同事们几经努力终于用两年时间完成工程退役技术方案论证，用了近7年时间完成了核工程的退役工作，并且形成了一整套退役技术，取得了具有经验反馈意义的大量宝贵数据，为后续反应堆退役和新堆研发提供了经验和技术，整个工程达到了预期目标。

孙玉发院士在中国核动力研究院办公室

2001年以后，孙玉发退出一线，开始担任国家核安全局专家委员会委员、中核集团公司科技委常委等，提供咨询和参谋，继续释放着光和热，推动我国核事业发展……

对于未来之梦，孙玉发说："我希望我国在核动力方面能够快速达到国际水平。目前，我国研发能力、研发条件、研发队伍已经到了一个层次，只要组织得好，通过努力，把准方向，会实现目标的。"

新型混合堆是最有希望的持久能源
——记中国工程院彭先觉院士

彭先觉院士

无论遇到怎样的困难,都一定要把发展核能的几条技术路线继续深入研究下去。

几十载春华秋实，几十载执着奉献。他心怀坚定的信念，不懈地勤奋钻研、执着追求，在核武器研究中作出了卓越的贡献，但他却总是自称只是核武器研究队伍里的一个"老兵"。他就是核物理专家彭先觉院士，一个在核技术研究领域屡创佳绩的专家。

结缘核武器研究

彭先觉出生在一个农民家庭，自幼家境贫寒。5岁时，祖父教他读《三字经》，也讲一些劝人向善、因果报应的故事。这时，彭先觉已开始帮家里砍柴、放牛，虽然小孩子天性贪玩，但家境如此，已能够把帮助家庭当作自己应尽的责任。他从小学到高中毕业一直走读，边读书边干农活。在中学时代，除学到一些基本科学知识之外，彭先觉认为最重要的收获是，从中国近代史的学习中，初步树立了要报效国家，要使祖国强盛而永远不再受人欺凌的志向。

1959年，彭先觉如愿考上哈尔滨军事工程学院原子工程系，这是他人生旅途的重要一步。学校对学生十分关怀，十分爱护，但同时也要求严格。老师教书教人，认真严谨。同学们个个奋发向上，学习努力，互助友爱。学校里环境优美，学风纯朴，是青年学子学习、成长的好去处。哈军工的5年，是他真正长知识，思想品德得到很好锻炼的5年。

1964年，大学毕业后，彭先觉被分配到二机部第九研究院理论部工作。从此，与核武器结下了不解之缘，开始了他终身不悔的科学研究生涯。理论部是我国核武器理论研究和物理设计的场所，这里聚集了我国在理论物理、核物理、流体力学、计算数学等领域一批著名的专家学者。他们热情洋溢，壮志凌云，夜以继日地探讨着原子弹、氢弹的奥秘，决心早日打破美、苏的核垄断和核讹诈，要为中华民族自立于世界民族之林作出自己的贡献。在他们的努力之下，1964年10

月成功地爆炸了我国第一颗原子弹，让世界震惊，国人振奋，华夏子孙扬眉吐气。紧接着只用了两年零两个月的时间就成功地进行了氢弹原理试验，并赶在法国人前面于1967年6月17日成功爆炸了氢弹，创造了世界核武器史上的奇迹。理论部是我国核武器研制的龙头，我国核武器技术只用了45次核试验，经费只用了美国的百分之二，就基本达到或接近美、苏上千次试验所达到的水平，理论部是最重要的贡献者。彭先觉一直以自己能够成为这个集体中的一员而感到无比自豪。

彭先觉院士在中物院流体物理研究所轻气炮实验室

到理论部后，彭先觉分到由周光召、苏肇冰领导的氢弹原理探索小组。在老同志的指导和帮助下，学习如何做科研工作。首先，学习了辐射流体力学、等离子体物理、爆轰力学等基础知识。因为理论物理、核物理和中子物理在学校都学过，所以工作上手还比较快。同时，他也十分注意学习老同志分析解决问题的方法，在这个组的两年，为他后来的工作打下了非常好的基础。

1968年，彭先觉开始参与核武器型号的物理设计，从1969年开始担任氢弹次级设计组组长，长达16年之久。该组在部、室领导的指导和支持下，在其他兄弟组的协助下，成功地设计了几个重要型号和试验装置的次级，且技术上有重要创新和进步。通过探索提出了氢弹次级小型化和达到高比威力的技术途径，通过巧妙的结构安排和理论设计，在基本不增加费用的情况下，较大幅度地提高了比威力。提出的设计技术路线，经理论计算和核试验证明，该技术路线使比威力大幅度提高，为我国核试验任务的顺利完成及核武器设计水平在主要指标上进入世界先进行列作出了重要贡献。此外，该组还对一些特殊性能核武器进行过探索，对其设计途径也提出了有益的看法。该组的工作富于探索和创新精神，对我国核武器技术的发展作出了重要的贡献。作为该组的技术负责人，彭先觉是使我国氢弹次级达到世界先进水平的主要贡献者之一。

1984年后，彭先觉逐渐进入技术领导层，先后担任研究室主任，九所副总工程师、副所长，核试验专家组组长。1995年担任中物院副总工程师、院科技委副主任。1999年担任中物院科技委主任。但他始终还是把核武器技术的发展作为探索研究的首要问题。

1996年7月29日，我国成功进行了最后一次核试验。我国政府声明，从1996年7月30日起，我国暂停核试验。此后，彭先觉主要从事国家核武器发展战略研究，提出了多项提高核武器综合性能的建议，大多被采纳。

探索核技术和平利用

在研究核武器军事应用的同时，彭先觉十分关注核爆炸技术的和平利用研究，希望核爆炸技术能够为人类未来的生存和发展作出贡献。他从1993年起，开始核爆炸和平利用技术的研究，认为核武器技术未来可能的主要应用方向是超大型开挖工程、核爆聚变电站和防止小行星撞击地球。他曾经研究过利用核爆炸开挖大型涵洞，以实现把雅鲁藏布江的水调入大西北的问题。更有重要意义的是，他与合作者一起提出的"核爆聚变电站概念设想"，也就是利用核爆聚变的原理建设一个发电站。

经他和课题组多年的研究，提出了解决核爆聚变电站问题的技术途径：可以把核装置的爆炸威力做到10千吨当量级，聚变份额大于90%，更为重要的是，实现了烧氚，因而可以把人类的供能时间提高到万年以上，其他核能源只能供能几百年或者千年左右。通过爆洞和喷钠方式可以把爆炸能量安全地转变为热能和电能；可以利用爆炸释放的大量中子把钍-232变成铀-233，把铀-238变成钚-239，实现裂变材料的循环和增殖，并可以把获得的大量的铀和钚用于热中子核反应堆。这个过程中最难的是如何保证爆洞能够持久的工作，但从最近的研究来看，问题是可以得到解决的。从实施上讲，所有环节都在宏观的技术可控制的范围之内，没有特别多的物理性难题。

与其他聚变能源途径相比，核爆能源有技术相对简单、造价低廉、利于实施的明显优势，最重要的是，它能为人类提供的能源时间也最长。所以，和平利用核爆炸是可行的，甚至可以说是简便的。但也有困难，就是让人们接受起来不太容易。他衷心地希望利用核爆炸技术为人类生存和发展服务的日子会早日到来。

钟情混合堆研究

2001年，经过13年努力，耗资15亿美元的一项建造"人造太阳"的科学工程设计终于完成，这就是国际热核聚变实验堆（ITER）计划。2008年10月，中国国际核聚变能源计划执行中心在北京揭牌，ITER中国工作全面展开，彭先觉受聘成为国家磁约束聚变专家委员会主任。基于对磁约束聚变的认识，他极力主张磁约束聚变要真正成为有竞争力的能源，必须走混合堆的道路。他和课题组一起，经过多方面的探索研究，提出了一种全新的较为完备的次临界能源堆设计技术路线。

混合堆的概念早就有人提出，但是按照当时的方案，混合堆的运行，要用10吨以上的钚，还要进行大量的后处理，与快堆相比，毫无优势可言。这两方面的劣势，使得混合堆从来不被当作能源路线来考虑。彭先觉院士及其团队这次提出的混合堆和过去完全不同，是聚变中子源和次临界能源堆相结合的新型混合堆。

这种次临界能源堆以天然铀、反应堆乏燃料为核燃料，以轻水作冷却传热介质，可以在聚变中子源的驱动下获得10倍以上的能量增益，并可保证氚的有效循环，且能够在核燃料循环中不断添加贫化铀及钍，达到不断烧铀-238和钍的目的。

这种堆可以将换料时间延长至5年或者更长时间，其燃料循环只需用"简便干法"清除气体裂变产物，不必进行铀-钚分离及铀同位素分离，也基本不向外界排放放射性物质，可同时实现放能和嬗变自身产生的锕系元素的双重目标。

这种堆始终处于深次临界状态，不会发生超临界事故；容易设置非能动余热排出系统，可完全避免堆中核燃料熔化事故，运行非常安全可靠，是目前裂变能源系统中安全性能最好的。基于安全性方面的突出优点，将来可抵近城市建堆，并有可能实现"热电联供"，成倍提高能量利用效率。

这种堆实现起来较为容易，运行也变得较为简单：聚变中子源功率只需纯聚变堆的十分之一甚至二十分之一；对材料的抗辐照性能要求大大降低；用天然铀而不需要准备钚，有利于大规模部署。最重要的，这个系统可以把裂变燃料的资源利用率提高到80%~90%，能够为人类提供千年以上的能源供应。彭先觉说，如果这项技术能够实现，那将是能源技术的一项重要突破，并将打破我国大规模发展核能所面临的资源和技术瓶颈。

目前，彭先觉正带领他的团队在做各种各样的深化论证，准备在2015年向国家提出一个完整的方案论证报告，供国内同行专家全面评估这个发展方向。

与此同时，2000年后，彭先觉一直负责中物院Z-pinch方面的研究工作。在Z-pinch驱动的惯性约束聚变能源研究中，聚变靶的设计是最最重要的关键点。Sandia的能源方案中，采用的聚变靶仍是走"中心点火"的技术路线。他看后，明确指出："中心点火"由于其高度的敏感性（脆弱性），在Z-pinch驱动条件下，绝对不会成功。于是，他提出了以"皮实性"为目标的"局部整体点火"的设计思想，并与他的学生一道，进行了数年的探索研究，终于完善了设计方案。这是一项十分重要的概念创新，理论计算表明，在5~10兆焦能量的作用下，靶可释放1000~2000兆焦的聚变能，并具有较好的抗偏心和抗界面不稳定性发展的能力。这种靶可以较大幅度降低对驱动器电流的要求，展示了Z-pinch应用于聚变研究及能源的美好前景。该靶也可应用于激光驱动的ICF装置，并可能降低激光器的设计制造难度。

2008年秋，彭先觉集成了在惯性约束聚变靶和次临界能源堆方面的研究成果以及国内外专家对Z-pinch驱动器方面的判断，在中物院科技年会上提出了Z-pinch驱动的聚变裂变混合能源堆概念。这是一个安全、经济、清洁、持久的能源系统。院内多个单位积极参与了这项研究，经过几年的努力，可行性逐渐明朗。该概念得到院内外许多同行专家的认同，一些国内核电专家和能源研究单位也表示出很大兴趣。当前，正积极准备争取获得国家支持。如果顺利，将有望成为2030年后核能的重要支柱之一。

事业的发展依然存在很多的困难，但他始终坚持无论遇到什么困难，都一定要把发展核能的几条技术路线继续深入研究下去。从1959年进入哈军工学习到担任氢弹主体技术组长，直到今天，彭先觉心中始终怀着对祖国的赤子之心，为祖国强大而努力奋斗。这份执着坚守的背后，也承载着无数艰辛，但他无怨无悔，用智慧和信念担当着自己对国家、对人类的责任和使命。

核材料研究的历史跨越

——中国工程院李冠兴院士口述实录

李冠兴院士

我的梦想是加速自主品牌核电燃料组件研制，抓住ATFt提供的赶超世界水平机遇，实现核燃料增殖和分离与嬗变的终极目标！

我出生在上海，当时上海上学年龄用虚岁，6岁就可以上一年级。虚岁6岁时，实岁仅4岁，年龄太小，因此小学一二年级是由母亲在家自己教的，小学跳了两级。小时候，我并没有什么梦想，就是喜欢机械，想着长大后当一名工程师。16岁考入清华，是班里最小的一个学生，对一切还没有很清楚的认识，对于未来的梦想还是不明确。我在清华读工程物理系，我们那一届是清华大学工程物理系第一届正式招生的学生，之前的师兄都是从北京或本校里其他系选出来的优秀生调到工程物理系的。我还记得那个时候，工程物理系里有些同学是有梦想成为像爱因斯坦或居里夫人那样的大科学家的，而我没有。因为我学习成绩好，所以一直担任学习委员。毕业时获得优秀毕业生奖章。在清华的工程物理系，前三年都是大课，还没有接触到专业。每天的课程安排都很紧凑，我印象里似乎我每天都背着书包在偌大的校园里，从一个教室上完课后匆忙跑到另外的一个教室里，希望能抢到前面的座位。随着在清华读书，我的身心不断成长，开始渐渐明确了自己的理想。

　　22岁从清华大学毕业，我继续留在清华攻读研究生，连本科算起，我在清华大学读了10年的书，对我影响至今。清华大学工程物理系是新成立的系，那个时候的实验室，设备很简单，一切都得自己动手。清华培养我最大的能力就是自学能力和动手能力。读研究生的时候，课题题目都是自己来定，在图书馆里自己看文献，实验室里做实验，设备不齐全的时候，都自己动手做。当时研究生要上哲学课。第一课是蒋南翔校长亲自讲的《费尔巴哈与德国古典哲学的终结》，在讲课中蒋校长告诫学生，不要轻信小册子中的解说。引用了"会当凌绝顶，一览众山小"的诗，令人印象深刻，至今记忆犹新！

　　清华还带给我一种强烈的民族自尊心。1982年至1984年，我在美国做访问学者。我当时的头衔是工程师，没有读博士，所以一位美国的学者问我要不要在他们美国读一个博士，我说不用了。他疑惑地问我不读博士以后怎么去做教授？我很自豪地跟他说，我在清华读了10年的书，成绩都很优秀，如果没有"文革"，我可能已经是博士，我觉得自己在清华读了10年书，没有必要再在美国读个博士。美国俄亥俄州立大学发给我的ID卡上写的是Fellow，而不是Visiting Scholar，他们是承认在清华大学学习时学过的课程和成绩单的。出国前，我的领导跟我说，你出国去看看人家外国人怎么做试验，回来为祖国多作贡献。我牢记领导的这句话，在美国访问到期时，美国的教授跟我谈话希望能继续留在美国一年，帮助他们做试验。但我婉言谢绝了，我选择回国，回到二〇二厂。

工作中的李冠兴院士（中）

我26岁从清华大学毕业，分配到二机部二〇二厂，至今40余年，对此我并不后悔。二〇二厂这支队伍给我感触最深的就是，这里的每一个人都有一股热烈的干事的态度，当遇到困难的时候，从来不会说我不会干,而是想尽一切办法去做好。一直到现在,市场经济下,大家都还是有着这种态度,先做事,再谈钱。在工厂里最讲究的原则就是实事求是,容不得半点虚假,因为在车间里要的是产品,你的研究能不能转化成为产品,在车间里是实实在在的。我毕业后到二〇二厂,从专题组长、班长、分室副主任到副所长、厂副总工程师、厂总工程师和厂长,一路下来我深切地感受到,做事、做科研,必须要有一种坚定的态度,坚持好自己的方向。天大的困难都要顶得住,一定要朝着自己既定的目标奋进,不能退缩。另外工程科学,需要一个团队,所以群众基础很重要。领导只是规划一个方向,具体事情都是群众在做,所以要重视科研人员与群众的关系,理论与实践的关系。我从毕业到现在一直都是二〇二厂的人,这么多年,我一直觉得这个老厂有一种传承的精神在,这种精神虽然讲不出来,但是是可以感同身受,言传身教的。

对于我们国家发展核电我是持乐观的态度的。从 2020 年再往后发展几年,中国很快就将超过美国,成为全球最大的核电国家。所以现在是我们要认真考虑裂变材料增殖和实现次全锕系元素和长寿命裂变的分类与嬗变问题的时候,要从长远考虑。之前我们的核电站不多,只有几个反应堆,要满足起来比较容易。但是有这样一个长远的发展规划,考虑就不一样了。

从技术引进上讲,我们是非常成功的。我们的核燃料元件技术转让和应用没有出过问题。目前中国核燃料元件的制造全部实现了本地化。通过引进,中国核燃料组件的制造水平已经接近或达到国际水平。

目前中国有两个核燃料元件生产厂,一个是中核北方核燃料元件有限公司,在内蒙古包头;一个是中核建中核燃料元件有限公司,在四川宜宾。首次引进技术的核电站首炉料不是由我们生产的,是在引进核电站的同时买进来的第一炉料,这样可以厘清责任。在这以后再建同样类型的核电站时，全部核燃料元件，包括首炉装料在内，则全部由我们供应，现在在建的二代加核电站就都是如此。

从产能角度上讲，目前国内南北两个核燃料元件生产基地通过扩产和新建，产能都将持续不断地实现跨越，能够保证国内各种堆型核电站对燃料元件的需求。所以从技术和产能水平上来看，中国核燃料元件制造业是能够满足中国核电可持续发展需求的。

目前我们面临的一个十分急迫的问题，是缺乏自主品牌，或者说缺乏具有自主知识产权的核燃料元件。由于是引进国外的技术，在国内扩大产能，满足自己需要是不受限制的，但是不能出口。这个问题已经成为制约中国核电站走出国门的一个瓶颈，必须尽快解决。核燃料元件的研制，体系复杂，要历经设计、设计验证、制造、辐照考验和辐照后检查等相互影响的过程，投资大，历时长。

福岛核事故发生后，全世界的核材料科技工作者都在思考一个问题，即针对这次核事故，我们应该做点什么？结论是应该发展新的包壳材料来代替锆合金包壳，以便在严重事故工况下避免锆水反应产生大量氢气，导致爆炸。同时一致认为sic包壳是最有希望和最理想的替代材料。随着研究的不断深入和拓展，形成了事故容错燃料（Accident Tolerant Fuel）的概念。ATF是指在目前的标准UO_2-Zr体系相比较，能够在较长时间内抵抗冷却剂丧失事故，同时还能保持或改善其正常运行工况下性能的燃料系统。ATF促进了三代和四代核材料研究的渗透和融合，为我国赶超世界水平提供了机遇。

作为一个核材料科技工作者，我的梦想是加速自主品牌核电燃料组件的研制，抓住事故容错元件提供的赶超世界水平的机遇，落实创新驱动发展战略，促进核材料的研究由追赶向跨越的转变，为实现核燃料增殖和分离与嬗变的终极目标作出应有的贡献。

艰辛探索　科学强国
——记中国科学院陈式刚院士

陈式刚院士

我喜欢基础理论，无论自然的或社会的。调到二机部，从事核武器理论研究，解决对国家强盛马上起作用、比较关键的具体问题，我很高兴，这是报效祖国的机会。

立志理论物理研究

三个弟弟，两个妹妹，仅靠父亲在地政局的工资生活，陈式刚幼年的大家庭温暖而拮据。但是深受"五四"文化思想影响的父亲并没有扼杀陈式刚上学的愿望，作为家中长子，他深知在这样子女众多的家庭中受教育的机会来之不易，肩上的责任沉甸甸的，承载了整个家庭的重托。

从记事起，陈式刚就是个懂事的孩子，钟爱看书，喜欢思考。小学毕业时，已经把家里的《水浒传》《西游记》等中国古典小说看过了，他珍惜一切获得知识的机会，广泛涉猎，如饥似渴。升入中学，艾思奇的《大众哲学》让他对理论问题有了兴趣，叔父的《几何辞典》更是让他看到了教科书之外的几何世界。对于深奥的数理问题，他从不觉得枯燥，越难懂的问题，他越有兴趣去探索。陈式刚对物理的兴趣来自于高中自然地理老师，地球围绕太阳公转的轨道是一条椭圆轨道，太阳位于其二焦点中之一处。老师不经意的一句话引得陈式刚四处寻找理论书籍，一探究竟，明白了如何由牛顿动力学方程导出这个结果。后来，量子力学、相对论，这些"课外"知识都纷纷进入他的头脑中，物理规律的奇妙之花吸引他去采撷。上学路上经过的书店成为他课余时间的去处。刻苦钻研、勤奋努力，高中时候，他的数理成绩一直名列榜首。对物理的浓厚兴趣让他在高考填写志愿时没有丝毫犹豫，即使由于体检查出高血压，耽误了一个假期的复习时间，他也没有改变要从事物理理论研究的愿望，对于考取哪所大学并不特别看重。

1954年9月，陈式刚被上海复旦大学物理系理论物理专业录取。国家的助学金保障了陈式刚的学习和生活，让他有了继续读书的机会。对于党和政府的资助，他无比感激，立志要认真读书，学到真本领，不辜负国家的培养。大学提供给了他更好的学习环境和更多自由支配的时间，除了每天下午课后坚持身体锻炼之外，他都待在图书馆里钻研那些基础物理知识，越是理论性强的知识，对他的吸引就越大，他钻研得也就越深。时间、精力的投入以及在物理方面的天赋，让陈式刚在复旦大学已经小有名气。在学校举行的校庆学术报告会上，陈式刚所作的《用"洛仑兹"变换推导出麦克斯韦方程》的报告引起在座专家、老师的关注。但是，他并没有因为得到赞赏就停止钻研，而是将这个问题探究得更深。在查阅文献时，他发现有人已经把他考虑的问题处理得更好。原始论文是第一手的资料，文献中对问题有着各种可能的想法。从此之后，他养成了做论文之前多查文献的习惯。陈式刚的锲而不舍、刻苦钻研的精神，勤于思考、多查文献的科研习惯，都是从大学时候养成的，并一直坚持至今。

潜心于学业的陈式刚，并没有两耳不闻窗外事，"国家兴亡，匹夫有责"，国家的强盛是他此生最大的愿望。作为一家之长子，他将爱国与科学紧密相连，用科学研究作为工具，实现祖国强盛的梦想。这也决定了他毕生的道路，陈式刚决心从事理论研究方面工作。因此，毕业时他并没有将分配志愿填写得特别具体，只是在纸上写下"科学研究中心"几个字。

1958年，陈式刚被分配到中科院物理所，报到后在理论组从事理论研究工作。起初并未给他指定具体的研究内容，后来室里来了一批各地来进修的年轻科研人员，就由李荫远先生任组长带领大家做研究工作。不久，苏联著名科学家博戈留波夫的学生陈春先博士回国，他带来的超前思想、全新理论和方法给年轻的陈式刚以强烈的冲击，感觉豁然开朗了。在陈春先的启发影响下，陈式刚开始了量子多体问题研究。从此，与时间赛跑、昼夜苦战、潜心研究成为了他长期的工作状态。后来，他在"输运问题"的研究工作取得了较大成绩。《量子统计中线性输运系数的微扰理论》《热的输运过程的动力学理论》《强磁场下横向输运过程的微扰理论》等有突破性的文章陆续发表，年轻的陈式刚在物理理论研究方面表现出极大的天赋，取得了不俗的成绩，引起了国内同行的关注。正当陈式刚的研究工作如鱼得水，取得出色成就的时候，室主任李荫远的一番话彻底改变了陈式刚的研究道路。

圆"科学强国"梦想

1963年初的一天，李荫远把陈式刚叫到办公室谈话，让他到一个跟核有关的保密单位去从事和中子、等离子体物理与统计物理有关的研究工作。一听说单位性质和研究内容，陈式刚就大概猜到了自己将要从事什么性质的工作。因为在二机部北京第九研究所工作的大学同学胡思得找他借阅一些资料，通过那些书名和保密的工作性质他猜测，胡思得所从事的工作肯定与原子弹有关，而他马上要去的新单位的报到地点，正是胡思得所在的单位。此时陈式刚正值盛年，理论研究成绩不菲。到九所工作就意味着要舍弃曾经的辉煌成绩，隐姓埋名、默默无闻地献身一个崇高的事业。听到调令，陈式刚没有丝毫矛盾和彷徨，暗自庆幸，报效祖国的机会来了。

到九所报到后，和人事部门的谈话更加肯定了他的想法，没想到中央竟让自己参与研制原子弹，实现中华民族的强国梦。即使隐姓埋名，放弃自己已有重大进展的工作，他也内心坦然。"中国要有自己的原子弹！"他从未感觉到自己"科学强国"的梦想和信念如此清晰、强烈，一种从未有过的责任感、自豪感和光荣感油然而生。

陈式刚被分配到九所理论部物态方程组，由邓稼先、周光召指导工作。理论部是核武器研制系统的重要部门，邓稼先、于敏、黄祖洽、周光召等专家先后在这里工作。研制原子弹是一项综合性很强的大科学工程，需要多学科、多专业的密切配合。1963年初，原子弹研制已经处于理论探索的关键阶段。调陈式刚过来是因为九所需要研究量子多体问题的专业人才，解决研究工作中的难题。刚到组里，邓稼先就找陈式刚谈话，让他配合自己进行物态方程方面的研究。从邓稼先的眼睛里，陈式刚看到了信任和期望。邓稼先让陈式刚坐在自己身边，看着自己一步一步推导公式，有错误的地方请陈式刚帮他指出，再重新推导。做了两个星期，终于得到了所需的物态方程。同时，周光召找陈式刚帮忙进行辐射输运物理方面研究。当时，九所缺少研究量子多体问题的人才，陈式刚在中科院物理所从事的工作正与此理论有关，经过几年时间钻研，可以称得上是该领域的专家了。用专业知识的丰厚积累解决原子弹研制中的问题，陈式刚觉得无比欣慰和幸福。研制原子弹，让祖国自信而强大地自立于世界民族之林，陈式刚义不容辞。1964年10月16日，凝聚着全体干部职工心血的中国第一颗原子弹爆炸成功，陈式刚的自豪和兴奋无法用语言形容，里面有他的贡献。这一年，陈式刚只有29岁，邓稼先也仅39岁，周光召35岁。

原子弹攻克之后，陈式刚又加入到氢弹的研制队伍。氢弹的研制原理比原子弹更加复杂。如果说原子弹的突破，还能从一些情报资料上了解到一些"蛛丝马迹"的话，氢弹研制则完全要靠中国人自己的聪明才智了。1965年1月，黄祖洽、于敏等原子能研究所轻核理论组的31名研究人员加入二机部九院理论部，与我国核武器研究的主力会合。1965年2月，朱光亚主持召开氢弹研究规划会，确定研制氢弹的第一步就是突破氢弹原理。面对如此紧要、复杂而艰巨的理论研究任务，陈式刚也给自己提出了更高更严格的要求。他投入大量的精力和激情探索氢弹原理，始终坚信，外国人能做的事，我们也一定能做到。根据所里理论家们的战略分工安排，陈式刚小组从聚变材料等离子体的电磁行为方面探索氢弹原理的可能性。虽然最终这条道路没有走通，但为氢弹原理研究向主要方向集中起了促进作用。1965年9月底，于敏带领理论部十三室部分青年前往上海华东计算所，经过100天的努力，终于找到了造成自持热核反应条件的关键所在。全所都为这个消息振奋，并开始以新的理论方案作为主攻方向进行研究。1966年12月，在第一颗原子弹成功爆炸后的两年零两个月时间，中国就突破了氢弹的理论难关。作为氢弹理论研究队伍的一员，陈式刚微微松了口气。6个月后，1967年6月17日，中国第一颗氢弹空爆成功，它的光辉足以盖过太阳。西方国家对中国核武器的发展速度深表震惊。美联社评论：中国的核力量"是一种国际地位的象征，是科学技术和军事力量的象征"。

经济困难、"文革"、理论探索遇到的难题都没有让他们退缩，在西方大国看来，核武器发展的"中国速度"似乎是个不解之谜，但在陈式刚看来，是再正常不过的事。那夜以继日的拼搏，那没有专家靠大家的风气，那无怨无悔的奉献，那艰苦创业的热情……学无先后，达者为先；能者为师，互帮互助；互相切磋，共同进取……这，也许就是成功的秘诀吧！

"文革"时期，九院的科研工作受到严重影响，理论部领导几乎都受到冲击和批斗，很难坚持正常工作。陈式刚决定，无论发生什么事情，绝对不能停止科学研究，"科学强国"的理想信念不能动摇。要实现这个梦想还有很长的路要走，肩上的担子还很重。他主动请缨，请朱光亚出题目，去做武器设计。"文革"让他的科学道路改变了方向，从做理论研究转到做武器设计，很多东西需要适应、尝试和学习。"10年动乱"，10年艰辛探索，陈式刚主持的几个型号的研究设计工作，提高了核武器的性能，对核武器的发展有重大意义，并为以后的小型化研究奠定了基础。他在核武器研制中完成的两篇论文《中子增殖过程中的统计涨落》和《裂变系统燃耗的定标定律》，至今仍然被引用。

陈式刚院士（左）在中物院北京应用物理与计算数学所办公室和赵宪庚院士交谈

在从事核武器理论研究和设计的 15 年时间里，邓稼先、周光召、于敏对陈式刚的工作和为人均产生巨大的引导作用。"他们三个作风不同，在不同方面深刻影响了我。"陈式刚说，邓稼先从做事、考虑问题到推导公式、考察数据，都很仔细认真；周光召理论原则很强，推导公式不需要稿子，把大家叫到一起直接在黑板上演算，不怕犯错，发扬民主，共同提高；于敏把物理图像想得非常清楚，让理论概念更加直观。这些，对陈式刚之后的研究工作都帮助很大。

探索基础前沿理论

1978 年以后，陈式刚根据形势变化，响应第九研究院强调的要做好基础理论研究工作的号召，调整研究方向，主要进行了非平衡态理论、混沌理论、凝聚态理论、强场物理等方面的基础前沿理论研究工作。研究成果屡获科工委科技进步奖、军队科技进步奖等多个奖项。其中一些研究对我国的高新技术装备发展起到促进作用。对于奖项和荣誉，陈式刚表现得很淡然，他认为，作为中国科技队伍中的一员，能为祖国的强大作出一份实际的贡献，比任何奖项都更重要、更有意义。

陈式刚是两弹精神的参与者、创造者、继承者和传播者。他把"科学强国"不仅当作一种理想，而且是当作了一种责任，一种使命。在这条坚守信念的道路上，他从未有过动摇。作为普通科技工作者的一员，他用智慧和梦想诠释着报效祖国的承诺，他及他的学生至今仍活跃在我国国防科技工作的一线，为国家的安全和强盛继续贡献力量。

让氢弹轻起来
——记中国工程院张信威院士

张信威院士

我在图书馆看到了许多核物理、反应堆、气体动力学和爆炸力学的书，马上就猜出来了，这里是搞原子弹的。"天将降大任于是人也"，我将要为此而奋斗了。

艰难求学路

张信威的家乡位于湖南省娄底市涟源县桥头河镇，家里有几亩薄田，父亲一边种地，一边当私塾先生教书。在乡下，也算得上是"书香门第"了。然而，在张信威不满4岁的时候，却遭遇了人生一大不幸：父亲亡故。这个家庭瞬间失去了顶梁柱，从此只能靠母亲拉扯他和姐姐、弟弟艰难度日。

桥头河文化教育比较发达，有读书的传统。尽管家境不济，母亲还是把张信威送到了镇上的小学读书。他深知自己读书机会来之不易，妈妈和姐姐不仅要在田里劳作，还要纺纱出售供他读书。因此，从上学第一天起他就非常用功，语文、算学、自然、历史、地理、公民课考试成绩总是班里第一。毕业时，更是6门功课全部考出了100分，创下了学校的纪录。

小学毕业后，家里无论如何也供不起他上中学了。12岁的他站在大石桥上，望着湄水河里逆水上行的白色帆船，听着拉纤船工们喊出的号子，开始思谋着作为家里的长子对家庭的责任。时值解放，他找到了土改工作队，要求当队里的通讯员。但他年龄太小，干部们没有同意。当时，人民政府非常重视教育，开展了劝学运动，派干部下乡，新中国成立后的中学学费已大幅度减少，鼓励小学毕业的孩子报考初中，家庭经济困难的学生，还可以申请"人民助学金"。

算学老师张世良，对张信威这个难得的好学生疼爱有加，常找一些《算术难题详解》之类的书送给他。张老师找到他，仔细地向他讲解"人民助学金"的政策，并指导他写"人民助学金"申请书。就这样，张信威被"劝"进了中学读书。

抗战时期，日寇从华北一路打到了湘北，在长沙附近进行了几次会战，双方形成了拉锯战的胶着状态。为躲避战火，大量的学校纷纷南迁西进，客观上促进了当地的文化发展和教育水平的提高。张信威就读的涟源一中就坐落在原国立师范大学的临时校址上，抗战胜利后，一些青年教师和学生留了下来，形成了学校雄厚的师资力量。

进入中学后，张信威非常珍惜这难得的读书机会，上课认真听讲，下课除完成作业之外，还做了能找到的各种数理化课外题。他对几何产生了深厚的兴趣，和班上的几个数学基础好的同学专做难题。《数学通讯》上的难题征解更是期期不落地认真做，渐渐培养出他钻研难题的偏好。当时中国6年制的中学使用的是苏联10年制的中小学一贯制课本，数理化的内容偏少偏浅，他总觉得"吃不饱"，就找来新中国成立前中学用的《范氏大代数》和大学的《普通物理》自学。

当他在杂志上读到华罗庚、钱三强、侯德榜、茅以升等著名科学家的故事时，知道中国也有如此优秀杰出的科学家，深受鼓舞。由此萌生了像他们那样，将来也要在科学技术上作出些成绩来的梦想。

读初中时，尽管申请了"人民助学金"，他还是要常常向老师借钱先交学费，待评上了助学金后再还。上学期间，除了早晨起来放牛、割猪草外，星期天和寒暑假就拼命地干农活，以减轻家里的负担。尽管如此，上高二的时候，为了筹措学费，还是不得不把他名下的1.5亩水田卖了。逆境中奋起的他更加坚定了一定要考上北大、清华的决心。

中学期间，他的学习成绩总分始终保持在年级的前两名，数理化成绩尤为突出，以至于他在考大学填志愿时犯了难：是学物理还是学数学呢？物理老师张世维建议他学物理。老师说，学物理要用到非常深的数学知识，而要是学数学专业，物理知识可能就会丢了。

为迎接高考，张老师曾做过一次物理模拟测验，结果全年级 120 人，只有五分之一的人过了 60 分，有一个 90 分，张信威竟得了 100 分。这使他下定了学物理的决心。在考大学填报的志愿中，前三个志愿填了北京大学的物理、力学、数学，并于 1955 年以优异的成绩如愿地被北京大学物理系录取。

北京大学在这个从大山里走出来、中学时曾几度面临辍学困境的孩子面前，呈现出了一个豁然开朗的广阔世界。名教授云集，仅物理系的叶企孙、饶毓泰、周培源、王竹溪、黄昆、胡宁，就个个都称得上是大师级的人物。校长马寅初更是德高望重、和蔼可亲，春节团拜时，马校长说只有北大校名是毛主席亲笔题写的，北大要成为最高学府。几句话就大大激发了北大师生的热情与自豪感。台下的张信威告诫自己：一定要努力学习，锻炼身体，争做毛主席倡导的"学习好、身体好、工作好"的三好生。

他如饥似渴地学习，成绩突出。1956 年，时任总参谋长的粟裕大将到北大作报告，说我国将来也要搞原子弹，号召同学们努力学习科学知识，准备报效祖国。张信威听了报告，异常振奋。暗自揣摩：我是否有参与这项伟大事业的机会呢？

为了响应党中央"向科学进军"的号召，物理系的尖子学生被选拔出来特别培养。二年级成立了 20 人左右的学生科学小组，学习成绩突出的张信威被老师指定为组长。除了学习正常的授课内容外，数学、物理老师还单独给小组的学生"开小灶"，另外布置作业。物理组还可在假期做一些实验。

毕业季来临，在填报分配志愿时，张信威选择了中科院物理所或去大学教书。但分配通知单却写的是第二机械工业部。同学们都不知道二机部是干什么的，好在地点就在北京。他整好行李，坐公共汽车到北太平庄，步行到了花园路 3 号，接待的人告诉他先劳动一个月再分配工作。劳动期间,他去单位的图书馆,在图书馆里看到许多诸如核物理、反应堆之类的书,他不禁心里一动:这是要搞原子弹啊,难怪这么保密。自己就把此生托付核武器事业了。

参加"两弹"攻关

张信威的工作单位是二机部北京第九研究所理论部,是整个核武器研制系统的重要部门,被二机部副部长刘西尧称作"龙头的三次方"(意为龙头中的龙头)。

在当时的理论部,聚集了中国物理、数学界的顶尖人物:彭桓武、朱光亚、程开甲、邓稼先、周光召、周毓麟、秦元勋……他们在学术界个个光彩熠熠,成果卓著。

构成理论部主体的是力学组、中子组和状态方程组3个小组。张信威被分在状态方程组,由程开甲、邓稼先指导工作。布置给他的第一个任务就是阅读固态物理第6卷上关于高压状态方程方面的文献。有时候,程开甲也会亲自给组里的成员讲解固体物理的知识。此外,他还能听到更多专家的报告,反应前、反应后、突变刹那等概念就是从彭桓武先生那里听来的。专家们虽然都没有做过核武器研究工作,但他们扎实的基础知识、深厚的研究功底、广博的见闻以及投入一个新的学术领域作研究的工作方法、思维方式,都给了刚参加工作的张信威莫大启示,也感召了他以极大的热情投入到科研工作中去。在这个关系融洽、生机勃勃的集体中,有中国最优秀的物理学家、数学家的指导,对张信威的成长起到了极好的引导作用。

状态方程组的主要任务是要对影响核反应发展进程的物质状态相关因素,如压力、温度、材料密度等进行分析,找出各因素之间存在的关系,为核武器的理论设计提供可靠的物质状态参数。这无疑是一个难度很大的工作，不过，这倒正好契合了张信威中学时就形成的一个嗜好——钻研难题。

一次，邓稼先找到他，让他把一篇中子核反应的文献中的公式推导一下。张信威仔细地把公式推了出来。邓稼先很高兴，把结果交给了另一个小组的同志看，那位同志指出推导中的一点不足，并作了更正。还有一次，要计算某种物质的状态方程，在选择计算方法的过程中，他提出了一种迭代过程，并证明了这个过程是收敛的。拿着自己的证明结果，他找到了秦元勋先生，秦先生看了之后，认为是正确的，还把比较长的证明改写为几个引理、一个定理，使整个证明既简明扼要，又十分严格。正是这样一点一滴的积累，加上张信威的勤奋和专业基础优势，三四年之后，他就可以独立承担工作任务了。1966年，他已成为一个20多人的由物理、力学、数学三类科技人员组成的型号理论设计科研小组的组长，带领大家承担九院的多项型号任务。

学物理的张信威，不但要从物理机理出发，提出设计思想，还要协调全组的工作整体推进。工作中，他更是身先士卒，和同事们一起上机算题。当时在北京使用国产的104机、119机、109丙机、013机，一天24小时，分四班五班"连轴转"，人换班机器不停。张信威成为上机时间最多的人之一，他承担的任务多，又能"抢"机时，不论大夜班、小夜班他都上，一副拼命三郎的劲头。

1964年10月、1967年7月，我国第一颗原子弹和氢弹相继爆炸成功，极大地提高了我国的国际地位，也使我国核武器研制人员增强了自信。与此相随，核武器武器化工作被提上了议事日程。

建功核武器小型化

氢弹作为战略核武器，其机动性和远距离打击能力是基本要求。

这也是氢弹武器化的主要任务。氢弹要武器化，首先要小型化，小型化关键是要实现初级的小型化，只有体积小、重量轻，才能方便运载装置的运载，才有可能突破敌方的防御。单位决定由张信威小组承担提出小型化初级理论原理、作出结构设计的任务。

导弹运载能力对氢弹的外形尺寸、重量提出了严格要求。确保其爆炸，达到设计的爆炸威力，更是小型化要解决的主要问题。张信威没有急于开始计算，而是理清思路，先做半定量模拟分析（俗称"粗估"），找出要解决问题的关键症结所在，然后再作精确的流体力学——中子计算，以求设计出理想的武器方案。初级要小型化，首先必须把结构优化，尽量提高作为驱动源的炸药的利用率，减少炸药使用量，并最有效地用其来压拢或压缩裂变聚变材料，创造出实现裂变和聚变的条件。要实现这样的工作目标，思维活跃的他有太多太多的想法，用同事们的话来说，他是"不皱眉头"，都会"计上心来"，那么多的理论模型，想算都算不过来。因为当时大型高速电子计算机资源稀缺，每个科研小组根本分不到充足的上机时间。

张信威对于内爆和核反应动力学进行缜密分析和深入思考后，作了结构上的简化假设。复杂的流体力学偏微分方程组被他化简为非线性常微分方程组，他和计算数学的同事合作，只用了不到20小时的计算时间，就算出了新结构的几百个"模型"，得出了这类结构的作用规律。而通常算一个"模型"都要几个小时甚至几天。他化繁为简，既探索出了新结构，又节约了计算机时间。为检验化简近似的正确性，他用正规的流体力学程序，严格计算了近10个这类真实的模型。经对比表明：简化计算结果正确，以很高的近似程度反映了这类结构的特征。这表明，这类全新结构设想确实具有预想的突出特性和优点，可作为一种新设计的基础。随后，张信威又进一步求证，获得更加透彻的理解。

张信威院士在中物院重点实验室

新的基本结构确定之后，下一个要解决的关键问题就是如何利用裂变放出的能量点燃聚变反应？聚变反应的速度主要取决于两个因素：温度和密度。特别是温度，只有在几千万摄氏度的高温下，聚变反应才能充分进行。张信威带领全组，和所里其他研究小组一起进行了近一年的研究，共同提出了一个"中心模型"设计方案。

这个方案在理论上虽然可能实现预想目标，但必须有近于严苛的炸药内爆和裂变放能过程作为条件，稍有差池，就可能导致聚变点火失败。核武器小型化，必须从实战出发，确保可靠性，要保证武器在战争环境下具备作战能力。对张信威他们来说，就是要增大设计中发生充分的聚变反应的保险程度，使设计变得更"皮实"。

张信威在分析了这个"中心模型"设计之后，认为应尽量避免可靠性偏小的这种设计。在大量的理论模拟的基础之上，他提出了一种全新的理论设计原理和结构设计方案，能够充分调动和利用各个能为聚变材料提供能量的因素，确保温度提升到要求的高度，实现聚变点火，从而具有更强的抗"干扰"能力。最终，这个方案被邓稼先、于敏等确定为核试验的工作模型。

经过参与理论设计、冷实验、结构和工艺设计、生产、场地试验工程等环节数以万计人员的共同努力，核武器爆炸试验取得了圆满的成功，为小型化核武器初级的作用原理和结构打下了坚实的发展基础。此项成果于1985年获得国家科技进步奖一等奖，张信威作为第一完成人"上榜"。

张信威和他的科研团队，把"让氢弹变轻"的理想化作了现实，为我国核武器的小型化作出了卓越贡献，也圆了他在国防科技中有所成就的梦。

逐鹿世界激光聚变研究

——记中国科学院张维岩院士

张维岩院士

我有很多梦想，实现材料物性以及动力学响应行为的多尺度模拟，武器用材料性能的优化设计，将武器研究中的丰富积累应用于核能材料开发和国家重大研究项目，等等。

张维岩，中国工程物理研究院副院长，中国科学院院士，理论物理与等离子体物理专家，我国激光驱动惯性约束聚变（简称激光聚变）研究领域的领军者，某国家重大科技专项总指挥、总设计师。在激光聚变靶物理研究以及激光聚变大科学工程的战略目标确定、技术路线选择、组织实施策划等方面发挥了关键作用，作出了重要贡献。

这样的豪气、这样的自信从哪里来？

带着这个问题，我们走近了这位从北京机关大院走出来的科学家。

少年时期的科技启蒙

1956年3月出生于北京的张维岩，整个少年时期都浸泡在全国"向科学进军"的氛围中。

"向科学进军"是1956年1月，由中国政府提出的口号。这一年，中国政府成立了国家科学规划委员会，制定出新中国第一个发展科学技术的长远规划，即《1956年—1967年科学技术发展远景规划》，拟定了57项重大任务，奠定了中国原子能、电子学、半导体、自动化、计算技术、航空和火箭技术等新兴科学技术基础，并促进了一系列新兴工业部门的诞生和发展。至此，中国的科学技术事业开始进入了一个有计划的蓬勃发展的新阶段。

少年时期的张维岩最热衷的是和小伙伴一起动手做玩具。当时他就读的北京三十九中，是由始建于清末的光华女中和创建于1946年的耕莘中学两所教会学校合并而来的，是一所以半工半读为特色的初级中学。现在的北京低压电器厂，当时叫作工学机电厂，承担着学生的劳动实习任务。张维岩和他的小伙伴们自己动手做过收音机、各种小电动机和汽车飞机模型，甚至简单的化学实验等。

在制作"玩具"的过程中,"科学"这个内涵宏大的概念,变成了一个个可以通过努力给自己带来喜悦和成就感的过程。崇尚科学的启蒙就这样开始并持续延伸下去。

"那时,并不是我一个人,很多小伙伴都是从自己动手做玩具认识科技的力量的。科技、数理当年是孩子们的'时尚'。可以想象,一群不同岁数的孩子在一起切磋各种科技玩法是一个什么样的景象。我的整个青少年时期一直追逐这种'时尚',这极大地扩展了玩的意识和范围。"张维岩回忆说,玩的过程也逐渐建立了他的自信。

在那场史无前例的"文化大革命"中,"停课闹革命"让很多孩子失去了继续学习的机会。幸运的是"复课闹革命"很快又开始了。1971年,北京恢复高中,当年的初中毕业生中的少数优秀分子(比例为1:10)成了"时代骄子",被选拔升入高中。

71届初中毕业的张维岩有幸成为了"时代骄子"之一。

上了高中的张维岩不仅把"文革"前高中的课本通读一遍,还阅读了当时北京四十中学校图书馆里包括小说等读物在内的几百本图书。

张维岩动情地说:"我一直记着周总理'要从高中生中选拔大学生'的指示,上大学成了我的奋斗目标。那时候,我非常自信。"

知识青年的社会大学

为上大学做着充分准备的张维岩,没有等到上大学的机会,却迎来了"广阔天地、大有作为"的最高指示,18岁的他到了延庆县大观公社九里梁大队当了一名下乡知青。

"为什么不一样呢?"农村的现实与课本上和课堂上得到的认知之间的差距让张维岩十分困惑。但是他并没有沉浸在这个在当时恐怕谁都难以解答的困惑之中,很快就进入了"用知识创造生活"的实践中。正如他在下乡 7 天后递交的入党申请书中所说的"在农村的三大革命中发挥一个知识青年的作用"。

他带领当地农民把很多东西都更新了一遍，和农民一起尝试育种、做猪饲料、养蜜蜂，还做了个扩音器，给村民放电影等。

两年后，张维岩加入了中国共产党。不久，他到山东沟大队担任了大队党支部书记。

4 年的插队生活，除了会计和生产队长没干过，其他的如民兵连长、大队书记他都干过。通过参与农村的生产和生活实践，他学会了实事求是地看问题，遇到问题绝不绕着走，结合自己掌握的知识，想办法加以解决。

"到现在我一直认为，插队这 4 年是实现我理想、展示我才华的过程，是我人生中比较辉煌、比较精彩的一段时光。"张维岩苦中作乐，笑对人生。1978 年，张维岩上大学离开村子时，全村男女老少到村口送他，一想到这，至今他仍然激动不已，还有什么比这更有成就感呢？

夯实"做世界第一"的知识功底

1976 年 10 月，"文化大革命"结束。1977 年，全国恢复高考，中国进入了新的历史发展阶段。

张维岩非常自信地说："1977 年的高考对我来说，早已准备好了，我等这一天已经很久了。"

1978 年 3 月，国务院副总理邓小平在全国科学大会开幕式上作了极为重要的讲话。他提出，要实现农业、工业、国防和科学技术现代化，关键在于实现科学技术现代化，并强调科学技术是第一生产力。中国科学院院长郭沫若先生在大会上发表了《科学的春天》的著名讲话，用澎湃奔放、抒情洋溢的语言，表达了"文革"结束后中国知识分子的喜悦心情和踌躇满志。

这一年，张维岩为自己选择了北大物理系。"高中读了很多物理方面的书，插队4年中又在实践中学到了很多物理知识，觉得物理学起来比较简单。"

北大4年的成绩单，忠实地记录了他4年的学习情况。其中最突出的是数理方法、群论、量子力学和统计物理等理学科目，高等数学、光学、电学等科目也都在良好以上，基础不算太好的英语也在他的努力下保持在90分左右，体育课成绩优秀。

大学期间，他担任过团支部书记和班长，获得过"三好学生""优秀学生干部"等称号。在北京大学优秀学生干部登记表中，我们看到这样的评价："具有强烈的责任心，从来都是毫无怨言，开动脑筋，想办法尽可能好地完成各项工作。""在学习上敢于开动脑筋，寻根究底，学得灵活主动，成绩优良。""是一个德智体全面发展的学生干部。"延庆农村4年的锻炼，北大科学、民主的校风，对思想解放的鼓励，极大地开阔了张维岩的视野，激发了他的求知欲，对他后来的职业生涯产生了深刻影响。同时，成熟、有韧劲、实事求是、敢做事的特点在他身上显露无遗。

时光回到1978年12月，随着改革开放后的首批访问学者启程赴美，新中国迈开了走向世界的第一步。

1979年，邓小平副总理率团访美，与美国总统卡特签署的协议中，将中美关于派遣留学生的口头谅解作为正式协议进行了签署；随之大批留学生踏上求学征程。

那是一个"一万个中国农民养活一个留学生"的时代，能被选送公派出国，无异于"范进中举"。

张维岩是幸运的。他作为公派留学生开始了比利时布鲁塞尔自由大学和德国杜塞尔多夫大学的留学生涯。

他在国外读博士、做博士后，专业方向主要是等离子体物理和统计物理学。在比利时的博士生导师 Balescu 是当时世界上统计物理学顶尖人物，张维岩是他最欣赏的两个学生之一，他给张维岩的博士论文打分为 5⁺，少有的最高评价。1988 年，张维岩获得比利时布鲁塞尔自由大学理论物理学博士学位。

留学期间，张维岩以第一作者身份发表文章 5 篇。其中关于"漂移波强湍流的哈密尔顿正则描述"的研究，发展了国际等离子体漂移波强湍流理论。

"Balescu 对我的影响非常大，我在他那里学会了怎样做科研。他曾经对我说，你要做这个题目，你就要做世界第一，否则要你干什么？他还强调，最辉煌的科学家应该安下心来做些实际的研究工作，要甘心坐冷板凳，而不要赶时髦。"张维岩说，"做世界第一"成为他坚持的科研工作信仰。

角逐世界激光聚变研究

1992 年，张维岩结束国外的留学生涯，回到祖国。

在他的恩师、北大物理系赵凯华教授的建议下，张维岩来到中物院应用数学与计算物理研究所，迈入了激光聚变研究领域。

激光聚变驱动的物理过程与氢弹热核反应物理过程类似，所以核武器国家都把它用来模拟核武器的物理过程乃至核武器效应。随着全面禁核试的局面逐渐明朗化，我国也开始了相关的对策布局，激光聚变研究进入到发展的"快车道"。1993 年以后，我国加强了激光聚变发展的战略研究，提出了建造神光Ⅱ、神光Ⅲ和神光Ⅳ钕玻璃固体激光装置，系统研究辐射输运、辐射流体力学、辐射内爆动力学、热核点火和热核燃烧过程，以军用为主兼顾能源的发展战略计划。

已近40岁的张维岩随着国家战略布局的调整，迎来了他个人最富有激情的科研岁月。

张维岩院士在主持研讨会

工作初期，由于与在国外做博士后期间的研究方向差距比较大，张维岩首先开始了大量的调研。扎实的理论基础和良好的研究工作训练，使得他在一年的时间里与同事们在十分困难的研究条件下，提交了三份极富学术价值的研究报告。

在他主持的"直接驱动聚变中激光束数对均匀辐照的影响"研究中，发现了光束的配置可以有效地消去最低模数的不均匀性，发展了一种估计直接驱动激光聚变激光辐照功率和瞄准误差的统计方法，进而论证了神光Ⅲ装置的激光束数指标，达到了较高学术水平，对神光Ⅲ装置建设起到了指导作用。

在主持"JBxilie一维程序直接驱动激光聚变内爆动力学的试算"研究中，他与同事们计算了世界三大类模型，美国Nova装置实验靶、美国OMEGA装置实验靶和日本大阪大学Gekko ⅩⅡ装置大形状因子靶共20余个模型，对直接驱动激光聚变的基本物理图像有了比较清楚的认识，为改进和建立我国自己的一维激光聚变总体程序奠定了重要基础。

在主持"直接驱动激光聚变辐照均匀性对激光束数的要求"研究中，他参照当时世界上6种激光束装置，在理想束配置下，对激光照射均匀性进行了详细的讨论，得出的结论对神光Ⅲ装置的设计提供了重要参考。

张维岩说："通过这一年的工作，我对研究方法中的数值模拟有了较为深刻的了解，收获很大。"

之后的几年里，他作为激光聚变物理研究的主要学术带头人之一，负责并参与了我国激光聚变主要研究工具Lared大型程序包的改进工作，组建了界面不稳定性课题组，并在前期负责具体研究工作，在理论与数值模拟研究方面取得多项创新性成果。组织完成了以神光Ⅱ激光装置为驱动源的三大标志性精密物理实验，在辐射驱动内爆、千万大气压状态方程和辐射超声速传播研究方面，取得一系列创新性的重要研究成果，研究成果达到国际先进水平。

"一个想干事的人，一生就追求一个能展示自己能力、为国效力的舞台。"张维岩非常庆幸能到中物院工作，找到了一个知识分子一生梦寐以求的舞台。在科研学术能力不断提升的同时，他突出的科研组织能力也得到了充分的展现。1999年，张维岩出任应用物理与计算数学研究所所长；2001年，被国务院任命为中物院副院长。

站在更高的起点上，张维岩主持完成了以实现"激光聚变点火燃烧"为重大科学目标，以构建禁核试条件下物理研究能力，持续提升物理研究水平，确保我国国防能力的有效威慑性为国家任务目标的我国激光聚变研究发展规划，提出"五位一体、协调发展"和"三个台阶、三步走"的战略发展思路，明确了研究方向与重点。作为项目主要负责人，他主持研制的以神光Ⅲ原型装置为主体，集理论模拟、精密诊断和制靶等研究成果的万焦耳级"五位一体"激光聚变物理实验平台，综合性能达到国际先进水平。

某重大科技专项的建成，极有可能在实验室里创造接近核爆环境（温度、压力）的条件，成为缩短我国与先进核国家研究核武器物理差距的技术手段。张维岩作为编制论证专家组组长，组织优势单位，历时三年，完成了专项实施目标、实施内容、实施步骤、总体技术路线和关键技术等多方面的研究与论证，于2009年通过国家级评审，为我国在本领域赶超国际先进水平，全面提升激光聚变研究能力奠定了坚实的基础。

2006年7月15日张维岩院士（右）陪同总装领导视察工作

同年7月，张维岩被任命为该专项的总指挥兼总设计师。恰在此时，美国NIC点火攻关实验计划遇到先前没有估计到的困难，没有实现预期的点火目标。他带领管理团队，组织全国多家优势科研团队开展数场多角度、多维度、多层面的战略技术研讨，分析各个技术环节可能存在的问题，趋利避害地设计我国自己的研究途径。

随后，该专项的重大科研攻关项目捷报频传。科研团队利用神光Ⅲ原型装置完成了国内首轮平面冷冻靶实验，成为该专项物理基础实验研究的"里程碑"；单束激光能量输出达到 15 千焦，我国成功迈入"世界千焦俱乐部"。

　　面对成绩，张维岩依然清醒地认识到前路漫漫。他说："在激光聚变领域，美国目前走在前面，我们与他们还有不少差距，但我们也有独特的后发优势。重要的是解放思想，要有做'世界第一'的意识、胆量和决心。我们现在的环境和条件比当年搞'两弹一星'的时候好多了，我们要敢于做事，要有自信心，要有志气，不能自卑。"

奋斗青春　成就梦想
——记中国工程物理研究院宋海峰研究员

宋海峰研究员

是梦想指引着我前行，感谢老一代科学家为我们开辟了广阔的领域，指明了方向，呵护着我们成长，我是站在了前辈的肩膀上的。

2014年8月,国家"863"项目进入约谈阶段,宋海峰研究员的名字出现在了承担者一栏。作为中国工程物理研究院年轻科技工作者的优秀代表,他负责了多项国家任务,取得了重要的理论进展和具有应用价值的科研成果,是材料物性研究方面的院内和院外拓展领域专家。

谈及宋海峰今天的成绩,要从他的青春梦想说起。

格物致知　青春梦想

中学的物理课是一门枯燥却又神奇的课程,它阐述并解释了我们在日常生活中遇到的很多现象,比如摩擦、惯性和浮力。它的出现是对满怀好奇心的宋海峰同学的一个完美的鼓励。但随之而来的还有很多困惑,甚至是无法理解的问题。至今还令他印象深刻的是一次"茅塞顿开"的经历。那是一道关于浮力的问题,很多同学当堂就理解了,他却怎么也想不通,整整过了一周,把所有已知的知识都串联起来,并在家里用纸船反复试验后,终于彻底想通了。由此,浮力不再是孤立的一个知识点,而是纵横交叉于他的整个物理知识网络上,这种由点到面的认知自然来得深入扎实。从此,他喜欢上了物理学,更重要的是在学习中逐步培养出了伴随他科研道路的一个非常好的习惯,那就是"格物以致知"。他反复强调,这里的"格"不单纯指试验,还包括深入而全面的思考和认知。

爱因斯坦曾经说过:"兴趣是最好的老师,它可以激发人的创造热情、好奇心和求知欲。"所以凭借这份兴趣和格物致知的精神,宋海峰在全国高中物理竞赛中取得了全省第5的成绩,并且在高考的时候物理单科取得了满分,在大学选择专业时顺理成章地选择了物理专业。他一直说那个时候对物理学的应用及发展考虑的还是比较少的,更多的动力来源于对这门学科单纯的热爱。

在吉林大学的本科阶段，是他把格物致知的学风逐步加强的4年。毕业时，系里很多同学去了信息技术类的公司，至少有一半多的同学都悄然转换了职业发展的道路。在当时包括现在，基础学科的研究依然是被认为枯燥的、无趣的，甚至是过时的。极少数同学沿着科研的方向选择了读研，宋海峰就是其中的一个。那个时候，他执着地认为，兴趣才能带来工作和人生的成就感，而不是这个专业所附加的那些东西，比如薪水，比如潮流。现在回首，他依然庆幸当初的选择，正是如此，他才能在日后更快乐地从事他所喜爱的科研工作，也才能在遇到科研难关时充满斗志、全力以赴。

1998年，宋海峰来到了清华园。清华大学的生活是他求学生涯中充满了压抑、自省和奋斗的一段历程。在这个阶段，经历了最初的迷茫后，他明确了自己的科研方向，要知道确定自己到底要做什么并不是一件很容易的事情，因为科研的路上，切入点的选择直接关系到日后个人在学术领域里的方向和职业选择。当时，他选的课题被认为积累少，难度大，但他依然像当年面对那道浮力题一样不断地努力，看文献、编程、计算……硕博连读的这5年就像励志小说般从被忽视到开始在SCI上发表文章，甚至还成了课题组中少数几个如期毕业的博士生中的一员。

如果说到青春梦想，就要提到当年让国人无比愤慨的往事，那是1999年中国驻南斯拉夫大使馆被炸，清华园里同学们都群情激昂，为国家为民族所遭受的耻辱痛心不已，降落的半旗给莘莘学子带来了那么多的不甘与奋起的决心，居安思危的忧患意识也悄然而生。那个时候，"科技强国"的口号依然响亮，只是在这些学子的心里，强国的目标与梦想开始变得渐渐清晰起来。那不单是一个人的梦想，是一代人，甚至几代人的梦想——祖国强大。

脚踏实地　追逐梦想

2003年，从清华大学毕业的宋海峰来到中物院九所工作，于情于理于梦想都符合他对自己的人生规划，这份工作可以让他把格物致知的探索学风发扬下去，也可以把多年来的所学转化为有效的工作成果。青春的梦想，不再遥不可及。

梦想是美好的，但逐梦却是辛苦付出的过程，必须脚踏实地、扎扎实实地工作才能有所收获。

入所教育时，朱光亚、邓稼先、于敏、周光召等老一辈核物理科学家的事迹让宋海峰深受鼓舞，不仅对自己的工作性质有了明确的认识，更让他意识到了这份工作容不得一丝一毫的马虎。从那时起，他把脚踏实地、严谨的作风落实在了每一天的工作里。也是从那时起，强国的梦想变得具体了，那就是脚踏实地地做好本职工作，为中国的核武器事业贡献一份力量。他说，深知自己这份力量的薄弱，但聚沙成塔，有梦想的人多了，梦想的实现也就不远了。

到九所后，他接手的第一个工作就是引进、掌握和推广第一原理计算方法。由于这在当时是一个全新的方向，在所专家的帮助支持下，他积极主动地参与调研，查阅资料，引进了国际先进的软件。由于不是定制软件，他和同事一点点地重新编译，并按工作所需的计算方式进行二次开发编程、验证算例，调试再修改，再验证，每一个误差都不能轻易否认，即使推翻原有的设计思路，他也会重新计算直至验证无误。在这个过程中，他感触很深，计算中来不得半点马虎和应付，必须脚踏实地、认认真真地把每一个环节都落到实处。辛苦的付出总会有回报，相关方法和文献开始发表，并逐渐成为了材料研究中的重要方法。他也由新人逐步成长为了室里的业务骨干。

随着研究课题的深入和研究方向的扩展，他也在不断地学习新

宋海峰研究员

知识、新方法，积极思考、刻苦钻研，努力认识和掌握物理现象及规律，保质保量地完成课题任务。在科研工作中，他发展和完善了材料热力学性质计算的理论方法，模拟和分析了实验数据，建立了一套完整的研究材料多相物态方程的理论框架和计算方案，为预测材料物性和解读实验现象提供了重要参考，并由此得到了领导和同事的一致认可，于2010年被聘为研究员。

  年轻的研究员没有因此自满或骄傲，对他来说，这只是逐梦的一小步，实现梦想，要走的路还很长。他认为，实现工作目标，团队的效率是个人效率的级数倍，带出一支优秀的团队远比他个人的成功来的重要。2011年，在申请一个909项目时，他组织科研团队进行广泛的调研，明确了国内外的研究现状，并将其中的关键理论和计算程序作为突破口，制定出了该项目的研究目标和研究内容，确定了研究思路和方向。在讨论过程中，他主张团队思辨的充分民主，让每个成员都能充分发挥专长，以他人之长补己之短。集思广益的效果就是使项目进展的深度和广度都有了很大的提升，同时也让团队成员得到很好的锻炼，增强了团队的凝聚力和创造力。这个项目先后通过了所级和院级评审，同时重要的科研骨干以该项目为基础，又申请了新的项目，从而使这个科研思路得到了纵深的发展。目前，他带领的课题组共承担纵向课题6项、院909专项5项、国家自然科学基金和院基金10余项，其中多项工作被评为优秀课题。

在外场试验工作中，他依然秉承脚踏实地的作风，认真积极地与实验部门的同志沟通，深化对实验装置和实验手段的认识，努力做到理论联系实际，深入考察物理因素对实验结果的影响，优化实验设计，制定实验理论方案，为实验的成功实施提供了理论依据。2009年，他作为科研骨干参加了物态方程某实验。由于这类实验第一次实施，没有现成的经验可以借鉴，他天天加班加点，积极向专家请教学习，从理论到模型采用了多种方法和途径，模拟相关实验数据，获取对材料相变等物性的认识。为了工作，连女儿手术他都没能陪在身边，至今提起还难免唏嘘。他说，这种顾不了小家的情况太多了，工作性质就是这样，不光我自己，身边很多同事都是这样，好在家人理解也支持。终于科研攻关取得了较大的突破，可以正确模拟实验数据，并认识了背后的物理机制和规律。为了进一步地提升数据精度，他放弃了高温假，最终为外场试验提供了良好的数据支持，圆满完成了当年的外场任务。由于工作突出，被评为"实验优秀工作者"。

"科研是一份辛苦付出的工作，但要看你用什么心态来看这份辛苦，很多人只看到了枯燥的过程，却没有想过当认知更进一步时也会带来豪迈和痛快淋漓的喜悦。"宋海峰说，在老一辈科学家面前，我们没有理由埋怨，比起当年的科研条件，我们已经优越得太多了。

那些大师们就站在那里，当你彷徨困惑的时候，想想他们，就又充满斗志了，这就是榜样的力量吧！

精湛的业务和开阔的工作思路使他在工作的 11 年里取得了同龄人中令人骄傲的成绩。

实验理论研究方面，作为"某实验与理论研究"课题的负责人，提出了总体理论研究规划和实验研究思路，并据此安排课题组的研究工作，实验研究建议被采纳并实施。负责和参与 8 次实验研究工作，撰写了 10 余篇实验零前理论方案和零后数据理论分析报告，为实验装置设计、材料物态方程精细物理建模提供了重要参考和理论依据。

基础研究方面，在微观尺度下，提出了一套研究材料多相物态方程的改进型第一原理平均场势方法，并研制了相应计算程序，研究了 Al、Be、Fe、Ta、Pu、BeO 等材料的常态性质、固固相变、熔化曲线、等温线、雨贡纽线等参数，与实验结果相符，表明了该方法研究材料物态方程的可行性和有效性。在宏观尺度下，构建了 Sn、Al、Pb 等金属的多相物态方程和多相本构关系，实现了平衡/非平衡相变的建模、编程及模拟，建立了一套完整的解读材料动力学响应特性的理论分析方法和行之有效的计算方案，并应用该方法分析、解释和预测了相关实验数据。

宋海峰先后发表 SCI 论文近 20 篇；撰写科研和 GF 报告 30 余篇，其中 2 篇被评为中物院优秀国防科技报告；参加国家级大会邀请报告、国外会议报告约 10 篇，承担和参与国家"973"计划、"863"计划、自然科学基金、中物院基金、909 等有重要价值的项目 9 项；先后获得军队科技进步奖二等奖 2 项，入选院"双百人才工程"。是美国物理学会 Phys. Rev. Lett., Phys. Rev. B 等刊物审稿人；是中国物理学会物理学报、Chin. Phys. Lett. 等刊物审稿人，国家自然科学基金物理学科评审人。

但是他说，他从来没有想过荣誉，对他而言，脚踏实地地工作比什么都来得重要，因为脚踏实地地迈出每一步，就离梦想的实现更近一步。

自强不息　未来之梦

作为中物院软件中心金属材料团队的首席专家，宋海峰在软件研制方面也颇有成绩，他提出了金属材料多尺度模拟和设计软件平台 MASES 的总体框架与具体实施方案，带领整个团队，初步研制了具有自主知识产权的微观第一性原理软件 CESSP、细观分子动力学软件 MOASP 和介观位错动力学软件 DISSP，计算置信度和效能等同甚至优于商业软件，并已开始在中物院相关课题组试用。将来 MASES 软件平台还要持续扩充计算功能，创新计算方法，不断拓展和推动院内外材料的模拟研究。在软件研发上，他始终认为能够拥有自主知识产权的模拟软件非常重要。只有这样，才能打破国外垄断，提高我国的国际竞争力，增强自主创新能力。

建立完整系统和高效实用的材料多相物性模型，一直是宋海峰心中的一个梦想。为了这个梦想，他带领团队引入材料基因组计划的先进理念，结合高通量计算和结构预测方法，提高材料多相物性计算的准确性和预测能力；同时还加强和院内实验团队的合作，促进了实验装置和技术的快速集成发展，细化了理论和实验相辅相成的模式。他还计划要与国内外领先团队交流合作，扩展研究视野，力争达到国际先进水平。这些梦想渐渐清晰，并将逐步落实在课题"十三五"及长远规划中。

除此之外，他还有很多梦想：实现材料物性以及动力学响应行为的多尺度模拟，武器用材料性能的优化设计，将武器研究中的丰富积累应用于核能材料开发和国家重大研究项目，等等。对于这些梦想，他坦言有压力，更有责任，这份责任于他，只能是更脚踏实地工作，和大家一起，把梦想变为现实。

天道酬勤，君子当自强不息；任重道远，我们还需更加努力。自强不息，不仅是对自己，对团队的希望，更是对祖国的核武器事业的美好愿望。

献身高技术 追梦863

——记中国工程物理研究院范国滨研究员

范国滨研究员

是梦想指引着我前行，感谢老一代科学家为我们开辟了广阔的领域，指明了方向，呵护着我们成长，我是站在了前辈们的肩膀上的。

有这样一个人，以振兴我国高技术为己任，怀揣梦想，20多年来，在高技术研究的道路上一路探索，一路求证。从巴蜀深山到东北的白山黑水、华东的南淝河，从邛海之滨到西北的戈壁沙漠，全国各地都留下了他不知疲惫的身影，一往无前，矢志不渝，在高技术研究的道路上一直矢志不渝地追求着，在振兴国防的道路上一直无怨无悔地奋斗着……

这个人就是中国工程物理研究院副总工程师范国滨研究员。

研 制 样 机

1982年，从国防科技大学毕业的范国滨，怀着满腔的报国热情，来到当时还位于西南深山中的中物院从事核技术研究。工作后不久就担任某核试验控制系统负责人、分队长，并先后参加三次外场试验，圆满完成试验任务，获国防科技重大成果奖。

1986年3月，党中央、国务院启动了国家高技术研究发展计划——"863"计划。在核技术研究中已崭露头角的范国滨，基于国家利益的需要，于1988年毅然转投于国家"863"计划高技术研究。

在"863"某主题首席科学家杜祥琬院士和苏毅研究员的带领下，范国滨刻苦钻研，奋勇攻关，多次参加一系列大型外场实验，在实验设计与接口技术、高空平流层气球吊篮载靶特性分析等方面提出了独到见解，解决了关键技术问题。先后担任"863"某主题总体论证专家组秘书、成员、专家组副组长、组长。

某高技术初级试验样机是根据国家安全战略需求研制的我国第一套样机，是一项规模大、难度大、集成度高、涉及学科广泛的科学工程。如何从实验室的实验装置走向外场系统，样机如何实施以及系统如何设计等，在当时毫无研制经验和借鉴的条件下，是亟待研究和解决的问题。

作为项目承研单位——国家高技术"863"计划某工程中心主任和样机技术总负责人,范国滨系统思考,提出了样机研制的总体设想和研究思路,执笔完成了总体技术方案设计、指标体系分解和系统设计及工程方案设计,并通过了国家级评审。在工程设计中,他通过系统结构特性分析、系统内外部振源分布及振动影响等研究,建立了模型结构,首次创造性提出了"双层独立支撑隔振致稳"的机动平台结构的设计思想和六自由度外场对接调节结构思想,成功解决了大型复杂系统在野外环境高精度安装对接的技术难题,实现了系统的外场稳定工作。所有这些设计思想在后续高新技术装备研制中得到应用。

在试验过程中,范国滨表现出优秀的组织协调能力与胸怀大局的将帅风范,得到参试单位的高度赞誉和一致认同。他以"全国一盘棋"的团结协作精神,积极协调10余家参试单位的关系,统筹兼顾,凝聚各方力量,调动一切因素,使兄弟单位精诚团结、通力协作,圆满完成了工程研制、集成联调与达标验收,实现了我国高技术样机系统从无到有的目标。

该系统属于世界首创,具有完全自主知识产权,于2000年通过国家验收,总体性能达到国际先进水平,带动了我国该工程研制领域一系列核心技术和重要的支撑配套技术的进步,是我国高技术研究中具有里程碑意义的重大成果,为更高性能高新装备研制奠定了坚实基础。

由于在高技术研究上的突出贡献,2001年2月,范国滨作为全国为数不多的先进青年科技工作者代表,与杜祥琬院士一起受邀参加国家科技奖励大会,受到江泽民等党和国家领导人的亲切接见,并获国家"863"计划突出贡献奖。

突破高新技术

几年前，国家某试验基地。北风呼啸，呵气成冰。由中国工程物理研究院负责的某重大外场试验在此进入最后的决战时刻。总控室内，该系统总设计师、技术总负责人范国滨试验前决策了参数装订，此时正全神贯注地盯着显示屏上的图像。随着现场指挥员不失时机的一声口令"发射"。"一、二、三……"每个人都在心里默默计着秒数，紧张地等待奇迹的到来。10秒后，显示屏上显示目标物被准确命中并粉碎解体。"成功了！"范国滨率先喊了出来。喜悦的鞭炮声震耳欲聋，大家万分激动地跑出试验大厅，欢笑着、蹦跳着、拥抱着，为胜利而欢腾，为着这份向党和国家交出的具有里程碑意义的完美答卷！

回想起当初的研制过程和在试验场奋战的场景，范国滨不禁感慨万千。

该系统是我国第一套基于某种需求而研制的高技术样机。从项目立项、工程研制到最后的技术验证试验只有短短的两年半时间，压力前所未有，挑战空前绝后。

在有关单位和部门、院领导的高度重视下，范国滨作为系统总设计师，充分发扬"全国一盘棋，优势互补"的"863"团结协作精神，抓住系统研制关键环节，会同其他兄弟单位、专家一道，围绕如何选取工程化途径等关键技术问题，充分发扬民主，群策群力，展开多次研究讨论。

在关键技术问题的提出、重大问题的决策和全局性问题及技术方向的把握上，充分体现出范国滨作为系统总设计师的作用。

该次试验长达半年，从骄阳似火的仲夏延续到冰雪皑皑的寒冬，参试队员遇到许多工作、生活上的困难，加之动辄两三个月的离别

工作中的范国滨研究员

之苦，个中滋味，酸甜苦辣，非常人所能感受。范国滨婉言谢绝基地让其住宾馆的好意，坚持和试验作业队员们一起居住在远离基地几十公里外的年久失修的兵营里，和大伙一起吃食堂、值夜班，排忧解难，并身先士卒，坚持天微微亮就起床集结，前往试验现场，以实际行动影响队员、感染队员。艰辛往往被成功的喜悦淡化，对家人的思念往往让位于肩负的国家重任。

经过一轮又一轮的试验，最终，试验取得了圆满成功，验证了该高技术应用的可行性和体系概念的正确性，标志着我国在此领域关键技术已取得重大突破，是我国该领域发展历程中具有新的里程碑意义的重大成果。

梦想指引未来

20多年来，范国滨承担的都是高技术领域具有开拓性的国家重大项目，涉及学科多，参试单位广，工作条件差，任务艰巨，时间紧迫，往往遇到种种意想不到的困境。每每在最困难之际，范国滨总能以刚强的意志、无畏的精神、乐观的态度，为大家注入"强心剂"，激发团队战胜困难的信心，点燃队员探询未知的热情。同时，他总能以深厚的理论功底、丰富的实践经验、敏捷的思维方式，及时发现问题、提出问题，并集思广益解决问题，显示出优秀的承担和组织重大科研项目的能力。正是有像范国滨这样的一群具有强烈事业心、责任感和创新意识的"弄潮儿"，确保了我国高技术研究总能取得喜人成果，发展态势一步一个台阶，渐入佳境。

同时，作为中物院副总师和院电子与信息技术学科主任，从院高技术的学科规划、发展思路和具体立项、技术路线确立到纳入发展体系，范国滨都倾注了大量的心血。

他非常注重科研团队建设和科研队伍的培养。在整洁明亮的科研室里，在环境恶劣的外场试验中，每每会看到这样的场景：科研人员正聚精会神地进行实验，比对着实验数据，范国滨悄然来到科技人员身边，亲切地向科技人员询问进展情况，与大家一起分析数据，探讨技术问题，提出具体解决方案。在承担繁重的科研任务的同时，他作为博士生导师，亲力亲为，先后指导培养了10余名博士、硕士，今天，他们已走上科学研究工作岗位，在国防科研战线上正发挥着重要作用。

锲而不舍的努力，不畏艰险的开拓，使范国滨先后在国内外核心刊物上发表论文40余篇，获国家科技进步奖一等奖2项、二等奖2项，军队科技进步奖等奖项20余项，并获中国科协求是杰出青年实用工程奖、国家高技术"863"计划先进个人、国务院政府特殊津贴、四川省有突出贡献优秀专家、四川省学术技术带头人、四川省优秀共产党员、中物院"杰出专家"等多项荣誉称号。

每当提起他在高技术上所做的贡献时,范国滨总是淡然一笑,并说:"是梦想指引着我前行,感谢老一代科学家为我们开辟了广阔的领域,指明了方向,呵护着我们成长,我是站在了前辈们的肩膀上的。感谢我的团队,风雨同舟,在攻关征途中,锲而不舍地同行!"

光荣与梦想

千里泻，黄海黄，润我祖国，千秋万岁，历史之荣光。老一辈科学家辛勤谱写的光辉过去，让我们每个人都能够自豪而大胆地说："我有一个中国梦"。这句话，发自肺腑，掷地有声，雄心勃勃，震聋发聩。

光辉而无悔的岁月

——中国科学院王方定院士口述实录

王方定院士

只要安于现状，在国家为他们提供的科研条件、生活条件下兢兢业业，把工作做好就很好了。

一直到今天，我都认为我人生中最有意义的日子在青海，在那里为我国第一颗原子弹的引爆尽了自己的微薄之力。有段时间，央视一套在播出《国家命运》，每一集我都会认真看，又一次把我带回到那段光辉而无悔的岁月。

青海那段岁月，我还真不觉得有多苦，那个时候还年轻，困难都受得了。但再回忆那段岁月，留在记忆中最为宝贵的，是与同事们之间亲密无间的关系和在那段岁月里存留下来永不磨灭的友谊。

那个时候，大家在青海围绕同一个项目、同一个目标，不计功名，团结一致。工作中没有矛盾，生活中自然也融洽和谐。大家在一起，吃苦时一起吃，高兴也是共同的高兴。当经过我们的监测得出，我国第一颗原子弹两万吨、我国第一颗氢弹三百万吨的时候，我们共同欢呼，这是我们共同的辉煌。

王方定院士

正是在那段岁月里，让我明白，一个人要做一件大事，绝不是你一个人能做好的，必须是一个团队。但或许，最后的成就会反映在你一个人身上。其实，当时跟我一个实验室的同事们都是无名英雄，每个人都作出了贡献，只是我是研究室主任，最后荣誉都集中在我身上。这也正是我为何不愿意去当选院士，或当选院士后我不是太愿意参加一些跟我专业无关的社会活动，我一直都以为这成就应该属于大家。

我们之间的友谊，像在一个战场上从一个战壕里爬出来的兄弟们一样，近乎骨肉关系。一直到现在，我们还保持联系，现在年龄大了，走动不便，就通过电话、电子邮件联络。问候彼此的近况，也会共同怀念那段难忘而宝贵的岁月。

人一辈子有一个好朋友都很难，而我就是在那个时候，结交下来若干个好朋友。这是那段岁月留给我的最宝贵的财富。

之所以有这般友谊，我想最大的原因还是当时大家都不计功名，我们在一起只有一个信念：那个时候，我们国家刚刚解放，我们一腔热血地要为新中国的科研工作作出自己的一点贡献。而我们那代人爱国、爱党的精神在我们小的时候就已经植入体内。

我生在沈阳，"九一八"事变后，随父母逃到上海。小学三年级以后又到了四川。整个童年都是在战争的水深火热中度过。那个时候就觉得只有中国共产党才能救中国，只有中国共产党才能让人民翻身，也只有中国共产党才能使中国强大。对我而言，爱国、爱党的教育是在那个时代潜移默化地沁入我心里，一直到现在。

我父亲是上海兵工厂的一名工程师，母亲是一位普通的家庭妇女。父母对我的教育，更多是在一种家庭环境、氛围中对我的影响。父亲希望我能好好读书、为人诚实、谦虚谨慎。他对我的教育不是说教，而是在日常生活中一点一滴地灌输给我。他经常回到家里跟我讲，他单位同事里面某伯伯家里的哪个小孩子怎样懂事、怎样爱读书等。我听了以后，就会觉得父亲也希望我跟他们一样，我就努力去做到。

我的母亲受我外祖父影响，关心时政也热爱文学。记忆里，母亲总会带着我去看一些进步的话剧。比如《钦差大臣》《太平天国》《阿Q正传》《骆驼祥子》等。母亲还订阅一些杂志给我看。30年代的时候，有一本杂志叫《宇宙风》，我最初读郭沫若先生的文章就是在那本杂志里读到的。在我小学二年级的时候，母亲就为我买来大学的国文教本给我看。

受母亲影响，我大学之前最大的兴趣爱好就是读小说。三年级开始读《三国演义》等中国名著，到了初中我就已经开始读外国文学了。可惜的是，大学功课紧张就没时间再读小说，再后来参加工作就更忙。现在来想，读小说这个爱好在科研工作上，很难说对我有什么具体影响。但这个爱好，却扩展了我人生的阅历，使得我看很多问题能站得更高一点，更富有哲理一点。比如说看人吧，就不会像小孩子一样把人只分为好人或坏人两种。我看待跟我一起共事的同事们，觉得都是好人，没什么坏人。只是每个人的性格不同，有的人性格跟你合拍，有的人性格跟你不合拍。但跟你性格不合拍的人，也不能算坏人。品质和性格是两码事。这样就会帮助我不管跟谁合作，都好好相处、共事。

  我最初的理想是当一名医生。我外祖父就是一名医生，所以母亲在那个战乱的年代里，很希望我长大以后，也成为一名医生，可以救死扶伤。但我父亲还是希望我能选择化工专业，所以大学，我还是听从了父亲对我的建议，选择了化工专业。

  我最初对化工并不是很感兴趣，但我觉得兴趣也都是培养出来的。即便是没有兴趣，一头扎进去也就有兴趣了。无论是自然科学还是人文科学都如此。小孩子们都喜欢探索、研究未知的领域，慢慢培养都会产生兴趣。我上大学之前大多时间是在读小说、看话剧。到了大学后才开始接触化学实验，不像我们班上有的同学，在小时候就已经开始做实验了。好在我高中的时候受父亲的影响，对化学知识还是有一些了解。家里有很多化学专业方面的书籍，我高中的时候就已经翻着看了很多。家中来来往往父亲的朋友们都是从事化工方面的工程师，他们在家里探讨学术的时候，我特别爱搬个板凳坐在一边听，对我影响都很深远，所以大学里我的功课也很优秀。

  大学里，我最大的收获并不是知识的积累，而是改变了我之前的单纯技术观点。大学之前，我接受的家庭教育是单一的，就是踏实做人、认真读书。上大学后，我开始关心政治，积极参加校园活动，在活动中贯彻党的方针政策。也就是说，开始从对知识的探索转化为对人的工作、做学生工作。在大学里，我加入了新民主主义青年团，担任团支部书记，还被誉为又红又专。

大学毕业之后，我有幸被分配到中国科学院近代物理研究所工作，也就是现在的中国原子能科学研究院。当时的所长是钱三强老先生。那几年对我的影响，一个是为我今后的科研工作打下扎实的基础知识，另一个就是在钱先生夫妇等老一辈科技工作者们的带领下，养成了良好的科研态度和精神。

老先生们对我们的培养是从基础抓起的。那个时候还没有原子能专业，我们同届毕业的13个人里，各个专业都有。刚分配到近代物理研究所就把我们13个人送到北大物理系，跟大四的学生一起上课。为我们上课的老师是北大物理系主任褚圣麟先生，到期末我们也要跟大四的学生一起参加考试。我还记得，当时大家学习的热情都非常高，考试成绩出来，我们13个人里有12个人考了5分（满分）。

经过了一年的基础学习，我们逐渐转入到实验室。在实验室里跟着老前辈做实验、研究课题。前辈们那种对科学的迷恋态度和严谨、踏实、认真的科研精神对我影响至今。那个时候，他们为我们修改报告，逐字逐句地改。到我"文革"后再回研究院，我也带学生后，我把这种全心全意的精神带到了我的工作中。

从青海二二一厂回到北京后，"文革"开始了，科研工作也就停了下来。"文革"的那段岁月里，让我坚持下来的信仰，就是我从入党那天起对党的信任。那个时候我就在想，我们党会不断地完善，"文革"会过去的。事实证明，我当时的想法是对的。刚开始我的夫人在书信里也不断地鼓励我，后来书信中断，我们也失去了联系。

在最难的时候，老子的那句话"祸兮福之所倚，福兮祸之所伏"中所蕴含的辩证哲理成了我的力量。

王方定院士在工作中

"文革"后，我重返中国原子能科学研究院。回来后，我一边搞科研，一边带学生，在院里研究生部给学生上课。我发现，其实我应该去做一名教师，不但应该做，而且我还以为我会做得更好。做教师带学生是我一生中最幸福最快乐的事情。从那个时候开始，我做了30年。

我觉得带学生比搞科研更有兴趣、更起劲。科研成果做完了就完了，可是带学生不一样。我是一个不太喜欢处理人与人之间关系的人。学生们跟老师的情感都是很真挚的，所以我特别珍惜这种真情。学生一辈子都是我的学生，每年都会来看我，而且随着他们的成长会带给我不断的惊喜。这个学生今天跟我说做出了什么成果，那个学生明天跟我讲在科研上有什么创新等等之类。我听了以后特别满足和幸福，这种学生们在其成长路上不断地给我回馈，是我最愉快的精神享受。

　　对于现在，我最想跟中青年科研工作者们说的话，我觉得我们国家断代现象，已经被下面的一代接上了，而且接的还不错。现在40岁的那代人接60岁的那一代，我觉得接得很好，我们也放心了。我们不能拿以前我们那个时代的标准再来要求他们，什么不计功名利禄之类。只要他们安于现状，在国家为他们提供的科研条件、生活条件下兢兢业业，把工作做好就很好了。

花甲痴翁　志探龙宫
惊涛骇浪　乐在其中
——中国工程院黄旭华院士口述实录

黄旭华院士

> 没有条件，那就骑驴找马，边走边创造条件；如果连驴也找不到，迈开两脚也要上路，绝不等待。

小时候，我的理想是做一名医生。我的父母都是医生，在我们那个小镇救死扶伤，很受大家的爱戴。父母也期望我长大后能从医。但是这个理想随着我的成长逐渐改变了。

我小学毕业的时候，抗日战争爆发。我出生在广东海丰的一个小镇，沿海一带的木船被日本飞机一批一批炸掉，学校也停办了。镇上组织抗日宣传队，我参加了话剧《不堪回首望平津》的演出，在里面演一个逃难的小女孩。这次演出给我留下了很深的印象。在台上演出，看到观众对日本人的仇恨，让我那个时候就立志一定要好好读书，将来为国家做点事情，让国家强大起来。但具体要做什么还不明确。后来，汕头的一所中学搬到揭阳的山沟里，我和哥哥从家里跑到山沟去读书。当时交通已经被破坏，我们只能走山路，走了好几天才到。山里学校的校舍，虽然是临时搭起的草棚，日本人还是会轰炸，还是不能安心读书。后来，我和几位同学想到西南文化中心桂林去找一个可以安心读书的学校，就坐着押运食盐的私商敞篷车，又走了十几天才到了桂林。没想到日本人对桂林轰炸得更厉害。我当时就想，为什么我们的国家那么大，就找不到一个可以安静读书的地方？还到处逃难流浪？在这种国情下，学医虽然很好，可以治病救人，救死扶伤，但是救不了国。要拯救国家就得靠科技。我的理想开始改变。

桂林被日本飞机轰炸得非常厉害，高中毕业后我们只好去重庆考大学。我们先从桂林到柳州再辗转贵阳。当时全国交通瘫痪，我们走走停停，坐完汽车倒火车，随身带的行李也早被挤得丢光了。到了贵阳后，我报考了唐山交通大学，可到了重庆后才收到录取通知书。那时，我身上已经没有分文，贵阳也回不去了。好在当时国民党教育部为了收留沦陷区和战区流亡学生，特意设立了教育部特设大学先修班，我在那里读了一年，因成绩优秀被保送到中央大学的航空系。同时，我又考上了上海交通大学造船系。由于我生长在海边，从小对大海、对船有深厚的感情，于是就选择读上海交通大学的造船系。

大学毕业的时候，我本想参军南下，跟着部队解放我的家乡。没有想到，在我报名的时候，当时学校的地下党总支书记告诉我，组织上已经安排我去党校学习。党校学习后，组织分配我去了军管会的船舶建造处。后来，我去给兼任当时上海招商局、航务局、港务局三局的局长于眉当秘书。这之后，上海港务局成立团委，让我去做团委工作。一年后，原一机部组建船舶工业管理局，很需要人，我主动提出想去那里，领导就同意了。

1954年开始，原苏联援助中国几型舰艇转让制造。所谓的转让制造就是苏联给我们设备、材料、图纸资料，由苏联派专家来中国指导安装。我又被调去配合转让制造工作。这次转变对我一生的影响意义重大。

对于我来讲，在上海交通大学学习的知识全部是民用船的建造理论，军用船舶的制造知识一点都没有。这次跟着苏联专家学习，我学到了很多知识，为我今后的工作打下了很好的基础。面对全新的军用船舶的建造知识，我如饥似渴，日夜加班学习。

1958年，领导让我去北京海军舰船修造部出差，但没有告诉我具体任务。我到了北京才知道，原来我们国家决定要搞核潜艇。这对于我来讲又是一个全新的挑战，因为核方面的知识我一点都没有。但我很兴奋，很激动，觉得能够参加我国核潜艇的研制工作，是一项光荣的政治使命。核知识我们都不懂，只能从调查研究入手。我们把当时能找到的报刊杂志等各种资料都找出来，进行调查研究学习。在经过大量的调研后，我们得出了一个结论：美国核潜艇，包括其他的尖端技术，其实都是常规技术的综合提高。我们有一个口头禅：综合就是创造。后来彭士禄他们从苏联回来，我们分工协作。彭士禄、赵仁恺、李乐福带领大家研究核，黄纬禄带领大家研究弹，我着重研究艇，还要学核和弹的知识。大家相互尊重，协作得很好。

从1958年到1965年，是我国第一代核潜艇前期的预研阶段。1965年正式立项，开始进行型号研制，1968年开工建造，1970年第一条艇下水，1971年底试航成功，1974年交付海军。我还记得在交艇大会上钱学森说了一句话："毛主席讲，核潜艇，一万年也要搞出来，我们用的不是一万年，不是一千年，也不是一百年，而是不到十年。"大家听后都很激动。在整个研制过程中，我们遇到的最大困难就是没有这方面的知识。当时的条件又那么艰苦，那么差。最简单的例子就是没有计算机。大家用的是算盘和计算尺。面对那么多的计算数据，一批人，要日日夜夜加班计算。算出来的结果还不一定准确可靠。只好分两组人分别算，计算结果如果一致，就说明算对了；如果不一致，就重新计算，直到算到一致为止。大家硬是咬紧牙关，毫无怨言。我觉得毛主席"核潜艇，一万年也要搞出来"那句话，影响了我们的一生。我们那个时候有这么一句话："没有条件，那就边走边创造条件；如果连驴也找不到，迈开两脚也要上路，绝不等待。"就是这种强烈的历史使命感、政治责任感、崇高的荣誉感让大家在那个年代创造出了辉煌。

1988年，我国第一代核潜艇首制艇在南海进行极限深潜试验。根据测算，潜艇下潜到300米时，一

黄旭华院士在武汉中船重工集团公司七一九研究所介绍核潜艇模型

块扑克牌大小的壳体钢板就要承受1吨多重的海水压力。这艘完全由中国人自己白手起家研制的核潜艇，实现了从无到有的目标，但能否顺利闯过中国核潜艇研制史上第一次极限深潜试验大关，参试人员心里没底，担心像美国王牌潜艇"长尾鲨"号，一去不复返，全部葬身海底。参试前，个别士兵给家里写了信，说自己要去执行任务，万一回不来，未了之事请代办（其实就是遗书）；并在宿舍里哼起了《血染的风采》。以这样的思想状态去执行深潜试验任务是危险的。我带了几位技术骨干，去和士兵们"对话"座谈。我说，我们研制的潜艇都是严格按照科学理论和数据完成的，而且留有足够的安全余量，建造过程中，我们严格进行质量检查和验收，都有记录可查，这次试验前，又一起进行了3个月的质量复查，我们遵照周恩来总理的指示，周到细致、一丝不苟、万无一失，安全是有把握的。这次执行试验任务，不是让大家去"光荣"地牺牲，而是要把试验数据拿回来。作为军人，你们时刻准备为祖国牺牲的崇高品德，我很敬畏。但这一次去深潜试验，一定会成功完成任务平安回来的。我又说，在"万无一失"情况下，是否存在"万一"的危险性，是否存在一些超出我知识范围之外、我一时没有认识到的潜在危险性，我心里也有一份担心，就是担心"万一"，因此，我和身边的几位技术骨干商定，我们和你们一起下潜，同舟共济。试验中"万一"出现异常现象，可以协助艇长及时采取措施，避免恶性事故扩大。当我宣布这项决定时，官兵们惊呆了，全场气氛顿时活跃起来。"总师能和我们一起下潜绝不是夸海口"。艇长和政委说，他们做了3个月的思想工作，越强调任务"光荣"，思想越乱。今天一席"对话"，把棘手的思想问题解决了。

试验是严格按照预定程序进行的，由浅而深，逐步下潜。整个过程中，全艇人员都全神贯注，艇内鸦雀无声，只有艇长下达命令、艇员回报、操作科技人员报告结构应力变化数据的清脆声音和艇因受海水强大压力变形发出的"咔嗒、咔嗒"这种骇人的声音。当艇上深度计指针指向极限深度并略有超出时，检查各部位均安全正常。潜艇在水下停了几分钟后，艇长下令开始上浮，等升到安全深度 100 米的时候，全艇顿时沸腾起来，大家都忍不住欢呼，握手拥抱，有的人还哭了。我心里的那块石头终于落地，踏实了。当艇员拿出"快报"，要我在上面写几个字时，我虽然不是诗人，但一时诗兴大发，写了一首打油诗表述我当时的心情：花甲痴翁，志探龙宫，惊涛骇浪，乐在其中。

那一年，我 62 岁。

1958 年，领导让我出差北京，参与海军舰船修造。我开始与核潜艇结缘，自此，我这一生就再也没有离开过核潜艇，并与核潜艇结下了浓厚的感情。

中国必须要有自己的核潜艇，而且必须要有导弹核潜艇。陈毅当外交部长时说过一句话：有了核潜艇，我这个外交部长就好当了，说话腰杆子就硬起来了。陈毅这句话，道出了他对中国发展核潜艇的殷切期望。我觉得，核动力是心脏，首先要确保安全可靠；其次，我国海外没有基地，安全性、可维修性特别重要；第三，我希望我国核动力小型化能尽早实现。

荣获中央电视台 2013 年感动中国人物一事，我之前并不知道。一直到我要登台领奖，听到颁奖词"时代到处是惊涛骇浪，你埋下头，甘心做沉默的砥柱；一穷二白的年代，你挺起胸，成为国家最大的财富。你的人生，正如深海中的潜艇，无声，但有无穷的力量"时，我才意识到这份荣誉是颁给我个人的。当时我心里很惭愧，负担很重。核潜艇是潜艇、反应堆、导弹三套马车，是水下现代科技城堡、水下活动核电站、水下导弹发射基地三位一体的有机结合体，研制成功，是大家集体的力量，是集体智慧的结晶，这份荣誉应该属于集体。感动中国的，并不是我黄旭华一个人，而是一个集体。

圆中国核电梦

——中国工程院欧阳予院士口述实录

欧阳予院士

今后我国核电发展应尽快实现大型机组的自主化、国产化，贯彻"采用先进技术，统一技术路线"的方针，积极推进我国核电的发展。

我从小就对电感兴趣，所以在武大读书的时候我选择了电机系。之后留学苏联，我学习的是自动化。1955年，党中央决定搞原子弹，在留苏的学生里挑了一批专业相近的学生去，我有幸被选中。随着我国原子弹、氢弹、核潜艇相继研制成功，和平利用原子能，建造核电站，成为毛泽东、周恩来等老一辈领导人魂牵梦萦的心事。

1971年10月的一天，我正在湖北省钟祥县"五七"干校猪圈里和往常一样喂猪，突然接到二机部发来的紧急电报，让我马上回北京。回京后，二机部部长刘伟亲自跟我说，由于华东地区缺电严重，中央决定在上海附近建设一座核电站。上海方面没有能挑大梁的人才，于是，周总理同意了刘伟部长和国防科技委副主任朱光亚的提名，让我来做总工程师。听到这个消息，我自然兴奋激动。

随后，二机部从四〇一所、一院、二院调了200人到上海，我们马上开展工作。摆在我面前的一个难题就是该选择哪一种核反应堆堆型。我把当时所有的文件都看了一遍，经过再三对比、论证，我们发现压水堆是比较成熟、比较稳妥的堆型。1974年3月，在周总理生前带病主持的最后一次中央专委会关于核工业的会议上，我们详尽地就建设核电站的技术问题作了汇报，并演示了带来的核电站模型。会议批准了上报的建设方案和设计任务书，决定作为科技开发项目列入国家计划，以周总理最先提出建设核电站的日子，1970年2月8日，称作"728"工程。几经周折，一直到1981年11月，国务院终于审议通过以我为首编写的《728核电站开展工程建设的可行性报告》，批准"728工程"作为工程建设项目立项。

1985年3月20日，核反应堆主厂房底板的第一罐混凝土灌注在浙江省海盐县秦山地基的岩层上，我国大陆第一座核电站正式开工建设。

核电站的核心是反应堆，而反应堆的核心部件是核燃料组件。

它的设计和制造工艺，各有核国家都严加保密。我只能带领大家来啃这块硬骨头，一点点收集资料，一次次分析讨论。我觉得当时西方国家所采用的燃料棒有缺陷，应该改进。随后，我跟核材料专家张沛霖一道，指导燃料组件的攻关和实验，后来，终于成功了。实践证明，我们首次涉及研制的核电燃料组件性能良好，满足了秦山核电站的技术要求。

正当秦山核电站进入热火朝天的安装阶段，1986年4月26日，传来了苏联切尔诺贝利核电站发生反应堆堆芯熔化放射性泄露的消息。全世界的核电发展又一次受到打击。核电站的安全，牵动着全国上下每一个人的心。我心里很清楚，"安全"这两个字对核电站的意义所在。从一开始，周总理提出过要求："不污染国土，不危害人民。"秦山核电站设计了三道防护屏障。我很清楚，核电站的安全除了技术保障外，还需要严格的规章制度，以防止操作失误的发生。于是，我亲手制定了安全设计必须遵守的4个原则。我们称这4个原则为"第4道防护屏障"。

1989年4月，国际原子能机构组织了美国、日本、法国等8个国家11位资深核电专家，到秦山进行了为期三个星期的运行前安全评审，结论是："没有任何会危及建造完成和建造后电厂启动的安全问题。秦山将是一座安全的高质量的核电厂。"1991年12月15日，是我最难以忘记的一天，那一天，秦山核电成功并网发电。

从1971年到1991年，整整20年。这20年里，最难的不是技术上的突破，而是人的困难，尤其是那些给我吹冷风的人。我不断地听到一些人说，买一个国外的技术多简单，我们国家自己能搞出原子弹来，但不一定能搞出核电站来。还有些人说一定搞不出来。每次听到这些声音的时候，我在心里就想："你放屁。"我总会咬紧牙关，坚信我们一定能搞出来。这一天终于坚持到了，1991年12月

15日，我心里的那块石头落地了，很欣慰也很激动。秦山核电站证明了我们国家不仅能搞出原子弹，还可以自己来建设核电站。

欧阳予院士

目前，党中央和国务院领导在多次广泛听取了各有关部门和专家意见后，作出了我国应积极发展核电的决定。这是十分英明正确的决策，因为核能有无法取代的优点。核电是一种清洁、安全、技术成熟、供应能力强、能大规模应用的发电方式；加快我国核电建设，提高核电在电力供给中的比重，有助于缓解电力增长与环境保护、交通运输的矛盾；发展核电可以带动高科技产业和装备制造业的发展，促进经济增长，调整能源结构，保障能源安全，实施可持续发展战略。

引进AP1000先进核电技术是国家的战略决策。引进三代核电技术，对于掌握先进核电技术，增强自主创新能力，提升我国装备制造业的整体水平，带动核电装备和关键材料的升级，迈上国际先进水平，提供了重要的技术支持。今后我国核电发展应尽快实现大型机组的自主化、国产化，贯彻"采用先进技术，统一技术路线"的方针，积极推进我国核电的发展。

未来，我国核电发展，应该结合我国具体情况，为了核电的发展不停步和增加核电容量，我们可以再建造一些改进的第二代机组，与此同时，必须以提高核电的安全性和经济性为根本目标，及早达到能自主设计和建造第三代百万千瓦级大型先进压水堆核电机组的目的，形成先进的、标准化的能批量建造的产业规模，更加优质、安全、高速地发展核电。在此基础上还应不断改进、创新、研发出具有我国自主知识产权的中国品牌的先进的核电机组。

2014年11月3日，国家能源局同意福建福清5、6号机组工程调整为"华龙一号"技术方案，建设国内示范工程，标志着我国具有自主知识产权的第三代国产核电技术获得全面认可落地。欧阳予院士的美好愿意初步实现。

助力核电产业化自主发展

——中国工程院叶奇蓁院士口述实录

叶奇蓁院士

当前，我国发展核电的形势很紧迫，在确保核电技术安全的前提下，我还是希望我们国家核电技术发展再快一些，希望我们国家的核电技术能走在世界前列。另外，我们国家是可以发展内陆核电的。

1934年，我出生在武汉的一个公职人员家庭里，父亲是一名普通的小职员，他虽读过一些书，却无专长，又因战乱期间国家经济形势不好，所以一直漂泊不定。自幼，父亲都教育我长大后要有一技之长，以找到一份安稳的工作。小的时候，我并没有什么理想，只是牢牢记住父亲的这句话，长大后要有所专长。我的中学是在上海同济附中就读，那个时候经常能看到同济大学的学生因对社会不满而搞学生运动。他们为什么对社会不满我不清楚，但受他们的影响，我开始萌动了"科学报国、建设祖国"的想法，但具体做什么我还是没有想法。

1950年2月6日，上海发生了轰动世界的"二六"大轰炸事件。14架巨型轰炸机从台湾飞来，在上海市区投下了67枚炸弹。敌机的轰炸目标很明确，就是针对上海杨树浦发电厂等重要设施，造成上海停电、停水。上海杨树浦发电厂是当时我国建造较早的大型火电厂，1913年由英国商人投资建成。杨树浦发电厂初时装机容量为10400千瓦，到1924年装机容量达12.1万千瓦，成为当时远东第一大电厂。那一年，我正好读高三，老师组织大家参观了遭轰炸的杨树浦发电厂，就在那个时候，我感受到了电力对一个国家的重要性，也就决定高中毕业后报考上海交通大学电力工程发电专业。

我在上海交通大学读书的时候，这所大学对我影响至深的是，这所大学既注重科学，又注重实践。1952年，我读大二，院系改革，要跟苏联学习，学校提倡让学生们到工厂去实践，所以每个暑假我们都是在上海的各个工厂里度过的，几乎工厂里的各个工位我都经历过，对我锻炼很大。1955年，我从上海交通大学毕业，因品学兼优被学校选派到苏联莫斯科动力学院攻读研究生学位。当时，我并没有想到我这一辈子会跟核电结缘。出国前，我们国家希望能通过长距离输电，从长江三峡输送水电来解决我国上海的用电问题。没有想到，1960年，我从苏联学成归来后，分配方案发生了变化，组织让我到二机部去报到。我们那个年代，自己并没有太多的想法，听组织的话，服从分配，建设祖国是我们唯一的想法。

事实上，我也并不清楚二机部到底是做什么的，只是觉得第二机械部跟我这个学电力专业的不是太对口。我还记得，到二机部大楼报到的那天，我先去人事科问人家，二机部是干什么的呀？当时人事科的同志因保密原因也没有告诉我，就跟我说让我去十三局报到。我当时跟那个人事科的同志说我是学电力专业的，而那个同志回复我："我们很需要你这样的人才。"后来我到了十三局，接待我的是当时控制室主任肖永定，他见到我后就跟我说："终于把你要来了。"后来，我再问他要来我干什么，他也不肯说，他说组织上需要保密，不能跟我说。我先在控制室，后又因苏联专家撤走，体制改革调整，我去了工艺室。直到1962年，我才知道我们国家要搞反应堆。但因为我之前学习的是电力专业，对原子核专业并不了解，所以最初的一段时间里是不适应的。我们那代人，觉得只要是国家建设需要，我们就全力以赴，所以，我决定从头开始学习原子物理。

在四〇四建厂时，苏联专家只留下了一部分图纸，从研究、建堆、控制、调试、到满功率运行，都是我们自力更生干出来的。后来，"文革"期间我被下放到"五七"干校劳动。在干校劳动期间，1971年，我们听说欧阳予被紧急通知回北京，但那个时候，我们也并不知道国家决定要搞核电，后来，我也被调回去搞"816"工程。我国是重视发展核电的。国务院在1956年制定的《一九五六——一九六七年科学技术发展远景规划》中就明确指出，用原子能发电是动力发展的新纪元，是有远大前途的。早在1970年2月8日，周恩来总理就批示要发展核电，但是由于种种原因，直到改革开放后，我国才正式开始建设核电站。

1979年，美国发生了三里岛核电站事故，没有人员伤亡；1986年苏联切尔诺贝利核电站事故发生以后，全世界的核电事业都陷入了低潮。那个时候，我国的核电事业刚刚起步，正着力开发研究建设30万千瓦原型压水堆核电站，也就是秦山一期工程。当时大家有点怀疑，中国搞核电会不会有风险。1991年12月，由我国自主设计建设的30万千瓦秦山一期核电站投产发电，实现了我国核电零的突破。

秦山一期30万千瓦核电站建成后，我国核电面临着规模化、系列化、商用化发展的问题。那么，秦山二期核电工程就一定要按照国际化标准来设计。1986年，国家提出了"以我为主、中外合作"的方针。那时，我正在外地出差，紧急通知我回京。回到北京的第一天我就到了跟德国人谈判的桌上。我就这样转到了秦山二期工程。这一干就是18年，一直干到2004年。

我个人觉得秦山二期工程遇到的最大的困难不是技术问题而是资金问题。首先要以我为主，同时在改革开放的条件下争取与国外合作。在这样一个方针指导下，要搞与国际接轨的、按国际标准建造的商用的核电站。核电站建设所需资金要由业主、建造者自己去筹集，建成发电以后，要还本付息，实行商业化的运作，要考虑投入产出，讲究经济效益，能与其他能源相竞争。当时我还记得，跟开发银行副行长洽谈，那个行长跟我说你们最好还是跟外国合资，这样好有个保险。我跟那个行长说我们要自己出资，我跟他说我们借银行的钱是要还的，你不用担心，我把秦山二期的全部资产都抵押给银行，你还担心什么？我清楚地记得他跟我说了一句话："项目要是搞不上去，就是一堆破铜烂铁，谁要啊？"

起初，大家打了很多问号：秦山二期能不能建成？建成了能不能发电？发电了能不能持续？会不会三天打鱼两天晒网……建造时我们遇到了很多困难，通过调查分析、试验研究、反复实践，集全国各方面的力量，所有的困难都一一克服了。秦山二期核电站建成后运行良好。

后来证明秦山二期核电站搞得确实挺好，而且投资特别低，按当时的汇率是 1330 美元/千瓦，包括利息等所有投资费用在内，以建成价来算不到 145 亿元人民币，这其中还包括征地和今后扩建工程要用的基础设施的费用。秦山二期是按照国际标准化设计的商用核电站，它的建成为百万千瓦级的核电站的自主设计建造打下了技术基础和设备国产化的基础。

叶奇蓁院士在秦山核电站控制室介绍运转情况

当时在技术路线上也有争议，从 60 万千瓦级起步还是从 100 万千瓦级起步？就核岛来讲，30 万千瓦一个环路，建两个环路就是 60 万千瓦，将来加一个环路形成百万千瓦级，加两个环路形成 120 万千瓦级核电站。100 万千瓦级核电站比 60 万千瓦级的多一个环路，也是可以搞的，但当时我国刚刚从美国西屋公司引进 60 万千瓦级汽轮发电机组用于火力发电，搞百万千瓦级核电站，常规核岛设备制造存在一定风险。所以秦山二期决定搞60万千瓦级的核电站。

秦山二期核电站的成功建设，锻炼和培养了一批优秀的技术和管理人才，实现了出产品、出经验、出人才的总体要求。秦山二期核电站的建设与投入商业运行，使中国实现了由自主建设小型原型堆核电站到自主建设大型商用核电站的重大跨越，对促进中国核电国产化发展，进而拉动国民经济发展发挥了重要作用。

当前，我国发展核电的形势很紧迫，在确保核电技术安全的前提下，我还是希望我们国家核电技术发展再快一些，希望我们国家的核电技术能走在世界前列。另外，我们国家是可以发展内陆核电的。

改革开放是从沿海地区开始的，东南沿海地区是我国的经济中心、电能负荷中心。为了减少西电东送、北煤南运的压力，保障沿海地区经济快速发展，国家当时决定先在沿海地区建造核电站。改革开放初期，内陆地区电网容量较小，沿海地区电网容量较大，这也是促使核电站首先建在沿海地区的原因。但并不是说核电站只能建在沿海地区，只是说当时沿海地区的电力需求比内陆更急迫，建设条件比内陆好一点。所以我国的核电就这样从沿海地区先发展起来了，包括秦山二期扩建、岭澳二期、红沿河、宁德、福清、阳江、三门等核电工程都是在沿海地区。这种情况可能造成了有些人的误解，认为核电站不能建在内陆。

实际上，国际上很大一部分核电站都是建在内陆，法国、美国建于内陆的核电站都超过了60%；有些内陆国家，如瑞士，5座核电站都建在内陆江河边上。从国际经验看，内陆核电站运行的稳定性、可靠性、安全性、对环境的影响都不存在问题，在内陆建核电站也是完全可行的，这已经在全世界范围内达成共识。应该说我国在内陆建核电站的条件已经成熟了。

一股不服输的劲儿

——中国工程院于俊崇院士口述实录

于俊崇院士

在核安全问题上面，不断提高核电厂安全设施水平固然很重要，但我认为就目前核电站来讲，进一步提高安全性的关键是要提高各类人员的核安全文化。

因为知道家里困难，父母供我读书不容易，我从小就有很强烈的求知欲。我读小学的时候，父母要到地里干活，妹妹需要由我来看管，我就带着妹妹一起去上学。上课的时候我在教室里听课，她自己在外面玩，放学后我再把她带回家。到了中学，我开始在县城住校，学校离家20里地，每个礼拜天我都回家一次换洗衣服，每次往返都要步行三四个小时，但我从未因回家而耽误课程。记得我读高一的夏天，一个礼拜天下午，我正要回学校，天气开始变阴，母亲让我在家里再住一宿，免得路上被雨淋。我跟母亲说住一宿的话就会耽误一天课，说完我就走出家门。母亲看着我出了家门，望着我离去的背影开始流泪。结果我走了没多远，就开始下起大雨，当时农村的道路不是柏油路，是泥土地，也没有雨伞，我坚持在大雨中走回学校，为的就是不缺课。时隔多年后，我每次回家看望母亲时，她都会提到那个雨天，都会流泪。

我想我的求知欲来自我有一颗很强的好奇心，农村里长大的孩子，东西见得少，就渴望在书本里看各种各样的知识，所以我小时候特别喜欢看书，到处借书看。上高小时，乡文化馆离学校有6里地路，我就跑到文化馆里去借书。除了看书外，我也会和同学们一起下象棋，其他娱乐基本没有，体育运动更少，学校条件也差，小学4年级的时候，我还问过老师："篮球什么样啊？你见过吗？"直到高小我才见到篮球。到了中学还学会围棋、桥牌、国际象棋等，总之新鲜东西都想学。

虽然见识的东西少，但从农村到县城，再到后来的大城市，一路走来，我并没有自卑过，而且有一股不服输的劲头，干每件事心里总想：只要别人行，我也一定能行。这股劲儿读书的时候有，工作的时候有，有些时候就连生活当中聊天的时候都会有。

正是这股不服输的劲儿，让我刻苦学习，一路从乡里的小学考到县里的中学，再到南京上大学。小学升初中，班里50多个学生只有3名同学被录取；初中升高中，班上60多位同学只有17位被录取。也正是这股不服输的劲儿，让我在工作中一直努力工作，攻克一个又一个难关险阻，为国防事业作出一点成绩。

我高中的班主任教物理课。受他的影响，我对物理很感兴趣。但影响我填报志愿的却是一件小事情。高中毕业前，学校组织大家去参观县里唯一的一个电厂。建设电厂之前，县里每家每户都用煤油灯，电厂建好后，我们开始用电灯。参观电厂的时候，电厂工程师一席话，使我的好奇心又一次被激发起来。他说，现在电厂靠烧煤发电，我们这里不产煤，要到很远的地方去运回来，非常麻烦。你们这些高中生要考大学了，希望你们有人去学原子能发电，听说一个火柴盒大小的核燃料就能使火车绕地球跑一圈，像我们这样的小电厂估计一年也就需要3~5公斤核燃料就够了。（工程师的话从热平衡来讲是对的，但从维持核裂变概念讲是不完整的。）参观归来，我就开始做起学核能来发电的美梦，于是我申请报考南京工学院工程物理系。

到了南京工学院，我学的是工程热物理，这是参照苏联著名学府莫斯科动力学院办起来的，在我进校之前还有苏联专家在授课，后来，苏联专家撤走，但我们学的一些课本却还是俄文翻译过来的。这个专业学的课程很杂，5年下来，我们一共学习了37门课。起初，学生们对这样的课程安排都有意见，现在觉得，学校的这种安排，对我们日后的工作帮助很大。知识面宽，适应工作的速度快，即便是我不懂的知识，学起来也相对容易。20世纪80年代核动力院研制脉冲堆的时候，世界上只有美国掌握这种技术，美国提出我们国家购买6个堆才把技术给我们，后来我们决定自己研制。那个时候，我有幸参加了这一工作，一个人负责热工设计与安全分析，凭借基础知识，自己编制自然循环、脉冲等计算程序，确定相关参数等。能够完成这些任务都要感谢我大学时打下的基础，后来走上技术管理与领导岗位，尤感当年学得杂的好处。

  我读大学的时候，校长是从海军转业来的一位将军，他对学校的管理相当严格，有点军事化的做派。我印象最深的一件事情是，一次在大礼堂开会，学校规定师生们下午2点到礼堂，结果2点以后，还有很多同学稀稀拉拉地走进会场。下次开会，校长就让老师把礼堂大门关上，令来晚的学生们就站在外面听会。这之后，学生们都不敢迟到了。我上大学的第一年，正好赶上1960年的饥荒，那个时候大家吃不饱，很多同学都浮肿。全国各地很多高校都不让学生上晚自习，到了晚上组织学生们跳舞，担心学习费脑子大家更饿，娱乐活动可以让学生们轻松一下。但我们校长却坚持让学生们上自习。所以在我的记忆里，在校读书的5年里，除了礼拜天下午洗澡、洗衣服、理发等自己支配时间外，其他时间都在学习。

  校长除了军事化的管理理念之外，还提出"少而精，学到手"的学习理念。最初学校规定，学生在大二，如果第一外语的成绩在85分之上，就可以选学第二外语。但后来又规定只学习一门外语，要求学精。所以我在大学没有学过英语，我学的是俄语（中苏关系紧张后，工作中俄语一点用不上）。学校还很重视培养学生的理解力和表达能力，而不是死记硬背。在课堂上，老师经常让某个学生来讲题，考核并培养学生的表达能力。很多时候会做题和能把题讲明白，这之间还有着一个很大的差距。当学生能把题讲清楚的时候，说明已经理解了概念。课堂上，还会搞突然袭击，经常在讲完课、无人提问情况下，老师让大家拿出纸来，考课堂上学的内容，算作学期末这门功课成绩的一部分。

  大学毕业后，我先是分配到了二机部九院，在青海搞了4个月的"四清"工作，1966年2月调到北京，因09工程上马，急需一批人才。1969年9月，一声令下，我们单位搬迁"三线"。我还记得有一天，来了一个海军工兵营，帮我们把东西放到了大卡车上拉到西直门火车站，经过三天行程我们到了山沟里，没想到这一去，竟在那里待了19年。这19年里，"不服输"的精神使我从成长到成熟。从九院调到"三线"后，领导让我搞核反应堆热工水力理论分析工作。这项工作不仅要掌握堆结构、堆物理、堆控制等知识，而且要看大量的英文资料，这些知识我没有学过，英语也没有学过，从事这项工作对当时的我来说难度很大，但我还是决定试一试。我的想法很简单，因为听到室里也有同志是专业不对口，我想人家能做到的，我也一定能做到。

大学毕业我们专业有3个人分配到二机部，一个去了二〇二厂，另一个去了四〇四厂，我去了九院。后来我们3个人又同时被调到"三线"，由于专业不对口，他们两个人后来去了别的科室。干部科的领导也找我谈过话，跟我说如果我觉得工作吃力的话，就给我转个科室。那股"不服输"的劲儿，让我坚持选择留下。刚开始确实很困难，不懂的东西太多。1966年9月跟一位老同志去四〇四厂出差，我向他请教了一个小问题，他当时没有回答我，而是反问我怎么连这么基础的知识都不知道。我的脸一下子就红了，感到十分羞愧。当时我心里暗自下决心，一定要尽快迎头赶上。同时也明白了一个道理，要学会不耻下问还是挺难的。

我参加工作不久，中国爆发了史无前例的"文化大革命"，单位正常秩序被破坏了，但我仍然抓紧一切时间补专业知识和学习英语。我学英语既未进学习班，也无老师。自己买来一本字典，口袋里装着一个本子，一边看资料，一边翻字典，一边把不懂的英语单词记在本子上慢慢学。我们当时的学习都是日积月累，没有急功近利的心态，是靠一点一点啃出来的。两年以后我就适应组内工作了，后来甚至还学了些"分外"的东西。事情起因是这样的，我们当时用国产108乙型计算机算题，算前要根据输入参数和要算的方案编制程序，当时全是二进制代码，必须请计算数学专业人员帮忙。时间长了，就是别人毫无怨言，自己也感到不好意思，于是自己下决心学习二进制编程技术。后来不仅每次算题不用麻烦别人，自己还自编了一个完整的热工水力程序。自己调研物理模型，自己编制二进制代码，自己调试，连穿孔任务也自己干，费了九牛二虎之力，吃尽无数苦头，总算把程序调试出来了。在调试程序期间，自己像着了魔似的，整天满脑子都是数字，都是代码，我爱人说我是"自作自受"，本该别人干的活自己却逞能。我想我爱人的话是对的，于是我就把完全由自己编制的程序起名"CCCC"。别人问我是什么含义，我一直笑而不答，其实就是我普通话不标准，是"自作自受"的拼音缩写。

据说现在高校核专业非常吃香，从原来只有几所高校有核专业，现已发展到五六十所，但仍然有大量考生不愿意上核专业。一方面我国核电发展速度迅猛，需要大量人才；另一方面，学生毕业时更想留在大城市，或愿意到高工资的核电厂。殊不知，光在大城市或核电厂搞核，一个国家形不成完整的核产业链。成为核大国，必须要有很多人在条件艰苦、待遇差的大漠高原或深山老林里工作。现在的青年人与我们那一代相比，很多方面都强于我们，但在市场经济的大环境中，一些青年人没有足够的思想准备，在校时接受爱国教育也少，所以毕业后宁肯改行也不愿意去艰苦的地方。而我们这代人接受的教育是服从祖国需要，把一切献给党，全部听从组织安排。毕业分配我到西宁，并不觉得去祖国的大西北有什么苦，而是觉得这是组织对我的信任，是一种荣誉。后来在山沟里待了19年，气候潮湿，生活条件很差，也从来没有想过要离开。1987年，有去大亚湾核电站的机会，组织上征求我意见，我选择留下，因为我对这份工作有感情。

于俊崇院士在工作中

这份工作虽给我带来多年生活上的困苦，但也给我带来很多的成就感。记得我国第一代核潜艇达到满功率时，我正好在实验室里值班，大家听到满功率的消息后，一片欢呼，我也很开心，但那个时候毕竟自己只参加了一点点的工作，感受还不是很强烈。到了第二代核潜艇达到满功率时，内心不光是高兴，更多的是踏实，一块石头落地了。从预研开始作为专业组长、承担一些关键技术攻关，到工程总设计师，一路走来攻克难题、承受压力、付出心血与精力，在成功达到满功率的那一刻，我竟有终于交卷了的感觉。

对于核电的发展，我个人有着跟别人不一样的想法。按现在国家管理格局，我在想如果我们国家第一代核潜艇拿到现在来研制，估计不可能在那么短时间内完成。核电的发展我们国家起步不算太晚，但发展的速度太慢，我们自主建秦山一期核电站的时候，韩国还没有核电站，现在人家已经将140万千瓦机组出口到其他国家了，而我们国家100万千瓦三代机组却还是引进国外的技术。我想很大的一个原因在于，以前我们是集中用力，而且是优势力量。但现在是多头开发、无序竞争，是分力。

在核电安全问题上面，不断提高核电厂安全设施水平固然很重要，但我认为就目前核电站来讲，进一步提高安全性的关键要提高各类人员的核安全文化。历史上三次大的核电事故，两次堆芯熔化，严格来讲都不是技术本身的问题，而是"人祸"。就拿福岛核事故来说，70年代的产品就能抵御9级大地震，说明设计基本没有问题，按照事故管理规程要求设置可移动电源就不会造成严重后果。第一次发生美国三里岛核事故后，人们总结经验并没有在核电技术上层层加码，而是从人的因素和概率安全角度出发，提出了PS（R）A、ATWS分析和加强工作人员的培训等措施；第二次苏联切尔诺贝利核电站发生核事故后，国际上开始重视对严重极端事故的防范和缓解，并先后出台了许多事故应急和超设计基准事故的管理规程。

让核能可持续发展
——记中国工程院徐銤院士

徐銤院士

发展快堆是国家的需要,发展快堆可以解决我国的能源问题。

1961年7月的一天，徐銤和几名同学一起，坐着一辆解放牌卡车，兴奋地从清华出发，去往他们即将工作的地方，中国原子能科学研究院报到。时至今日，徐銤还清晰地记得，当天卡车从卢沟桥驶过时，永定河的河水清澈缓流。而那时，他的梦想却很模糊。徐銤说，那个时候，他还并没有想过当工程师、当科学家，他是一个简单的人，他心里只想着父亲从小对他的教育，要科学报国；以及清华大学校长蒋南翔对学生的教育，要健康地为祖国工作50年。

那年，徐銤被分配到了堆工所，被安排做反应堆零功率装置物理实验研究工作。随后4年的时光里，他踏踏实实，一步一步从大厅员、操纵员、物理员，一直做到值班长。在这期间，他从事的是反应堆工作，对快中子反应堆还并不怎么了解。

1964年我国第一颗原子弹爆炸成功后，国家开始致力于对原子能的和平利用。在这种背景下，1965年，徐銤所在实验室成立了一个研究小组，研究快堆。他一下子知道了"快堆"这个概念，而他并不在这个研究小组里。出于知识分子对科研的好奇，他就到图书馆去看有关快堆的资料，越看越感兴趣。一天，他偶然在杂志上看到美国科学家费米的两句话："首先发展快堆的国家将在核能事业中得到竞争利益""会建增殖堆的国家将永远解决它的能源问题"。就在那一刻，为中国建设快中子反应堆，解决国家能源问题，成为了徐銤的梦想，并决定用其一生的时光来实现。

徐銤正式进入快堆的科研队伍，是从参加我国第一个快堆零功率装置的调试和启动试验开始的。徐銤清晰地记得：1970年6月29日夜里11点，恰好轮到他当值班长的那个班组值班，他们小心翼翼地一点点往装置里添加燃料，做临界实验。实验室里的人都目不转睛地盯着操纵台上的功率表，当功率不断慢慢增长时，快堆零功率装置实现临界。那一刻，大家情不自禁起立、鼓掌、欢呼……临界实验检验的是反应堆的理论计算是否正确，所以临界实验的成功对快堆有着重要的意义。徐銤说，临界实验的成功，说明我们的计算准确，物理链式反应我们已经掌握，可以控制，而这正是可以建设快堆的最重要的前提。

徐銤院士在工作中

临界实验的成功带给徐銤极大的信心，那个时候他还不到30岁。然而就在这个时候，快堆的发展陷入了困境。为响应国家对三线的建设，整个快堆队伍搬到"三线"，徐銤和他的同事一共300多人带着家眷去了大山里。当时，国家经济困难，没有足够的科研经费，加上发展方向和技术路线都不明确，又在山沟沟里，人们几乎看不到任何希望和前途，许多人选择了放弃，最多的时候，一年走了100多人。在这期间，徐銤本有机会竞聘国际原子能机构的工作，也可以去工作和生活条件更好的大亚湾核电站，但对于这些机会他都一一谢绝了。因为他的内心始终牢记从北京离开时，时任原子能所副所长戴传曾先生对他说的话："你要研究研究人家外国是怎么发展快堆的，我们国家应该怎么发展快堆。"正是因为徐銤知道快堆对国家的意义，并牢记戴先生对他的叮嘱，他不仅没有离开山沟，而且在自己做研究的同时，还密切关注国外快堆发展的动态。除此之外，为了稳定队伍、确保资金，只要有机会，徐銤就回北京做报告，争取国家对快堆的支持。每年都要在"三线"与北京之间往返10几次。当时从"三线"到北京，徐銤得先走上几个小时的泥巴路，再乘汽车到成都，然后再坐30几个小时的火车到北京。很多时间，没有座票，徐銤就买一张站票站着到北京。

终于，他看到了梦想的曙光！

1986年4月的一天，徐銤在四川接到二机部科技局局长王传英的电话，通知他来北京开会。到北京后，他才知道，那次的会议将决定"863"计划100亿元的资金投向哪些具体的项目。沉静了很多年，大家都渴望抓住这个机会，都想把自己手中所有的项目推荐上去，为国家作贡献。当时徐銤的压力很大，不仅要把自己的项目说清楚，还要阐述目前的状况、发展的前景、对国际的意义以及国外发展的状况等，还要回答各个专家提出来的各种问题。就这样，徐銤被大会、小会"轮番轰炸"了一个月。最后，快堆被立项纳入国家"863"计划。

快堆被纳入我国"863"计划后，徐銤跟他的同事被调回北京，中国原子能科学研究院正式成立了快堆研究室，徐銤担任技术负责人。在快堆专家组领导下，以原子能院为主持单位，西安交大、清华大学、上海交大、四〇四厂、核动力院等9个单位相继开展了与快堆有关的9个课题、60多个子课题的研究工作。不久，建设一座热功率65兆瓦、电功率20兆瓦的中国实验快堆的发展项目，获得国务院批准。1995年，58岁的徐銤被任命为中国实验快堆的总工程师。

为了减少国内研制费用和验证时间，国家决定部分采用俄罗斯快堆设备和系统技术方案。作为总工程师，徐銤在技术上领导了这一合作。在许多专业上，要求与俄罗斯做平行设计，实现设计自主性。

在徐銤的带领下，首先完成了中国实验快堆的概念设计，然后中方工程技术人员在消化、吸收俄方技术设计的基础上，独立完成了快堆的初步设计和施工设计。

由于快堆堆芯密度高，钠液出口温度高达530摄氏度，技术比较复杂，为保证快堆运行的安全可靠性，在与俄方谈判时，徐銤坚持采用非能动余热导出系统的方案。徐銤与俄方进行了三次谈判，为了争取方案，他还亲自飞到了俄罗斯。最后，俄方同意了，而且经试验证明该方案是可行的。更让人兴奋的是，它的采用使得我国的快堆与世界已建快堆相比，安全性得到了进一步加强。徐銤说："做设计，不是一件容易的事情。我们从零开始，需要自己设计出来，将来的可靠性也不是比较能确定的东西，抓住整个堆的可靠性，这是一下子不能完全保证的，但是安全的可靠性必须要保证，我们的精力要放在安全系统上。"

在中国实验快堆曲折发展的道路上，每一步，都凝聚着徐銤的心血。对徐銤来讲，工程的每一点进展都比任何荣誉更有价值。他清晰地记着中国实验快堆工程的每一个节点：1997年，完成初步设计；2000年5月，开始建造；2002年8月15日，主厂房正式封顶……

徐銤带领研究队伍建立了我国第一套快堆设计标准规范，制定安全设计总则36条，编制设计规范600余个，形成技术文件1000多册。据统计，快堆研究课题共获奖91项，其中获国家科技进步奖3项，获专利7项。进入工程阶段，快堆已获专利80余项。

正当快堆的科研渐入佳境时，1999年，在等待快堆安全分析报告审批的日子里，有份报纸发表了一篇《被埋入"坟墓"的高技术——法国"超凤凰快堆"电站寿终正寝》的文章。这条消息，在业界引起了轩然大坡。不少领导和同志都会问徐銤："法国的快堆到底是怎么回事？"为了尽快弄清楚状况，当时"863"计划能源领域相关负责人马上组团到法国调研。回国后，徐銤第一时间向领导部门送资料，做解释，打消大家对快堆建设的质疑。徐銤说，那段时间，心里特别担心领导会说："那我国的快堆也放一放吧！"

在经历了一个又一个16年的坚守后，徐銤和他的团队终于迎来了一个又一个成果。2010年7月21日上午9点50分，一座热功率65兆瓦的中国实验快堆终于实现了临界。2011年7月21日，快中子实验堆并网发电，发电率为20兆瓦。这意味着我国成为世界上继美国、俄罗斯、法国、德国、日本等国之后第8个成功建设快堆，基本掌握第四代核电技术的国家。

快中子反应堆可以将天然铀资源的利用率提高60倍以上，因此它也被称为增殖堆；它可以焚烧和嬗变其他类型反应堆里产生的长寿命放射性废料，将需要几万年甚至几十万年衰变完的核废料嬗变成几十年或者几百年。快堆不仅能可持续地提供核电，而且还可以减少地球上的核废料，保护环境，正因为如此它被认为是第四代核电主力堆型，最好的清洁能源，代表了先进核能的发展方向。

徐銤说，正因为快堆增殖、嬗变，可以解决未来的能源问题，所以从1965年开始，他就将发展快堆视为他一生的梦想。在他的心中一直执着地坚信一幅蓝图：第一步，2010年建成实验快堆；第二步，2020年建成示范堆；第三步，2028年建成大型高增殖商用快堆。而后，快堆将不断大量推广应用，这样既可以有效利用铀资源，又可以焚烧高放废物，还可使环境更加清洁，保证我国核能的可持续发展。现在，快堆并网发电了，但离真正的大批量商用还有很长的路要走，快堆投入商用才是真正为国家作出贡献。他虽然年纪大了，但令他欣慰的是快堆是一个团队在做，而这个团队正朝气蓬勃。他知道，如今快堆的发展依然存在很多的困难，但他希望，这个团队在未来无论遇到怎样的困难，都一定要把快堆搞下去。

从1965年徐銤将发展快堆作为自己毕生的梦想，到今天，徐銤心中始终有一个信念，那就是：相信国家，相信科学，相信自己和这个团队！这信念，支撑他走过了一个16年，又一个16年，从一个34岁的青年变成了一个50岁的中年，又变成了一个77岁的华发老人。这份执着与坚守的背后，也承载着无数艰辛与遗憾。在徐銤心中有一个永远的遗憾，那就是没能见到父母最后一面。父亲是影响徐銤一生最大的人，不仅从小培养他对科学的热爱，而且还在他的心中种下了一颗科学报国的种子。在"三线"工作期间，他的父母相继去世，当时他正在外地出差，未能赶回扬州老家见那最后一面。

发展快堆是国家的需要，发展快堆可以解决我国的能源问题。徐銤和他的团队，用智慧和信念实现着自己对国家的责任和使命。

梦想之花绽放核工业沃土
——记中核集团总工程师雷增光

雷增光总工程师

一个人想成就一番事业，必须入主流，上大舞台。到国家最需要的地方去。越是祖国需要而又人才稀缺的地方，越是年轻人能干成事业的好地方……

有一种选择与坚守，是对事业的向往；有一种进步和超越，是对梦想的追求。对中国核工业集团公司总工程师雷增光来说，这颇似其28年核工业征程的最佳注脚。从昔日的青春梦想，到今天的核子情怀，雷增光用扎实的工作实践，不断地自我超越，将事业与梦想演绎得格外精彩。

"清华母校，是我梦想启航的地方。"雷增光说。青春学子时的报国梦想，在雷增光走出校门后，就根植到了核工业的沃土之上，并发芽、成长、绽放。从陕西四〇五厂的16年锤炼，到天津理化院的8年打磨，直至任职现在的集团公司总工程师，雷增光投身核工业，一干就是28年。其间，他获得的国家和省部级奖多达20余项。2012年，获得了国防科技工业杰出人才奖；2014年，更是获得了全国杰出专业人才奖。

由陕西渭北高原上那个普通少年，到如今勇攀科技高峰的核工业才俊，雷增光完成了人生一个又一个目标，实现一次又一次的跨越。磨砺、洗礼、成长，为了不变的梦想，雷增光信念不倒，执着追求，一步步走向成功……

梦 想 启 航

1978年，雷增光以全省唯一物理满分的优异成绩考入清华大学，这一陕西渭北高原普通农民家庭的孩子，实现了人生的第一次跨越。但在雷增光看来，那时的动力，更多是来自母亲朴素的教诲。"我读高中时，全国高考还没有恢复，农村孩子上高中很难看到前途。但母亲还是坚持让我读书。她总说，别人不学，你要学。多学习，没坏处。"

在清华读书期间，有一位校友来校作我国万吨水压机攻关的报告，让他备受鼓舞。从那时起，他就暗下决心，一定要干出一番事业，做一个对国家有贡献的人。"那是我梦想启航的一刻。"雷增光说。不流俗、不平庸，要干出一番事业，有了人生的目标，雷增光更加发奋刻苦学习，努力朝着梦想的方向前进。

雷增光与核工业结缘，是在他人生的第一次重大选择之时。1986年，雷增光硕士毕业后，毅然远离大城市，来到陕西偏远山区的四〇五厂。当时正值国家改革开放初期，清华大学硕士生，良好的专业知识，较高的英语水平，在社会上不是一般的抢手。这一让众人着实费解的选择，在雷增光看来却很简单："其实也没有大家想的那么了不得，我就是想实实在在地干点事情。清华的一位前辈曾经对我说，如果你只考虑生活条件好，放弃了自己所学的专业，将来有一天，一旦钱对你来说不再是个问题的时候，你一定会后悔的。这句话对我有很深的影响。"

显然，这对雷增光来说，是一次无悔的选择。"干出一番事业，做对国家有贡献的人。"这一梦想雷增光从未曾忘却，而核工业四〇五厂正是需要他的地方。当时的四〇五厂是国家"七五"期间重点建设单位，事业发展急需人才。但由于地处西北山区，工作、生活条件非常艰苦，待遇也不高，很难招到重点大学的毕业生。"既然选择来到这里，就一定要干出点样儿来。"雷增光说，"只要想做事，能做事，就什么艰苦都能忍受，什么环境也都能适应。"

就这样，雷增光根植核工业四〇五厂，一干就是16年。16年，雷增光把全部身心都倾注在工作上。面对各种困难与挫折，雷增光每一次都是鼓起勇气，坚定信心。"一个人要想取得成功，就必须持之以恒，要扛得住外部的干扰，扛得住遇到的各种困难。"雷增光如此说道。一路坚持下来，雷增光在四〇五厂也是不断取得新的成就。期间，他获得10多项国家和部级科技奖，并于2000年获得了"全国劳动模范"称号。

崭露头角

1986年，雷增光到四〇五厂工作时，是该厂20年来第一个也是唯一一个既是名牌大学又有硕士学位的毕业生。正因为如此，厂里对他格外重视，在技术引进、重点攻关、外事洽谈等工作中，厂里处处把雷增光推到前面。在清华苦读积淀下的专业能力和较高的外语水平，也让雷增光在四〇五厂干得得心应手。

刚一进厂，雷增光就全面进入角色，一头扎进当时厂里的技改工程中，他先后4次赴国外接受技术培训，翻译了大量的工程技术资料，又配合国外专家进行技改工程建设，全面了解了各个重要环节，主持解决了许多技术难题。不仅如此，对于刚刚走上工作岗位的雷增光来说，学会与人打交道的方式，解决问题的技巧，处理难题的思路……雷增光都用心地学习、领会，并结合实践锻炼自己的思维和处事方式。"这是非常难得的人生历练。"雷增光这样说道。

从1986年入厂到1994年的8年时间里，雷增光从厂技术处副科长一步步提升为副厂长。33岁就担任副厂长，这在当时的整个核工业系统都是最年轻的。别看年纪轻，有了前期的实践锻炼，雷增光处理事务一点不含糊。有一次厂里司机因驾驶不当，导致厂里重要物资受损，雷增光三下五除二就把事情处理妥当，不仅最大限度挽回了厂里损失，更让不少老同志都啧啧称赞：这个"小"厂长还真行！

1994年，四〇五厂第二次大型技改工程上马，工程系统庞大，牵涉面广，年仅33岁的雷增光又一次担当重任，从合同谈判，到设备改造；从操作规程修订，到关键备件、仪器仪表国产化；从组织工程施工，到工程竣工验收，他均全程参与，不仅负责项目各个环节的协调，还要夜以继日地钻研各种方案，没有假日和周末，也没有白天和夜晚，常常是忙完一天累得连饭都吃不下。

期间，雷增光还要处理各种突发事件。有一次，调试试验设备时保温材料着火，当时现场冒出滚滚浓烟，温度高而且有毒，他不顾危险，带领现场人员奋力灭火。火终于救灭了，但他头发也被火燎了，头皮也被灼伤了。"故障处理措施不周全，教训深刻，真是名副其实的焦头烂额啊。"谈起当时的情景，雷增光笑着说道。

几年间，雷增光与工程建设者们通过在工程建设中实施技术改进和技术创新，保证了施工质量，高质量地组织建成技改工程，使该工程进度提前100多天建成运行。投产后的主要经济技术指标接近或达到国际先进水平，为工厂带来了数千万元的经济效益。

一分耕耘，一分收获。在两次技改工程建设中，以雷增光为主要负责人的科研项目多达10几项，其中有9项获国家级及部级科技成果奖，两项属国内同行业首创，部分项目还填补了国家空白。这样的成果不仅在工厂的工程技术人员中是佼佼者，在研究院所的科研人员中也是不多见的。

"万里崎岖，频年苦斗，人生在勤，不索何获。"这句经典的人生格言，恰似雷增光在四〇五厂的真实写照。

再 担 大 任

2002年，年仅41岁的雷增光出任核工业理化工程研究院院长，成为理化院建院40年来最年轻的院长。到理化院任职给了雷增光施展才华的新舞台，但少帅当政，光鲜与自信背后，更是艰辛与压力。新岗位、新任务、新环境，连带组织的信任与期望，让他深感肩上担子的沉重。"那时候科研非常紧张，还有院所改革，再加上我还要去党校学习，那一年，对我来说就像炼狱一样。"雷增光说。

抓科研生产任务，就让雷增光第一次体验到濒临崩溃的感觉。

专用设备的研制是理化院承担的重点核能开发项目，院里的当务之急是专用设备的工业化生产。为了加快工业化的进度，中核集团要求理化院在新建厂试生产的基础上，完成大批量的生产任务并达标达产。这对理化院是个巨大考验，筹备生产几经波折还不算，就在试生产艰难启动后，产品突然出现了不稳定的情况，有些技术参数偏离了设计要求。反复查找和分析，就是找不到原因，生产线不得不停产。

"就是一个零部件出现了问题，什么招数都使了，产品还是不稳定。生产线已经停产半年了，还是找不到原因，我当时感觉就要崩溃了。"谈起那段日子，雷增光至今记忆犹新。那段时间，雷增光的情绪和神经一直紧绷着，感觉到了人生最低迷的时刻。在此期间，雷增光组织院里有关的研究室、试验车间和相关部门都在全力查找问题，先后进行了200多次的试验，终于把影响技术参数不稳定的因素找到了。"后来发现问题出在材料上，两批材料成分一样，但生产批次不同，导致材料结构应力不同。"雷增光说，找到问题后，马上着手解决，理化院终于可以进行正式生产，并最终顶住压力成功实现达标达产。

更让雷增光备受挫折、打击的是院所改革。理化院是一家有着40年历史的研究院，由于种种原因，院里还存在各种各样的问题。中核集团在抓科研生产任务的同时，对理化院的改革调整也同时提上日程。尽管上级明确了改革的具体步骤，但毕竟改革牵一发动全身，不仅阻力重重，而且波折丛生，雷增光也被这场改革卷入了猛烈的漩涡之中。

"那时感觉很委屈，明明作出了成绩，得到的却是上下不满意。"雷增光坦言，那不仅是对勇气和毅力的挑战，更是对心智的打磨。逆境也给了雷增光宝贵的磨炼机会，他再次经受住了环境的考验。

随着科研生产不断步入正轨，理化院得以快速成长，也迎来了发展的大好局面，不仅硕果累累，而且政治地位也越来越高。此时，雷增光也得到了上级领导和全院职工的好评。

追求如一

2010年，雷增光到中核集团总部正式就任集团总工程师一职，这是中核集团自1999年创建以来，首次在集团层面设置总工程师。"在四〇五厂是工厂生产管理，在理化院是科研生产管理，现在的工作和以前都不一样，是要推动一个体系的运转。"谈起岗位的不同，雷增光如此说道。

雷增光到任第一年，正值中核集团将要召开科技创新工作会之时。在他看来，将科技创新放在集团公司发展战略基点的地位上，这在集团公司发展中是首次，也绝非一句空话。"搞科研要花钱，集团公司这些年如此大的科研投入，证明了党组抓科技创新的决心。我们具体组织者则必须把有限的资金利用好，选好项目，实施好、管理好，调动各方面积极性，出成果、出人才、出经验。"雷增光说。

雷增光把主要精力都扑在了制定中核集团科技发展规划和研究旨在推动科技创新工作开展的措施上，从项目管理、科技投入、平台建设，到人才培养、知识产权、考核激励，这些措施涵盖了科研项目的各个环节，对科技创新工作的有效开展提供了有力支撑，几年下来，不仅一批关键性瓶颈问题得以缓解或解决，更出现了"华龙一号"等一批标志性成果。

从21条措施的出台，到"龙腾"计划的推出，雷增光在新的岗位上，又开始了人生角色的又一次转变。本着对事业的执着追求，为了新的使命和希望，雷增光也将梦想的目标又推向了新的高峰。

雷增光总工程师

对雷增光来说，未来还有更远的路要走，还有更多的事要做。尽管岗位不同，但他的追求始终如一。在被母校清华大学请回去作报告时，站在母校的讲台上雷增光这样说："一个人想成就一番事业，必须入主流，上大舞台。到国家最需要的地方去。越是祖国需要而又人才稀缺的地方，越是年轻人能干成事业的好地方。"

走自己的路
——记中国核建研究员级高级工程师祖斌

研究员级高级工程师祖斌

年轻人总想自己做一次决定，人生不能总靠别人。我要做自己，走自己的路。

对于大多数的人来说，生命像是一本固定模式的剧本，有经验的编剧会告诉你，大概写到第几页，反面人物就会出现，进行到第几分钟的时候，就应该出现一个小高潮。

但是，祖斌的人生并不是这样。

23 岁，大学毕业的那一年，祖斌的父母原本已经为他联系好了一份工作，北京某机关单位或者南京某设计院。然而，祖斌并没有像大多数普通人一样按照父母为之安排的剧本来生活，他偏偏要遵照自己内心的决定：选择去中国核工业华兴建设有限公司。他的理由听起来率真却不简单：年轻人总想自己做一次决定，人生总不能靠别人。我要做自己，走自己的路。

人，总要给自己一个合适的定位

1968 年 6 月，祖斌在新疆出生，父母都是援疆参建的知识分子。祖斌说他小时候并没有具体的梦想，但他心里始终想着长大了以后是要作出一件事情的。善于思考的祖斌，在 18 岁成人的时候写下一篇札记《有感于十八无为》，从那时起，他开始真正思考自己的人生到底该做些什么。然而，毕竟不过 18 岁，他还是听从了父母及学校老师的建议，报考了东南大学土木工程系工业与民用建筑专业。经过 4 年的大学生活，善于悟道的祖斌作出了他人生中的第一个判断：毕业以后从事科研工作并非他之所长，未来的职业生涯他要走管理之道。祖斌作出这样的判断并非凭空而起，江浙一带的高分学子让从边疆考到东南大学的他感觉：做科研，他没有优势，他应该找一条与他人有差别的途径。年仅 23 岁的祖斌此时就已顿悟到：人总要给自己一个合适的定位。

或许，当年使祖斌大学毕业时放弃家长为之安排好的工作，而选择中核华兴公司的理由竟是华兴公司要在巴基斯坦建造核电站，是令今天很多年轻人不可思议的事情。但对于一位热血青年而言，祖国在巴基斯坦建造核电站，祖斌觉得是一件光荣而神圣的事业。于是，他不顾父母的反对，毅然坚持着自己的选择。时至今日，再问及祖斌有关3年的巴基斯坦核电建设的生活，他依然充满激情地说："那3年，是相当有意义的，对我一生来说都非常值得。"

刚刚毕业分配到中核华兴公司，祖斌并没有立即被安排去巴基斯坦，而是被安排到南京汽车制造厂当了半年的工人。在那半年里，他没有任何其他想法，只有一点，心里想着不能输给工人们。于是，竖钢管、提模板……这些工人们干的活，他一样也没少干，整日里吃住都和工人们在一起。当记者问祖斌："一位刚刚毕业的大学生去当工人，干重活，不觉得苦吗？"祖斌的回答却是："没有，我觉得很有意思。"

祖斌说，在巴基斯坦他第一次接触到核电站，之前他对核电站及核电站建设的知识一无所知。在那里，他从头学习。幸运的是他遇到了一位好师傅。师傅对他要求很严，从读图、画图、掌握核岛程序、方案等等一步一步带起。3年过去，祖斌对核电建设有了全面而深入的了解，为他之后的工作打下了扎实的理论基础。祖斌说，在巴基斯坦的3年里，他的想法就是保质保量地完成任务。

管理载道：安全、坦诚、卓越

1996年底，祖斌回国参加我国秦山核电三期建设，由于合作双方的文化背景、行为习惯不同，祖斌认为在三期建设中遇到的最大困难是，跟外国人合作建设过程中，如何得到他们的信任。面对这一挑战，祖斌以为唯一的解决途径就是靠工程安全质量来说话。而在秦山三期核电建设过程中，祖斌也完成了他人生当中的第一个转变——从核电建设工作转到核电建设的组织管理者。

在秦山三期工程建设中，祖斌以扎实的技术、娴熟的外语以及良好的协调能力与总承包商加拿大原子能公司（AECL）逐步建立了良好的工作关系，为华兴公司在现场施工营造了一个良好的氛围。他积极学习和借鉴先进的管理技术和管理经验，在项目经理部率先引进国外优秀的工程管理 P3 软件，这在秦山的核电施工企业中是第一家。他和计划人员一起运用 P3 软件编排的三级进度计划得到了外方专家的高度评价。

1998 年，秦山三期核反应堆厂房安全壳施工中首次采用滑模施工技术，这在我国核电建设中是第一次。对华兴公司来说，工期短、要求高、难度相当大。正当大家为 1 号核岛滑模施工作最后准备时，AECL 的现场负责人找到时任项目部副经理兼滑模施工总指挥的祖斌，神色严峻地说："这次的节点目标你们肯定实现不了！"祖斌听了心中很不是滋味。他担心的不仅是能不能如期实现节点目标，更觉得这是外方对中国人能力的轻视。他骨子里那种不服输的感觉油然而生。他用英语告诉对方："不！我们一定能按节点完成。"

为了实现承诺，祖斌主持召开施工队班组长会议，作战前动员，鼓励大家一定要抓好各个环节的质量和进度，保证装置组装按时结束，确保工期。在他的带领下，项目部做了大量细致的准备工作。最后，1 号核岛的滑模施工提前三天完成，并创造了日提升 3.5 米的世界纪录。1999 年 2 月，2 号核岛滑模施工开始，华兴公司用了 14 天 4 小时完成了施工，打破了韩国月城同类堆型 17 天 10 小时的世界纪录，并且日提升速度达到 4.25 米，工期缩短近 1/3，施工质量达到国际一流水平。加拿大专家评价说，华兴公司是组织最好，速度最快的，施工质量一流。加拿大原子能有限公司副总裁给出的结论是："这是中国人成功的故事"。

2003 年开始，祖斌担任华兴公司党委书记，并兼任公司副总经理、总经济师，之后出任公司董事长、总经理兼党委书记。祖斌说

2002年回到华兴公司，他负责公司的改革与改制与核电建设工作的时候，面对激烈的市场竞争，华兴公司正处在深层次的转型期。而他的目标很明确，就是要将华兴打造成为一个卓越的龙头企业。

祖斌入选国家百千万人才计划

对于一个有着悠久历史的国企来讲，要改革与改制又谈何容易。而祖斌决定中核华兴公司在改革中不仅要紧随市场经济转变公司战略结构、体制机制等，更要建立与建设更加符合现代企业的企业文化。坦诚是祖斌为华兴公司企业文化提出的一个重要核心理念。祖斌曾说，坦诚和宽容实际是一种能力，一种尤其是领导要具备的能力。一个企业要具备很强的竞争力，归根结底是有强有力的团队和团队文化的支撑，而坦诚和宽容是团队文化中不可缺少的内容。在这种环境中，员工才能尽显本色，才能尽显才能，这样领导才能把合适的人放在合适的岗位，好比齿轮系的各个齿轮被安置在各自的位置，相互取长补短。当然，作为领导要让"齿轮"材质更优，让摩阻更小，让系统更有效运转。企业领导追求的应是为企业创造更大的价值，而不是一味追求权力。

搭乘改革快车，将上市进行到底

一心只想为企业创造更大的价值，不一味追求权力的祖斌，2011年，组织上却再一次对他委以重任，让他担任中国核工业建设集团党组成员、副总经理，股份公司总裁。而在集团公司任职的这几年，祖斌心里的梦想就是将中国核工业建设集团的上市工作进行到底。

事实上，从将上市确定为目标，到目前，中国核建筹备上市的过程可谓漫长，其中曲折更是只有中国核建自知。

改制的痛处在于伤筋动骨，中国核建也不可能例外。尤其是以上市为目标的改制，这曾经让很多中国核建人很难接受。于1999年在原中国核工业总公司所属部分企事业单位基础上组建而成的中国核建，一直以来就承担着国内所有核电站建设任务。可以说，中国核建的成长，一直伴随着我国核电的发展轨迹。期间虽曾遭遇一段发展低潮，但因为手握国内唯一一家核电建造单位的金字招牌，中国核建的发展仍能处变不惊。小富即安的状态，成为中国核建推行改制的一个障碍。"有些老员工就提出，一家以建筑安装为主的企业，又是军工企业，谋求上市是否有必要。"祖斌说，很多中国核建人对改制上市提出疑虑。

"公司制改革是企业发展的方向，如果不进行改造，企业自身问题就没法解决。"最终，在中国核建高层多次答疑解惑、不断摆明利害下，中国核建人从思想上开始接受。形成统一的认识是推进改制的一个难点，而资产的重组和划分、利益的再分配，处理得好不好更是足以左右改革成功与否的关键。"哪些资产是非主业资产，需要剥离到上市公司外，相应的哪些人员需要出去，上市公司的板块需要呈现出什么样的特点，这个梳理过程相当复杂。"祖斌深知清产核资所面临的困难，中国核建面临从未有过的挑战。但中国核建没有退路，唯有激流而上。

改制最难啃的"骨头"，还要数治理结构上的完善和管理的规范。祖斌坦言，一个有着较长发展历史的军工企业若想做强做优，唯有建立完善、规范的经营管理体制。"这种规范，不仅要体现在中国核建总部，更要体现在整个股份公司治理结构上。"比如，改制前的二级公司，决策层和运营层往往混淆不清，职责界定不清。为了规范运作，进一步加强董事会独立性，中国核建设置了专职董事长、专职董事和外部董事，通过战略方向的把控、文化上的统一等，对二级公司进行有效的管理，以创造更大的价值。为了达到上市要求，中国核建所属全部成员单位都经历了不同的"改造"。经历过改制，浴火重生后的中国核建业务结构更加清晰。"目前，企业拥有国家大型施工、研究设计、岩土工程、计算机信息技术等10个子公司。"祖斌介绍道，"这些都是中国核建优质资产，在日趋激烈的竞争中，将更具集团优势，发展也将更具后劲。"

先行一步的中国核建改革，已然为央企改制积累了经验。2011年，国务院国资委原副主任邵宁就表示，中国核建主营业务整体重组改制工作的完成，为央企的主营业务整体改制工作积累了宝贵的经验。

而关于中国核建上市一事，祖斌说，再难，他都有信心。

坚持走自己的路，做自己

1996年底从巴基斯坦回国后的祖斌曾参加过托福考试，并且收到了美国某校的录取通知书。在人们的想象中，美国是一个年轻人的聚焦地。但他经过思量，最终还是选择留在华兴，参加我国秦山核电三期建设。他觉得这一选择与他的人生更有意义。而这一路走来，关于梦想、关于奋斗、关于改制、关于上市……祖斌始终试图在他的工作内外，聚起一个"年轻"的国度，把陈腐朽烂都弃绝在外，"年轻人"的热血始终流淌在他的体内。

23岁大学毕业时祖斌叛逆的抉择，让他的母亲始终不能理解。

一直到祖斌担任华兴公司董事长后，母亲还不觉得儿子当初的选择是正确的。但祖斌却认为他骨子里的激情遗传于母亲。他的母亲当年师专毕业，决定支边新疆时，他的外婆也并不同意，而母亲偷了户口本，坚决要从江苏北上，支援祖国边疆的建设。而今耳顺之年的母亲，对于祖斌的发展与人生依然保持沉默，但这个新疆长大的西北汉子却始终坚定他23岁的选择：走自己的路，做自己。

因责任而坚守　为梦想而前行
——记中核集团先进核电站设计建造技术首席专家邢继

首席专家邢继

科研创新是一件不能停歇的工作。要想在世界上站住脚、站稳脚，核电技术研发人员就要不停地往前走，而且还要快步往前走。

2014年，对于中国核电来说是一个值得载入史册的年份。2014年8月22日，对于中国核电工程有限公司副总经理、中核集团首席专家邢继来说，是一个可以畅快流泪的日子。这一天，中国自主三代核电技术总体方案通过了国家评审。"华龙一号"终于可以带着邢继和无数核电科技工作者的梦想，站上世界核电技术舞台，为国人争光。

作为一种融合技术，"华龙一号"的重要血脉来自于中核集团自主研发的ACP1000核电技术。而作为中核集团ACP1000的总设计师，邢继的梦想也一直与中国核电的自主研发设计紧密相连。一路走来的努力与坚持，欢乐与泪水，信念与梦想，都源于此，寄于此。

青春作伴国防梦

从小在四川长大的邢继，对于国防建设有着浓厚的兴趣和情结。在中学阶段，这样的兴趣逐渐明晰化，国防建设相关的书籍、报纸杂志成了他的最爱。邢继说，当时他会把自己平日里的零花钱省下来，去报摊上买回《兵器》《舰船》之类的杂志，一饱眼福。

对于未来的职业，中学时的邢继就有了坚定的方向：将来一定要从事跟国防建设相关的职业。而这样的坚定也源于我国20世纪七八十年代的整体教育导向。"中国要强大，国防要强大"，一直是邢继脑中的时代最强音。

邢继就读的四川南充高中，属于全国示范性高中，有着悠久的历史传统。而邢继的学习成绩在学校也是名列前茅。填报高考志愿时，通过综合分析，他锁定了哈尔滨船舶工程学院（前身为中国人民解放军军事工程学院）。哈军工是我国"三海一核"（船舶工业、海军装备、海洋开发、核能应用）领域重要的人才培养和科学研究基地，第一任政委兼院长是陈赓大将。在这儿，他相信能够学到国防知识，习得国防精神，找到自己今后的奋斗目标。

其实，邢继一开始并没有报考核专业，是服从分配被调剂而学核的。经过两年的学习，邢继对于核专业产生了浓厚的兴趣。在明晰专业方向的时候，他选择了核动力装置专业。

1987年毕业的邢继被分配到核工业第二研究设计院（中国核电工程有限公司的前身），从事火电工程设计。老二院的创新、务实的工作氛围，让他逐渐学会如何去当一个合格的工程师。在这个一直领先中国核技术研发的老院所，邢继实现着从一介书生到一名工程师的成长、蜕变。

邢继说，最初几年的工作经验，让他建立起了工程的概念。他说，做工程设计，要有想象力。工程设计中的想象力和日常用语中的想象力有着不一样的内涵，它要求你要通过想象力把设计的东西做出来，即能够通过分析验证，想象出一定的结构形式，并能让它从图纸上走下来，成为现实的工程实体。从这个意义上，工程师要有想象力和创造力，又要有踏实和认真的作风。而这看似冲突的性格特质在邢继这儿天然地融为一体。而邢继的梦想之旅也正是因为有了这些性格特质，才一路有所成，有所获。

大亚湾畔核电梦

1987年，大亚湾核电开工建设，它是大陆首座使用国外技术和资金建设的核电站。当时负责承建大亚湾核电站的珐码通公司（阿海珐公司的前身），在中国相关设计院招聘了很多技术人员，一起建设大亚湾。1990年，邢继作为老二院的年轻技术人员被派到大亚湾工作。大亚湾的一段经历，也让邢继真正踏上了自己的核电梦之旅。

虽然设计过火电，也懂得怎么去当一名工程师，但核电站的复杂和神秘还是给了邢继从未有过的震撼。核电专业很多未知的东西，对他是一种莫大的诱惑。他张开所有的触角，疯狂地吸取养分，拼命地成长着。邢继当时被安排在现场技术部，处理现场遇到的各种技术问题。他深知这种工作机会难得。因此，除了完成本职工作，他还自主地提出许多技术问题，并不断地寻求答案。两年后，他提出的很多问题，法国专家已经回答不上来。

首席专家邢继推动向阿根廷出口核电站

这些法国专家中，有一个人让他至今铭记、感激。他就是邢继当时的组长，邢继不会拼写他的法语名字，只记得当时大家亲切地称他为"卖鸭子"（法语音译）。在邢继心里，这位"卖鸭子"同志是一名真正的工程师。他工作严谨，有丰富的工程经验，有较强的技术管理能力。在他这儿，邢继学到了独立处理问题的能力，也培养了严谨踏实的工作作风和不怕困难的担当和自信。因为表现突出，邢继在大亚湾一年多的工作期限，被延长到两年半。

邢继自主设计核电的梦想也在大亚湾畔，有了坚实的技术储备和意志品质的历练。邢继说，大亚湾的经历，让他受益了一辈子。之后担任岭澳二期核电站总设计师期间，在遇到一些问题的时候，他会马上想到在大亚湾的处理经验和方法，以及面对困难、克服困难的各种体验。有了这些经验反馈，很多问题都会迎刃而解。

自立自强品牌梦

经历了大亚湾核电站、秦山二期核电站和岭澳核电站等这些中国自主设计的核电站后,一个让人更为振奋的梦想扎根在邢继心里。那就是要创建中国人自己品牌的核电站,要让中国的核电产品为世界核电作出新贡献。而这一段历程,在邢继的职业生涯中可称作是"最有难度、最为华彩"的乐章。

百万千瓦核电技术自主创新之路历时 10 多年,期间遇到了经济社会环境、体制问题、技术积累不足和研发经费短缺等重重障碍,曾经一度走向夭折,光名字就改了几回:CNP1000、CP1000、ACP1000,最后和中广核的技术融合,定名为"华龙一号"。

一路走来,邢继说,最艰辛的不是技术创新上的难题,因为凡属技术问题,他都有信心凭借具有丰富的经验和创新精神的团队来解决。在他看来,真正的困难是,中国核电发展战略与政策的不断调整,对技术人员所带来的压力。中国核电经历过"适度发展"的时期,也经历过所谓"长流水、不断线"的阶段。这些时候,整个行业的人员情绪低迷。邢继也对自己的前景产生过疑问:我们研发的核电自主产品的出路在哪儿?中国建设核电强国的出路在哪儿?

还记得在 2011 年,当 CP1000 研发完成,已具备开工条件,即将浇筑第一罐混凝土的时候,发生了福岛核事故,国内新的核电建设项目暂停。接着国家出台"国四条",要求中国新建核电要在符合国际上最先进的标准和安全要求,即只有完全满足最先进的第三代压水堆核电技术要求才能建设。这意味着自主核电马上就可以见到的曙光,瞬间黯淡,而多年追求的目标又将推后。

所幸运的是,中核集团并没有因此停止自主品牌创建的脚步。在 CP1000 的基础上,瞄准三代核电最先进的技术目标,ACP1000 又开始启程，并在几年之内完成所有的方案论证与实验验证以及总体设计、初步设计工作，示范工程的施工设计工作也已稳步推进。

在这许多的波折中，邢继从不轻言放弃。他说自己有很多的不甘心。这种不甘心最直接的来源是他所带领的 ACP1000 团队。这个团队为中国核电自主品牌建设所付出的太多、承受的太多了。为了使自主核电技术早日完成研发，具备上工程的条件，研发设计团队一直在超负荷运行，他已记不清论证了多少个方案，解决了多少个难题，经历了多少次评审，但他清楚记得与这个团队如何共同走过这段历程，其间有多少困惑与争论，有多少沮丧与挫折，有多少哀愁与辛劳。为了完成用 PSA 分析方法进行多方案的分析比选，公司所有的同志连续数月加班加点，过着 "6+1、白加黑" 的生活。

邢继的不甘心还在于，自主发展核电是中核工程几代人所奋斗的目标。在中国，他的前辈们一直是核电设计的排头兵，不能到了自己这一代就落后于人。而从更大层面上讲，邢继认为，中国核电不能总是跟在别人后面，是时候崛起了。如果自己这代人能够再做一些努力，这个目标就会变为现实。而如果自己放弃了，就放弃了这代人应该承担的历史责任。

2013 年，在 ACP1000 研发完成后，邢继赴美国寻求支持合作。当时他向一名 ASME 标准编委会主席介绍完 ACP1000 技术方案后，这位专家半开玩笑地说："你们不需要我们的支持，你们已经是世界最先进的了。" 虽然是玩笑之话，但邢继能够听得出来其中的真诚。这时候，邢继预感到自己一直所奋斗的梦想，很快就会成为现实。"华龙一号"的出鞘让他这种预感有了最为现实的注脚。

永不停歇未来梦

从一开始的跟随、吸收世界先进核电技术，到现在中国自己的品牌核电技术可供别人吸收、借鉴，邢继似乎触摸到了他梦想的轨迹。

虽然梦想之路并不平坦，但邢继认为自己是幸运的，在一个国内领先的设计院工作，带领一支自强不息的团队前行，在自己这一代人手中看到中国核电走向世界。但他觉得做科研创新是一件不能停歇的工作。中国核电技术在进步，国外核电技术也在发展。邢继说，要想在世界上站住脚、站稳脚，核电技术研发人员就要不停地往前走，而且还要快步往前走。要不断为自己设立新的起点和目标，才能为核能造福世界不断作出新贡献，而这些责任更多地要落在年轻人的肩上。

邢继认为，中国核电发展到了一个最好的时代。从能源需求的角度来说，国家向世界承诺二氧化碳减排；从世界能源近期与长期发展来看，核电都是应该大力发展的清洁能源。对于人类来说，目前还没有其他的能源形式，能提供可靠的清洁能源来替代核电，基于这样的原因，国家制定了核电的中长期发展规划。而中国也是福岛核事故后第一个有勇气和魄力提出庞大系统的核电发展规划的国家。这些都为年轻人的成长提供了良好的发展环境。

而对于自身的成长，邢继想告诉年轻人，要学会相信。首先是相信自己。在多年的工作经历中，邢继遇到了很多挫折。但他认为只要坚持，就能够战胜它。还有就是相信别人。由于搞研究、设计的工作性质，需要一个团队作战。邢继从一名科研工作者到现在的首席专家，对周围人的影响力逐渐增加。他认为，人越发展，越要摆脱一个人做事的方式。

邢继语重心长地说，在这个时代里，年轻人要有创新意识，要勇于面对挑战，要认真做事，踏实做人。要在实现事业成功的同时，体验自我价值的实现，在有限的生命中，获得更多的人生感悟。

完善目标　超越梦想
——记中国工程物理研究院莫则尧研究员

莫则尧研究员

面对挑战，与其说梦想，不如说实践，实践出真知，边实干、边总结、边改进、边提升、边发展，在发展中完善目标，在目标中超越梦想。

确立研究方向

莫则尧在国防科技大学一待就是9年，本科是系统工程与数学系的应用数学专业，博士是计算机学院的高性能计算机应用专业，所学知识与工作后从事的工作密切相关。应该说，本科期间扎实的数学基础和博士期间深入的并行计算研究，为今后的工作打下了坚实基础。

然而，母校的培养不止如此。国防科技大学的校园文化与国防科技事业密切相关。入校之初，"两弹一星"精神就植入了莫则尧的大脑；博士期间，"银河"精神更是激励和鞭策着他。当时，他的导师李晓梅教授组织了一个研讨班，要求高性能计算机体系结构和并行算法的几个博士生轮流在黑板上讲课，一起学习和讨论周兴铭老师从美国带回来的一本书。研讨过程中，莫则尧和窦勇博士对体系结构和并行算法的协同研究都产生了浓厚的兴趣。一致认为，体系结构的创新设计离不开实际应用和并行算法的牵引，莫则尧应该结合实际应用研究并行算法，而窦勇博士应该结合算法特征设计体系结构。这是他初步的梦想，更确切地说，应该是方向，也就慢慢地镌刻在他的脑海。

1997年莫则尧毕业后，选择到中国工程物理研究院北京应用物理与计算研究所做博士后研究工作。两年后，他顺利出站，又义无反顾选择了中国唯一的核武器研制单位中物院。1999年7月，莫则尧分配到北京应用物理与计算研究所计算中心从事核武器数值模拟的高性能计算应用和并行计算研究，取得了一些成绩，作出了一定的贡献，应该说，初步实现了在大学校园树立的梦想。有趣的是，窦勇博士在国防科技大学，结合算法特征，在体系结构创新方面也作出了非常好的工作，获得了国家杰出青年科学基金，正在承担国家重要科研任务。

十 年 圆 梦

进入北京应用物理与计算数学研究所工作后，正好赶上禁核试条件下核武器数值模拟能力建设的起步阶段。当时，研究所既有国产的第一台万亿次计算机，也有国外进口的高性能计算机，所里的专家、科研人员大多愿意使用进口计算机。究其原因，一个是进口计算机编程简便，稳定性好，很好用；另一个是所里的应用程序大多为串行程序或小规模的并行程序，无法高效使用万亿次计算机。面对这样的情形，莫则尧发挥其专业所长，便一头扎进应用程序的并行化工作中。当时，他只有一个想法，就是要让这些程序服务好国产万亿次计算机，一来为单位发展作出贡献，二来对得起母校的培养，三来展示自己的能力。这些工作得到各方面的支持，组建和培养了团队，得到了国家杰出青年科学基金资助，获得了单位和母校的认同，很有成就感。2000年，莫则尧被任命为计算中心副主任。2001年，他出任高性能计算中心主任，破格晋升研究员，聘为博士生导师。

在并行化串行程序的同时，莫则尧逐步感觉到，这样的研发模式不可持续，研发周期长，计算效率低，不利于多团队协同，较难打破实际应用和计算机体系结构的复杂变化等瓶颈，严重制约了应用软件的开发，使其明显滞后于计算机硬件。更糟糕的是，这种现象普遍地存在于国家的各个重大行业应用领域，有的长期依赖国外进口商业软件，连串行程序都没有。当时，他暗自发誓，要寻求一条全新的技术途径，彻底改变这种受制于人且安全风险突出的落后状况。

本着这样的目的，2003年莫则尧到德国海德堡大学的Gabriel

莫则尧研究员

Wittum团队访问了3个月，认真学习了他们研制有限元计算框架UG的方法，并系统调研了美国能源部国家实验室研制新一代应用软件的方法。"其实，创新的技术途径就是集成共性研制领域编程框架、基于框架研发应用软件。"他自信地说，围绕这一梦想，便带领团队一干就是10年，现在回想起来也不是一件容易的事情。

　　10年来，有艰辛、有困难，但更多的是幸运、收获和提高。回想起来，莫则尧印象最深刻的有4个方面，首先是单位的领导和同事，尤其是研究惯性约束聚变的裴文兵教授，没有他及相关团队在起步阶段的大力支持和"第一个吃螃蟹"的尝试，框架不可能竖起来；其次是中物院领导和本单位核武器专家，没有他们的高瞻远瞩和大力支持，没有院预研重大项目，框架很难在核武器数值模拟的实际应用中发挥作用；再次是国家部委领导和国内同行，没有国家自然科学基金委、国家"973"项目和国家"863"项目的持续支持，框架也不可能取得当前的成效；最后是团队建设。他们一切从零开始，逐步成长为国内同领域高水平、很有战斗力、显著推动高性能计算应用和并行计算发展的，拥有30多名固定人员组成的团队。团队成员付出的艰辛可想而知，曹小林、张爱清、刘青凯、张宝印、安恒斌、肖丽、徐小文等，均已成长为国内知名的青年专家。

"我们赶上了国家高性能计算蓬勃发展的大好时机，作出了一些成绩，总体而言，幸运大于艰辛，收获大于困难，现实超越了梦想。"这是莫则尧对过去10年的简要总结。2006年，莫则尧荣获全国"五一劳动奖章"。2009年10月，被中物院党委常委会任命为北京应用物理与计算数学研究所副所长。

追梦战略科技

核武器研究需要建立学科完备、基础雄厚的核科学技术体系，体系的建立必须深深扎根于国家科学技术体系的大舞台。军民融合、协同创新是核武器科学技术体系建设的可持续发展之路。正是在这样的大背景下，中物院启动了三元发展战略，提出了战略科技发展的总思路。在这一影响中物院相当长时期发展的大舞台上，每一个中物院人都在其中扮演一个角色。莫则尧以其聪明才智、刻苦钻研、协作攻关等实力与潜力，很荣幸被中物院聘为战略科技方向"高性能科学与工程计算"的首席科学家。

中物院高性能数值模拟软件中心是推进战略科技方向的责任主体，挂靠北京应用物理与计算数学研究所，独立运行。依托该中心，战略科技实施的总目标是，凝聚院内10个研究所在理论、实验和数值模拟方面的基础研究和人才队伍积累，在能源、材料、信息、制造等领域，围绕中物院军民融合发展方向，结合全职人员招聘，组建和培养高水平团队，快速研发一批跨行业共享的高性能数值模拟应用软件产品，推广应用于国家相关重大行业应用部门，推动中物院相关领域自主创新能力和国家高性能计算应用水平的持续提升。

以此为推动，期待建立"官—产—学—研—用"的国家高性能计算应用生态环境，引领和推动国家高性能计算应用软件发展，使高性能计算应用真正成为保障国家安全和发展的重要支撑。

在这个大舞台，作为研究所副所长、中心主任，莫则尧感到责任重大，丝毫不敢懈怠。无论在科学技术体系构建方面，还是在协同创新体制机制管理方面；无论对挂靠单位、中物院，还是对院外单位与国家部委，这样的发展模式无疑是全新的，而又是必要的。"面对挑战，与其说梦想，不如说实践，实践出真知，边实干、边总结、边改进、边提升、边发展，在发展中完善目标，在目标中超越梦想。"莫则尧说，可喜的是，经过一年多的实践，软件中心的发展呈现蓬勃之势，组建了150多人的研发队伍和10多个团队，获得了一批初步可推广应用的软件产品，实现了与挂靠单位和院内其他相关研究所之间的协同创新，得到了国家科技部等部委的认可，成功实践了军民融合协同创新的战略科技理念。当前，软件中心已经发展成为国家高性能计算应用发展的有影响力和推动力的重要单位之一。

什么样的力量支撑他不断地实践和探索？莫则尧说："其实也没有什么，就是对事业的热爱和对岗位的敬业。把你放在这个位置，总要负责任，主动定位，主动作为。能够把自己的奋斗目标和团队的发展目标、单位的集体利益以及国家的发展急需融合在一起，脚踏实地，埋头苦干，就不会感到困难，也不会畏惧艰辛，一定能够作出出色的成绩。"这是一个科技工作者应该做的事情，也是他平时工作的风格，更是他追逐未来梦想的不竭动力。

面对成绩，面对美好前景，莫则尧又在规划未来之梦，促进建立国家高性能计算应用生态环境，持续满足我国核武器研究及相关国家重大应用对高性能计算的迫切需求，支撑推动高性能计算成为国家重大行业应用科技创新的强大引擎。

"在国家战略目标层次，始终确保国家核战略威慑力量安全、可靠、有效；在国家科技产品层次，研发一批军民融合的高科技产品，在支撑核武器战略目标实现的同时，服务于国家重大行业应用，推动科技创新；在核科学技术基础研究层次，建立完善的核科学技术构架和协同创新体制机制，分解个性和共性，吸引院外单位的积极参与，培养高水平学术带头人和创新型人才队伍。"莫则尧经过深入思考，展望核武器科技事业的发展。他动情地说："我国核武器科学事业只有深深扎根于国家科学技术体系的大舞台，在军民融合、协同创新中自我完善和自我发展，才能在新形势下更好地持续发展。"为此，他愿意为此奉献所有的才华。

就在本文撰写的过程中，莫则尧被中物院党委委以重任，在中物院计算机应用研究所履新，出任所长，在更大的平台、更宽的领域施展其才华与抱负。

创新成就梦想　进取铸就精彩
——记中国工程物理研究院翁继东研究员

翁继东研究员

我最大的梦想，是用毕生的精力，来构建跨越时、频、空的全空间干涉原理及测试技术，更好地服务于我国国防尖端武器研究。

1977年，翁继东出生于湖北咸宁一个普通的农民家庭。和无数男孩子一样，他从小就喜欢用树枝与小伙伴们玩打仗，更喜欢看战争题材的电影，《铁道游击队》《地道战》《洪湖赤卫队》……在为英雄人物折服的同时，敌人飞机大炮狂轰乱炸，我方战士匍匐于地、用土枪还击的场景，更是给他留下了深刻的印象。从那时起，在他幼小的心灵中就立下了个大志愿：要造出更厉害的武器，不再被人欺负！那时的翁继东，就已心怀"强军梦"。

随着年岁渐长，对世界局势了解得越多，这个愿望就变得越发强烈。本科毕业后，翁继东毅然报考了国防科技大学硕士研究生。期间，中国工程物理研究院（简称中物院）流体物理研究所谭华老师到学校来作报告，介绍了中物院的概况及流体物理研究所的研究工作，报告虽朴实但含义深远。翁继东被谭华老师的报告深深地吸引了，这个国家唯一的核武器研制单位在他面前揭开了一角神秘的面纱，神圣的使命、不屈的奋斗、两弹精神……这一切都令他心神向往、热血沸腾。此刻，他找到了实现夙愿的途径，他渴望真正融入中物院这个集体，为我国国防的强大而效力。

2001年，受谭华老师影响至深的翁继东选择了攻读他的硕士研究生，迈入中物院流体物理研究所，成为核武器科技事业中的光荣一员。

捕光捉影的"呆傻"

高温、高压状态下材料的性质研究是新时期武器研制的关键，在高压物理领域，研究材料如高压物态方程、相变、损伤断裂等动高压响应特性，需要精确测量冲击波作用下材料的粒子速度剖面等信息。在巨大的冲击波作用下，材料粒子速度动辄高达每秒十几公里，如何在这瞬间精确获取粒子速度信息成为国际上的研究难点。而现有的任意反射面激光干涉测速技术（VISAR）存在测试数据丢失、安装调试复杂等缺陷，已经远不能满足实验需求。

凭着多年的研究经验和学术前瞻性，谭华老师认为，为了精确获取速度剖面信息，迫切需要研究全光纤激光干涉测速技术，并将此定为翁继东的硕士论文研究内容。

研究方向明确后，翁继东认真分析了 VISAR 的测试原理和优缺点，结合全光纤激光干涉测速技术的特点，确定了自己的工作目标——发展一套能弥补 VISAR 不足、发挥出光纤优势的新型激光干涉测速系统。

理想是美好的，现实是残酷的。在长达几个月的时间里，翁继东进行了大量文献调研、理论分析与计算，日思夜想，甚至吃饭走路都在琢磨技术路线中的关键点，纵然是在睡梦中，大脑仍在潜意识地高速运转。奇迹般的，幸运之神在梦中灵光一现，如醍醐灌顶，经过周密分析计算，确认就是它了！他所提出的独创性思路的优势在于：采用多模光纤接收最丰富的运动速度信息容量，再通过单模光纤以最保真的频率响应来传输信号，充分发挥两者的优越性。但整个技术的难点在于光纤转换模式如何实现位移干涉，还有光纤转换时的光强损耗约 99.9%，好比是将一根铁杵缩成一根绣花针！

也许这是一个典型的学生式梦想，但又是一个无畏业界常识且充满挑战的胆大梦想，梦想转变成现实仍然阻力重重。但行动派的人有一个特点，那就是心动后马上行动！

翁继东夜以继日，埋头苦干。通过上百次静态、动态实验考核，记录下各种转换方法下的传输光强损耗情况；开展了大量数值模拟计算，通过与实验结果比对逐步修正算法。不断地推倒重来，不断地积累经验、寻求突破。面对技术摸索过程中的挫折与阻碍，谭华老师为他鼓劲打气："专心去做，别多想，我全力支持你！"导师的鼓励与殷切希望，成为他在困境中坚持下去的强劲动力。

在谭华老师的殷殷指导下,在团队成员的通力合作下,成功终于青睐这个年轻人,他自主设计的"多模转单模"耦合器件成功通过试验考核,这不仅使得多模转单模的光纤耦合传输效率有效提升一个量级,完全满足实验测试光强效率需求,更重要的是光纤模式转换使得位移干涉测量完全可行。

谭华老师正式命名该系统为DISAR,英文读音本来为"disha",老师笑道:"还是念作'daisha'吧,纪念那段'又呆又傻'的研究时光和那群'又呆又傻'的人。"

DISAR具有非常高的时间(优于50×10^{-12}秒)和空间(达到80×10^{-9}米)分辨能力,具有性能稳定可靠、易用、免调试等特点,并能判定物体的运动方向,可用于每秒0.1米到10公里范围内的瞬态速度连续测量,是目前国际上响应最快、速度测试范围最宽的一种全光纤激光位移干涉测速仪。

翁继东研究员和科研人员在调试光路

第二年,DISAR成功用于国家科研实验,并成为后续同类型国家科研实验的标准测试仪器!DISAR原理的相关论文发表于国际知名期刊《Applied Physics Letters》和《Review of Scientific Instruments》后，引起美、英各国核武器实验室研究同行的广泛关注和跟踪模仿。DISAR 的研发成功推动了我国精密物理实验测试诊断能力的提升。

"呆傻"的梦想，终于开花结果！

超越创新的"再变频"

随着三级炮、磁驱动等动高压加载技术的日益发展，使用 DISAR 测量每秒 10 公里以上超高速度，就必须配置 13 吉赫兹（GHz）以上高带宽数字示波器。目前，这类高带宽数字示波器完全依赖进口，动辄花费几百万；而此类设备的国际禁运严重制约了我国超高压物态方程以及航天领域超高速碰撞等研究工作。

为此翁继东潜心琢磨，带着"怎样做可以完全不依赖禁运仪器设备，且能实现高精度的速度测量"的想法，寻求突破和超越。

测量的速度越高，则 DISAR 频率越高，导致所需的示波器带宽就越高，这是 DISAR 等位移干涉仪的共性。想要达到测量的速度高而频率低这个目标，就仿佛绕进了死胡同。如何找到出路？在迷茫中，翁继东苦思冥想，食不甘味……

机会总是青睐有备而来的人。在一次实验的日常调试中，监测仪器突然显示异常情况———一台单频激光器出现了异常的双波长模式，导致非正常的干涉现象。

这只是一个偶然故障，稍纵即逝。但有心人的脑海中却随之灵光一现——可否运用两个波长发生再干涉的现象，来人为控制并降低 DISAR 的信号频率？这样，既能可靠保证超高速测量精度，也解决了测试仪器设备对示波器测量带宽的高昂要求。

翁继东抓住这一灵感不放，另辟蹊径。他借用成熟的微波技术，将微波源与 DISAR 输出的信号进行光波微波二次混频，巧妙地降低了 DISAR 的信号频率，同时很好地保留了 DISAR 的独特优势，可谓"它山之石借来攻玉"。测试实验成功之际，他兴奋得几天睡不着，立即全心投入光波微波二次混频测速技术的研究。他带领攻关团队，对混频测速技术原理及仪器系统开展了系统性研究：通过大量文献调研和理论分析，掌握了二次混频测速技术系统的设计要领，在此基础上开展了全系统的数值模拟工作，建立了系统传递函数，并厘清了系统内部的关键要点，最后经过大量的计算测试、动态实验验证，终于获得了光波微波二次混频测速技术 OMV（Optic – microwave Mixing Velocimeter）的成功。该技术不依赖于禁运的高端记录设备就可实现超高速度测量，实现了激光干涉测速技术的自主发展，为我国开展材料动高压特性和航天领域超高速碰撞实验研究奠定了坚实的技术基础。同时，该技术可记录到每秒 30 公里的信号，又可大大降低中高速（每秒 6~10 公里）测量中记录设备的成本，从根本上摆脱了国际禁运的严峻影响，具有重要的社会效益和经济效益。

"无用之用"的探索

2006 年，基于冲击波物理从宏观规律性认识向微细观机理性认识拓展的考虑，博导刘仓理选择了"脉冲激光频域干涉测试技术"作为翁继东博士论文的研究方向，这是一个完全不同于前期工作的研究领域。为了实现"时域"到"频域"的思想转换，翁继东又是一番刻苦探索，经老师的鼓励和点拨，最后选择"研发长度测量技术"作为研究内容的切入点。

有人曾质疑：几千年以来，人们一直都在开展长度的测量，现在研究它有什么用呢？翁继东却认为，正如明代徐光启所说："无用之用，众用之基"，长度在物理学的 7 个基本物理量中排名第一，其重要性不言而喻，实现长度（或距离）的精确测量，其应用范围可覆盖整个科技及工程应用领域，是当前国际上的研究热点和难点。

经过全面细致地调研后，他给自己定的目标是实现数十厘米范围内微纳米精度测量，这相当于制造出一条可环绕地球一周的尺子，同时能够准确测量出一栋楼的高度。比目前的千分尺、游标卡尺，精度提高了上千倍，而且完全不受外界温度变化等因素的影响。

为了实现这一目标，翁继东带领团队开展了全光纤频域干涉测距技术的研究。知易行难，当时频域干涉测距技术在国内完全是空白，国外的相关报道凤毛麟角。翁继东足足花了两年的时间，把频域干涉测距技术的理论摸清吃透。接下来还有重重难题：如何制造多波长？怎么构建全光纤频域？在一次偶然的机会里，他得知兄弟科研室购买了一台高功率飞秒激光器，他灵机一动："可不可以用这台激光器来构建频域条纹呢？"当即着手围绕这台激光器开展了探索，天天守着这个"宝贝"从各个角度开展实验，终于取得了原理的突破。在成功掌握脉冲激光频域干涉技术后，他进行大胆创新构想，将前期 DISAR 技术成果与频域干涉技术相结合，花了一年的时间摸索并掌握了两者结合的基本原理方法。

开展理论分析、实验对比、数据处理，一千多个日日夜夜，一步步地迈进，终于换来了突破，新近研制的全光纤频域干涉系统 OFDI（Optical–fiber Frequency Domain Interferometer）结构紧凑、免调试、应用范围广、抗干扰能力强，量程已覆盖亚毫米至数十厘米。在静高压加载实验中，用这种技术精确测量出金刚石对顶砧内部样品厚度和表面形状。相关的科技论文已在国际知名期刊发表，编委对此给予了高度评价：这是在国际上第一次用常规的技术精确测量出静高压加载装置中样品面形。

在不远的将来，翁继东将带领团队继续发展完善该技术，并致力于构建覆盖"时－频－空"全空间干涉测量原理及技术系统，广泛应用于材料超高压状态方程研究，以及发动机叶尖间隙测量、航天器对接过程距离监测、大型构件面形测量、样品表面粗糙度检测、细长管道内径测量、真空压力与液压测量、医学领域中的颅压测量等研究领域。

精彩背后……

回顾十年来的科研历程，有苦有泪，但天道酬勤：他先后荣获国家中青年科技创新领军人才、第13届中国青年科技奖、国家技术发明奖二等奖、军队科技进步奖一等奖、邓稼先青年科技奖等荣誉。

一步步的扎实脚印走出来了一个个事业精彩，而精彩背后，是什么在作强有力的支撑？

是为国防事业作贡献的强大信念。

因为有"做民族脊梁"的信念，才有为祖国和人民奉献自己绵薄之力的坚定信心；因为有"两弹一星"元勋等老一辈科学家做楷模，才有着兢兢业业、勤勤恳恳的工作态度；因为有"要把工作当作事业来做"的决心，才有着爱岗敬业、全力以赴的执着。从硕士时的DISAR构思，到随后"再变频"的念头，再到博士期间频域测距技术的想法，一步一个脚印，无论前方多么崎岖坎坷、险阻重重，认准了目标，就坚定地走下去。

是良好的科研平台和同事的团结互助。

单位不仅提供了良好的科研平台和充足的科研经费支持，还有着导师们严谨求实、全力支持的培养和教导。俗话说"一个好汉三个帮"，正是有着同事们相互交流、互相帮助的学术氛围的熏陶，和谐融洽的相互支持，团队的成绩才层出不穷。

是家人的无私奉献与永远的全力支持。

常年的加班夜读钻研，家就好像成了他的旅馆，工作的得力来自于家人给予他完全理解与爱的照顾，也成为他更加勤勉、钻研创新的动力。

……

翁继东最大的梦想，就是用毕生的精力，来构建跨越时、频、空的全空间干涉原理及测试技术，更好地服务于我国国防尖端武器研究。在无数双臂膀的支撑下，他将继续斗志昂扬，沿着追逐梦想的道路，不断前行。

后 记

参加本书撰稿工作的有：叶娟、范淳钰、单广宁、唐斌、孔美荣、郭晓明、王思懿、王顺利、盛安陵、刘兴、耿庆云、莫则尧、凌晏、胡倩、夏庆中、唐贤平、岳凌、彭建辉、李智勇、夏兰、谭淑红、温天舒、蒋怡权、李绍孟、吴明静、吕旗、白云、王燕、宋海峰、魏金涛、姜洋等同志。张昌明、朱向军、李丽同志自始至终参加了组织、编写、修改、统稿和出版工作。

本书在编写过程中，得到了中国工程物理研究院、中国核工业建设集团、中国核学会等单位以及专家学者、核工业老领导的大力支持。中国原子能出版社对本书的出版给予了鼎力支持。在此，对以上单位及同志表示衷心感谢。本书编写工作由孙勤同志主持。

编 者
2014 年 12 月